高天流云 著

蛊

《赤雅》记，五月五日，聚虫多之毒者，并置器内，自相吞食，最后独存者曰蛊。人间亦如是。

重庆出版集团
重庆出版社

图书在版编目（CIP）数据

蛊室 / 高天流云著. -- 重庆：重庆出版社，
2010.10
ISBN 978-7-229-02780-3

Ⅰ.①蛊… Ⅱ.①高… Ⅲ.①长篇小说－中国－当代
Ⅳ.①I247.5

中国版本图书馆CIP数据核字(2010)第153008号

蛊 室

高天流云 著

出 版 人：罗小卫　　　　　策　划：叁　月
责任编辑：刘　嘉　马春起　　技术设计：胡　湖

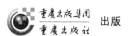 出版

重庆长江二路205号　邮编：400016　http://www.cqph.com

三河市三佳印刷装订有限公司

重庆出版集团图书发行有限公司发行

E-MAIL: fxchu@cqph.com　邮购电话: 023-6880 9452

全国新华书店经销

开本：890×1280mm　1/32　印张：12　字数：250千
2010年8月第1版　2010年8月第1次印刷
ISBN 978-7-229-02780-3
定价：28.00元

目　　录

《赤雅》记,五月五日,聚虫豸之毒者,并置器内,自相吞食,最后独存者曰蛊。

人间亦如是。

第一章 拐进命运

傅杰在沈阳城里太原街上拐了个弯,一切就都变了。他在中国东三省数得着的繁华里拐了个弯,转过了一座写字楼。好多年之后,他才知道这次行进中的普通变向对他意味着什么。可是现在,他只是在突然面对的景物前恍惚了一下,他没有想到会在这一个瞬间看到这些。

太原街,沈阳城里第二大商业街。只要你在沈阳南站下了火车,出站后面对的就是它。它的繁华里附带着南来北往,可能只是稍事停留的行客旅人们,极度的繁荣里混杂着各种各样的不确定以及脏、乱、差,是其他城市腹地的商业街所不能比的。沈阳人喜欢这种感觉,经常拿它说事,比如说不属于其他地方的繁华——香港有什么牛×的?顶大天每条街都是太原街呗。可是现在傅杰拐了个弯后,发现他面前什么店面都没有,连个地摊或者推车卖水的都没有,就像是回到了农村。

面前的街道变窄了,路面上的沥青斑驳不堪,甚至坑坑洼洼,像是他家乡的那些乡间小路。路边的树长得茂盛,茂盛得粗野,完全没有修剪过,在头上三四米高的地方枝杈们就隔着街交织了起来,间隔致密遮天蔽日,阳光都隔断在树梢上面,下面只是些比夏天的浓荫更深些的暗郁。目光所及,这里随处都长着杂草,甚至路中心都是,稍有破碎的沥青缝里就长短不齐地滋生着,与路边树丛里的一样葳蕤。

在傅杰的身后,他来路的方向,时尚强劲的街舞音乐还能隐约听到，依稀还是繁华人间。

而这里，在沈阳盛夏的正午，在这片暗绿色的道路上，只有青草汁液的气息，很热很闷很香，窒息般地存在着，熏得人喘不过气来。剩下的就是一片死寂，什么声音都没有，一点点哪怕最轻微的活动都没有。

他站在街口出了会儿神，然后拿出沈阳地图和一家住户的门牌地址，转过头核对这里的街名路牌。他知道他是来干什么的，他手里提着酒店专门送外卖的食盒，他必须得限时送到，不然会被扣工资，甚至丢工作。这比什么都重要，比突然袭来，措不及防的乡愁重要一万倍。

地方没有错，就是这里。傅杰提起食盒往里走，里面的路况更加糟糕。路面越走越窄，道路越来越不平，一路上连一户人家都没有，长短不齐的野草下面是满地的乱砖头碎瓦片，像片撂荒了的野地，或者是多年前着过场大火，把所有的人家都烧毁了，只剩下了当年的断瓦残垣。他深一脚浅一脚地迈出每一步，时时提醒自己小心翼翼。他得走快些，快去快回，酒店后厨房的水案上还有大堆的死鱼烂肉在等他收拾，可是手里却一定要稳，食盒里的饭菜不能颠簸，连里面菜肴摆放的花式都不能错样……这就是他的工作，两个月以前他从来没有想过会干这些。

向前走了三百米后傅杰绝望了，这条路到了尽头。一大片的爬山虎密密麻麻地织在几棵粗壮矮胖的旱柳上，像面超级硕大的绿毯子，非常壮观非常漂亮，可是它挡住了傅杰的视线，挡住了傅杰的路，他挣钱吃饭的路！傅杰呆呆地站着，心里百爪挠心，不知如何是好。这是他第一次出来送外卖，竟然没法收场。他连打个电话回酒店报告情况的勇气都没有，要命的是这里也没有个人能让他问问路。

七八分钟之后，他只有掉头往回走，临走前他下意识地贴近了那片爬山虎，不死心地想最后再看看这片爬山虎后面能是什么。却不料他突然间心花怒放，简直都有死里逃生的感觉——这片绿毯子一样的爬山虎的右边，有个仅能容人侧身而过的树丛缝隙，透过那一点点的缝隙，他看到了一座二层小楼的屋檐！

他想都没想就从那里挤了进去，那一定是他要找的那户人家，一定是的。是老天搭救了他，又给了他一条活路。

挤过了那片树丛，傅杰眼前豁然开朗，他发现自己在这座小楼的后面。楼很旧，式样他没见过，看不出是什么年代的，可是楼面外的水泥墙面都变了颜色，原来会是乳白色的，还是灰色的？看不出来，现在是阴暗的。只能是这样说了，要是再准确些就像是被大水浸过了好多年，再也晒不干晾不透的发霉受潮，水汽已经成了这房子的组成部分。

傅杰顺着外院墙往前走，眼前还是一大片的绿色。热烘烘的青草气息笼罩着他。这外院墙上，还有这座小楼的每一片屋瓦片檐上，都爬满了绿色。他刚才真是好运气，还能在一瞥之间就看到了它的屋檐，他多么庆幸现在是白天。

走到了前大门，他发现大门是实木的，非同一般，足有两米高三米宽，连同粗壮的铁门框，牢牢地关着。它们都生了锈，掉了漆，也不精美，远远没有傅杰所在酒店里那些时下正流行的仿欧铁艺门栏的精巧雅致，但是它们威严，甚至霸道，或者这才是以前贵族式的气派？

傅杰不理会这些，他仔细地看了这扇大门上的门牌号码，没错，就是这里。他长出了口气，按响了门铃。不一会儿，里边脚步声响起，大木门上的小窗子开了，一个老人的面孔出现。"什么事？"这老人的声音平和，探出来的脸面色红润，胡子剃得干干净净，头发整理得一丝不乱，眼神专注地望着他。傅杰发现这老人的眉毛修长又挺拔，几根雪一样白的银丝混在黑色的眉毛里。一张老人的脸，却显得年轻好看。

"您好，我是富瑶酒店送外卖的，是您这里订的菜，是吗？"傅杰小心翼翼地回答。

"是，你稍等。"门里面响起了几声很沉重的铁器撞击声，很

重的锁具在开启，缓缓地，大门被打开了。

　　门开得很小，门里的世界整洁得出乎他的意料，从外面那个荒芜废乱的地方突然走进这里，让傅杰不适应。他发现这院子因为空旷越显得阔大，地面都铺着老式的青砖，整齐错落斜纹驳放，从进门开始，一直铺到小楼前的台阶下。它们平整、光滑，虽然稍稍有些弧度的起伏，但是柔和，仿佛是下面的大地在岁月里悄悄地移动过，不为人知。院子里两口巨大的金鱼缸里水满满的，上面浮着睡莲的叶蔓。此外还有两株已经落了花，正在结果的桃树。桃树有年头了，枝冠硕茂，浓荫覆地，雪白的汉白玉栏杆围着它们，唯一的减色是栏杆的玉色太鲜，显然是新建的。

　　傅杰随着老人往里走，登堂入室，进了这座老楼。光线骤然间暗了，阴暗的老屋子里冷气森森，傅杰的一身热汗让他激灵灵打了个冷战。昏暗的灯光里他没有看清楚身边的景物，前面老人的脚步一直在走，他凭着听觉往前跟。等他的眼睛恢复了正常，已经来到了一间好大的房间的房门前。门敞着，前面的老人停了下来，站在门口向里面说："首长，饭菜送来了，请您去餐厅吧。"

　　"嗯"，房间里面有人用鼻子哼了一声，"知道了。"这声音又是不耐烦又是傲慢，傅杰听了难受。他本以为给他开门的老人就是这里的主人了，一个既平和庄重又有风度的人。可是竟然会有一个"首长"在，从声音里就听得出这人的脾气、架子大到什么程度。

　　傅杰看到了这人，房间里正对着房门的是一张特大的床，按傅杰来看，上面至少可以睡四个他这样身量的男人。一个人半躺半卧在床上靠着，大热的天儿这人光着膀子，下身倒是穿着长裤，一双脚直跷到床头上，脚上的皮鞋在暗处都闪闪发亮。

　　这人站了起来，真是又高又壮，几步就跨到了门前，不管门前站着人没有，他停都不停，直接往外走。傅杰和那老人都自觉地往旁边闪，给他让路。这人走过去了，长的什么样傅杰没看到，他只注意到这人赤裸的上身肌肉块块饱满，走动时每一块都互相挤压驱动，只是腾腾地迈了几步，就越过了他们，响到了另一个房间里。事后傅杰才回想起来，不是他没看清，而是他根本就在回避着那人的目光，那人的脸。对了，他的印象里还有那人腰上的皮带扣也闪闪发光，样式他同样没看清，可是体积肯定非常大，分量很重。

"跟我来。"有修养有形象的老管家带着傅杰穿过走廊，来到餐厅。那人已经坐在了饭桌前，一连声地叫："快点儿！快点儿！我饿坏了。"显得大有胃口，急不可耐。傅杰没等老管家再示意，主动打开食盒，把饭菜一一往桌子上摆。他头也不抬地忙，耳边一直响着那人的嘟囔声："……他妈的，这么慢，等死人了，还不如直接去饭店，早就吃上了……"说话时含混不清，他不等饭菜摆齐，就动了筷子。

都摆完了，傅杰吸了口长气，直起了腰抬起头，"先生，菜都齐了，您还需要什么吗？"他急着往回走，再说也实在烦了这人的举止。

"啊……好，好，没什么了……"那人直到这时才正眼看了一眼近在咫尺的傅杰，他边说没什么了边向傅杰往外挥手，好像是声情并茂地告诉傅杰可以滚出去了。可是突然间他嚅动不停的嘴瞬间停顿，一嘴的食物把他的脸胀得滚圆，他的身子直挺挺的，挥动的手停在半空，最出格的是他的眼睛，好像一肚子突然产生的话要从那里迸射出来，瞪得比他的脸还要圆、还要大，好去代替他的嘴巴。

"你，你怎么了？"说实话傅杰没有害怕，就算真的是个胆小鬼，突然看到这种模样和变化也只会觉得滑稽好笑，为什么要怕？可是他身旁的老管家突然一个箭步冲了过去，"首长，你怎么了？!"那声音那表情紧张又激动，如临大敌。

吃饭的人张口结舌，完全僵硬，他直瞪瞪地指着傅杰，看着傅杰，仿佛傅杰是个刚刚现出原形的妖魔鬼怪，而且只有他才看得见认得清。

"快帮我！"老管家当机立断，他不管其他，用力去搬开首长的嘴，往外挖那些满嘴的食物。这时候首长好像回过些神来了，他在僵硬中保持的立体动作松动了，尤其是嘴，不用老管家用力撬就开始咳嗽往外喷东西，一下子弄得满桌子上狼藉一片，再不能吃更不能看。可不妙的是这人突然间全身抽搐，不可控制一样从椅子上倒了下去，可怜的老管家无论如何也托不住他，只好把他就势轻轻地放倒。

"你照顾他一下，别让他咬到舌头。我去拿药。"这位老管家就是在这样的慌急中都没有乱了方寸，不等傅杰回答，他就跑出了餐厅。

傅杰只好蹲到了那人的身边，他管不了这人不停抽搐的身子，只能用手把他的嘴上下掰开，不让他咬到舌头，那样子就像给一头不停挣扎的大牲口打针吃药，得掰嘴摁脖子。这时他们挨得紧紧的，两张脸不过才相距十几厘米，傅杰突然间发现他面对着的竟然是个比老管家年岁还要大的老头儿！

这真让他大吃一惊，简直不能相信自己的眼睛。从他到了那间有着超级大床的房间见到了这个人后，无论是他的眼睛还是他的感觉都明白无误地告诉他，这最多是个中年岁数的男人。这身肌肉，这种胃口，还有这种骂骂咧咧精力过剩的语气神态，怎么会是个年近七八十岁的老年人？

可这千真万确是个老人，仔细看要比修边幅有教养的老管家还要老些。

老管家冲了进来，药已经在他的手心里，他绕过傅杰的手，把药往老首长的嘴里塞。这药是地道的急救药，不到一分钟，老首长的呼吸平顺了，身子也瘫软了。傅杰松开了手，站了起来。"老大爷，您把账结了好吗?"他心里没劲透了，只想着快点儿离开这儿，一点儿都没有救完人之后的成就感，更别谈什么助人为乐之类的扯淡话。

"行，你等等。"老管家接过账单，掏钱付账。"小伙子，这菜也没法吃了，你这就连盘子都收回去吧，不用再来取。刚才真是麻烦你了。"他还在盯着他的主人，像是还不放心。傅杰把菜再一样一样地往食盒里收，心里盘算着待会儿出了门，得在什么地方把这些菜都倒了。不错，他是收回了外卖钱，但把菜原封不动地带回去，指不定酒店里会怎么说他。这就是他第一次单独出来送外卖，真是衰透了。

就在这时，地上的老首长慢慢地爬了起来，他自己扶墙往里站，居然真的站稳了。老管家就在他旁边，一把手都没敢伸出去扶。"小伙子，你……你等等。"他叫傅杰。

傅杰都快走到门边了，无可奈何又转回头，等着这老头儿挑毛病找后账。他打定了主意，无论怎样他都不会把刚到手的外卖钱再交回去。

"你坐。"出人意料，这位老首长指了指另一张椅子，要傅杰坐下说话。傅杰摸不着头脑，他提着食盒没放手，也没坐，"您有什么事吗?"他加了小心地问。

老首长明显地坚持不住了，他先坐了下去。在椅子上一直盯着傅杰看，足足看了有七八分钟，傅杰都不知所措了，他才突然说:"晚饭你再给我送一次外卖，饭菜跟刚才一样，"他停了一下，"还要你送。"

傅杰一肚子狐疑地回到了富瑶酒店，他把食盒餐具还有账单饭钱都上交后，兜里还剩了一百块钱。这是老管家送他出门前给他的小费。说是首长特地关照的，一百块钱分成两张五十的，要他上交五十，自己留下一半。傅杰真的很感谢这两个老人这么为他着想，五十块钱在富瑶酒店里能够抵一顿最低消费的饭，可对他，是一整月都盼不到的零用钱，简直让他喜出望外。

他全都留下了，提都没提，领班也没问。他带回来了下一次外卖的订单，足以让领班很意外、很满意了。

第二章 价值一千块

当天晚上五点半，傅杰又按响了这家人的门铃，再一次提着食盒走进大门。老首长坐在餐厅里等着他，小楼里寂静无声，老管家肃立在餐桌前，和老首长一起看着傅杰一样一样地布置，三个人谁也没有说话，直到饭菜上完。傅杰像中午一样退后了一步，问："菜都齐了，您还需要什么吗？"

老首长看看他，又看看满桌子的菜，点了点另一张椅子，"坐。"

傅杰迟疑，他不想坐，可中午收了人家的小费，又不想过分地拒绝。正犹豫，他身后的老管家轻轻推了他一下，"首长让你坐，你就坐吧。"傅杰顺势坐了进去。

"厚诚，再拿一副碗筷来。"老首长说，他等着另一副碗筷摆在了傅杰的面前，自己才拿起来筷子，"来，你也没吃呢吧？一起吃。"

"不……我，我吃过了。"傅杰变得局促不安，说老实话，他从来没有吃过这样丰盛的饭菜，有生以来从来没有过。更何况是面对一个才见过两面，根本就不认识的首长的面。这让他怎么也拿不起筷子，伸不出手。

"别客气，中午你帮了我的大忙。"老首长很诚恳地望着他说，"没有你，厚诚一个人忙活不了我，说不定我现在已经躺在医院里了。来，动筷子，想吃什么自己夹。"这些话里没有一点儿傅杰最初在卧室那儿听到的烦躁感觉和傲慢语气。傅杰想了想，拿起了筷子。一来他真的饿了，他的晚饭得在七点钟左右才能吃到。通常都只是酒店早晨卖剩下的米饭馒头类的东西，配点儿客人吃剩没打包的残菜，哪吃过这样的东西？二来他记得临进城之前本家的一个叔叔说过，在外面有时要敢说话，上了桌子要敢吃饭，不然会让人看不起。几口饭下肚之后他吃得很大口。

"小伙子，你叫什么?"老首长问。

"傅杰。"这次傅杰回答了。

"你不是沈阳本地的吧，哪儿的人?"

"康平的，乡下。"傅杰照实了说，康平县是辽宁省有名的长期贫困地方，尤其是那里的乡下，老一辈的人提起来没有不摇头的。

"康平……"老首长像是想着了什么，"你家里都有什么人?"

"我妈，"傅杰又有点儿烦了，他真的不愿意提他的家。他不知道自己是极度自尊的那种人，还是极度虚荣的那种人，反正他就是不愿意跟人提他的家。他家在他出生前就是康平那片儿的贫困户，他长大了也没能改变，这让他羞愧、懊恼、痛恨!

"哦……就有老娘啊。"偏偏对面的这位老首长不识趣，还重复了一次，而且再问，"你爷爷奶奶呢，他们还在吗? 年纪和我差不多吧?"

傅杰摇头，"我不知道。"他真的不知道，他没见过。

"不知道?"老首长皱起了眉，话里带出了些不快。傅杰飞快地抬头瞥了他一眼，他也意识到自己的口气不大恭敬，忘了自己是谁，更忘了对方又是谁。他想起来了在中午，他第一次见到的那位老首长了，那种傲慢烦躁的声音，粗鲁强硬的举止。他突然间胆怯了，觉得这人会突然间发作，把他赶下桌，甚至直接轰出门去。

可是还好，老首长叹了口气，转过了头，向厨房外面喊:"喂，厚诚，你干什么呢? 快来吃啊，菜快凉了。"外面老管家答应了一声，声音并不太远，可也不在门边。老管家走了进来，也入座吃饭。傅杰都不知道他是什么时候出去的。事后他才知道，老管家李厚诚极有规矩，特别懂得守自己的本分。老首长无论是和谁在谈话时，他都要离开。在他听不着谈话内容，但老首长叫一声他还能随叫随到的地方等着。

三个人开始默默吃饭，之后谁也没再说话。傅杰吃了很多，他的嘴一刻也没停，可饭菜什么味道他吃完了却没印象，只是记得这间大厨房里隐隐约约地飘散着一种淡淡的霉味，有些呛人似

的让他不安宁，而且灯光好像也太亮了些，照得他还像是在正午的太阳下汗流浃背。最后他是偷偷地瞟着慢慢咀嚼、好像满腹心事的老首长，好容易盼着他放下了筷子，老管家和傅杰都不约而同地不再吃了。

"傅杰，别忙着收拾，陪我出去走走。"老首长站了起来。

傅杰一时没反应过来，不知道对方叫的是谁。两个月以来，几乎从来没人叫过他的名字。酒店里不是叫他小傅，就是简单地冲他喊声"喂!"，从没人叫他姓名的全称。

傅杰跟在老首长的身后走出房门，到了院子里。这时正是太阳落山，晚风初起的时候，盛夏里的沈阳城就这会儿是好时候了。两个人站在台阶上迎着凉风，都长出口气。

"傅杰，你今年多大了?"

"十九。"

"在酒店里干多长时间了?"

"两个月。"

"我看你干的时间就不长，以前都做什么?"

"……"

"一直在念书，是不是? 我算算，现在快九月末了，你干了有两个月，七月份开始干的? 考大学没考上?"老首长在前面悠闲地散步，边走边说。傅杰在他背后猛地抬起了头，这老头儿精明，都猜着了。可他别以为给傅杰吃一顿饱饭就能随便说三道四! 这些事是傅杰心里现在还流着血的伤疤，别说别人碰，他自己想一想都受不了!

没想到前面的老头儿猛然回头，正迎上傅杰怒不可遏的表情。傅杰措不及防，想躲开又来不及，想瞪着对方又没有勇气，他尴尬，他发窘，最后很不好意思地低下了头。他到底还是个不到二十岁的孩子，他觉得自己可笑透了。

老首长一直看着他，看着他的脸色变幻，忍不住笑了，"小郎中，走，咱们去后院，那才像块地儿。"

"不，首长，我得回去了，酒店里我还有活儿。"傅杰站住了，不管是强烈的自尊，还是强烈的虚荣，他都不想再留在这里，不想再和这个人谈话。

　　"你很忙？还有活儿？不，"老首长回过身来，笑嘻嘻地看着他，"你肯定是收工了，不然你哪来的时间陪我吃饭？我们散步都散了好一会儿了。好了，小郎中，我后院里还有些活儿得请教你呢。"他邀请傅杰一起走，礼数竟然非常周到。傅杰没法拒绝，和他一起沿着小楼的墙根儿来到了后院。

　　后院让傅杰想起了中午经过的那条荒废的老街，这里蒿草丛生，最高的竟然接近一人多高，傅杰向小楼底层的窗户看了一眼，发现这些蒿草足以挡住窗户里的视线。这时是盛夏，不要说难得的清风吹不进去，就连草丛里的蚊虫都会成群成窝地往窗户里涌。可是那些窗户都严丝合逢地关着，很显然没有住人，他的担心也都是多余。

　　傅杰跟着老首长钻进了蒿草丛里，他把卷着的长袖放了下来，盖住胳膊，前面那老头儿却不在乎，下身还是长裤，上身是件土黄色的小背心，黄昏的草丛里蚊虫轰的一声被惊起一大片，他连用手赶一下都不赶。至少走进去快二十步，他停下了，"怎么样？我这块园子怎么样？"他问得很有兴致。

　　这倒真是块菜园子，大小不过二分地，里面杂七杂八种了好多种的菜，高的是玉米，还有两架支起来的豆角，矮的种类更多，毛豆、茄子、生菜。傅杰仔细看了看，还有几棵胡萝卜，把二分小地弄得满满的，没分出来垄趟，就那么乱蓬蓬地挤在一起栽上了。

　　"还行，草太多了。"傅杰只能这么说。

　　"是啊，我也是庄稼院出身，可早就都忘了。厚诚给我买了种子，我就种，浇水，也给上肥，可长得操蛋。"说着他想进去，抬了抬脚又收了回来。没有垄没有趟，根本就没有下脚的地方。可见他当初种的时候是多么地外行。

傅杰弯下腰，手伏进园子里，伸到一米多远的地方拔了棵生菜，"能吃了。"递给老头儿，然后一脚踩进了园子里，落在那棵生菜原来的地方，就近拔出棵胡萝卜，扔出去。这样几次他就在小园子转了半个圈子，老头儿的手里小有收成，他也把能够着的野草都拔掉了。傅杰的身子又瘦又高，长长的腿脚长长的胳膊，几乎能把他周围直径两米多的地方都照顾到。

　　"得浇水了，今天天太热。"傅杰原路出来，闷声地说。

　　"是啊，今天我难受，忘浇了。明天再浇没事吧？"

　　"水在哪儿，我给你弄。"

　　十分钟之后，傅杰拿着根特别长的胶皮管子，套在了水龙头上，开始给园子浇水。他这才知道，刚才他看到的蒿草堵窗的房间竟然就是这位老首长的那间大卧室，水龙头就在他的窗根儿底下。他边给园子浇水，心里边奇怪，那么好的卧室安个水龙头干什么？这么热的天难道就真的不开窗子？这个老头儿真让人莫明其妙。他转脸看看，老头儿正看着他，他马上闪回了目光。不知道对方是在看他浇水，还是一直都在注视着他。似乎从刚才的饭桌上，这人的目光就一直没放过他。

　　默默地浇完了水，傅杰收拾起胶皮管子，重新放回到老首长的窗户外面。这时天晚了，傅杰隔着人高的蒿草对老首长说："首长，我得回去了。"

　　蒿草的对面好像老首长点了点头，"嗯。"傅杰等了等他，老首长没动，也没再言语。他开始自己往回走。"等等。"傅杰快要走到楼拐角了，又被叫住。"回来。"

　　傅杰只好走了回去，又钻进了蒿草丛里，站到了老首长的身边。

　　"你在那家酒店挣多少钱？"老首长沉默了一会儿突然问他。

　　"什么？"傅杰不知如何回答，他没想过对方要问他这个。暮色中老首长把头转向了他这边，脸色有些看不清，但不重复刚才说过的话。好一会儿傅杰才说："三百多，不到四百块。"他不愿意说的，可还是说了。刚才默默地给菜园子浇水，让他有点儿喜欢上了这里。

老首长似乎有心事，他望着小菜园子，好长时间一言不发。傅杰站在下风头，晚风起了，蒿草的香气一阵阵涌向他，里面还夹杂着一股老年人特有的体味，这让傅杰皱眉，往旁边让了让。又是好一会儿，老首长还是什么也没说。傅杰有些不耐烦了，就在这时，前院的大门响了，隐隐约约地传来了女人的声音，声音很轻，可身在后院隔着小楼，傅杰还是清楚地听见了。

女人的声音似乎还不止一个，交织繁杂地说着什么话，在暮色里时高时低的，一路响进了小楼里。楼里响起了很重很急的脚步声，越过了一楼，直接走向了二楼，女人们欢快急躁的脚步，最后是二楼上的一扇门响了，声音们低沉消失了。傅杰忍不住向楼上望去，发现二楼的一扇窗户里透出了灯光，那应该是隔着层很轻很薄的窗帘，灯光被窗帘过虑得柔和轻盈，变成了种很飘的软红色。

傅杰的头还在仰着，老首长突然说话了："你来我这里干吧，酒店里给你多少钱，我给你加倍。我住哪儿你就住哪儿，我吃什么你就吃什么。帮我伺弄这个园子，我要是再有个什么缓急的，你也像中午那样搭把手。怎么样？"

当天晚上，傅杰回酒店拿了他简单的小包裹，结算了工钱，来到了老首长的家。这时他知道了老首长叫梁东华，是退伍的军官，铁道部门的老干部，退休好多年了。

这天晚上他先在梁东华的床边打了个地铺，这座小楼的所有房间都铺着高档的细条红木地板，盛夏的日子躺在地板上，再铺上一层竹凉席，傅杰觉得太享受了。尤其是地板的面积，他在这一夜里忍不住不停地翻来覆去，不是换了生地方睡不着觉，而是在酒店的小床上挤惯了热怕了之后，不由自主地要"放纵"一下。

他在黑暗中紧紧地握着短裤里兜贴身藏着的一叠硬邦邦的纸片，那是梁东华预先支付给他的一个月的工资，整整一千块钱，那比答应过他的加倍的工资还要多。梁东华递给他的时候，还问他是不是满意。傅杰当时慌了，他不知道梁东华这么问是不是反话，是不是在试探他是否贪心。但是梁东华的态度非常地诚恳，一再地要他有什么话都说出来，傅杰还能说什么？他只懂得呆愣愣地点头，告诉老首长这太多了，真的太多了，他不值这么多的工钱的……好一会儿回过劲儿来后，他才又问，除了照顾梁东华的起居还有小菜园子外，还有些什么活儿？梁东华一概都摇头，说他这儿哪有那么多的活儿要干？屋子里摆弄好了就千年不变，其余的不过一日三餐；外面的院子，前院扫干净了就行，那是个门面，不得不装个样子，后院就要自由自在，随它们去长，不管是蒿草还是菜园子，都别太强求，反正也不是拿出去卖……

　　傅杰躺在黑暗里怎么也睡不着，想着怎么才能为梁家多做些事，好对得起每月这一千块钱。

第三章　国民党少校

　　第二天清晨，傅杰醒来的时候，天还没有大亮。他悄悄地爬起身，不知道这时是几点钟。昨晚睡觉时，他听不到任何钟表走针的声音。梁东华的卧室里无论是落地钟、挂钟还是闹表都没有，完全地鸦雀无声，彻底寂静。

　　他坐在地板上犹豫不决，不知道是应该马上起来做事，还是老实躺着。他不知道要干什么，更担心弄出动静，把楼里的人吵醒。

　　他这么坐着有五分钟，越想越没主意，他可不想等梁东华先醒，然后他再起来，第一天就弄得像个懒骨头似的。正苦恼着，他身后边突然有人说话："小郎中，你怎么了？"傅杰猛地转头，发现床上的梁东华还躺着，正睁着眼睛看着他。梁东华的床挨着窗户，微微的曙色里他看得清楚，梁东华眼神清醒，应该是看了他好一会儿了。

　　"没，没事。"傅杰不知怎么说才好："我睡不着，早起来惯了。"

　　"好啊，那咱们都起来。"梁东华说着翻身就坐了起来，三把两把就穿上了外衣长裤，干脆利落。"走，外面走走。"他可不管这时是几点，在屋里就穿上了大皮鞋，地板被他踩得咚咚响，他一路走了出去，傅杰只有跟着。

　　就这样，傅杰开始了在梁家的第一天的生活。

　　一天过去，两天过去，直到过去了四天，傅杰还是没有适应他的新生活。他甚至在为自己担忧，一旦这种日子过惯了，他再回到以前那种死板、节俭、看着规律实则无聊的生活里，还能不能过。

　　这四天里，早晨只要醒过来，梁东华就要上街，没别的，先转悠个把小时，等把身子走热，把腿脚走活了，这才能停一会儿——进饭店吃早饭。第一天是个刚支起来的小摊，豆腐脑煎饼果子，这还可以，傅杰吃过也爱吃。第二天就不太像话，梁东华像是突然来了心情，在太原街里走着走着，突然停住了脚，"这家不错。"就看着他脖子上的鸭蛋大的喉结上下乱动，拉着傅杰走进了家澳洲饭店吃广东早茶，结果叫了六屉包子两人还没吃饱。那种虾仁包子的确皮薄如纸，口感出众，里面也肯定有一个完整的虾仁，隔着皮儿都能看见，可该死的是以沈阳人的嘴来说，一口下去三个这样大小的包子才合适。至于茶，不提也罢，他们两人哪个也不是个喝茶的料。出来的时候傅杰心痛钱，梁东华更是骂骂咧咧，因为服务员收笼屉的时候忍不住笑了，让梁东华大为光火，觉得自己太土，丢人了。

第三天第四天梁东华吸取了经验，分别是李连贵的熏肉大饼和老边饺子，这都是沈阳城里近百年的老字号，无论是口味还是数量价钱，都是为沈阳人量身定做的。傅杰和梁东华才吃得有点儿兴头。

这是早饭，午饭和晚饭也都没在家开火。傅杰实在是想不通，这能是长过日子的法子吗？而且这还只是他和梁东华两个人，家里的老管家李大爷，还有楼上的夫人和小姐还不知道是什么做派。

提到梁夫人和梁小姐，傅杰在第一天的上午就见着了。那时他刚跟着梁东华回到了家里，梁东华吃饱了也走累了，回屋里要再来个回笼觉，告诉他十点半之前别弄醒他。傅杰就出了卧室带上门，轻手轻脚地准备到院子里去，先把前院扫一扫，他看见夜里地上落了些浮土还有些树叶子。然后再去后院，浇园子声音太大，会影响首长睡觉，他准备先把蒿草拔掉些，开出条道儿来。就在这时，他听见楼上的房门响，声音也不小，估计着一楼大卧室里的梁东华一定也能听到，他正担心梁东华会骂出声来。楼上的人已经下来了，他只看了一眼，马上低头，脸红到了脖子根那儿。

楼上下来一位雪白的女人，傅杰对她的第一印象是她很白还很绵软，虽然看着体积也不小，但一定不太沉，轻飘飘的。她顺着室内梯往下走，穿着的拖鞋都是半高跟的，室内梯有点儿陡，她一步三摇款款而下，雪白的大腿在宽松的睡衣下毫无遮挡，傅杰所在的位置实在让他难堪尴尬。

"老李，这是谁啊？"那女人瞥了他一眼，不直接问他，问他身边的李厚诚。老管家刚好也在这里。

"夫人，他是新来的，照顾首长生活。叫傅杰。傅杰，这是首长夫人。"

这些话让傅杰非常的反感，心里又肉麻又烦乱。什么夫人啊，首长啊，他不知道这是什么时代什么社会，他在学校里学的是文科，看了好多的小说，既然有"夫人"，那他就是"下人"了?!

他受不了自己的想象，可是话还一定要说。"您好，"他无论如何没法接着李厚诚的话，顺着说出来"夫人您好"这四个字。

他的精简的问候出口之后，对面一直没有回音。他就这么低着头，等着这次觐见结束。好半天了，他抬头看了一眼，发现夫人还在台阶上没动，还有四级没有落到地面，高高在上的正在打量他，他的目光依然还是那么地尴尬难堪。他马上收回了目光，又低下了头。他听见头顶上方有人轻轻笑了一声，谈不上什么轻蔑了妖气之类的不好感觉，只是鼻音很动听。"老李，午饭我不吃了，你给小灵准备些。"脚步声又节奏错乱，款款而上，回到了二楼。

傅杰的心里不是滋味，他说不出他有什么理由不高兴，可就是觉得屈辱，觉得无地自容。他向李厚诚说了一句："大爷，我去扫院子。"就往外走。

"别扫，前后院都别动，首长不喜欢。"后面李厚诚说。

傅杰站住了脚，留着也不是，出去也不是，觉得一切都这么地别扭，都跟他的思维还有习性格格不入。待了好一会儿，他走到了厨房，坐在最里面的角落里，发呆出神。

好长的时间后，快到十点半了。他想起来要去叫醒梁东华时，突然醒悟了件事。他想起来，他在富瑶酒店里是低三下四，虽然难受，但是知道自己是在矮檐下，受些小人欺负罢了。那时无论受得受不得，都能告诉自己这是暂时的，他不会窝在那里一辈子。可是在这里，他觉得自己是这么的不入流，是自己的的确确地不如人家，就算是不伺候他们，离开了这儿，他还是比人家差了天大的级别，无法改变。

　　将近中午的时候，傅杰在日头正毒的时候到后院给菜园子浇水。浇水之前，他趁着地面上还干，先去除草，顺带拔了几棵菜。他就像第一次踏进这片园子时一样，得伏下身子拉直了身体去把手能够得着的菜摘到手。这没办法，当初梁东华就没开垄，现在四下里满地都是菜，他又不能挨个儿去拔出来，开完垄再成行地种回去。

　　当时傅杰赤着上身，下身是条大短裤，他四下里伏腰伸展着，随着他的每一个动作，他身上的肌肉都扭曲流动着，拉伸挤压着。二十岁边上的傅杰全身没有一点儿多余的脂肪，汗水在他的身上就像上等的橄榄油一样，让他的线条更加清晰，肤色更加健康。

　　好一会儿他终于满意了，站起来长出口气。然后才听见他头顶上方，靠近小楼的方向又轻轻地咔嚓响了一声。这声音在他拔草摘菜时就听见了几次，可他正忙得汗流浃背，根本没在意。这时他抬头看了一眼，发现在二楼的一扇窗户边上，伏着一个人，正往外面探着身子，手里举着架照相机，镜头对着他。

　　傅杰抹了一把满脸的油汗，一时没反应过来这人在干什么，也没看清这人是谁，长什么样子。直到这人把脸前边的照相机拿开，冲着他叫："喂，你再做一次好吗？就是你刚才摘菜，摘那棵生菜时那个动作，再来一遍！"

　　傅杰看清楚了，是个挺漂亮的女孩儿，和他差不多大小的年纪。还在冲着他叫，很高兴很兴奋似的，像是发现了什么宝贝。可他还是摸不着头脑，她在干什么？

　　"我说你呢，喂，就是你。"这女孩儿看傅杰没反应，转眼就生了气，"你怎么这么笨哪，要你再趴下去，伸腰，去够那棵生菜，你左手边那棵！快做啊！"竟然一连声地喊了起来。

　　傅杰明白了，这是把他当模特儿了，把他在太阳下边干农家活儿的模样，当成了新颖的素材。可他答应她这么做了吗？她竟然还大叫大嚷的。神经病，傅杰在心里骂了一句，不去理她，自顾自地把菜收拾起来，把胶皮管子接上水龙头，开始浇水。这期间楼上的女孩儿的叫声没停过，一会儿说她一定会把他拍得很漂亮，能得奖，让他也出风头露脸；一会儿又说他实在是太笨，是真不明白这是好事，还是笨到了家了听不懂她的话。刚才她都拍了好多张了，再拍一张又有什么了不起……傅杰充耳不闻，这时他已经知道了这女孩儿是谁了，肯定是夫人所说的那个"小灵"，也就是夫人的女儿，本宅的小姐了。可他就是不愿意满足她，不是她拍了他在菜园子里干农家活儿让他自卑恼火什么的，而是她的语气。她第一句话的最后四个字就让他下定了决心不理会她——"再来一遍！"当他是什么？！

幸好梁东华对他一点儿架子都没有，在这四天里，他第一次在卧室门前听到的那种"首长"式的声音语气从来没有对他使用过。不知道是不是他的错觉，这个与他素不相识的老人不仅对他随和，而且很有些亲近；不仅带着他散步溜弯，出入饭店，还经常和他聊些知心的话。

第二天的晚上，他们晚饭后回家，梁东华不进卧室，直接到了后院。两个人一直伺弄小菜园子时，梁东华又说起了他自己的出身，农民，庄稼院的人，本就是土里刨食儿吃的人，现在居然对农家活儿一窍不通了，真是忘本……说到后来，他告诉傅杰他本来叫梁满仓来着，好口彩吧？可也真他妈的土……傅杰和他一起笑了起来，在那一瞬间，傅杰真的觉得就像是又回到了康平老家，和一个大田地里干活儿的老农随便聊天一样的自在随意。

可第三天，傅杰就见识了一次梁东华认真的神色。仅仅是认真而已，并没有对他发脾气，但傅杰有记性，他记住了，那件事绝对不许做，不能做。

那是第三天的下午，午饭后梁东华在前院里，坐在白玉栏杆上摇大蒲扇。傅杰一个人没事，想了想，拿了扫帚拖布进卧室打扫，四下里都小心仔细地清理过后，他觉得唯一的卫生死角就是梁东华那张巨大的床的下面了。

　　梁东华的大床不仅大，而且非常低，床面下不是那种可以储物的柜式的床体，而是四个床腿支地空心的。平时特制的大床单一直拖到了地面上，床底是什么完全看不到。傅杰决定把床单拉起来，把下面也扫干净。为此他不惜爬进床底下，灰头土脸都在所不惜。

　　可就在他端详了好半天，决定了从哪里下手后，后面突然有人说了句话："别动那儿。"不知道什么时候梁东华已经走了进来，这个老人的皮鞋声可以震得满楼都咚咚响，竟然也可以悄没声息地来到他背后。他突然说话，把傅杰吓得差点儿跳了起来，转回脸时，心里还在咚咚地跳，就像平时在梁东华皮鞋下颤抖的地板。

　　"小郎中，记着，我的床不能动，不管是床上的东西还是床下边。"梁东华郑重其事，一字一顿地对他说，"都不能动。你记住了吗?"

　　傅杰马上收回了伸向床单的手，"是，我记住了。"他回答得老实坚定，没有去问为什么。

　　第五天的早晨，梁家的小保姆回来了。原来梁家早就雇了洗衣做饭的人，他们叫她小孙。这天早晨梁东华在家吃的早饭，胃口大开，傅杰吃的也不少。饭后梁东华不想出去，傅杰犹豫了一会儿，向他请假，说能不能出去办点儿事，半个小时，最多一个小时就回来。梁东华马上就答应了，而且不问他去干什么。

　　傅杰手里带着一千零五十块钱。一千块钱整的是要寄回老家给他妈妈的，五十块钱零的是他的随身带的应急钱。他在富瑶酒店里最后结账得到了三百块钱，其余的都放在他的小背包里，夹裹在他的铺盖里。

　　傅杰再次一个人走上了太原街，满眼的高楼大厦啊，里边全都是各式各样的好东西，只要你有钱就能买到它们。傅杰兜里揣着一千多块钱，觉得走路走得很轻松自在。他知道这座城市里的人均收入大概就在每月一千多块钱，那么说他现在也不算个太穷的人了?

他在匆匆流动的人群里对自己笑了，笑自己的眼皮子有多浅，笑自己现在竟然这么容易就满足——他以前也想过的，学习好，考个好学校，落脚大城市，赚大钱，当社会的上层人士……现在只不过有了一千块钱，就觉得自己如何怎样了。

他找到了一家国家的邮政储蓄所，把钱汇进远在康平的妈妈的账户里。这是他在来沈阳之前在康平那边为妈妈准备好的，因为通过邮政储蓄汇款走钱要比通过邮局正常的汇款还有各种银行的汇款走账要省很多钱，几乎不要钱。

汇完了钱，他回到梁家已经快上午九点半了，这时太阳又开始热了起来，沈阳的夏天又开始了，傅杰直接去梁东华的卧室，24小时地跟着梁东华，这就是他每天生存的意义。

梁东华的卧室门窗紧闭，这时傅杰不再惊讶了，因为谁的家里正开着空调都不会打开窗子和门的，那与窗子外边有多高的蒿草，蒿草里有多少的蚊虫一点儿关系都没有。而且像梁东华这种到老都精力旺盛，强烈地爱好惹是生非的人，都有可能故意把蚊子放进屋里，然后把空调开到最大档，试试看能不能来个人造冬天把蚊虫们都冻死。

他敲敲门，推门进屋。发现梁东华还在，他又靠在了床上，只是脚平放着没再跷得比头都高，正看看南墙根儿底下那儿出神，进来人了也不回头。傅杰走到另一个角落里，那儿有个小椅子，他坐下来一言不发，不弄出来一点儿动静，等梁东华说话，等东家什么时候有什么要求。

时间过去了快二十分钟，偌大的卧室里只有空调轻微的运转声，梁东华偶尔一两声的咳嗽，除此之外整个楼里都鸦雀无声。傅杰百无聊赖，他注视着面前的地板，这时他当然不知道这些地板是进口的，叫什么紫罗兰的原木制造的。这木头从里到外都是紫色，每平米的价格比时下沈阳城里的一些新建楼房的价格都要高。他只是觉得地板好亮，窗外的蒿草的影子投射在上面，像镜子一样映得清清楚楚的。他默默地数着，看着某一棵蒿草的影子

从地板的这一格移到另一格。数着数着他微微地笑了,他想起了一句中国的经典老话——圣人察庭中之荫,而知日月星辰之变化……好久以前的圣人们也都像他这样无可奈何地消磨时光,只能注意些毫无用处,没有意义的事吗?

正这么想着,梁东华突然站了起来,走向了南墙那边,"小郎中,过来看看。"傅杰马上跟了过去。梁东华从那儿提起了一叠东西,黄绿色的。他转过身来的时候,傅杰看清楚了,那是一身全套的军服。这时他当然不知道那是什么样式的,可是那顶军帽,还有叠得整整齐齐的上装肩部露出来的肩章阶级,都明白地告诉他,那是军服。

"来,你穿穿。"梁东华把衣服送到了他的手上,那衣服好重,好厚,是秋冬的料子。傅杰接了过来,看看梁东华,不知道他是什么意思。梁东华再不说话,只是示意他穿。傅杰想了想,开始穿。

秋冬的料子穿上了身,人立即感觉充实起来。在开着空调的房间里,傅杰并不觉得热。这身军服质料上乘,叠在一起的时候,看起来不多,可打开来穿时,却是从里到外,连衬衣到领带样样齐全。傅杰都穿好后,梁东华又递给他一双皮鞋,样式不太常见,没有鞋带没有鞋扣,是双高腰的靴子。傅杰后来知道,这叫校靴,是以前军队里的士官级服装的标准配制。穿戴整齐,最后他戴上了那顶军帽。

这期间梁东华安静地站在一边看,遇到傅杰不会穿的地方,他才无声地走来,替他打理好。梁东华的动作熟练,似乎这身衣服的每一个细节他都无比的熟悉。这时他指了指北面墙,那里嵌着一面近两米高,三米长的大镜子,镜子斜对着窗户,阳光灿烂的时候,这屋子被反射得耀眼生花,满室光明,通常夏天时都要用帘子掩住它。

傅杰走了过去,地板在抖动,他脚步虽轻,但这双靴子本身就像有着非同一般的重量和气势。他在北墙那里拉开了那挂竹帘,突然间,他看到了镜子里那个陌生的人。

镜子里的人瘦高、英挺，一脸的精悍倔犟。合体的军装里面包裹着的身体显得那么的匀称、强健、危险，军装果然是男人最好的服式。傅杰在镜子里侧转了身子，各个角度都看了看自己，他从来没有想过自己会有这样的形象。好一会儿，后面的梁东华问他："喜欢吗？"

　　"喜欢！"傅杰再不迟疑，他真的喜欢。

　　"好，我送给你。"梁东华淡淡地说，可意思明确，不是在开玩笑。

　　傅杰转回头来笑了，"太谢谢你了，首长。这身军装真漂亮。"

　　"你不该叫我首长，要叫长官。"梁东华面对傅杰的欣喜不动声色，纠正他。

　　"什么？长官？"傅杰不懂什么意思。

　　"看看你的军帽。"

　　傅杰转回了头，面对镜子去看，他不想摘下帽子破坏这种整体的军人形象。他突然间呆住了，镜子里那人军帽上的徽章不是红色的五角星，而是蓝白相间的青天白日！

　　"这，这是国民党的军服？"傅杰吃惊地问。

　　梁东华远远站着点了点头，"还要吗？"

　　"要，"傅杰只是一瞬间吃惊，国民党的军服又怎么了？只要好看就够了，这已经是什么时代了，谁还在乎这个？反正就算是共产党解放军的军服，他也不能穿出去。

　　隔着远远地，梁东华微微笑了，他在床边缓缓坐下来，仔细地看着现前的情景。老屋子，大镜子，笔挺高挑英气逼人的少校团长。这时太阳高照，阳光满室，在镜子的反射下室子里的光亮简直让人窒息。就在这极度酷烈的光亮里，气温还保持着初春的清凉爽冽。极度的反差，就像年青英武满身戎装的傅杰和不显老态却不能掩饰衰老的梁东华，傅杰直到现在还都只沉浸在发现另一个自我的快乐中，没有去问梁东华这身衣服是从哪儿来的，为什么这么轻易就送给了他。

　　这时外面大门的门铃突然响了起来，傅杰把自己从镜子里拉了出来，他跑出卧室去开大门。自从他来了之后，就把迎接来客开关大门之类的活儿揽在自己身上，他懂得他一个新来的，岁数还这么小，必须得勤快些，不能再让七八十岁的李厚诚来回地跑。

第四章　美丽的罗兰我的梦

　　门铃只响了三声就停了，显得克制又有礼貌。傅杰快步赶到，直接拉开了大门。这是他与李厚诚不同的地方，他从出生到现在的二十年间中国没有动乱，没有土匪，没有侵略者，他不相信开门就有强盗闯进来。

　　高大厚重的木门打开了，傅杰大开着门，没有把门只开一条小缝。他记得第一次送外卖来时侧身而入时心情的恶劣，可他不知道，如果李厚诚在门上的小窗口上看到的不是个送外卖的小孩儿，开门的幅度自然就会大些。

　　"你找谁?"傅杰放开大门，面向了来人。接下来的情景他一生都没有忘记，他看到了来访者是个年轻的姑娘，她上身穿着雪白的长袖纱料的衬衫，纯白色的没有花纹图案，没有特殊的夸张装饰。下面是青色的长裙，颜色轻淡，没有花边没有皱褶，显得修长利落。她全身最好的装饰就是她的长发，黑色的头发垂在雪白的衬衫和淡青色的长裙之间，她腰肢细得都掩不住身后飘逸的长发……让他惊奇的是，这个姑娘呆呆地看着他，比他看她还要专注出神。只是渐渐地她流露出来的神色变得疑虑，甚至是恐惧戒备，让傅杰更加摸不着头脑。

　　"你好，你找谁?"他不得不再问了一次。

　　"你是谁?"对方没有回答，反而反问他。

　　"我……"一瞬间傅杰不知怎么回答，说他是梁家雇来的用人? 他不甘心，从心里往外的自卑反感。可除了这个他还有什么身份? "你到底找谁?"他有点儿恼羞成怒地对这姑娘说，这时他看清了这姑娘的相貌，那让他自惭形秽，问话的底气都不足了。

　　姑娘突然笑了，没有笑声，只是脸上随着笑容起了变化。"对

不起，我找白灵，她在吗?"她的声音轻柔动听，像她的衣服颜色清清亮亮的。

"白灵……"傅杰不知道这个名字！可是他马上就想到了楼上的小姐，夫人曾经吩咐过李厚诚的话——"老李，午饭我不吃了，你给小灵准备些。"可是小姐怎么会姓白不姓梁?

他正想着，身后边的楼门"砰"地开了，有个硬底鞋子的声音零乱急促地响了过来，声音到的更早，"罗兰，你来了? 快进来，我一直等你呢……"白灵张开着两只手地跑了过来，像是要在大热天里拥抱来客似的。

"别管他，我们家新雇来的，什么也不懂……喂，你怎么穿成这样? 你不热啊?"白灵一点儿都不在乎傅杰怎么想，连笑他傻时都没正眼看他一眼，边解释着自己的"下人"为什么失礼了，边拉着罗兰走向小楼门口。傅杰在她们身后呆立着，一直看着她们消失在楼门里面，罗兰在进门之前还有意无意地回头又看了他一眼，然后两个女孩儿小声说了句话，马上爆出了笑声，这笑声一直欢快地响到了楼上。

快正午的阳光像下火一样的热，傅杰穿着厚密严实的将校呢秋装，觉得头昏脑涨，愤怒得呼吸都不均匀了。好半天，他慢慢地把大门关起来，一步一步地走回楼里。

他回到梁东华的卧室里，这会儿梁东华不在屋子里了，不知道又去了哪里。傅杰又站在了镜子前端详起自己，镜子里那个人与刚才出去开门前的那个有什么不同吗? 有吗? 还是那身军装，还是那个人，但现在他看着自己只觉得可笑可怜可悲！他在无人的房间里盯着自己看了好久，他默默地把军服脱了下来，按原印叠好，连同校靴军帽都妥善摆好。他要告诉梁东华，这身军服他不要了。

但他不想辞职，也不能辞职，他得高高兴兴地干下去，让梁东华觉得他喜欢干，尽量干得长远些。

午饭时间到，这是对傅杰的又一次折磨。小姐白灵破例下楼到厨房里来吃饭，原因是要陪她的朋友罗兰。她不想搞那么特殊，吃饭还要人送上楼去。要是依着白灵，她们上街去吃才好，多自在。至少不用看到她老爸爸梁东华板着的脸，还有吓人的声音，吓人的胃口。

傅杰是被梁东华一迭连声地叫到饭桌上的，他不叫傅杰，就叫小郎中，傅杰到现在了也不知道他为什么要这么叫自己，可也一直没问。郎中是医生，这不是什么不好的词，问那么多干吗？可有人问了，不是白灵，是罗兰。她先是笑着向傅杰说："你好。"

傅杰正小心地往椅子里坐，在想着自己是不是不应该马上就座，他应该去帮着保姆小孙一起上菜才对。根本就没想到她是对他说的，没理会。白灵狠狠地白了他一眼，"喂，人家问你好呢！一点儿礼貌也没有。"她转向罗兰后表情变得很难堪，她家里的用人又给她丢了脸，这个新用人一点儿人事都不懂，一点儿素质都没有，辱没了她的身份品位。

傅杰看了看周围，这楼里的人除了夫人照例不下楼，保姆小孙在上菜外，都在座。白灵无礼的话他们都听着，没人附合也没人反驳。他暗地里咬咬牙，突然也笑了，向罗兰微笑，"你好，我叫傅杰。"他主动介绍起自己，再没有畏缩窘迫的小家子模样。

"你好，我叫罗兰，谢谢你给我开门。"罗兰的笑容真诚随意，又向他点了点头。她黑色的长发在厨房的灯光下映得她的肤色更加白皙，傅杰本想直视着她的，可不由自主地又低下了头，容光照人，自惭形秽，他的窘迫自然而然地又升了起来。

"梁伯伯，你为什么叫他小郎中？他是医生吗？"罗兰转而去问梁东华，话题还是他。

"他救过我。"梁东华翻眼皮看了看他们，尤其是他女儿白灵，"以后他在我身边，还会救我。"顿了顿又说："我和他谈得来，就算是我的一个小朋友吧。"

"是这样啊，傅杰，你真了不起。"梁东华的话让罗兰对他刮目相看，她旁边的白灵却撇了撇嘴，不屑地冷笑。她当然知道她

老爸爸为什么多看她那一眼，可她不在乎，也不介意让别人知道她的不在乎。

气氛变得尴尬起来，傅杰知道这全是因为自己，幸好饭菜都摆好了，同桌吃饭，只要开始动起了筷子，气氛自然开始缓和。饭后罗兰就向他们告辞，她要走了。白灵急三火四地要她等一下，等她回楼上换件衣服和她一起走。罗兰拒绝了，她有些资料要从白灵这里拿走，挺沉的，离车站有点儿远，她要傅杰帮她个忙，能不能送送她。

傅杰提着一提包的资料跟着罗兰走出了梁家，罗兰没有走正门前的大路，她带着傅杰顺着院墙往后院那边绕。"我知道有条近路，离我要去的车站近。"她这样对傅杰说。傅杰又走上了他第一次来梁家的那条荒废无人的老巷。

"傅杰，你不要生气，白灵就是那个样子的，其实她人并不坏。"挤过了那片爬山虎的绿毯子，面对了那条葱郁满路的老巷，罗兰这样对他说。

"没有，我没生气。"傅杰马上否认。他心里却有另外一句话，我有什么资格生气呢？

罗兰转过脸来看着他，笑了，"还说没生气，你呀，生气高兴都摆在脸上呢。"

傅杰低下了头，他的确是这样，心里藏不住事，为这个他没少吃亏。

"傅杰，你今年多大了？我看你和白灵差不多。"走了几步，罗兰又问他。

"啊，可能吧。"傅杰的心理素质就是这么地差，罗兰只是说了他七情上面，他的心情就沉了下去。也不回答他到底多大了。

罗兰叹了口气，"看到你，就像看到我以前的一个朋友，你们真像。"她也再不说话了，在前面走。老巷子的出口那边绿荫环绕，就像个苍翠的洞口，外面有车水马龙，来回穿梭，离他们越来越近。傅杰在她身后走着，正午时的草香浓烈熏人，偶尔有点儿微风吹过来，带着些新异的气息，傅杰知道，那来自罗兰，前面走着的美丽女孩儿。

快到巷子口了，罗兰停下了脚步，"好了，就到这里吧，谢谢你。"她接过了提包，那很重，沉得她的肩膀立即倾斜了。"傅杰，开心些，你只是去他们家打工，就这么简单。"她说着，目光明亮地看着他，"就像我一样。"

"像你一样？"傅杰不懂她的意思。

罗兰微笑了，"你不知道吗？白灵要考音乐学院，她的钢琴课，还有英语都不过关。我只是她请来的家庭教师。"她晃了晃手里的提包，"这里是她的作业。"

"如此而已，不是朋友。"她这样强调，又笑了笑。

傅杰苦笑了，这怎么能算是和他一样呢？她是凭本事吃饭啊，而他，这几天没事时自己一个人想，梁东华为什么要花这么高的价钱来雇他？怎么分析他都找不到理由，或许这只是梁东华一时高兴，过得几天就会让他卷铺盖卷走人。那样他在这个城市里，就又变得没了着落……

罗兰静静地看着他，把什么都看在眼里，"傅杰，听着我的话"，她这样轻声，但是坚定地对他说，"天无绝人之路。"她始终凝视着他，直到他点了点头。"好了"，她笑了，"我得走了，下午还有事。傅杰，你穿军装的样子很特别，下次我来时会带着相机，我想和你合个影可以吗？"

"嗯。"傅杰点头。

"当然你还得再穿上刚才那身军装。"

"好。"傅杰有些犹豫，可还是答应了她，他忘不了穿上了那身军服的感觉，但那带给了他痛苦。本来他连想都不愿再想它了。

罗兰走了，傅杰站在树荫浓重的老巷里，看着她走进了炽热得泛白的天地。

第五章　噩　梦

　　在黑暗中，傅杰闻到了浓郁的青草香。他好热，青草的香气像蒸笼一样的围绕着他，很闷，但他不难受。他清晰地分辨出，在青草的香气中有一缕淡淡的熟悉的女儿香，虽然淡却清晰，他在黑暗中非常清楚地知道，他要找的就在前面不远处。

　　他不知道他是怎么找到的，只是一瞬间后，他已经紧紧地握住了那个人柔软的手腕，温暖的感觉，他全身心地飘了起来。但他没法恣意，他被那双手牵引着，操纵着，一切都仿佛带着节奏，他和她在舞动……他想看清楚这个人是谁，他想拉近她，想再拉近她，可都做不到，力不从心。不知在什么时候，他感觉急迫，要打破这种律动，但是这也做不到……他恐慌了，他记起了要挣扎，他也应该能挣扎！但是节奏和舞动在带动着他，不由他自主，他连停下来的自由和权力都没有……傅杰在极力地挣扎中，在又慌又急又愤怒的心情里猛地醒来，发觉四周还是黑暗，伸手不见五指，他第一时间里听到了自己急促的喘息声。

　　喘息声渐渐地平缓了，他发觉他全身都湿露露的，好冷。他恍恍惚惚的头脑里慢慢地恢复了能想事的状态，他想起来了，他这是在梁东华的家里，一个开着空调的屋子里。奇怪，这么冷的房间，他竟然出了这么一身的大汗。他下意识地往梁东华的大床方向看，他为自己的大汗羞愧，他更为自己的喘息声无地自容，他这是怎么了？他在黑暗里追问自己。

　　但他马上就听到了跳舞的声音，准确的说是节奏。静悄悄的深夜里，一点儿声音都没有的老楼房里，傅杰竟然听着有脚步轻轻踏地的声音，声音轻柔缓慢，但绝不是单纯的踱步，有着规律，傅杰虽然听不懂，但是也听出了那有着他不熟悉不知道的旋律。

这声音在整座楼房里流动着,让他没法确定是在哪间屋子里,或者走廊上?声音飘忽,傅杰猛然间毛骨悚然,脚步声竟然好像就在他的门外!

傅杰猛地坐了起来,瞪大了眼睛盯向门口的方向,他奇怪为什么今天夜里会这么的漆黑一片?!平时他半夜里醒来时都有些星月的光辉照得进这间大卧室的,每天晚上都能的!因为梁东华要起夜,他身体再好,也是个八十岁出头的老人了,没法不起夜。而他起夜傅杰就会醒。

可这是怎么了?傅杰在黑暗里急速地转动脑袋,向四面八方看着,他要寻找窗户,他要找到平时夜里从窗口射进来的有蒿草影子的光亮,可是突然间他啊的一声叫了出来,他发现有条黑影就直挺挺地站在他的床前!那真的是条非常高大的黑影,比别的地方的黑暗浓重了好多,他的眼睛能适应黑暗了,他绝对没有看错!

"谁?!"傅杰跳了起来,跳到了床的另一边。他身后就是冷冰冰的墙了,再也没有退路。他紧紧地盯着那条黑影,如果它逼过来,他还要怎么办?如果它跳上床逼过来他还能怎么办?!在黑暗中他没有半点儿勇气。不知道怎么保护自己。

好一会儿,傅杰没有动,床对面的黑暗也是宁定的,无声无息,没有动作。傅杰开始怀疑他自己了,是不是他睡梦中被魇住了?醒过来后还疑神疑鬼?他慢慢地伸出手,向那条黑影晃了晃,他没觉得黑暗中对面有什么反应。他又试探着向旁边挪了一步,再一步,黑暗中寂静无声,仿佛对他视而不见。他猛地冲出床位,几步跨到了门边,在门边的墙上伸手快速乱摸,他终于找到了灯的开关,轻轻的一声机簧响,房间里突然间一片光明,傅杰回过头来往他床边看,他差点儿再次惊叫出声,他床头那里竟然真的有个人站着!

一瞬间傅杰全身汗毛直竖,身子都僵住了无法动弹。他刚才在黑暗中看到的竟然是真的!那是谁?他下意识地向梁东华的床上看去,那上面是空的,人不在!傅杰的惊恐达到了极限,他竟

然把梁东华给看丢了，这是多大的责任，他无论如何也无法负担！

　　他转脸再去看还在他床前站着不动的人影，虽然是背对着他，但自从他醒过来后就一直都没有过动静，那到底是谁，为什么房间里开灯了还是一动都不动?！他用尽全力地提起所有勇气去看那个人，好半天才惊觉那就是梁东华。他只是背对着他，竟然让他这么长的时间里都没有反应过来……他长嘘出口气，觉得全身都虚脱了。这间大卧室里并没有其他的人，还是他们俩……

　　"首长，你怎么了?"傅杰尽量放轻了声音，平缓着语气问，他没敢走近。十米开外的梁东华没有反应，还在那里呆呆地站着。"首长?"傅杰提高了些声音再问，这么静的楼里，这么空旷的房间里，梁东华不可能听不到他的声音的。

　　可梁东华就是没听见一样，面对着已经没有人的床，站得笔直，除了向下垂着的头颅。傅杰的心猛地收紧，一股寒意在他身体里泛起，让他重新紧张，梁东华这是怎么了？他想对自己怎么样？他是清醒的吗？傅杰猛地意识到了这一点，他用力狠狠地咬了自己的嘴唇一下，剧烈的疼痛让他麻痹的心理和神经都受到了刺激。他向梁东华走了过去。

　　傅杰在梁东华的侧面停下了脚步，他实在没有胆量直接走过去，或者绕到梁东华的面前问他怎么了，又或者干脆拍他一下，把他从噩梦中拍醒。这都做不得，他不敢，无论是梁东华痴呆昏迷了，还是梁东华正常清醒的时候，他都不敢。

　　这时的梁东华很平静，傅杰在他侧面三米远的地方终于看到了他的脸，梁东华的五官正常，眼睛是睁着的，光着上身，下面是夏天睡觉时穿的大短裤，傅杰注意到他全身的肌肉没有紧张，很松弛，他只是在那里站着，顶多是不说话而已。并没有什么特殊的样子，更没有特别的举动。

　　傅杰松了口气，心想着不管梁东华为什么会这样，他想做什么，这都是梁东华自己的家，只要没伤害到他，他就没有权力阻止，甚至不能说三道四。就像现在，虽然对方是在深夜里站到了他的床前，可也只是站着，并没把他怎么样啊。他这么想着，远远地走开了去，坐在大门边上的一把小椅子里，他觉得他不能出去，他的职责就是陪伴着梁东华，24 小时不离身。

他坐在了椅子里，回过点儿神来了。除了眼前的梁东华外，楼里的那种若隐若现的脚步声又回到了他的耳朵里，轻飘飘的，舒缓有致，快慢错乱，原来一直都没有停顿。傅杰刚刚放松的神经立即又崩紧了，在椅子里猛地拔直了脊背，这种灵动飘忽，流动不定的脚步声，参照着他眼前一动不动像是梦游受惊痴呆不动的梁东华，让傅杰一瞬间对自我的判断都模糊了，他不知道为什么自己会半夜突然醒来，这间老楼里都发生了什么？为什么会突然变成了这样?! 他把椅子轻轻地往门后边移动，躲开了门口，那种带着旋律不停游走的脚步仿佛就在门外，让他不寒而栗。

他的精神都凝聚在门口，时刻提防，他不知道这脚步声来自于什么，会在他面前突然出现什么。就在这时，他突然觉得旁边有什么东西在动，他疾速回头，正看见梁东华缓缓地转过了身。梁东华转身的样子让他惊恐，非常地缓慢，非常地生硬，仿佛这人的腰腿筋骨已经没有一点点的柔韧性，他都不知道梁东华是用什么部位发力才能驱动这副身体。梁东华的头还在低着，惨白的灯光只能照亮他的额头，他的五官都在阴影笼罩下，阴暗里的东西生成了阴森。傅杰不由自主地站了起来，他后退，但他马上就贴到了门上，再无退路！除非他能破门而出到外面，但外面……外面的东西更是他所不知道也不敢面对的！

梁东华还在缓缓地转身，已经转了大约 360 度一个整圈了，他还在转着，头颈硬生生的，眼睛偶尔正对着灯光，傅杰发现他的眼珠一动不动。他在找什么吗？他为什么要这样扫视全屋子？梁东华的目光不止一次地掠过傅杰了，他都视而不见，不去理会。那么他到底是想干什么?!

傅杰觉得再也没法忍受了，他要离开这间屋子，一定要马上就离开！他不知道在下一瞬间，梁东华会不会变得无比的快速矫

健，扑过来一把把他抓住，他再也无法面对这个人！就在这时，梁东华突然倒了下去，直挺挺地向前倒了下去。那样子那速度就像是突然间失去了支撑的一根水泥柱子，注定了马上就要砸在地上，把地面砸出深坑，自己也四分五裂。

傅杰无论如何没有想到梁东华会突然有这样的变化，他绝对来不及去阻止他托住他了。他只能眼看着梁东华重重地摔倒，可结果却让他大吃一惊，倒在地上的梁东华一点儿沉重的撞击声都没有发出来，他的脚始终没有离开地面，他的双手已经支撑了自己的身体，他的头和躯干一点儿都没有和地面接触上。傅杰不敢相信地看着平平地支撑在地板上的梁东华，就像看着一个奇迹一样。这到底都发生了什么？

让他更加惊愕的事再次发生，倒在地上的梁东华开始移动。傅杰从来没有看过有人会这样移动自己的身体，他不相信一个人的躯干紧崩直挺，只是以手指和脚尖就能让自己往前动。要知道这是个八十岁左右的老人了，虽然他的身体保持得非常强健。傅杰知道他自己无论如何做不到这一点。

而梁东华的移动方向竟然是这间卧室里最大的那张床的床底下，傅杰眼睁睁地看着他匀速地"爬"了进去，穿过床单，一直爬到了里面，床好大，床单虽然没有被重新拉平放下，但梁东华爬进去后自然而然地又平整地垂了下来。

傅杰呆呆地看着那张大床，不能相信自己的眼睛。如果不是他刚刚才亲眼目睹了梁东华是如何怎样的爬进去的话，他无论如何也不能相信这时床下面有个人。

这时房间里平静了，真的是声息皆无，连房间外面楼里面的脚步声似乎也停下了，傅杰的脑袋里嗡嗡地响，只觉得自己变得非常迟钝，触觉和感觉都没有了，周围的一切都变得不真实，他看得见那些东西，就是不能肯定它们真的都存在……

傅杰猛然间醒了过来，他不再迟疑，推门来到了走廊上，再不在意门外边会有什么危险不测。现在重要的是他的饭碗——梁东华的安危！梁东华这个样子是不是犯了什么病了？就像他第一天进梁家送外卖，梁东华心脏病突发那样，如果他现在把病情耽误了，明天得怎么交代?!

走廊里的电灯怎么也找不到了，手忙脚乱的傅杰摸了两遍没找到就放弃了，他还记得老管家李厚诚的房门在哪儿，他跌跌撞撞地冲了过去，再不管这是在夜深人静的时候，用力拍起门来，拍到第三下的时候他想起了这位老管家已经跟了梁东华好几十年了，梁东华所有的毛病他都知道，这次的事也一定能应付。这让傅杰拍门的力量更大了，还叫出了声来："李大爷！开门！首长出事了……"

拍门的声音和傅杰的叫声在小楼回旋盘绕的室内建筑里回荡着，像是有了剧院舞台的效应一样，加倍地响亮起来。但是李厚诚的房门里就是没有回音，任凭傅杰拍痛了手叫破了嗓子也没有用。傅杰都快急疯了，他不得已地停下了手，靠在昏暗的走廊里大口喘息，觉得口干舌燥浑身无力，都快瘫倒了。真是活见鬼！他没法控制地在心里大骂了起来，就凭他刚才拍门的声音，还有声嘶力竭的叫喊声，就算是楼上的人也该听到了吧？难得的是这座楼里的人竟然都像是睡死过去了，没有任何人回应他……

突然他的脑袋里灵光一闪，对，上楼去。楼上住着夫人小姐还有保姆小孙三个女人，楼下是梁东华李厚诚还有他三个男人，泾渭分明。他叫不开李厚诚的门，兴许是李厚诚年岁也太大了，真就是睡着了听不见。楼上的三个女人可都年轻，夫人的岁数都不会超过四十五岁！他直奔向通向二楼的室内梯，在黑暗中时间长了，他的方位感已经恢复了。

他的脚准确地踏上了室内梯，顺势就跳上了七八级，已经上了快半层。但他又停下了，不为别的，他突然想起来老管家对他郑重地说过的话："……小傅，你要记住，楼上住着夫人和小姐，除了首长外，我们都不要上去，除非是夫人或者小姐有事召呼我们……"他记得李厚诚当时的神色，他话里虽然还算含蓄，可神

色里明白无误地告诉他，楼上是女人们的闺房，男人不许上去，尤其是你这样初来乍到的年轻男人！

傅杰站在半空中的室内梯上迟疑了，他绝对不能上去，他现在不光是赤身露体半夜上楼，更要命的是另外两个男人都不在场，他上去会有什么后果？黑暗里他慢慢地收回了脚步，往楼下退去。

他又回到了梁东华的卧室里，这座老楼里现在只有这个房间里才有灯光，才有光明。傅杰回到了光明里，却不敢走进去。他站在门外边的黑暗里，门已经被他拉开了，可下面的脚就是迈不进去。

他的目光牢牢地盯着卧室里那张罕见的大床，那上面夏天的单被零乱一团，梁东华今天晚上在那上面睡过，现在他在哪里呢？傅杰的目光像是能穿透床板似的，看见了床底下面朝下倒着，全身崩紧平平板板的那个人。更记起了他午夜里突然醒过来，发觉自己的床边无声无息地站着条黑影！

他觉得他应该进去，应该把梁东华从床下面拖出来，施以救治。但是他实在是没有胆量那么做，况且也不知道怎样去救啊！

傅杰苦恼极了，这种矛盾忐忑的心理很快就让他烦躁了起来，怨天怨地怨人，他怎么会流落到这步田地，好端端地进沈阳打工做了别人家里的小使唤！他家里再能有点儿钱，他现在也已经在大学里上课了！他恨，他忌妒，他不明白为什么在他的面前就不能出现一条有点儿光亮的路！

可这都没有用，他已经在沈阳了，已经在这户人家里打工做小使唤了……什么也不能改变今天晚上他就站在这扇门外的事实。可这种怨恨和烦躁也有好处，他突然间发现他的恐惧不见了，至少是减轻了。他跨进了门里，把门在身后关严。

傅杰站在惨白的灯光下面，在房间里来回转了几圈。事实要求他必须得做点儿什么，老话说得好——拿人钱财，与人消灾。他得对得起梁东华付给他的工资。想着这些，他做了几次深长的呼吸，让身体和精神都振作了一下，他在梁东华的床边小心翼翼地伏了下去，轻轻掀起贴地的床单的一角，向里面看。他选择的角度应该是合适的，那是他记得的梁东华爬进去的方位，现在离他最近的应该是梁东华的脚，他不至于被梁东华突然间伸手抓住。

如果梁东华在里面没有转过方位的话。

可是里面黑得很，傅杰在光明中向黑暗里看，什么也看不着。这张床离地太近，举架也太矮了，什么光也透不进去。傅杰犹豫着，好几次想伸手进去摸一下，但说什么都没敢。不一会儿，他的腰也酸了，手也支撑得麻木了，不得己只好先站了起来。

傅杰只觉得眼前金星乱冒，一阵头昏目眩，这可如何是好？他在眼睛还没有恢复视力以前就在问着自己，而他知道自己一点儿答案也没有。他毕竟还太小，太年轻，只是个刚从农村出来的二十岁边上的孩子，真的没经历过这种事啊……可是现实还得面对，他的视力也逐渐地恢复，能够看着东西了。他下意识地往窗子那边看去，房间里的光源把外面漆黑的夜色映衬成了镜子背面的水银，玻璃窗上清晰地照射着他的影子，那比平静普通的镜子多出了太多的神秘幽暗的虚幻感，让他一下子就看出了神。但是他的目光猛然间死死地盯住了那扇玻璃窗的左下角，在与窗台板相接的窗子边缘，有一个脸色雪白的人脸正面对着他，眼睛也睁得大大的与他对视！

傅杰在一瞬间魂飞魄散，那是谁？那是什么?! 雪白色的人脸上没有任何的表情，只是专注地向这间灯光明亮的房间里凝视，在死死地盯着他看！傅杰不由自主地往后退，他想大叫起来，不管能不能把楼里那些不知是死是活的人叫起来，他都要叫出声来，他觉得他的胸口都要裂开了，心脏跳得无法在里面容纳，可他就是叫不出来！

他再也支持不住了！

那张脸倏然间退走了，就像是有人东西在后面拉着它一样，像水面上的东西突然间沉了下去，一下子就消失了。这种突然间的消失带来的惊吓比刚才他突然间发现它还要巨大，傅杰终于叫出了声来，他瘫倒在冰凉的地板上，仍然死死地盯着那片窗玻璃，那东西会马上再回来的，就像它刚才突然间消失退走那样。在无法喘息的恐惧中，他没有来由地想到，开着空调的卧室里不需要地板，要是有地毯就好了……

第六章　美　梦

　　傅杰不知道自己是什么时候睡着的，可是他又醒了。没有睁开眼睛他就感觉到了阳光，他闭着眼睛，看见眼前是晶莹的红色。阳光正在抚慰着他的眼帘。

　　他坐了起来，觉得身子是一节一节地往起翻，每支起一节都要咔咔作响。他终于坐直了，环顾四周，他眼前的一切都好高，无论是屋顶还是平时觉得很矮的桌子椅子……这是怎么了？好一会儿他才反应过来，他睡在地板上。

　　"你怎么了？小郎中。"一个声音在他头顶上很高的地方响起来。

　　"啊？"傅杰疾速抬头，发现那是梁东华，他正在自己的大床上撑起上半身，向下低着头看着他。傅杰神经质一样地突然睁大了眼睛瞪着床上的人，心里面像有无数的疑团在盘旋缠绕，可就是问不出来，只能这样愣愣地仰着脸不知所措。

　　"怎么了？没睡醒啊？"床上的梁东华一翻身坐了起来，和平常一样起床就开始穿衣服，登鞋子，绝不赖床。一套动作做完，自顾自地走出了房间。不一会儿傅杰就听到了厨房那边传来自来水龙头哗哗的流水声，还有用力接水洗脸的噗噜声，就像那里有个才十七八九岁生猛粗鲁的小伙子。

　　傅杰的姿势没变，他还是坐在地板上侧仰着头，眼睛空洞洞地瞪着那张已经没人的大床，好一会儿后他收回了目光，快速地望了望房门，那关得很严，门外边也没有人走动的声音。傅杰猛地就地爬了过去，伸手就把大床床单掀了起来，他要看看那下面到底有些什么！

　　昨天夜里的一切他都想起来了，那根本就没法忘记，怎么可能一觉醒来梁东华又安安稳稳地睡在了床上面，而且还能那么正

常地再次面对他，就像什么都没有发生过?!

床下一无所有，空空荡荡。这时朝阳布满卧室，地板都在反光，床下面也一片光明，一张地毯铺在床下的地板上，什么也不可能隐藏，什么也都没有。

傅杰缓缓地放下了床单，按原样抚平，慢慢回到了自己的床上。他的头脑里一片混乱，难道昨天晚上什么都没有发生，只是他自己的幻觉? 或者只是个噩梦而已?

他不知道，更加没法证明。楼里面已经有了人在走动的声音，不止一个，那应该是小孙还有老管家开始活动了吧，他也不能再这么发愣出神下去了。得工作，他命令自己提起精神，走出了卧室。

他在厨房里见到了小孙，小孙比他要大两岁，在梁家已经做了一年多了。这女孩儿沉默寡言的，不笑不说话，对谁都客气，只要是不在她自己的小屋子里，就一定在厨房客厅里忙活儿，要么就是去买菜，反正没有闲着的时候。前些天是她妈妈病了，不得已请了几天假，这在她来说是绝无仅有的事。

傅杰晃晃荡荡脸色惨白地走了进来，一连在水龙头下浸了有半分钟，才把头缩了回来，从老房子老管道里流出来的水像冰似的凉，他脑袋都快被镇木了，可也由此觉得有了点儿知觉。他划拉着手找手巾，手巾主动到了他手里。"没睡好?"小孙低低地问他。

傅杰嗯了一声，把头上脸上脖子上的水都弄干净。他在水龙头上面的镜子里看到了自己，脸上神气涣散，简直失魂落魄，黑色的眼圈显得他的眼睛越发呆滞，他仔细地面对自己，发现那种呆滞里还有些别的东西。他看了小孙一眼，小孙立即变得不安。"我没事。"傅杰低低地说了一句，不知道是对小孙还是对他自己说。他走出了厨房，觉得这座楼里怎么这么的闷啊，不行，他得到外面去。

还没出小楼的前门，他就听见了前院里沙沙的扫地声，声音舒缓，不紧不慢，那一定是老管家李厚诚在拿着大扫帚扫地。每天早晨就算没有落叶尘土，这人也要把前院的每一寸地儿都过一遍。傅杰突然间怒火升腾，他猛地推开楼门走了出去，他无法克制地想问问这位尽职尽责的老管家，你昨天晚上到底怎么了？我那么敲门你怎么一点儿反应都没有?!

他觉得对这个老人一肚子的怨恨，简直要劈头盖脸地质问过去，甚至抓着这老头儿的衣领子问，如果昨天晚上他能和他在一起，他用得着受那么大的惊吓吗？直到现在还这么的莫明其妙，没法摆脱！

老管家就在悠然自得的扫地，对突如其来、单听声音就知道怒气冲冲的开门声毫不理会。傅杰的脚步不由自主地就停顿了下来，离得远远地看着一身利落，整洁谦和的李厚诚和那把长把儿大扫帚在协调地整体运动。他要怎么问？问人家为什么睡得那么死？还是说首长昨天晚上好反常啊，而且我都看见"女鬼"了！

可现在首长多么地正常，正坐在厨房里等着吃早饭，至于"女鬼"，在这样的初升朝阳下面说什么"女鬼"，他自己才真正是见了鬼！

傅杰无力地靠在了楼门的石柱子上，他问自己到底是怎么了？昨天晚上到底是怎么了?! 就在这样的生机勃勃的早晨，他的脑海里依然清晰地映射着昨天晚上所有发生的一幕一幕，直挺挺的梁东华，满楼都睡得像死尸一样的人，他突然发现的那张雪白的脸！

他仍然不寒而栗，不敢回头再进这座阴暗的老楼。

几分钟之后，傅杰走进了老楼，开饭了。

梁家的饭桌不大，他们家人少，而且时常不在一起吃。这让傅杰终于近距离地面对了昨天晚上他渴求一见而不得的人们了。老管家、小孙、梁东华，甚至楼上的小姐白灵也下来了，只是仍然不见夫人。直到现在傅杰还不知道夫人的名字，当然也没人主动告诉他。

人们在默默地吃喝，都低着头，目光所及只有桌上的碗碟汤菜，没有人主动说话，连抬起眼睛看别人一眼都没有。在这种压抑的气氛里，傅杰终于看出来这些人与昨天晚上之前的不同，这些人的确平静，可是平静是因为他们的疲劳。傅杰直觉地感觉到这桌子的人都无精打采，懒得做任何夹菜、吃饭、再咽下去之外的动作。另外这些人没有他的变化这么大，可每个人的脸色神情都很晦暗，病恹恹的。

　　傅杰勉强吃了半碗饭，实在吃不下去了。"我吃饱了。"他放下了筷子，直接走出楼去。他发现他在前院也待不住，他不知道要去哪里，只是脚下不停地移动着。最后他发现他来到了后院，在恣意生长、茂盛不堪的蒿草丛里，他似乎才安宁了些。他站在草丛中大口地呼吸，在别人看似乎肺活量不足，随时都处在呼吸困难里。实际上他这样每一次的尽力呼吸都带给了他快感，他实在太郁闷了。他不知道自己是在什么时候，已经接近了梁东华卧室的后窗户，整个脸都快贴在了窗玻璃上。他的双眼一眨不眨地盯着屋里，窗户里面空无一人，可他就这么看着。

　　这时他仍然处在光明里，往相对的黑暗里看着，窗玻璃又变成了一面镜子。镜子里的人还是一张惨白的脸，仍然有着一双专注的眼睛和恐怖的神情。不知什么时候，傅杰看的已经不是里面的屋子，而是镜子里的自己。看着看着他眼前突然一黑，那张雪白的脸又重新浮现在他面前，这次他看得清清楚楚，那是个女人，非常美丽清秀，那双水晶一样清澈明亮的眼睛仿佛有着无法抗拒无法回避的魔力，他知道看不得，可就是收不回目光！

　　傅杰大叫了一声，用力把自己推开，他的潜意识里还记得他是在窗子的前面的，他的手在漆黑一片中推了出去，一定要离开这里，不再照这面"镜子"！

　　他成功了，他恢复了神志和视力，可是全身大汗淋漓，摇摇欲坠。最后他摸索着，一点儿一点儿靠住了楼的墙面，坐在窗户下面。他怕这里，可是又不想离去。他明知道不能再让他的脑子想这件事，可脑海里盘旋的仍然是昨天晚上的一幕幕场景，那张雪白清秀的面孔一直在他面前飘浮，无法驱散。他听见自己喃喃地说："你到底是谁，你要干什么……"

　　没有回答，他面前的蒿草挡住了阳光，闷热的天空灰蒙蒙的，一点儿风也没有，只有他自己的喘息声陪伴着他。

　　"你在这儿啊，"突然有人说话，傅杰被惊醒了，他发现面前横垣着巨大的身影，背着光，他看不清是谁。可他没有紧张害怕，说实话他没有感觉，一切都是缓慢和迟钝的。"来，陪我喝酒。"那身影一下子矮了，他面前出现了一团更加巨大的黑影，不，是一堆才对。那人看他不动，推了他一把，才帮他提起了些精神。他认出来了，是梁东华。

　　梁东华席地而坐，笔挺的长裤，锃亮的皮鞋在泥土地上马上蒙上了厚厚的一层灰，可他不在乎。"砰"的一声响，他用牙把一瓶酒咬开，"呸"地一口又把瓶塞吐得远远地，落在草丛里了再也找不着。因为他根本就没想着再给酒瓶子盖上盖。

　　瓶子里的液体是透明又清亮的，梁东华的手在动，瓶子里的水也在摇晃。傅杰看着梁东华把瓶子咬在了嘴里，接着仰起脖子，他的五官都紧拧在了一起，就像特别地痛苦，可又大口地吞下了一口那瓶子里的东西。"给你。"梁东华的脸立即就红了，把瓶子一把塞进了傅杰的手里。

　　瓶子很凉，傅杰只有这种感觉。他隐约地知道这瓶子里的东西是什么，也知道后果，可他像是没在意，慢悠悠地举起了瓶子，喝下的那一口绝不比梁东华那一口少。一瞬间傅杰的意识突然间无比地清楚，火辣辣的热度像刀子一样劈开了他的喉咙他的肠胃，紧接着他的意识就迅速地模糊了，看什么都在天旋地转，摸不着看不见。他耳边好像听见有人在叫："好，好！你果然是郎中，没错！就是他！"然后他手里那个冰凉的东西被人抓住，抢走了。不一会儿，又被塞回到手里。

　　"你，你为什么……总是叫我郎、郎中？"傅杰紧紧地抓着那个瓶子，问出了心里一直狐疑不解的话。

　　"你就是郎中啊，"对面传来的声音也有些含混不清了，可嗓

门还是高，"我是冬瓜，你，你怎么都忘了……"

"冬瓜？"傅杰的脑袋里无论如何也想不起来对面这人为什么又叫冬瓜，好半天他像明白了个大道理一样说，"你不是冬瓜。冬瓜我见过，你不是。"他的眼睛又能看见东西了，白酒喝急了虽然醉得快，可只要能缓几口气总能精神点儿。

对面的梁东华笑了，这人现在不仅是脸，连他的肩膀胳膊都红了起来，"我是冬瓜，他妈的，老子叫什么？梁东华，"他一字一字地又说，"梁冬瓜。"说完他大笑了起来。傅杰也笑了，笑得比他的声音还大，他无所顾忌了，"梁冬瓜，梁东华，"他念了两遍，"我说你的名字怎么都这么怪啊，不是梁满仓就是大冬瓜……"他又喝了口火炭一样的白酒，完全忘了盛夏里喝白酒伤身体的老话，他从来都没有喝过酒的，不是他不想喝，他家里没钱。他把酒瓶子硬生生地塞回到梁东华的怀里，瞪大了眼睛决心看清楚对方这一口有他的多没有。

这个时候，他们当然听不清前大门那边轻微的汽车刹车的声音，直到有两个人走到了他们的身边，一个叫了声："爸爸。"一个叫了声："梁伯伯。"他们才惊醒过来。醉眼迷离里，傅杰看见了两个中年男人，一个穿得很随便，衣服料子看上去颜色很暗，不亮堂。傅杰看着不喜欢，他当然不认识那是上等的真丝绸，真正的好东西从来都不是浮华亮彩的。他叫梁东华爸爸；另一个人长袖衬衫，西裤皮鞋，大热的天连领带都系得严实标准，他在叫梁伯伯。

"是你们……"梁东华扫兴，"你们先进屋去，让我自在一会儿……"

他儿子叹了口气，蹲了下来，"来，我看看，老爸，你怎么喝白的？你今年是82还是28啊？净给我添乱。"说着去拿梁东华紧握着的酒瓶子。可梁东华不领情，一把把他甩开，"你还管上我了？滚一边儿去。来了就让我不痛快……郎中，你别管他们，这是我儿子，这是我侄儿。"他指着那个衣饰齐全的人，"这是读书真正读出名堂的人，大律师……有自己的律师行！"他转脸对自己的儿子就没好脸了，"看看他，我儿子，做买卖，就认得钱，还自觉不臭……"说着又大笑起来。傅杰酒醉还有三分醒，他可没敢再笑。他又变得局促不安，第一次见面让人家看着像什么事啊，不管是主是仆，至少是年龄上的没大没小，他难堪透了。

"这是谁啊？"梁东华的儿子问。

"我的朋友。"梁东华回答得干脆利落，一口定性。

傅杰看见两个中年男人对视一眼，都摇了摇头，他儿子站了起来，"老爸，那你就高兴吧，我换个时间再来。"他旁边的大律师一直都非常恭谨，他向梁东华微微躬下了身，"伯伯，我去看看我爸爸。你也少喝点儿，要不晚上我和卫东再来陪你，那时我们一起喝。"

"好，好，你去吧。你爸这几天饭量不好，你多陪陪他吧。"梁东华只接他上半句的茬，不理他下半句话。

这两人苦笑着只有离开，看着他们往回走，傅杰长出口了气，这么一闹他什么恐惧都没有了，可这酒他也决心再不喝了，梁东华这人有时实在让他没法适应。可是梁东华突然又叫住了他们："喂，你们等等。梁卫东，你回来。"

"什么事？"两个人一起走了回来。

梁东华指着傅杰，"梁卫东，你不是很有钱吗？还有那些个什么厂子公司的，现在我给你交代一下。他，"他拍着傅杰的肩膀，"这可真是我的朋友，你看过我跟谁坐在地上喝过酒？你给他安排个差事，让他以后别为吃穿发愁。你把这事办好，就算对我的孝心到了，你听清楚了没有？"

三个人都听糊涂了，尤其是傅杰。梁东华这时半个身子都压在傅杰身上，酒气熏人，整个一地道的醉鬼。他说的都是什么话？他让自己的儿子给傅杰安排工作，还和对他的孝心联系在一起。这都是哪儿跟哪儿啊？

傅杰看见对面那两个人先是皱眉，然后对视了一会儿，突然

间他们都笑了。"好，我都听见了，都照办！"梁卫东大声答应。

"你少跟我嬉皮笑脸的！我跟你说正经事呢。"梁东华倒发怒了，的确，他儿子的样子就像在应付一个老小孩儿，没当回事。

梁卫东收起了笑脸，"我都听见了，都照办。李劫也在这儿，他作证。这下您老放心了吧?"

"是，我作证。"李劫应声回答，他一说话傅杰的心里立即就有了底。说实话这人就像永远都会一本正经似的，换了别的人肯定让人觉得是做作虚假，可在他就能让人看了觉得自然，就是相信他。

"好，这就好。你们走吧。"梁东华满意了，挥手放行，让他们走开。他转过头来，把手挡在他和傅杰之间，"什么也别说，来，喝酒。"

这一天傅杰烂醉如泥，痛不欲生，他对这一天完全没有记忆。从早晨梁东华把酒瓶子硬塞到他手里之后，他就完蛋了，不过这样也好，好长时间以后，傅杰都记得这次生平第一次大醉。他清楚地记得，酒精真的能让他忘记很多东西，逃避许多东西，尽管时间不长。

他醒来时发现自己在一间很小的房间里，不知道时间，但绝对不是梁东华的大卧室。他挣扎起来，发现屋子里很黑，窗户那边拉着很厚的窗帘。他像所有宿醉初醒的一样，第一次起身时头痛欲裂，简直都要抱头痛哭，估计他的呻吟声直接传到了房门外，不然不会马上就有人推门进来了。

窗帘被拉开了，光线柔和地照了进来，傅杰看清了进来的人是小孙，他捂着头又倒了下去，实在是支持不住，"现在是几点了?"他挣扎着问。

"快五点了，"小孙回答，"晚上五点。"她又补充。出乎他意料，她说话的语气还有看着他的样子都有几分笑容似的，不像她平时，看着像是腼腆或者温柔，其实是和人刻意地保持距离。这时傅杰蜷曲着身子窝在床上，上半身赤裸，腰以下胡乱卷着一张薄被单，蓬乱的头发，瘦削的脸颊，还有他身上，都带着年轻人特有的棱角和线条。他自己什么都不知道……"我这是在哪儿啊？"他再次问。

"还是梁家啊，"小孙倒了杯水给他，但又收了回去，"你是想喝水还是喝酒？"

"什么？"傅杰简直怀疑自己的耳朵，她在说什么？是拿他开心耍着玩吗？他现在喉咙里又干又渴，火烧火燎的，听到酒字都是在折磨他。

看他这模样，小孙抿着嘴笑了，"这可不是我说的，是首长交代的，他说喝醉了醒过来要难受，他要你再小喝几口酒，说是喝了就好受了，还能长酒量。你到底喝不喝啊？"

傅杰仰着头看着她笑得越来越欢畅，心里也想笑，可是笑不出来，他心底里实在不是滋味，这简直不是他了，他老早就决定一生都不碰酒，在他十几年的生命里，他的尊严都维持在学习的成绩和极端的自制上，让他在乡里乡亲间有一份谁也不敢轻视的分量。可他这是怎么了？学习，没有让他进到大学里去，不管那是因为什么原因。自律呢？他现在是什么样子？

真不知道他喝醉了之后都说了什么话，做出了怎样可笑的举动。他在他家乡的村子里是见过那些喝醉了之后耍酒疯的人是什么德行的。他祈祷自己可千万别那样。

"我……"他想问问小孙，可马上改口了，"首长怎么样了？他在哪儿？"

小孙把手里的水杯递给了他："喝吧，这是水。首长出去了，说他高兴，要到晚上才回来。"

傅杰接过杯子一饮而尽，又连喝了好几杯，他头脑清醒了，身上轻快了，心情也沉重了起来。

这一天梁东华回来得很晚，到家时已经过了晚上九点半，这时天已经黑透了。傅杰离开了他自己的那间小屋了，回到了梁东华的大卧室里，等着今天的夜晚。

他醒过来后，抓紧时间吃饱了饭，然后又倒头去睡，他想多睡一会儿，晚上能有点儿精神。他宁可一夜不睡，都不想再在梦里惊醒。他承认他醒过来后，看到天将黄昏，马上就心神不定。很简单，在白天能鼓起勇气的人，不见得在夜晚也一样无所畏惧。

梁东华回来后，老楼里立即生机勃勃，他庞大的身躯带着的重量和力量，在小楼里有声有色地活动，走到哪里都咚咚作响，每一个动作都毫无顾忌，乒乒乓乓，甚至弄得稀里哗啦的。傅杰坐在空旷冷清的大卧室里，远远地听着他在小楼的各个角落里折腾，觉得这真是个自由自在的人，一旦梁东华安静下来了，在某一段时间里什么声音也没有发出来，傅杰的心里不由自主不可遏制地泛上来恐慌和疑虑。

这时他再不怀疑昨天晚上他的那些记忆都只是他的幻觉了，同样的时段，同样的地点，马上就要面对同样的人，让他清楚无误地重新回放着昨晚的一幕幕。终于，脚步声一路向傅杰响了过来，房门砰的一声响，梁东华进来了。

"小郎中，好好睡一觉，明天咱们出去玩。"他扔下这么一句话，上床倒头就睡。傅杰呆呆地望着他，好半天才站起来，把房间里的灯关了。

黑色突然间淹没了他。

第七章　阴郁教堂　欲望地窖

第二天，清晨，傅杰睁开了眼睛，像每个早晨一样，他醒了。当他意识到自己睡醒了的时候，他吓出了一身冷汗，他意识到昨天晚上他竟然睡着了。

在这间屋子里，与梁东华为伴，他竟然睡着了！他下意识地往大床那边转过头去，发现梁东华背对着他躺着。还好，他看得见他，不会有什么事吧？他的目光又转向了后院的窗户那边，只见窗外的蒿草葱郁茂盛，在清晨的阳光微风里轻轻摇动。只看得见草……他瞪大了眼睛，开始努力地回忆。他忘了他是怎么睡着的了，在什么时间睡着的，他是不是也忘了其他的什么东西？

但他脑子里一片空白，什么都记不起来。他不死心，更不放心，好长的时间里一动不动地躺着，保持着睡眠中的姿势。最后他终于确信了，这一夜，他真的什么都不记得，那应该是什么都没有发生。应该是……

"大南小南风雨坛，大北小北市人委。"这是沈阳几十年不变的老地名了，也是沈阳几十年至今都在繁华的区域，沈阳人公认的一等居住区。早晨起来没吃饭，梁东华带着傅杰就走出了家门，打了辆出租车一路向东，不到半个小时，从和平区到了沈河区，在小南边门附近下了车。

他们下车的地方是一个小饭店的门口，梁东华下车后先进饭店吃早饭。这里的饭菜还有服务员他都熟悉，三菜一汤，经济实惠又对胃口。傅杰吃的时候有点儿奇怪，这里离梁东华的住处可不近，倒像是常来的样子？

吃完了饭，傅杰还是不知道他们这是要去哪儿，他也不问。傅杰与他同龄的孩子们有些不同，他想东西比较彻底，或者可以说是比较极端。比如说他现在就觉得他问了又怎么样？他无法改变梁东华想去哪儿又不想去哪儿，而梁东华不论去哪儿他都得跟着，那还问个什么？反正走下去就会知道了。

不一会儿，他们走上了一条很陡的上坡路，这条路是地道的沈阳市内一级公路，但坡度至少有20度，两边的商业楼盘林立，让你除了看到眼前的它们外，别的什么也看不见。直到坡路将尽，傅杰的眼前突然一亮，路的左边，是片不高的民宅区，天空突然间显露了出来，让他惊喜，可是马上又让他震惊，在突然显露的天空底下，一座深黑色的城堡在不远处耸立着。

它突兀地出现，在一片色彩明快鲜艳的现代楼区里，黑色，透着灰色的黑色，傅杰直觉地感觉着压抑和不吉祥。

"那是什么？"他不由自主地问，眼睛被吸引住了一样的看着它。它是座庞大的建筑，通体黑色，两个高高耸立的尖塔夹在至少有四层楼高的建筑两边。塔身还有建筑本身都有镂空雕花的感觉，但不美，反而阴森，就像好好的一个人太瘦了，把身体里隐藏着的骨骼都露了出来。暴露了一个真实可怕的真相。

"你看呢？"梁东华不回答，他也在凝望着这个建筑，甚至站住了。

傅杰仔细地打量着它，"难道是教堂吗？"他看到了这座深黑色的建筑两边的尖塔的顶端上都各有一个十字架。

"对，"梁东华长嘘口气，"这就是沈阳的小南天主教堂。走，我们就去那儿。"

离着这座天主教堂越近，傅杰的心里就越压抑。他不是教徒，也从来没有想过要成为任何宗教的教徒，可他也不反对宗教的存在。他不是无神论者，也不是什么有神论者，他的年龄还有经历还都没有让他产生出对神，对宗教的需求和看法，但他就是不喜欢这里。从第一眼开始，就从心里往外的排斥。可来到教堂的大门前了，他还是没法对梁东华说："首长，我在外面等你，你一个人进去吧。"

他不能，他很理智。如果说梁东华还是首长的话，他就是他的贴身勤务兵，是必须随身携带的。

梁东华走过了教堂门前的大片的铁护栏，这片铁护栏之大，栏杆之粗，据傅杰所看，要比他见过的地处沈阳的辽宁省高等法院门前的还要显赫。而且铁护栏之后还有又高又厚的灰黑色的高墙，墙好高，门好小。梁东华按了那扇小门上的电铃按钮。

傅杰突然想到了他看过的《巴黎圣母院》的一些场景，他盯着看那扇小门上的更小的小窗子，里面探出来的脑袋会不会像那个走到哪里都响着铃声告诉修女们回避的"割风"？但他失望了，他看到的是个很富态的老太太的脸，无论是脸上的肉还是脸色，都会让现在的当政者们自豪，民众的生活水平的确越来越好了。

这老太太和梁东华没有说话，梁东华向她点了点头，她看着他也点了点头，她打开了门，让他们进去了。傅杰注意到，教堂门前有新建的广场，广场上休闲锻炼的人很多，但教堂所在的二十米左右的范围内空旷安静，很明显，天主教堂不像佛教的庙宇，可以善门广开，愿者进来。

现在傅杰站在这座教堂里面了，他环顾四周，这里的色彩极其单调枯燥，除了几棵老树的绿色，和一点儿稀疏的草地，其他的就只是黑，和混合着黑的灰。他近距离仔细观看，最后觉得这座教堂最初的色彩底蕴应该是灰色的，这些巨大的灰色的砖石，在中国北部的风雪沙尘中逐渐变成了黑色。这种黑色像是露天地里风化了的煤炭一样，没有光泽，外层充满了被侵蚀消融后的蜂孔，像是要化成沙砾一样。

他们身边不时有黑袍白巾的修女们低头走过，傅杰的目光追随着她们，不是好奇，更不是因为他是男人而她们是女人。傅杰是敏感的，他觉得这些修女们不仅是精神，连她们的表情和身体都是深沉内敛的，时刻都在压抑中。他猜想，于她们而言，是不是像他在中外一些书籍里看到的那样，生来自有的活力和笑容都是罪恶和妨碍？

　　修女们的队列转过了墙角，傅杰收回了目光。他的心情变得更加压抑了，他无法想象自己要是在这样的环境里日复一日年复一年地生存，会变成什么样子。

　　这让他不由自主地想起了他现在正生存的那座小楼，那个老院子，不由得转过头看看梁东华，他发现梁东华走在教堂里仍然昂首阔步，简直是目不斜视。傅杰注意到如果梁东华要看两边的方向，他的脖子会跟着眼睛一起转，永远保持着总是直视前方。傅杰得承认，这人的习惯已经终生不变，梁东华就算不穿军服，他身上军人的痕迹也无法掩饰泯灭。

　　只是他奇怪，这样的人来教堂干什么？而且看上去还经常来。

　　整整一个上午，将近四个小时的时间里，傅杰陪着梁东华在这座建立在城里的修道院里停停走走。在他的印象里，他走过了教堂的里里外外，除了没有上到顶端的尖塔，没有探望过修女们的休息室外，教堂的每一个角落大概上他都到过了。而最长的一次停留，是在教堂的正厅里，空旷的大厅里除了他们外，连一个人影都没有。

　　傅杰觉得这个大厅要比夜里的梁家还要阴冷，不知道是不是老宅子都有这种感觉。有时他透过离地几十米高的屋顶天窗看外面天空里熔炉里的白金一样光芒四射的阳光，都觉得那是另外一个世界，就像在海底看着遥不可及的海面，美丽但不真实。坐得时间长了，傅杰越来越觉得这里阴森可怖，他还能让自己不害怕，只是有时会轻轻地发抖，像是太冷了。他想，他理解了那些修女神父们为什么这么热的天还要穿着深色长袍。

　　这期间梁东华显然陷入了他自己的思绪里，四个小时里几乎一言不发。他坐在这间古老的大屋子里，这里的摆设都很可能与几十年前一模一样，他在想什么吗？他为什么要到这里来？难道在追忆着他年轻的时代吗？如果是这样，傅杰觉得还可以理解他，因为至少在现在的沈阳城里，再找到像这间教堂一样保存完好的老房子是不容易了。但真的是这样吗？如果是，他为什么要带自己到这个地方来？还什么都不说？

傅杰像坐在梁东华的大卧室里等待命令时一样的沉思默想着，猜测着，但他百思不得其解。他偷偷地看过梁东华几次，梁东华始终都坐得笔直，目光一直冲着正前方。傅杰顺着他的目光去搜寻，却失望地发现那边什么也没有，只是空空荡荡的讲经布道台而已。连传说中每个够规模的教堂里必不可少的管风琴都没有看到。

下午两点钟他们回到了家，到家后两人都无精打采的。梁东华看上去心事重重闷闷不乐，直接回了卧室里睡觉。傅杰显得很疲劳，走了太远的路，可能玩得不开心就是他这模样。他到厨房里找了点儿饭吃了，然后到后院给小园子浇水。

直到回到了这里，面对了朝夕伺弄的东西，傅杰的心里才安宁了下来。他到了个完全陌生，而且阴森恐怖的地方待了大半天，觉得整个心理都扭曲了。无论是那里的人还是那里的东西都让他觉得荒谬，要知道那里的建筑是几十年以前建成的，那里面的人们，也是在按照着几十年来一直不变的规律和信条在活着。他不理解，在别的地方也从来没见过。他感觉到了那座黑色的巨大的老房子里特有的那个时代的气息还有它残留的味道，让他不舒服，受束服，不安宁。而在那里生存的人们，那些修女们还有神父等人，不管别人怎么看，傅杰觉得那不是人生，不是现代人所能想象的人生，让他格格不入。总之一句话，他再不想去那里了，不仅不去，连想都不要去想一下。

下了这个决心，傅杰长出了口气，那些阴森的感觉淡了些，好像离他远些了似的。这时他才发觉，园子里的水浇得太多了，他赶紧往回跑，去关水龙头。就在这时，他看见身后不远处站着一个人，安安静静地看着他，不知道都站了多久了。

"谁?!"傅杰下意识地往后退了一步，他心里刚刚强压下去的恐惧，从教堂出来后一直隐藏在他心里的恐惧一瞬间都翻涌了上来，他觉得他从来没有见过这个人！

　　"傅杰，你怎么了？"这人竟然叫着他的名字。傅杰呆呆地望着，还是没有反应。这人向他走了过来，离得他很近了，他才下意识地又退了一步。这是个非常美丽的女人，身材很高，头发宽松随意地挽在头上，脸上好像画着淡妆，她穿的裙子开领很低，下摆很长，她一只手提着裙摆站在青草上。

　　"傅杰，帮我个忙。"她又说，示意他和她一起往后院墙那边走。

　　傅杰不由自主地跟了上去，夏日的午后，他跟在华丽的衣裙后面，只觉得馥郁的香气包围着他。这突然出现的美丽女人让他不知所措，身不由己。后院墙很快就要到了，前面的女人停了下来，"傅杰，帮我打开它。"她指着地上一块凸起的土包说。

　　傅杰走过去，发现土包上有个铁做的盖子，上面有锁。"给你钥匙。"女人的手伸到了他面前，递给了他一串钥匙。那是双雪白的手，每一只指甲都留得很长，修剪得精致。傅杰估计她的手绝对不能用力地握成拳头，也干不了什么活儿。他接过了钥匙，打开了锁，发现下面黑洞洞的是个地窖。一条木制的梯子就在铁盖子下面。

　　"下面有手电筒，帮我拿瓶酒。红酒。"女人微笑着说。傅杰还是不知道她是谁，但她说话的态度让他没法拒绝，她像是这里的主人。

　　傅杰顺着梯子爬了下去，进入到黑暗中后，他发现下面原来并不深，可是感觉空间很大，冷森森的。这环境傅杰很熟悉，他家里也挖有地窖，比这个还要大。他下到了底，很容易就看到一个很长的手电筒，至少有五节电池容量的样子。就在这时，他头顶的光线突然一暗，他急忙抬头，发现上面的女人正顺着梯子往下爬，她几乎就在他的正上方，几缕阳光从被她遮住的缝隙里挤了进来，像是因而更强烈了似的，把这个女人照得纤毫毕现，一瞬间傅杰突然想起来她是谁了！

　　她是住在楼上，从来不下来吃饭，这么些天他只见过一次的梁夫人！那次他见到她时，她也是在这个角度，在高处俯瞰着他。

那次他的目光所及让他尴尬难堪，现在也好不到哪儿去，这女人丰满柔软雪白粉嫩的身子伏在木梯子上一寸一寸地往下蹭，"傅杰，扶着梯子，我怕！"这女人突然不动了，不上不下的像是在发抖，弄得梯子真的开始摇晃了。

　　傅杰用力扶住了梯子，"夫人，你上去吧，你要什么我来拿。"

　　"不行，我要的你不知道在哪儿，你不认得那牌子，接着我。"还没等傅杰拒绝，这女人竟然跳了下来！傅杰根本没有想的余地，更没法拒绝，他只有张开双手，紧紧地接住了她。

　　这是傅杰有生以来从来没有过的感觉，他把这个雍容华贵，高高在上的女人没有一点儿阻碍地抱在了怀里，那感觉无法形容，充实，但让他颤抖。这女人的上半身几乎没有太多的装饰，而傅杰这时正打着赤膊在盛夏的午后浇园子，他能穿着什么？从所未有感觉让他窒息，他下意识地要推开她，可实际上抱着她的手却紧了紧。

　　他怀里的女人轻声地笑了，在他怀里扭动了几下。"谢谢你，"她轻轻挣脱了他，"好冷啊。"她缩回了双臂抱住了自己，向他示意用手电筒照明。

　　手电筒的光束在地窖里四下照射，这个地窖原来造得很精致考究的，四壁上下居然都是用水泥彻成罩面，有点儿像防空洞或者火车的穿山隧道，感觉阴冷可实际上很干燥。傅杰的手电筒顺着夫人的要求在堆放在四下里的杂物里搜寻，在手电筒光源的边缘处，夫人的气息还有那袭长裙跟着他慢慢移动。傅杰的头始终面向前方，可他的直觉告诉他，那个丰盈柔软的身体离他非常近，形影相随，只要他的移动稍微停顿一下，她都会撞上他。

　　"好了，等一下。"夫人叫停，手电筒的光束照到了一排整齐的木架上，木架一人多高，布满了个个圆形的孔洞，孔洞里多半都半倾斜地放着一瓶瓶的酒。夫人走近了它们，把一些酒瓶拿出来看，又放回去，找了好多个都不满意。傅杰一动不动地站着，手电筒随着夫人的手在动，他觉得越来越冷，他奇怪这个养尊处

优的夫人穿得也这么少，为什么就不冷呢？他看着她白花花的露在衣裙外面的臂膀后背甚至四下漏风的胸肋，真是百思不得其解。

这时他当然不明白美人都是肤若凝脂的，那也就是说美人身上都充满着美丽美妙的脂肪，脂肪多了自然就不怕冻。

傅杰正在抱怨，夫人突然说："傅杰，你认得这个英文名字吗？"她举着个酒瓶回头问他。傅杰犹豫着走了上去，他是应届的高考生，英文是必修的科目。可是他心里有个声音在对他说，千万不要走过去，不要靠近她。然而地窖里这么黑，离远了他看不清。

造型独特的玻璃酒瓶不知是什么颜色的，黑暗里的光束穿透了它，照得里面的液体异彩流动，光怪陆离。这瓶子就半举在夫人的胸前，傅杰的手电光束穿透了酒瓶，也照亮了它的后面。傅杰的头贴近了酒瓶仔细辨认，然后他说出了一组英文单词。什么意思他不知道，但从发音上应该是这么读。

他抬起了头，看到夫人看着他的目光有些异样。"怎么了？"傅杰被她看得不安。

"没什么，"夫人笑了："没想到你还懂英文。老李说你是乡下农村来的，可我看你不像。"

傅杰沉默，面对这样像是夸他，但又让他难受难堪的话，他不懂怎么回答，更不想回答。

"傅杰，我看你应该去当兵。"夫人突然这么说。

"啊？"傅杰不明所以，不知道她为什么会这么说。

"你还太小，二十岁？恐怕还没到吧？你总得找个有前途的事来做。另外我看到你前天穿军装的样子了，你适合穿军装。你知道吗？那是首长年轻时的军衣，我好久没看他穿过了，他怎么会让你穿的？"她笑着问他。傅杰的手电一直没有移动位置，光束就停在她胸前的酒瓶上，白色枯燥的手电光被折射得迷离虚幻，她的脸在光环的边缘。一瞬间傅杰觉得她真美，好多时间以后傅杰懂了，女人的美，适合在灯下观赏，所谓月下嫦娥，灯下美人。

但那时他早没有了这时的感觉，这是他有生以来第一次单独一人近距离地注视一个成熟美貌的女人。

"我不知道，他送给我了。"傅杰老实地回答。

"送给你了?"夫人的脸诧异了，"现在那身军服在你手上?"

傅杰点了点头，目光仍然没有回避她近在咫尺的脸。

夫人想了想又问他："你看见这身军服是他从哪儿拿出来的吗?"

"没有，前天我进房里去，军服就放在桌子上了。"傅杰想起了前天回到梁东华的卧室里，静等指令时的情景。梁东华是从大床上起来后直接到墙边的桌子上拿起这身军服的。那应该是早就放在了那里，在他进房间之前。

他看见夫人像是欲言又止，想再问什么，可终究没有问出来。突然间她打了个寒战，"好冷啊，"她笑着把那瓶酒塞给了傅杰，双臂紧紧地环抱了自己，向梯子那边小跑了过去，像是非常快活似的说："我们上去吧，快冻死我了。"可她到了梯子下面，向上看着比所有楼梯都陡的梯子又不敢上。

"夫人，我扶着梯子，不会倒的。"傅杰来到她身后，"要不我先上，到上面拉你。"

"不，"夫人马上拒绝了，"我可不想一个人待在这底下，还是我先上去吧。"说着她迈步上了梯子，又回过头来向傅杰笑了笑："别总叫我什么夫人不夫人的，我姓白，叫白小妍，没人的时候你就叫我白姨吧。"她的裙子还是太长，必须在腰间收起来一些脚才能每一步都踩在梯子的木架上。傅杰在下面仰望着她一步一步走向头顶显得极为狭小的出口。

傅杰在后院呆呆地站了好一会儿，才收拾起胶皮管子，再也没心情伺弄菜园子。他没精打采地回到楼里，习惯性地推梁东华卧室的门。门在里面紧紧地关着，他推了推没动静，感觉里面关上了插锁。

不知道梁东华在不在里面，但不管在不在他都不能敲门。人不在敲也是白敲，人在的话就是有意锁上了门，他敲就是自找没

趣。想了想，他放下了手，再往楼外走。快走到楼门时，他突然想起，现在他有自己的房间了。他可以回去也一个人待一会儿。

他的房间挨着厨房，无论是位置还是里面残余的味道，都告诉他以前是厨房的就近储藏室。但是也很好，他知足，这在别的地方，以他这种级别的打工者根本就不可能入住。他躺在自己的小床上深深地吸了口气，觉得浑身哪儿都酸软劳累。一上午的奔波没让他有沈阳一日游的快活，相反下午在地面和地窖间上上下下，让他冷热不均，非常难受。不仅是身上，他心里也冷热不均似的。

一天中的一幕幕在他眼前回放，黑色的教堂，低头匆匆走过的修女，教堂里阴冷森暗的空间……后院炽热的午后阳光，好像永远都疯长不停的大丛蒿草，突然间出现的女主人，华丽的长裙拖在草丛上，他一直尾随着……黑暗的地窖，又到了另一个阴冷黑暗的地方，可是突然间从空中落下了什么？他怀里措不及防地一团火热柔软的肉体，让他不由自主紧紧抱着的东西！

他在床上再也躺不住了，猛地坐了起来，在床上粗重地喘息着。他甩着手甩着头，要忘掉这些，可这些东西总是在他眼前飘，在他心里转，兜了个小圈子就又回来了。

他无论摆脱，索性一一回味，仔细地回忆每一个小片断，每一种细微的小感觉，乃至于他自己和白小妍的每一句对话。白小妍，他记住了，她叫这个名字。

时间仿佛很快，在他无止境的回味中，天黑了下来。

吃过了晚饭，傅杰回到了大卧室里，他不想走动，而梁东华自从在外面回来后，就一直躲在卧室里非常安静。这很反常，但傅杰喜欢。很快的，梁东华就叫他关了灯，睡觉。

傅杰睡不着，他失眠了，那些他在下午想了无数遍的东西在黑暗里变得更加清晰，更加繁复地泛了上来。强迫他去看，强迫他去想。那不仅有回忆，还有着他自动一样衍生变化出来的各种各样的想象、猜测还有后悔和遗憾。他不由自主地想到了一些事，那让他在黑暗里窘迫惭愧，让他无法面对近在咫尺的梁东华。这个改变了他的生活，前几天还让他能寄回家一笔巨款的人。

他在床上翻来覆去怎么也睡不着，最后他坐了起来。在黑暗里一直无声无息地坐着，等待着自己的疲劳，他想如果累极了自然就会睡了吧。可是今天晚上就是这么的不可理喻，他怎么就感觉不到累呢，他眼睛大大地瞪着前方，那里一无所有，他也一无所见，但就是收不回目光，更用不完身体里一波未息一波又想的能量。

最后他实在没有办法了，不仅睡不着，连在屋子里待着都待不住了。他光着脚下了地，摸到了自己的鞋子，就这样打开房门，轻手轻脚地走了出去。他要一个人到外面的院子里坐着。

走出了楼门，他深深地吸了口气，清新潮湿的空气让他精神一振。好极了，他感觉胸口那团吐不出也咽不下的虚火一下子消散了不少。他走下了院子，在青砖上慢慢地走来走去。今晚的月亮很好，他看得清周围所有的景致，和白天一样。他就想这么走累了，不停地走。

不知过了多久，"小傅。"突然有人在他身后叫他。傅杰猛地回身，突然的惊吓把他才升起点儿的困倦瞬间击散，他在院子里走了这么多时间，从来没看见过有人！会是谁?!

一个人站在楼门边的阴影里，不知道已经站了有多久。傅杰努力地看那人是谁，看不清也要看，就好像只要看清楚了就没有意外没有危险了。说实话那人的位置就让他越看越恐慌——如果那人一直都站在那里，那么他从楼里出来后，一举一动都落在那人的眼里，这么长的时间，想想看原来他一直都被别人监视着！

而且他走出楼门时，几乎就与那人擦肩而过，却毫无所觉。傅杰被自己的想象逼得无所适从，不知道应该警告那人，还是马上逃跑。

"小傅，别怕，是我。"这人说着从阴影里走了出来。傅杰长出了口气，马上就不紧张了，不用看清这人的脸，只是再次听到这人说话，就再没有了危险感。这是老管家李厚诚特有的平和缓

慢的声音。奇怪，刚才为什么就听不出来？

"小傅，这么晚了还睡不着？"老管家一直走到了傅杰的身边，像是关切地打量傅杰的脸。这让傅杰不自在，这样的深夜里，一个修饰边幅，神情专注的老人特意走到你面前详细审视你，你会怎么样？

傅杰只能打起精神，笑脸相迎，"李大爷，你还没睡呢？我心里乱，睡不着，出来在院子里走走。"

"是啊，天热。我也睡不着。"李厚诚在打量着傅杰，傅杰也在看着他。傅杰觉得这老人也像不太舒服，像有心事的样子。他直觉地感觉这老人想和他聊天，他马上就想走，"李大爷，我打扰你了吧，我这就回屋睡觉去。"

"等一等。"果然没等他转过身，李厚诚就叫住了他，"小傅，我有话和你说。"

傅杰只好站住了，李厚诚的话里有种意思很明显，老管家要以管家身份对他说话了。他虽然小，可从不迟钝，这时他只有听着。

"小傅，今天你和首长都去哪儿了？首长回来后精神头不好，一直睡，还特别地累，饭也吃得少。他都怎么了？"

"首长去了小南边门的一个教堂里，我们出去就直接到了那儿，整个上午都在那儿，他没见什么人，也没和什么人谈过话。"傅杰如实回答，想了想加了一句："他没跟别人生气。"

"是吗？"李厚诚看着他，"整个上午都在那儿？你们都做了什么？"

"没有什么，在教堂里……"傅杰觉得没法措词："就是在教堂里，他走一会儿坐一会儿，我就跟着他，就这样。"

李厚诚看着他，一言不发。这样的沉默让傅杰不安，他想不出这个老管家到底要盘问他什么，突然间他想到是不是梁东华真的出什么事了？今天从教堂回到家后他除了刚才进卧室这一会儿的工夫，他还真的没有见到过梁东华。

"首长他，他没有什么吧？"他问。

李厚诚点了点头，目光一直没有离开过他的脸。又一阵沉默，他突然在口袋里取出来一只扁形的小盒子，递了过来，"把它收起来。"

傅杰接过了小盒子，是塑料制的，在手里轻飘飘的没什么份量。"这是什么？"他看不出来。

"这是首长的药，主要是急救他心脏的药。你那天看到过的，他身体……不太好。"李厚诚脸色郑重，"小傅，这些药在首长的身上也有，可是你也要随身带一份。药上都有说明书，你平时多看一看。希望用不上它们。"

傅杰点头，慎重地把药盒子收了起来。这是他的责任，而且有了这些药，就是他的帮手，真有了什么事，他不至于一点儿办法都没有。

李厚诚叹了口气，"唉，首长的年纪大了，他有些心事，不能对别人讲。难得他对你投缘，要是再带你去什么地方，你就陪着他去。有时候你别嫌他话多，有时候他想静一会儿，你也别打扰他。要说你现在这个年纪，整天陪着个上年纪的老人，也真不容易……"他看着傅杰的眼神柔和多了，"就难为你了吧。"

"不，"傅杰摇头，"首长对我非常好，照顾他是我的工作。我，我做得不够……"他是真的对梁东华感恩不尽。不为别的，他现在的工资，还有他现在的日子，都是他在富瑶酒店里想都不敢想的。何况梁东华对他从来没有居高临下的主人态度。

"好，那我就放心了。"李厚诚的情绪低落了下去，专注的眼神不见了，"我也老了，没法再陪着首长去外面。想想年轻的时候……"他不说了，但还是摇了摇头，又说："小傅，首长近来很反常，他都跟你说过些什么？那个老教堂他很久不去了，还有我看见他把他的军服都让你穿上了。那是怎么回事？"

"什么？"傅杰不知怎么回答，说梁东华近来反常，他没觉得啊。但是梁东华以前怎样他也不知道。至于军服，这是今天第二个人对他问起，他怎么知道是怎么回事？在他看来那只是一件穿不出去，也没人要的旧衣服，梁东华一时兴起送给他而已。就是这么简单。可是对面的李厚诚又变得神情专注，眼睛一眨不眨地凝视他，不再重复发问，静等他回答。

"我真的不知道，"傅杰的语气腔调也变得不耐烦了，毕竟他没有做什么亏心事，这样的深夜里被人不依不饶地追问，实在让他受不了。"李大爷，前天我回房间里，首长就拿着那身军服让我试试，我试了他看着合身就送给了我，就这么简单。我不知道他是从哪儿拿出来的，也不知道它以前放在哪儿。如果你喜欢，我就送给你好了。"他说的是实话，因为一件旧衣服实在不值得他一个人一个人的不断解释，好像是他偷来的！

"我怎么会要你的东西，何况那是首长送给你的。"李厚诚说着笑了，似乎他觉得好笑，傅杰竟然以为他稀罕那身旧衣服，要和他争一样，"我只是关心首长的身体，别出什么意外才好。不过，听你的口气，好像有人也问过你这些事？"

傅杰一惊，脸一下子红了。他没想到李厚诚竟然这样敏感，更没想到刚才他自己会这样冲动。他回答着李厚诚的问题时，想到了夫人白小妍也问过军服的事，结果一口气连着把白小妍问过他的问题都回答了出来。让李厚诚听出了异样。"没……没有，"傅杰否认。

李厚诚大有深意地看了他一眼，出乎傅杰的意料，他竟然没有再问。"好了，把药随身带着，首长去哪儿，你都要跟着。不管他是吃饭，还是睡觉上厕所。"说完李厚诚先走回了楼里。

傅杰一个人站在空旷的前院里，听着老楼里李厚诚的脚步声一路缓缓地走向楼道的深处，一个念头突然升了起来——那是白小妍在地窖里说过的一句话："……你知道吗？那是首长年轻时的军衣，我好久没看他穿过了……"

那是国民党的制式军服，是建国以前的东西。不管那身军服是不是梁东华曾经穿过用过的东西，以白小妍的年龄，她怎么可能见过青年时期的梁东华穿这身军服的样子?! 还说什么好久没看他穿过了……

另外，那身军服仿佛是为傅杰量身定做的，长短肥瘦完全合体。而梁东华不仅远比傅杰魁梧，他的身高也比傅杰高出不少——梁东华年轻时比现在要瘦、要矮很多吗？

第八章 罗兰驾到

第二天早晨,傅杰醒得很早。昨天夜里他回房间睡觉已经是后半夜了,算来只是睡了三四个小时,但他精神头很好。可他知道,这种精神头只能保持一个上午,下午时劳累和困顿就会加倍找上他。他留意看梁东华,要是梁东华今天还要再像昨天那样出去"闲逛",他可真要支持不住了。

梁东华的状态也不好,平时起床后弄得房间里楼道里一片声的响动都减弱了。他显得闷闷不乐,无精打采,延续着昨天从教堂回来后的虚弱颓废,吃饭的时候都像想着心事。

梁东华的神态举动影响着整个小楼里的气氛,傅杰庆幸,这会是懒散无聊的一天,他希望能平静地度过。可安宁被楼上的声音打破。

吃过早饭不久,一向寂静无声,只在每天的傍晚黄昏时才乐声悠扬一阵的二楼响起了搬挪家具、打扫房间的声音。这时傅杰正在自己的小屋子里,老楼里的回音非常大,楼上的响动让楼下的天花板都有共震效果。傅杰正担心天花板会掉下来,有人直接推开了他的房门,可站在门口不进来,"喂,到楼上去帮忙。"只交代了这么一句马上就转身走了。

傅杰好一会儿才反应过来,来的这个人竟然是楼上的小姐白灵。

傅杰自从到了梁家,第一次走上了二楼。

二楼的房间布局与一楼其实分别不大。除了没有厨房外,连厕所的位置都和一楼一样。只是一楼梁东华大卧室的上面,同样一个大房间是作为大客厅来布置使用的,梁夫人白小妍和白灵的房间各在客厅的两边。很有趣的是,一楼傅杰的那个厨房边上的小房间里也正对应着上面保姆小孙的小屋子。傅杰不禁苦笑,不知道当初设计这座楼时，是不是把住宅使用时的主仆关系都考虑进去了，搭配得竟然如此"协调周到"。

白小妍没有露面，她的卧室大门紧紧关着，里面的声音和外面搬动打扫弄起来的灰尘都彼此隔断，没法流通。小孙在小姐白灵的闺房里正汗流浃背，气喘吁吁。其实她要做的事也很简单，不过就是按白灵的要求，把房间里搬出个空间来，再把一张床挪进来就可以了。但她就是做不好，你说这让白小姐急不急？还得让她降尊纡贵下楼去找她一向看不起、鄙视有加的傅杰上来帮忙，实在是让她又气又急了。

转眼间傅杰上楼就有半个小时了，这半个小时里他和小孙同心协力，一刻不停，把白大小姐的闺房弄得一塌糊涂，让白大小姐的声音不断拔高，甚至尖叫。这两个乡下人怎么这么笨啊！这么一点儿小事都搞不好，甚至理解不了，难道非得让她亲自动手吗?!

她只不过是觉得她的梳妆台得在一个明亮的地方，这样镜子里才会有自然光，才能真实地反映出她的容貌（主要是化妆之后的容貌）。这是多么的重要啊，要是镜子失了真，她走出房间后，呈现在别人眼里的她不是镜子里她认为的她，那是件多么糟糕的事！那会是一场灾难的！

但是把梳妆台放置在幽暗的角落里是不是另有一种神秘感呢？女孩儿的心是多变的，化各种不同的妆应该有各种不同的环境。以前她没试过在角落里的灯光下化妆的，为什么不趁机挪过去试一下呢？

结果这种试验，让傅杰和小孙把重达七八十斤重的梳妆台在角落和阳光下搬进搬出共四次，每次还要把梳妆台上的各种化学实验用具一样的瓶瓶罐罐都随台移动，原样放置。

更绝的还有在本来已经摆满了东西的屋子里把一张刚搬进来的床颠颠倒倒地找位置，一会儿白小姐觉得应该把新搬进来的床和她的床联在一起，这样一来空间整体感强，二来会让睡在上面的人显得亲近。（应该这样的，这是非常必要的，不然的话住在一个房间里还有必要吗?!）可是搬在一起试试感觉后，她的感觉就不好。理由同样因为是女孩儿家嘛，都有隐私感的，这样睡在一起，就像农村的通铺大炕一样，多土气，多庸俗。她不喜欢，估计来住的人也讨厌……

傅杰有好几次都想把这张床直接砸在白大小姐的头上，尤其是她显得忍无可忍，烦不胜烦，骂他们实在蠢得无可救药的时候……就在这时，白灵的电话响了。

"喂?"白灵在飞扬的灰尘中勉强让声音恢复了些平时的"矜持端庄"，可是下一句话马上原形毕露，"哇，是你呀罗兰！你在哪儿? 到哪儿了? 还要多久到我这儿?"她一连串地问着，急不可耐，满腔喜悦。

傅杰听不到电话里的人是怎么回答她的，只是看见白灵脸上更加高兴了，但是看着他和小孙的神色更加的厌恶无奈了，很明显他们在"坏"她的事，"丢"她的脸。

"怎么办哪!"电话三言两语就结束了，白灵关了电话立即像是大难临头："罗兰马上就要到了，瞧瞧这房间里乱成什么样了?! 你们怎么这么笨哪，我可怎么办哪!"她在乱七八糟的房间里团团乱转，烦恼得像是痛不欲生。

傅杰扔下了手里的东西，直起了腰，冷冷地看着她。小孙不安了，她拉了拉傅杰，要他忍一忍，傅杰哼了一声，小孙真是好脾气，可这样什么都不是，连屁都不懂的小女孩儿他可实在伺候不了!

"你怎么了? 停手干什么? 快干哪!"白灵一点儿没理会，或者也是根本就没看到他的脸色，一味地催促他们再干，快干!

傅杰索性坐了下来，就坐在她的梳妆台前，"白灵，你不如等罗兰来了之后问她想怎么住，你这是在乱搞。"

白灵呆了，她从来没想过一个下人竟然直呼她的名字，而且当面告诉她，她这是在乱搞! 几秒钟之后她的惊讶消失了，取而代之的是本应在第一时间就直接喷发出来的怒火，她一下了就把自己的情绪提升到了怒不可遏的程度上去！

"你，你说什么？你……你竟然想管我?！我是乱搞……"她气得话都说不全了，气得不知要怎么表达才好，才有力量。可傅杰好像都没看见。旁边的小孙吓坏了，她比傅杰要大两岁，在梁家也干了一年多了，早就习惯了白大小姐的呵斥。她一再向傅杰使眼色，要他忍气做事。可是傅杰还没有习惯！

他看都不看小孙，直接打断了白灵的话，"要不你就先想好了要怎么摆，想好了再说话，听清楚了没有？"几句话之间他的脸色也变得铁青。敏感的人都是易怒的，他已经被折腾了半个小时了，白灵现在的样子让他重新回到了富瑶酒店的后厨房里，又有人在对他不停地指手画脚，吆五喝六。人都是惯出来的，鬼都是怕出来的，这个白灵实在是太过分了！他想起了他的家乡里一些外出打工的人说起在外面的经历，说如果面对一些混账苛刻的老板时要怎么办了。那绝不能一味的忍气吞声，不然对方会永远不知好歹，永远得寸进尺，对你指使个没完，不知道什么叫分寸和收敛。

白灵的样子变得绝妙了。我告诉你，一个人真正的面目就是他狂喜或者狂怒时的样子，无论谁有什么样的经历和修养，只要他真正生气或者欢喜的时候，他就还是小时候的那个德行，绝对的一影不差。现在的白灵呢，她就像是随时都会尖叫出来，或者扑上来对着傅杰连抓带咬，又或者会突然间倒在地上撒泼打滚，自虐自己来吓倒敌人……她渐渐有了点儿嘴歪眼斜的趋势，要是她年纪再大点儿，这就是脑中风的前兆。

这时不止小孙，傅杰也有点儿怕了，面对这样的大小姐，他们都想到了人家怎么会和他们一样，人家是怎么养出来的？可能从小都没有人让她生过气。这要是真把她气出个好歹来，先不要说事后要怎么负责任，至少是他们注定了要改换门庭卷铺盖走人了。想到了饭碗，小孙当机立断，这个沉默胆小的乡下女孩儿把傅杰强推了出去，先让白灵的敌人从她眼前消失，她自己哪怕是再累些，也要先一个人按照白灵的命令干活儿，这样起码不会马上出人命。

就在这时梁家前院的大门电铃响了，这真是救了小孙和傅杰的命，白灵的注意力马上被吸引了过去，她跑到了窗台边伏身往外看，大门开启的声音和隐约的女孩儿的声音传上了二楼，就听白小姐又开始了自言自语："完了，完了，罗兰已经来了，这可怎么见人呢……"

　　小孙和房门外的傅杰都长出了口气。

第九章　有罗兰的夜晚

夜静更深，傅杰明白无误地知道自己正在梦中。这感觉多么神奇，恍恍惚惚间他什么都无法控制，可是又心里想着什么就出现了什么，甚至那些毫无因由出现的东西，在出现后他才发觉那是他所期望的。

他看到了一束光，从他头顶斜上方照射下来，看到了这束光，他才发觉他站在绝对的黑暗里，黑暗无边无际，不知是在哪里。可是他不怕，一点儿怕的感觉也没有。这束光是白色的，上面好细，大概只是一个小小的天窗吗？可是越向下光束就越粗大，足以笼罩他，而光束的强度也薄弱了，让他觉得柔和，他仰着头一直凝视着它。不知什么时候，光束里竟然出现了一个女人，她在半空中就让傅杰的心跳加速，直觉感到强烈地不安，莫名地渴望，他热切地希望她能落下来。她在半空中看着就是那么的温暖，充满诱惑……突然间他激动了，她真的顺着光束下来了，他不知道他站在哪里，可这个女人从上面滑向了他。仿佛只是一瞬间，他怀里突然间多了一个光滑柔软的身体，那是无法想象无与伦比的感觉，充实、丰满、轻盈……所有的一切一切在一瞬间都转化成了不可遏制的激情。傅杰只知道紧紧地抱住这个身体，决不放开，他眼前一再地出现透过不知名的阻碍，映射得璀璨迷离的光芒，他的耳边一直回响着低低的温柔婉转的笑声，这副身体在他怀里轻轻地扭动，像是要挣脱，又像是要他抱得更紧……傅杰在梦中不知道他还要再干什么，他充满了急不可待的冲动和如愿以偿的幸福。

突然间他觉得怀里空了，突然间的空虚让他不知所措，惊慌，不知道为什么惊慌里又带着解释不了的愤怒，他看到了另一个女人，她像是瘦小的，又像是尖利的，她在活动着，手脚在不停地动，嘴巴也在不断地开合，但他听不到任何声音。傅杰觉得他是在一种报复一样的快感里抓住了这个女人，他想不出有什么办法可以折磨她，来兴奋自己，但是他在用尽一切力量要让她不舒服……好久好久，他觉得自己一定要折磨她，一定要征服她，可是这女人的眼睛一直盯着他，那眼光愤怒冰冷，又像是带着极度地蔑视，让他更加无法忍受，无法克制！他一定要让她驯服！可是他感到了力不从心。他觉得心里面一直燥热冲动的力量马上就要宣泄出来了，他无法再控制了，那里面蕴涵着他说不清也掰不开的痛恨还有爱惜，但是他绝对不想发泄在这个女人的身上！在恍惚，在模糊的意识里傅杰在不甘心地找寻着他一定要找到的女人，时间迫切，只在刹那，傅杰竟然真的又看到了另一个人的背影。可惜只是背影，轻飘飘地在他前面走着，婀娜舒缓，步态从容。他能看见她黑色的长发，素色的长衣衬衫，他多想追上她，可她遥不可及，无法触摸……傅杰在极度的快感和惋惜中醒来，他发现自己又是浑身大汗淋漓，又在大口地喘息。

极度的快感汹涌而来，又如潮水般退去。傅杰空虚了的身体让他变得沮丧。梦中的女人还在他眼前环绕不休，死缠在他的脑海里不散，但他再感觉不到美妙和刺激。他厌恶所有虚幻的东西，就像那些电子游戏，他觉得他无论如何也不会喜欢，更绝对不会沉迷，因为那都是假的。就算可以在虚假中得到满足，但终究会醒来，醒来后现实会更显得冰冷残酷，看不到希望。

傅杰的目光望向了头顶正上方的天花板，那上面的一层，也是他这个方位，现在正住着罗兰。白天是多么的荒唐和搞笑啊，为了罗兰的到来，白灵把二楼上的她自己的房间弄得像刚刚开业进货的垃圾场，可罗兰呢？她却拒绝和白灵同住。而且进一步拒绝在二楼的大客房里住，非要把大客房让给保姆小孙，而她自己就住小孙原来的小屋子。也就是二楼上与傅杰的房间正对应的一间小储物室。

白灵怎么能答应呢？罗兰之所以来，是因为她的英语还有弹钢琴的能力实在太差了，要在短时间内大幅度提高，只有请罗兰到她家来和她同住，以生活化的每时每刻的练习来达到目的。她怎么能让罗兰住下人的房间呢？但是罗兰坚持，她说她在学校里住小房间住惯了，突然间换环境她会不习惯，睡不着的。文静的罗兰有种镇定的力量，她吐字清晰和缓地说出来的话，让人很自然地就觉得没法改变。尤其是张扬跳动的白灵，她根本就没法强迫罗兰。

　　傅杰在黑暗里回味着再一次见到罗兰时的情景。罗兰还是那身装束，从一楼陡峭的楼梯走上来，拖着一个拉杆的行李包。他正站在白灵的房间外，迎下去帮她提上来。罗兰没有拒绝，上楼后面对着出迎的白灵，她先把手伸向了傅杰，"谢谢你，傅杰，我们又见面了。"

　　"啊，是……又见面了。你好吗？"傅杰记得自己当时的手足无措，好半天才意识到罗兰的手还停在半空中等着他去握。他急忙去握，可能把罗兰的手都握疼了吧……旁边白灵的脸色真是难看。

　　他不知道罗兰为什么会对他好，她对他青睐有加，这是明显的。可是为什么？傅杰在黑暗里仰望着看不见的天花板，想着他上面三四米高的床上睡着的那个人，百感交集，毫无办法。

　　在绝对的寂静中，他尽情地想着心事，不担心会泄露。除了他自己，不会有别人的嘲笑。可是突然间他听到一阵若有若无的脚步声在楼里响了起来，这脚步声轻轻地飘荡着，那种不知方位的轻盈，让人直觉地竖起了耳朵去辨认追踪。傅杰疲惫烦躁的神经一下子绷紧了，这种回荡在老楼里，在午夜里突然响起的脚步声他不是第一次听见！

　　好几天前那个夜晚猛地重新兜了上来，傅杰下意识地向窗外望去，那张雪白清秀的脸还会出现吗？！

　　但他什么都没有看到，窗子的方位应该是那边的，窗外没有雨声，入睡前他也记得天上没有乌云，那么星月的光辉呢？窗外那些摇动起舞的长草影子呢？为什么都不见了？！

　　一团更沉重的恐惧袭上了傅杰的心头，他想到了那天晚上他也是在午夜的梦里突然醒来，只是那天的梦与今天的不同。他也是什么都看不见，后来才知道梁东华就直挺挺地站在他的床头，把什么光亮都遮住了。那么现在呢？

他鼓足了勇气，向床头的方位看过去。一团漆黑，什么也看不清楚……他心里不由自主地泛上了梁东华巨大魁梧的身影，进而他真的像是看到了梁东华在黑暗中的轮廓剪影！傅杰屏住了呼吸，悄悄地滑下了床，他几乎是半蹲着溜到了门边，找到了电灯的开关。他紧紧挨着墙，犹豫着是不是非得把灯打开。他能看到什么？他想看到什么？可是他在犹豫中清楚地知道他必须把灯打开，他一定得看一看身边到底又发生了什么！

傅杰的心还在犹豫着，可他的手不受控制一样地把开关按了下去。轻轻的一声响，房间里突然间一片光明。什么都暴露在光明下了，傅杰虽然早有心理准备，眼前的情景还是把他吓得魂不附体。梁东华果然直挺挺一动不动地站在他的床头，连位置都和上一次一样！

灯光映白了傅杰的脸，可他惊奇自己还能思考。同样的情况面对了第二次，傅杰除了惊慌之外，很快就想到了他得怎么解决。眼前的梁东华可能已经在他床头站了好久了，与上次一样不声不响，没对他有任何的伤害。那么他可以置之不理吗？

或许他不说，谁也不会知道，包括梁东华自己。多一事不如少一事吧？如果他一定要让梁家人知道这件事，会不会让他有麻烦？比如说这也算是梁东华的隐私秘密，让他知道了并且公之于众，梁东华会不会恼羞成怒把他辞了赶走？

可要是保持沉默，什么都不说。万一梁东华这种情形会发展，越来越严重，就算永远都不会伤害到他，可一旦某一次他自己出事了呢？到时负责的人会是谁？除了24小时随身陪护的他——傅杰外还会有谁?！

思来想去，傅杰决定还是要让梁家人知道，而且要让他们亲眼目睹梁东华现在的模样，不然第二天无论他怎么说都不会有人相信。

傅杰下定了决心，悄悄地拉开房门，溜了出去。他全神贯注地注意着梁东华，直到走上了走廊，才发觉不知什么时候楼上的脚步声停了。他顾不得别的了，在黑暗中摸索着走廊灯的开关，可他怎么也找不着。记得前些天他很容易就打开了走廊灯的！焦急中他的双手在一面墙上大面积地摸索，像是擦墙一样摸了好久，终于摸到了开关。可他用力地按下去，咔的一声响，灯亮了，可是瞬间又熄灭了。他气得在黑暗中狠狠地跺脚，这个时候灯竟然爆了。

　　他没时间抱怨，卧室里的梁东华这时不定什么样子了，他的眼前不断闪现着上一次梁东华的所有举动，他没法阻止，一定要叫个人来。他的首选还是老管家李厚诚。傅杰在漆黑的楼道里定了定神，在脑海里把一楼的房间布局重新定位。老管家的房间找到了，那不远。他想好了，要是在五分钟之内还是找不到的话，他就先去厨房，在那里他记得有蜡烛的。实在什么招儿都没有了，他可以用电打火把燃气灶打开，那点儿微弱的蓝色火苗应该能让他找到蜡烛所在。

　　但这都是多余的，傅杰在楼道里寻着记忆慢慢摸索，只用了一遍，就成功地找到了李厚诚的房门。他摸着厚重的原木制造的老式房门上面的突起花纹，心里宁定了些。接着他敲了起来，有节制地，甚至有节奏地敲了起来。不像上一次要破门而入式的慌张匆忙。

　　可是敲了半天，里面半点儿反应都没有。傅杰的心不由自主地又慌乱起来，难道又要像上次一样，无论他怎样敲都没有用吗?! 他用力地在门上砸了几拳，厚重的木门就像定音鼓，整个老楼里都回荡着沉闷的响声，可门里面照旧声息皆无。

　　傅杰绝望了，他在漆黑的楼道里无计可施，这扇门他敲不开，二楼他又无论如何都不能上去，到底要他怎么办才好?! 他呆呆地站了好久，一个念头浮了上来，这样的生活这样的工作多么地荒唐，他还能再干下去吗? 在富瑶那里虽然累，虽然受气，可是没有紧张，没有恐惧! 没有失常的梁东华，也没有到了这样的夜里

就像全楼都死亡了一样的沉寂！

　　如果他一走了之，那么这所有的一切就都与他无关了，他就彻底地摆脱了这些污七八糟的事。但是他能走吗？这里的报酬，这里的自由，梁东华竟然像对朋友那样对待他……他有什么理由离开呢？胡思乱想中，他不自觉地走动了起来，在黑暗里他慢慢地走动，虽然看不见周围，但什么也没碰到。后来他长叹一声，算了吧，就这样忍到天亮，明天一切又都正常了，就像上次一样，结果什么都没有破坏，都没有发生……但毫无征兆地，他猛然间撞到了一件东西上！他在恍惚中还没有来得及惊恐或是躲闪，这件东西已经把他紧紧地抱住！

　　傅杰在这一瞬间心理彻底崩溃，他全身毛骨悚然，吓得大声尖叫了起来，那是无法形容的体验，事后他觉得那是被一直等候在老旧楼道里的一具僵尸抓到了，被它抱住了！他忘记了挣扎，只记得不停地喊叫，手脚全身都麻木了，没有知觉一样不听使唤。他不知道这样保持了多少时间，他不叫的时候，才发觉仍旧紧紧抱着他的"东西"一直都没有伤害他，当他的皮肤肌肉恢复了触觉的时候，他感觉出了温暖。柔软的，表层冰凉滑腻的温暖。紧紧地，没有一丝缝隙地贴着他的胸口的，是更加柔软，起伏不定的一具身体，那里面的心跳他都可以清晰地感应。

　　"我这是在做梦吗？"傅杰在心里问着自己。恐惧说不见就不见了，取而代之的也不是怀疑，也不是询问。这是女人，这感觉多么像他今天晚上做的梦啊，也是在漆黑里，突如其来的女人，只是没有那束从头顶射下来的光。他自然而然抱住了她，这样更好，傅杰在黑暗里无法控制自己，他触摸到的身体上几乎没有遮挡阻碍，怀里的女人一直都在紧紧地抱着他，不说话，没动作，但是对他的一切反应都不抗拒，不拒绝，不回避……傅杰沉醉在黑暗里，他根本就不想知道这女人是谁，是谁都没有关系，他只希望黑暗永远继续下去，永远不要停止。

　　但他偏偏就又看到了光明，看到光明的时候他才知道他站在通往二楼的楼梯边上，一点儿微弱的蜡烛光从二楼上缓缓照了下来。当他看清了来人是谁，他感到了羞耻，而且内疚，简直无地自容。

那是罗兰。

罗兰继续往下走，突然她停了下来，借助手里微弱的烛光她看见了楼梯边上的人，显然她吓了一跳。"谁?"她问。没有回答，但她马上看清楚了是傅杰。他们的目光在烛光里相对。傅杰看见罗兰的脸变得惊讶，变得难以相信。这副情况多么尴尬又诡异，傅杰希望他能在瞬间灰飞烟灭，彻底在罗兰面前消失。可他怀里的女人还在蠕动着，紧紧地缠着他不放。

"你……"罗兰欲言又止，她像是才明白看到的是什么。她什么都不再说，转身上楼。

"等等!"傅杰叫她，罗兰的出现和离去让他清醒。他得让罗兰知道，她看到的并不是那样的事……但他又实在想不出要怎样解释。幸运的是罗兰停住了，还转回身来问他："什么事?"

"你……你帮我看看她，她是怎么了?"傅杰无法解释，但急中生智，请她来帮助。罗兰在楼梯上没有下来，她小心地在上面看着他们。那女人的头始终伏在傅杰的肩上，她能看到的只是一件华丽的睡衣，还有一头散落的黑发，雪白修长的后颈。

"她怎么了? 为什么不动?"罗兰看了一会儿，走了下来。

"我不知道。"傅杰只能这么回答。

"你不知道?"罗兰皱眉，她离得他们远远的，烛光下她穿得很正规，那不是睡衣。

傅杰苦笑，他知道他的话很荒唐，一句不知道就可以解释在深夜的黑走廊里抱着女人吗? 但就是这么回事，他用力推了推还在他身上绕着的女人，但没有效果。"喂，你醒醒!"傅杰急了，用肩膀去撞这女人伏在肩上的头。

"等等。"罗兰突然阻止他，烛光暗了一下，是她快步走了过来。"你不认识她?"她边问边转到了傅杰的身边，去看那女人的脸。她低声叫了一声："天哪，这是梁夫人。"

"你说什么?!"傅杰的惊讶绝对比她要大，"她是谁?"梁夫人三个字代表着这座宅院的女主人，是梁东华的女人！这可不是在他的梦里了。

"不对，"罗兰在他的身后又说，"她的样子不对。"

"她怎么了?"傅杰的手早就从梁夫人的身上拿开，直挺挺地站着。

"她……她像是没有意识。"罗兰犹豫着，终于说，"她在梦游。"

"梦游?!"

"是，"罗兰的语气变得肯定了，"你别再碰她，也别推她。"

傅杰感觉光亮在离开他，那代表罗兰正拿着蜡烛走开，"你要去哪儿?"他不禁问。他怀里抱着的女人竟然会是个失去了意识的梦游者，这让他毛骨悚然，直觉上觉得这不是人，是个变化了的异物。

"你等一等。"罗兰真的走开了，她的声音在厨房那边回答他，那点儿微弱的烛光也消失在了墙后。傅杰又在黑暗里了，但他再感不到半点儿的香艳刺激。他后怕，想到了如果刚才从楼上下来的人不是罗兰，换了随便另外的一个人，无论是小孙，还是白灵，甚至就在现在，那个该死的老管家醒过来，走出了房门，他的后果都不堪设想！

傅杰在黑暗里如坐针毡，可罗兰离开后就再没有回来。傅杰感觉都快过去一个小时了，她还是在厨房里。"罗兰……"他实在忍不住了，小声叫她。

厨房里没有回答。

"罗兰!"傅杰加大了声音，他突然害怕罗兰是不是在厨房里也出了什么事！这让他恐慌了，这样的夜晚让他对什么都失去了信心，至少是彻底没有了耐心。

"等一等。"罗兰的声音传了过来，很小但很镇静，"我马上来。"说着蜡烛的光亮重新出现了，从厨房里面绕了出来。傅杰的眼睛一直盯着那个方向，他看见罗兰的一只手拿着蜡烛，另一只手里提着根短木棍一样的东西。

"那是什么？"等她走近了，他问。

"擀面杖。"她回答，"我还怕梁家没这种东西呢，他们可能从来都不在家做饺子。"她的样子倒像是很轻松。

傅杰受她的感染，也好受了些，"你拿它干什么？"他又问。

"有用。"罗兰看了他一眼，不解释。转而她就变得郑重了，对他认真地说："现在无论我做什么，你都不要惊讶。不能大声说话，不能乱动。好吗？"

"你要干什么？有危险吗？"傅杰只能答应，可他实在不放心。罗兰给他的感觉是她也没有把握。

"不知道，"罗兰果然这样说，她把蜡烛递了过来，示意他拿着，"希望能顺利。"

傅杰的手一直是自由的，他接过了蜡烛。他看见罗兰轻轻地抚摸了梁夫人披散在后背上的长发，像是把它们束拢了起来，连同着梁夫人的后脑，她轻轻的抚摸梳理。渐渐地一直扭动的梁夫人安静了，静止后的她站得笔直，她的头在傅杰的肩上慢慢地升了起来。烛光就在她的耳边位置，傅杰正对着她的脸，心剧烈地跳动起来，他看到梁夫人的眼睛竟然一直都是睁着的！不知道之前在黑暗里是什么样子，至少她现在的眼睛直盯盯地瞪着他！

她的眼睛很美，轮廓夸张，眼尾上吊，连同上面的眉毛都是高挑妖艳的。被这样的眼睛不留一点儿余地的注视着，傅杰感到了前所未有的刺激，这时他真切地知道了美丽的东西都是有别于普通的东西的，可惜他无福消受。

梁夫人的手还在他的身上，准确地说还扣在他的腰间，两个人的身体还紧紧地贴着。罗兰在侧面一直看着他们，她把那根擀面杖轻轻地伸到了梁夫人的右手边上，似乎并没有碰撞上，但神奇的是下一瞬间梁夫人竟然抓住了它，随着罗兰缓缓地拉动，梁夫人离开了傅杰，跟着罗兰亦步亦趋迈上台阶，走回楼上。傅杰惊奇地看着这一切，不由自主地跟着她们，罗兰让他觉得不可思

议，她竟然就这样把梁夫人送回了她自己的卧室里去。

罗兰轻轻地门在外面带上了，她长长地呼出口气，一下子靠在了墙上。这时她的压力才开始释放，她的样子让傅杰更加后怕，"怎么？你一点儿把握都没有吗？"

"是啊，"罗兰擦了把冷汗，傅杰注意到她出了好多的汗，可这时楼里却很冷，"她是在梦游，可我从来没有单独处理过。"

"那你以前还是处理过？"傅杰注意到她说了"单独处理"。

"也没有，"罗兰笑了，"说实话，梦游不是危害特别大的病症，除非是极特殊的梦游者，不然他们对人对己都没有危害。可我还真是第一次亲眼目睹梦游的人，我好紧张。"

"不，你一点儿都没紧张。"傅杰再次被她感染，像她一样，有种收拾了个险局后特别庆幸，也特别轻松的感觉。他又问："对了，你这么容易就能把她拉走，这办法你哪儿学来的？"

"我是学医药的。这办法不正规，是我一个已经毕业的师兄聊天的时候当笑话告诉我的，没想到还真管用。傅杰，你知道你刚才好险吗？"

傅杰点头，心有余悸，"是，可是我……"他想说他不是有意的，事实不是她看到的那样……

罗兰阻止了他，"别说了，我不是那个意思，现在我当然知道了，你是偶然遇到的梦游中的梁夫人。"

她这样说，傅杰更加地窘迫，他扪心自问，黑暗里的那一幕幕他完全是主动的，他可没有梦游！暗室亏心，尤其那是梁东华的女人……可他身边的罗兰又笑了，他不明所以。他当然不知道，罗兰承认，刚才烛光初亮时，她看到的一楼的风光很是旖旎奇幻，让她惊讶难忘。黑暗中的年轻男子，华丽丝绸的睡衣，或许是所有女人都喜欢的？但她马上收起了笑容，正色地说："傅杰，我是说，以后你再遇到这种事的时候，千万不要惊慌。刚才你是不是尖叫了？"

傅杰很窘迫，他还记得在黑暗里突然被人抱住时的害怕，他不由自主地叫了起来。

"本来我已经睡了，就是被你吓醒的。我听着好像是你的声音，所以下楼来看。你要知道，如果你真的把梦游中的梁夫人吓醒了，会对她的精神有多大伤害，严重的话，她……"罗兰停下了，摇摇头："下面的我不说了。对了，傅杰，这么晚了，你出来干什么？我好像还听到一楼有人敲门声……"

她下面又说了些什么傅杰都没有再听清，他猛然间想起了梁东华，还在一楼大卧室里不知怎样了的梁东华！他想起他出来是要干什么的了，他马上向楼下跑，才跑了几步又停了下来。他可真是乱了方寸，没了主张。他之所以出来不就是要找人吗？现在他一个人往回跑有什么用？他转回身看罗兰，罗兰正莫明其妙地看着他。

"你到底怎么了？"她走了过来，仔细地观察他，小心翼翼地问。

傅杰摇了摇头，他的心乱极了，他也真的怕极了，这样的夜晚这样的事他真的承受不了！他不想说的，可看着眼前关切地注视着他的罗兰，他没有再隐瞒，把今天晚上发生的事原原本本地都告诉了她，甚至把前些天那次的事也都说了出来。

罗兰静静地听着，随他说，不提问，也不反驳。直到他都说完了，她才问："现在梁东华还在他的卧室里吗？"

"应该还在吧。"傅杰心里没底，他出来这么长时间了，又一直都处在慌乱中，一楼大卧室那边的动静他没能一直兼顾。

"好，你带我去。"罗兰抢先下楼，走在了傅杰的前面。

有罗兰手里的蜡烛，梁东华的大卧室马上就被找到了。可是罗兰突然停了下来。"怎么了，罗兰？"傅杰连忙问。

"刚才你说，你敲了李大爷的房门，敲了好多声。上次也一样，是吗？"罗兰的脸在烛光里时明时暗，显然想到了什么。

"对。"傅杰确认。

"楼上还有脚步声？你没听错吗？"罗兰又问。

"有，我没听错，绝对没有。"傅杰百分之百地确认。

罗兰转回了身，梁东华的卧室近在咫尺，可她得弄清楚些事情才能进去。"你的敲门声我都听到了，还有你的叫声。可脚步声我没有听到，或许那些脚步声就是梁夫人走动时发出的。但这都是次要的，我想问你，李大爷、小孙、还有白灵，上次他们就都没有听见，这次还是没有？"

"……是。"傅杰想了好多，可只有这种可能。他不信这楼里的其他人都死了，然后明天一早又复活。但现在就是没人出来理睬他。

罗兰深吸了口气，"这真罕见。真要像你说的，梁东华的状态多半也是梦游，而梁夫人我们都见到了。要是小孙、李大爷，还有白灵他们也都……"她没有说下去，但傅杰完全明白下面她要说的是什么。

"不会吧……"傅杰也迟疑了，他虽然没有学过医，但梦游人人都知道，又几乎没有谁亲眼见过。难道现在这座老楼里，除了他和罗兰之外，其余的人都在梦游？这可能吗？

但又怎么解释现在这局面？

傅杰轻轻推开了卧室的门，他先走了进去，让罗兰留在外面。房间里静悄悄空荡荡的，不见梁东华的人。傅杰把注意力直接转向了梁东华的大床。床好端端地摆放在原地，床上的被褥杂乱，可下垂至地的床单平整。可这证明不了什么，上一次梁东华怎样爬进床底下，床单像门帘一样在他脚后松弛垂下的情景他历历在目。

"你肯定他在床下面吗？"罗兰已经走了进来，在他身后边小声问他。

傅杰点头，马上又摇头。他没法肯定，除非把床单掀起来查看才行，可他不敢。回到这间卧室，他就像本来已经出狱多年的囚犯又重新回到关押过他的牢房一样，记忆和感觉无法消除。

他在犹豫着，罗兰从他身后边走了出来，一步步地走向了梁东华大床。傅杰下意识地想拉她，他真想问她，她要看什么？难道她发现梁东华真的俯卧着躲在床底下，就可以肯定什么了吗？她为什么一定要惊动那个人？至少他想她得先跟他把想做的都沟通一下吧？但是罗兰只用了一个神情就阻止了他，她在离床几米远的地方想了想，然后先上了床，在床上伏下身子垂低头，掀起了床单的一角，往里面看。她的样子让傅杰想起来在他老家村子里，人们告诫后生们接近脾气大的牲口时不要正面过去。

特别矮的床，罗兰高挑的身子俯卧在上面，很容易头就触到了地，她小心地往里面看着。床单被掀开得很小，既要让她自己能看见里面的东西。还得把头偏开些，让光线能照得进去。这样的姿势她保持了好久，她就像是床外面的另一个梁东华一样，一动不动。傅杰离得远远的站着，好几次都想问她到底看到了什么，到底看没看到东西。但都不敢打扰她，尤其是不敢刺激大床的下面。

终于，罗兰把床单小心翼翼地放了下去，她在床上缓缓地直起了腰。她满脸通红，这么长时间垂着头，显然让她的血液都涌上了头部。傅杰看着她在床上深深地呼吸了好几大口，然后才比上床时还要小心缓慢地迈下床来。他想问她，她示意到门外面去。

"怎么样？你都看到了什么？"到了门外，傅杰迫不及待地问她。

罗兰向他点点头，"梁东华是在里面。"想了想她又补充，"至少里面有人，是一个人。再详细的东西我看不清楚。"

"那一定是他，不会有别人。"傅杰肯定地说，"你看到他的头了吗？我是说他的头朝向哪边？"他又问，他一直都记着那天梁东华当着他的面是怎样"钻"进床底下的，虽然他认为在那么矮的床下面根本没法掉头转身。

"我看到的应该是他的侧面。至于是左边还是右边我实在分不清。"罗兰背过手去揉着自己的颈椎，她那里肯定又酸又痛，"我觉得他在床下面应该是转过了些角度，不然他就应该是从床尾爬进去的。可那是不可能的。"

傅杰点头，他懂。梁东华大床的床尾与墙的距离不到半尺，以他那样的庞然巨体无论怎样都别想委屈爬进去。"你看他……"他还想问，但是已经不知道要问些什么。

"说实话，我也没有看出什么。"罗兰坦白地说，"我之所以看了那么长时间，主要是想知道他是不是还有些神志。他如果有，应该有所反应。可床底下的人一动不动，你要是不在事先告诉了我里面有人，我都看不出来。"

傅杰明白，床沿下的四面都有床单遮着，床下面应该是个彻底黑暗独立的世界。

"我在想，连续两次，梁东华梦游的时候都躲进床底下，绝不会是偶然。"罗兰下意识地又向卧室的房门看了一眼，好像也在忌惮刚才看见的东西。她说："或者那床下边有他重要的东西，他放不下。越是潜意识主使身体的时候，他越是要离那些东西近些；又或者是他以前在跟床底下差不多的环境里有过什么记忆，总在困扰着他，一旦没有了主观意识压制，他就会不自觉地重复以前的经历。当然，这都是我的猜测，真正的原因只有梁东华自己知道。"

"那我该怎么办？"罗兰的理性分析并没有让傅杰轻松起来，相反让他心里更沉重，他的问题是现实的，他该怎么办？

"你没有办法。"罗兰直言相告，"这种梦游，就算梁东华主动配合医生治疗都不会很快见效。而且看上去他这不是短时期内才得的病。你帮不了他，也千万别自作主张，像是在他梦游时把他叫醒，在他清醒的时候告诉他晚上发生的事。这都不好，只会进一步加重他的症状。"她看着不知所措的傅杰摇了摇头，"傅杰，要我说，你还是离开这里吧。"

"什么？"罗兰最后的一句话惊醒了傅杰，她的话在动摇他现在生活的根本。他在梁家工作了才一个星期而已，怎么能这么轻易就辞职不干？而且工资他都收了……

"听我说，"罗兰的脸色郑重，她把蜡烛也带出来了，她看得见傅杰苦恼恐惧又不舍得的表情，"我理解你找工作不容易，可这家人的症状不比寻常。现在看来很可能连二楼的三个女人还有楼下的两个老人都有不同程度的异常，"她再次摇头，"真要发生什么事，你照顾不了，反而会误事。那时你的责任就更大了。"

傅杰的心乱成了一团，他不能随便就丢掉眼前的这个工作，可罗兰说的都是实情。这里的事情完全是他所不懂，更不能处理的事！这都是为什么，他刚刚才得到的这份优厚又清闲的工作，老天怎么就不能稍微地成全他一下！

他远远地走了开去，一直走到了走廊的尽头，微弱的烛光之外。他在黑暗里站了好久，才又走了回来。"不，我不能辞职，首长并没有什么太大的异常。他没把我怎么样，也没伤着他自己。我不能一走了之。"

"那是现在，梦游症是有变化的。谁也不知道他会发展成什么样。"罗兰理智地回答他。她看到傅杰听到了这句话，脸上的表情变得更矛盾更痛苦。

"我该怎么办？"傅杰的声音不自觉地高了起来，"不就是他们的病吗？要是我走了，随便他们怎么病，就算是他们到了晚上互相杀人都不管，与我不辞职，也不过问，有什么区别？为什么我非得离开？"

罗兰静静地看着他，不说话。

傅杰走近了她，"罗兰，如果是你，你怎么办？"他急迫地想知道。

"如果是我，"罗兰看了他好一会儿，才慢慢地说，"还是离开，因为我应付不了。"

傅杰听了转身就走，他走向自己厨房边上的小屋子。罗兰一直静静地站在原地，手里微弱的烛光很快就照不到傅杰的影子，直到傅杰的脚步声也听不到了。罗兰把头转向了梁东华的卧室大门，好长的时间里，她都若有所思地看着，面无表情，一动不动。

"喂，那你呢？"突然间傅杰的声音又响了起来，他又出现在走廊的拐角那里，"你离开吗？"

他的突然出现一点儿没让罗兰惊慌，她手里的烛光都没有抖动一下。"我不同，"她的声音在昏暗黝深的走廊里很是清亮，"我或许不会走。"

"为什么？"傅杰的声音里明显有了愤怒。

"因为我或许能应付。"罗兰说着转向了他这边，向他微笑了，"我是学医的，是临床科，比这可怕的东西我见得多了。"

　　傅杰的眼前闪现出了鲜血淋漓，残肢断体的手术台，还有各种各样有可能在医院才能经常目睹的人类惨状。罗兰只是轻描淡写地说着，可他信她说的每个字。好多年之后，傅杰还清晰地记着罗兰这时的样子。她清秀动人的脸转向了他，在闪动跳跃的烛光里分外动人，深夜里略微苍白的脸色，没有束缚、随意披散的长发……

第十章 魔 邪

　　四天过去了，傅杰变得苍白消瘦。他没离开梁家，他要求自己不动声色，其实却是无动于衷一样地在梁家生活工作着。四天里，他白天得像最初一样正常地全天陪伴跟随梁东华，他至少不能比一个八十多岁的老头儿走得慢，没精神。至于晚上，他希望自己能时刻保持清醒，前两次梁东华什么时候站到了他的床头他都不知道，这是要出大事的——他不能让梁东华伤着自己，更不能让梁东华受他的伤害。所以只能是时刻防备吧。

　　但什么人能不睡觉呢？结果就是他像个严重的前列腺病人那样，一夜要醒过来八九次，每次都苦不堪言。这样直接导致了他精神恍惚，体力衰竭。以至于在第三天梁东华出事时，他没能及时作出反应。

　　那时他正陪着梁东华在听戏，在一个大剧院里，是北京来的京剧名角到沈阳赶场子。角是名角，戏是经典，沈阳的大小票友从各个区里云集过来，一时之间盛况空前，仿佛国粹复兴。其实也就是些上了年纪的老头儿老太太，再加上些抱着观摩或者挑剔心态的同行业者们，还有就是些事先准备好了花，也定好了要献给谁的捧场人。

　　傅杰跟着兴致勃勃的梁东华挤进剧院里时，已经来晚了，只见满屋子的人，满屋子的闷热汗臭。这情形傅杰一见就恶心了，按他说就着门边找个座坐下就得了。一来也能看着，二来还凉快点儿。可梁东华不干，他要找他票上的座位，那可是前排，而且是正面，难得啊！

　　于是就往前挤，挤到时那两位置上早就有了人，两个中年男人，衣饰不得体，但名贵高档，满身的胖肉，一脸的横肉，典型

的东北这一片早期发财致富类的人。票由傅杰拿着的，他看了看身后边的梁东华，决定还是先跟这两人客气地说说，大家都得按座坐人不是。可大概真的是财大就会气粗，又或者傅杰太客气了，俩款爷也习惯了别人的客气，这两人几乎连理他都没理他，该聊聊他们的，两张大胖脸一直面朝着台上。

还没等傅杰的火升起来，他就被他身后的人一把拨拉到了一边，旁边的人都差点儿被撞倒。"给我滚！"这是梁东华的头三个字，大概方圆二十米之内的人一下子都静了下来，都扭头往他这里看。这些人都看到了梁东华一把从座位上拉起一头猪往外扔。紧接着是另一头。

"什么王八蛋，给脸不要脸！"梁东华骂着，招呼傅杰入座。那两位款爷都傻了，他们可能是好久没有亲身"实战"过了，对突如其来的暴力不适应。也可能他们的财还不够大，没能随身带俩保镖跟着。反正这两人在旁边呆呆地站着不知所措，不知道是应该马上开打还是先骂两句。傅杰胆战心惊地坐下了，他提心吊胆地用余光瞥着那两个人，他从小都没有打过架，甚至都没有骂过人，真希望这两个人会知趣走人，相安无事。可万没料到梁东华还没解气，一转眼看见那两堆肉还没动，马上扭脖子就骂了过去："你们还他妈不滚?！想怎么的?！"

这一声声震全场，比名角上场前的叫板还抓人，傅杰惊恐地看着在一瞬间就脸红脖子粗地爆怒起来的梁东华，不知道下一瞬这人又会有什么举动。他知道梁东华发火一定很可怕，可没想到会这么吓人，这人一定是生来就带着瘆人毛，变脸就是慑人的凶相。那两个胖子马上就走了，说什么他们也是人到中年了，知道什么是找乐什么是找死。估计他们是连看戏的心都没了。

目标消失，台上的戏开始得也非常及时，梁东华的心情变好了，只要他觉得台上的戏好，他就旁若无人肆无忌惮地击掌叫好，要是他觉得不好，他一个人就大声起哄喝倒彩。甚至如果他不认同，别人叫好时，他都会高声叫骂训斥。傅杰注意到了，他们身边很快就有了好几个空座，连身前身后的人都有离开的。傅杰叹了口气，他是一点儿办法都没有。他实在是又累又困，这样其实也不错，他身边不那么又闷又热又吵嚷了，他往下缩了点儿，想小睡一会儿。就是这么一小会儿，就出了事。

他是被一阵突如其来的叫骂声惊醒的，醒来时就看见梁东华已经站起来了，身子前倾，都快压到前排的座位上，手指头在伸得笔直的胳膊前端点比画着，"……你他妈的说什么?! 老子让你闭嘴你听不见哪? 你他妈的一直哼哼唧唧地唱，老子听你的还是听台上的?!"

傅杰下意识地也站了起来，他的本意是想站起来劝劝梁东华，拉他坐下，别发火，注意身体小心心脏。可梁东华反而来劲了，"走，郎中，跟我看看那个鳖犊子去!"说着他就从前排座位上迈了过去，那在黑洞洞的剧院里实在不比寻常，傅杰在他身后看着就觉得那像头巨大的黑熊。他冲过去的方向也正有一个人扭着身子往他们这边吆喝。

傅杰跟过去得慢了点儿，那边那人也肯定是不认识梁东华，人都过去到眼前了嘴上还不服软，还让梁东华说话客气点儿，说梁东华嘴怎么那么臭呢……结果台下边变得比台上更火爆炽热了起来。梁东华打人是什么样傅杰也知道了。

一通大闹，梁东华不仅把那人爆打了一顿，还把那人身边上看戏的人也都卷了进来，被他误打的，被其他人撞上的，最后是骂声一片，扭成一团。感觉至少有二十分钟，他们才从一大堆乱成一团的人里挤了出来，那根本就像傅杰在以自己的小身板给梁东华挡灾一样，他身上头上挨了不少拳脚而且脸上还不知被谁抓了一把，好长的两道血道子。

从剧场里跑出来后，梁东华不让他停下来喘口气，拉着他一直跑出去了一条街，直到拐进了个小胡同里，梁东华才放开了他。傅杰蹲在地上软得像摊肉泥，不仅是身上累，更主要是心里怕。等他回过气来抬头时，发现梁东华正笑嘻嘻地看着他，那样子轻

松得意，快乐极了，"郎中，这场戏看得过瘾吧？"他这么问。

傅杰本来一肚子气的，可不知为什么，他看了梁东华十几秒钟，不由自主地哈哈大笑了起来，梁东华笑得比他还要恣意痛快，好半天，他拉起来傅杰，找了个饭店吃宵夜。

当天晚上傅杰上床就睡着了，整整一夜不知道是怎么过去的。他醒来时红日满窗，太阳已经老高了，梁东华的床上空空如也，人不知去了哪里。

傅杰捧着头摇摇晃晃地爬了起来，隐约还能想起点儿昨天的事。他又被梁东华灌醉了。可恶，这老头子肯定特别喜欢看他难受，跟他出去不是在阴气森森的老教堂里呆坐，就是进剧院里打架，才来了不到半个月，就被他灌醉放倒了两次。这是个什么样的老东西啊，真是为老不尊……

傅杰挣扎着去了厨房，他想洗把脸。他把脑袋伸在水龙头下面至少冲了两分钟之后，才觉得清醒了些。他透过满头流下的水珠，看到了自己两条汗毛浓重的长腿，他觉得直不起腰，他的腰，他看到那儿一点儿赘肉都没有，八块棱角分明的腹肌因为弯着腰憋着气更加凝聚鲜明……他提醒自己得挺起来，最后他终于直起了腰，眼前的金星也散去了，这时他才发现身后有好几个人都在看着他。他好一会儿才认出了她们——小孙、罗兰，还有白灵。

他下意识地又往身上看看，发现他简直就没穿什么，他起床后就直奔厨房来了，脑子里根本就没想到这是在别人的家里。万幸的是昨天晚上他睡下时脱衣服也不彻底，穿的短裤是能上街的那种。还好，还好……傅杰向她们勉强笑了笑，转身往外走。

"傅杰，"他身后有人叫他，他回头，发现是罗兰，"梁伯伯出去了，给你留了饭，你擦干了快来吃吧。"

"啊……谢谢。"傅杰勉强地回答着。他发现这三个女孩儿看他的神色都有些异样似的，他不解，他不过就是比平时更狼狈了些吧？还能有什么更不对的？他当然看不到他刚才像神游一样目中无人地突然出现在厨房里的样子，和他像是要淹死在水龙头底下的洗脸法，以及他现在滚动着水珠，年轻精悍，马上就要接近男人的男孩儿身体。

他出奇地没有在白灵的脸上搜寻到轻蔑不屑、厌恶嫌憎的神色。

傅杰吃饭时，三个女孩儿都还在厨房里，她们的面前都有不少的蔬菜水果类的东西，好像是罗兰在教小孙和白灵些新鲜吃法。傅杰只顾着低头吃饭，想自己的心事，好一会儿才注意到她们之间除了有小孙的对话外，罗兰和白灵之间完全在用英语交流。

这些傅杰都不感兴趣，他隐约地记得罗兰好像说过她就是来给白灵补习什么课程的，英语是其中之一吧？无论如何都与他无关，他脑子里乱糟糟地不断想着昨天晚上，还有前天大前天晚上都有什么不对吗？他竟然睡得那么死。

"睡得那么死……"他心里荒诞地自主地重复着这句话，不知道多少次后他突然想起，这是他在梁东华发病的夜里诅咒梁家其他人的话。意识到这里他猛然间想起一件事，让他一瞬间毛骨悚然，满身冷汗——他会不会也像梁家其他人一样了，在夜里也开始梦游，也开始失去了自主的意识。所以才会在天亮之后觉得什么事都没有发生，什么都不再记得?!

这可能吗？为什么不可能?!

傅杰被自己突然间的想法震慑了，他再感觉不到其他的，所有的精神理志都陷进了这个问题里。他发疯了似的强迫自己往最坏的方面想，他想到了他是怎样的在漆黑的房间里直挺挺地从床上坐起来，全身僵硬目光呆滞地在大卧室里游荡。还可能他走出了房间来到了走廊上，就像梁夫人那样在楼上楼下不停地走动……还可能会发生什么？他都做了些什么？

梁东华呢？如果那时正逢梁东华也在发病，两个梦游人同处一间屋子……傅杰简直没有办法再想象下去了，人最能折磨自己的地方就是不断地把自己往想象中的深渊里推，他无法自拔！

"傅杰，你怎么了？"

突然有人在他身旁轻声地问，柔和的声音，尤其是里面充满了对他的关切，他混乱失神的身心仍然感知了这人的真切。他愣愣地转过头去，是罗兰，他在近距离看到了她清秀脱俗的脸，还有她明亮的眼睛。傅杰没有来由地盯着她看，心里竟然想着原来罗兰的脸色太白了些，没有什么血色不太健康似的，也稍微显得太长了些，眼睛呢？他说不好，总觉得里面有些什么，让他看着不舒服……

"你怎么了？不舒服吗？"罗兰又问。在她的眼里，这时的傅杰比几天前她刚来时变得太多了，瘦削又神经质。他刚才好好地吃着饭，突然间放下了碗筷，直呆呆地抬起头盯着前方，那里明明什么都没有，可他像着了魔中了邪一样只管看。她和小孙、白灵发现后，先是觉得好笑，依着白灵还要捉弄嘲笑他一番，可渐渐都发觉不对了，他的样子太不正常。小孙和白灵开始害怕了，只有罗兰敢接近他。

"傅杰，你镇定点儿，别吓着她们。"罗兰更接近了他些，几乎是耳语一样对他说。她的话让傅杰恢复了些神志，更主要的是让他恢复了些三天前那个夜里，梁东华发病时罗兰与他在一起的感觉。他知道了，他不能在人前失态。

他挣扎着站了起来，"对不起，我吃饱了……我头痛，没睡好……"说着他走了出去，离开了她们的视线。

第十一章 为何而生

傅杰回到了自己的小房间里，在里面把门上了锁。虽然身上难受，但他没有上床去躺着。他坐在了椅子上，他得好好地想一想，太多的事太多的意外在他身边发生，他没法解释，更加没法阻止他脑子里的各种猜想和错觉。是的，他真的不知道他刚才意识到的东西是不是真实地发生过了，他没法证明，但又没法否定。

时间很快过去了半个小时，他什么也想不出。这让他更加焦灼痛苦，他发现他居然没法去思考去分析了——他没有办法强迫自己回到刚才在厨房吃饭时的感觉里去!

谁能要什么感觉就有什么感觉呢?!

傅杰越来越烦躁，进而变得暴躁。他强迫自己坐在椅子上，什么都抛开，全心全意地只做一件事：想，一定得想清楚。但他连自己要想什么都确定不了了，他不知道自己要的是什么，是强迫自己相信些什么，还是一定要自己否认些什么……可是他又不能不想，不去想他会更不安，更不知道自己究竟是怎么了。

就在这时，他听到了敲门声。

傅杰坐着不动，他看着房门，等待着外面的人敲完之后再推门，推门之后就走开。但门外有人轻声地叫着他："傅杰，你在里面吗? 我是罗兰。"

傅杰慢慢地站了起来，他打开了门，门外是满面春风的罗兰。"怎么? 不欢迎我吗?"她笑着问当门而立的傅杰。傅杰的呆滞木讷和她的神采飞扬正成反比。他让开了，动作生硬。

罗兰走了进来，替他关上了门。她看了一眼傅杰，心里有些吃惊，傅杰的样子比在厨房里时还要糟糕，不仅是神情恍惚，看上去情绪也非常不稳定。

"傅杰，你也坐啊。"罗兰自己坐在了椅子上，指着床对傅杰说。傅杰照她的话做了，还是呆愣愣地看着前方，想自己的心事。

　　突然他的眼前闪过了一道强光，刺得他不由自主地闭上了眼睛。"怎么回事？"他揉着眼睛问。他听到了罗兰的笑声，他再睁开眼睛时，发现罗兰的手里拿着架照相机。很显然，刚才是她用闪光灯故意晃了他一下。

　　"怎么样？想看看自己刚才的样子吗？"罗兰笑着问他。

　　"你真照了？"傅杰看看自己，再看看周围，有些不好意思。

　　"是啊，多好的素材啊。思想者，你刚才特别地像。"她笑着身子前倾，一只手在膝盖上支撑着下颌，模仿着罗丹那座举世闻名的雕塑，也模仿着他刚才。

　　傅杰也笑了，他再看看自己，还是在厨房里那身无上装形象，真的挺像雕塑模特儿的，他抓起上衣往身上套。罗兰的出现和她的笑声，让他好受多了。

　　"傅杰，你准备好了吗？"他穿好了上衣，罗兰又举起相机对准了他。

　　"别，别……"他拿手遮挡着，"别照我，多浪费。"他不自觉地躲闪着。在他心里，照相是件正规的事，在他以前的生活里，从小到大照相不超过十次。在农村闲着没事谁照相啊？

　　罗兰手里的闪光灯还是又亮了一次，"不错，很自然。"罗兰放下了相机，"可是你忘了吗？你答应过我，要和我照一张相片的。"

　　傅杰想起来了，那是他第一次见到罗兰，送罗兰去车站时随口答应的。那时罗兰要求他再穿上那身国民党的老军服。

　　"你那身军服呢？"罗兰又问。

　　"在首长的房间里。"提起梁东华，傅杰的兴致又没了。他希望罗兰因为这个小借口而不再强求，他不想再穿上它。

　　"和我去拿吧。"罗兰站了起来，微笑着看着他，他心里实在不想做，但还是站了起来，随着她走了出去。

　　五分钟之后他们又回到了小屋子里，傅杰的手里提着包着军服的小皮箱。那是梁东华连同军服一起送给他的，这只皮箱看上去也是和军服同一年代的东西。精致考究，旧了，更显得是个难得的物件。

"首长不在，就在这儿照吧。"傅杰刚才在大卧室里说，他还想说也省得他来回提它，他的小房间也太小太乱了。

"不，不在这里。"罗兰不说为什么，带着他又回到了他的小房间。"你进去换上，我在外面等你。"她这样说。

门再打开时，傅杰变成了另外一个人。年轻精悍的男人最好的装饰除了武器外就应该是军装，穿上了这身衣服，傅杰自然而然地就精神焕发了起来。罗兰站在门口痴痴地看着他，好长时间，她向他笑了笑，走了进来。开始从她带的包里拿出摄影支架，选位置，摆座位，拉上了窗帘遮暗了光线。傅杰发现她明快的神色消失了，她严肃认真，全心全意地做着这些事。一切都做完了，她又要他等一下，她的包里还有镜子和梳子，还有几件无论是造型还是老旧的程度，都不是现代制造的头饰。她要他帮忙，她把她的披肩长发梳了上去，以这些头饰做成了一个特殊的发型。

这时傅杰才发觉，今天罗兰穿的衣服的色彩还有样式都不是时下常见的类型。他不懂这些，只是觉得现在的罗兰像是变成了另一个人，这个人仿佛不是生活在现代里，她与这座老旧，但气派非凡的老楼变得非常和谐。

"好了，现在开始。"一切就绪，罗兰坐在这间小房间里唯一的椅子里，她要傅杰站在她的身后，阳光斜射进来，傅杰身上的军服由于他的站姿显得加倍的挺拔威武，他的面目棱角分明。他按照罗兰的要求，把手温柔地扶在她的肩膀上。这是他第一次触摸到罗兰，让他没想到的是，罗兰以加倍的温柔把他扶持着她的手握住，从自己的肩上拉下来，在她的胸前合拢停留。

在闪光灯闪亮后的一瞬间，傅杰在罗兰用过的小镜子里看到了他们相依相偎的形象，他像是跌进了一个年代久远但温馨难忘的梦里。他有种说不出来的印象和滋味，就仿佛他好久之前就见

过这样的情景，就好像他早就在这样的情景里见过罗兰，与她这样的亲密接近。

连这时斜射进屋子里的阳光，他都仿佛记得，几十年前它就这样照耀过他们。

"带着它，跟我走。"

窗帘被拉起来了，罗兰的背包和傅杰的军服都收拾起来了，傅杰以为一切到此为止，可罗兰突然这样对他说，她指着已经重新装起了军服的老箱子。

"去哪儿？"傅杰提着箱子，陪着罗兰一直走出了梁家的大门，才想起来问她。可罗兰不回答，她像上次一样出了大门沿着院墙向后院转。傅杰只好跟着她，又走上了那条荒芜的老巷。一路上，罗兰没有看他，也没有跟他说话。他们默默地走着，一直走出了绿色的老巷，来到了繁华喧嚷车水马龙的大街上。这时傅杰不得不又一次问她："罗兰，我们到底要去哪里？"

罗兰又走了几步，看他没跟上来，才回来回答他："去我学校。"

"你学校？那在哪儿？首长回来我不在，他……"傅杰不好措辞，可他真的不能忘了他的工作。

"不会的，"罗兰的眼睛直视着他，她的话坚定，不容置疑，"他什么都不会的。你无论去哪儿，去做什么，他都不会干涉。"

傅杰惊讶她的态度，更惊讶她怎么会这么说，她怎么会那么了解梁东华？但她的神色让他不能怀疑她，她说完了这句话，就又转身往前面的车站走去，傅杰不由自主地跟上了她。

如果说有什么地方是傅杰梦寐以求想去的，那是大学；如果说有什么地方是傅杰死都不愿意去的，也是大学。他本以为他今生今世再也没有机会进到任何大学里了，他已经发过誓这一生永远都不靠近任何大学，可他现在正走进一所大学。

罗兰的学校。

傅杰听人说过大学是什么样的，几乎所有的大学入门处都是个好大好大的广场，通常都会有草坪，有喷泉，甚至有鸽子。大学里面的老师不像老师，像你的朋友；大学里面的学生不像学生，他们个个都自由自在，为所欲为，一切凭你喜欢……那里还有随你出入的自习室，不能随你出入的女生宿舍……好多好多，傅杰不想看，但还是看到了。他一路走去，跟着罗兰进了一间体育场馆。体育馆的入口处立着一块小牌子，上面写着："下午三点——六点，话剧排练，谢绝参观。"

体育馆里已经有了不少人，罗兰把傅杰安置在看台上，她走进了那些人中间。那些人把罗兰围了起来，傅杰在上面看着，觉得她好像是这伙人的首领，在给他们解释问题，分配工作。好一会儿之后，这些人散开了，他作为唯一的观众看到了一次话剧的排练。

在众多的角色中，他只留意着罗兰。因为他留意着罗兰，结果无法避免地看到了剧中的另一个主角，男主角，事后他知道了那个男青年是罗兰的同学，叫夏炎。这个男青年高高瘦瘦的，在一大群年青中间一眼就能分辨出来。他长长的头发，修长略显瘦弱的身体微微有些前倾，带着些好像驼背了一样的病态，这种病态更加突出这个人的独特气质，就像个忧愤的诗人。傅杰听不到他们含混不清的台词，他看着罗兰和这个男青年时分时合，像是在一个难以挣脱的旋涡里，像是要分开，又像是要坚持着永远在一起。

其实他只是看到了夏炎不停地拥抱着罗兰，一遍又一遍。

大约一个小时后，他看见下面的人群突然四下散开，罗兰在那个男青年的怀里直起了身子，她摇着头说着什么，突然向看台上招手。傅杰没有意识到罗兰是在叫他，只是下意识地站了起来。罗兰在上面叫："傅杰，下来啊。"所有的人都抬起头来看着他，傅杰的目光自然而然地和夏炎碰到了一起，他在夏炎的异样的目光里来到了罗兰的身边。罗兰走向了他，基本上她这时才算是彻底地离开了夏炎的身体。

"他是谁？"夏炎跟着她，还是在她身边问。这样罗兰、傅杰还

有夏炎就走到了一起。傅杰比他们年纪都小，但他的身材最高。他看着发问的夏炎不回答，介绍的是罗兰："他是傅杰，我的朋友。"

"你的朋友？他，他是干什么的？"夏炎问得非常无礼，可在他却很自然，符合他的外形气质。罗兰皱眉看了他一眼，没说话。他们周围的男男女女们有好几个咪咪地笑了，夏炎的敌意这么明显。

"我没有职业。"傅杰平静地回答了他。很奇怪，傅杰开口说话之后，体育馆里一下子静了下来，他们把目光重新集结在傅杰身上。在这些人的眼睛里，傅杰的言形气质与众不同，他阴沉着脸，嗓音低沉，看上去很消沉，可感觉着非常稳当，与他们这些活在象牙塔里，努力让自己变得与众不同的人截然不同。

英俊的傅杰，阴沉精悍的傅杰。罗兰站到他身边，转向了其他人，"夏炎，你不适合这个角色，换傅杰来演。"

"你说什么?!"夏炎的表情不仅是震惊，简直是被羞辱了。他先是瞪着罗兰，很快就转向了傅杰。或许这个人真的具有艺术天分吧，他的情绪来得非常快，而且强烈："就凭他?! 他是谁？你怎么能这么肯定他比我适合?!"他连着追问，罗兰做了个乏味无聊的表情，这个表情把他的"天分"映衬得那么的幼稚可笑。在所有人的注视下，夏炎的嘴闭上了，脸迅速变得充血痛红，可那不是因为害羞。

"傅杰，把箱子打开。"罗兰说，"夏炎，有件衣服你试一下。"她拿出了那身过了时但经典气派的老式军服，在大家面前抖开。人们围了上来，发出惊叹的声音，对着它指指点点，站在他们圈外的傅杰不理解他们为什么会对这身军服如此惊喜。

这时夏炎的气恼不见了，他接过衣服马上就穿了起来。秋季的军服穿在夏季的衣服外面，自然又全体。他又穿上了老式校靴，戴上了军帽，这时，他也变样了。傅杰看见透过人群，罗兰在向他微笑。他懂她的意思，看到夏炎现在的形象他就什么都明白了。

同样高瘦的夏炎穿上了军装显得不伦不类，首先军服在他身上显得过于肥大，那没有突出他的精壮，反而显得他很水汤。他的袖口裤腿都要收起来些才合适，这时就像是清朝朝服里遮住手背的马蹄袖。他长长的头发也再没有了潇洒飘逸的感觉，让人觉得颓废甚至狼狈。而他略微前倾驼下的腰背让军服空空荡荡的，没有胸肌的男人就是没有办法。在傅杰的距离角度来看，夏炎的整体感觉就像个被强拉来当兵的秀才举人，无论穿上了什么都改变不了他仍然是个腐儒酸丁，哪有半点儿军人的英勇甚至凶狠的仪表神态？更让人受不了的是夏炎在人群里还颇为自信地慢慢转了一圈，让同伴们好好欣赏。

有所回应，围观者不断要求他挺胸直腰目视前方，正经点儿！

好一会儿，罗兰阻止了他的军装秀。她要夏炎把军服脱下来，示意傅杰穿上。穿上了军装的傅杰更加阴沉，更加的不动声色。他的样子比人们常见到的威风凛凛杀气腾腾的军人形象还要有震撼力，不可猜度的东西更加让人提防。

傅杰看到了眼前这群大学生们的表情变化，其中夏炎的脸色最难看。这时他知道了罗兰为什么要让他先穿上这件军服了，这明摆着是在所有人的面前涮他的面子，让他自动自觉地让位走人。更可恨的是她做得这么"大公无私"，借这个机会堵住了所有人的嘴。

"傅杰，答应我演这个角色吧。"罗兰把他的军帽正了正，郑重地说。

"可是，我没有……"

"你能的，"罗兰阻止他说下去，她一字一字地说，"相信我，你生来就是为演这个角色的。"

晚上，罗兰和傅杰在梁家的后院，把罗兰要傅杰演出话剧的事请示了梁东华。傅杰以为梁东华一整天没有看见他，就算不发火，也不会轻易答应他"不务正业"的。可奇妙的是，正如罗兰所说的，梁东华问清楚了他们要演什么戏，要用多少时间甚至每天离家多少时间后，竟然一口答应。至于那套老军服，他更加说已经送给傅杰了，怎么用是傅杰的事，不用再问他。

往楼里走时，傅杰疑惑之余再一次问了罗兰："罗兰，你为什么要那样说？"罗兰的那句话让他想了好久，她话里的内容，还有她说话时的神态，像是自信又像是偏执，反正就是那么地不容置疑的样子，让他实在没法理解。

"嗯？我说了什么？"罗兰的脸上早就恢复了平时轻松微笑的惯常表情。

"为什么说我生来就是为了演这个角色？"

"难道不是吗？"罗兰微笑着看着他。

傅杰不理解，他没有这样的感觉。他摇头，"我不知道。"

"你早晚会知道的，"她的微笑甜美里浮现了些隐约的神秘，她看着他轻声问，"难道你不想演吗？"

傅杰看着她，沉默了。他的脑海里又在反复地重现着夏炎一次次拥抱着，旋转着罗兰的场景。而罗兰当时是那样的沉醉其中，不能自拔。那是他绝对不想看的，不想它发生的，可是又一次次地强迫着自己重复观想。那不是为了折磨自己，更加不是自虐情节，而是他要自己知道，如果那不是夏炎而是他……他突然也笑了，"罗兰，可我不会演话剧啊。"

"没关系，我教你。你随时都可以来找我。好了，一会儿我把剧本给你。就这样，一会儿见。"说着罗兰走进了楼里。

傅杰留在了前院，话剧，他居然要演话剧了？他能行吗？罗兰说随时都可以教他，他可以随时去见她，这是真的吗？而梁东华正如她所说的，对他没有半点儿的限制，几乎是他怎么请求他就怎么答应，可他为什么要对他这么好？为什么罗兰好像对这早有预料？

傅杰对这些百思不得其解。

第十二章　演出前后

　　人类的戏剧似乎不外乎一些悲欢离合的事，差别只在于是什么时代什么地方什么人的身上发生的。罗兰要傅杰演的还算是现代题材，年代选在距今不过六十年前。傅杰知道她和其他的那些大学生演员们为什么这么重视他的军服了，因为剧中男主角的身份就是六十年前国民党的一个青年军官。

　　剧中的这个青年军官爱上了当年在东北长大的日本侨民的女儿，在国共两党争夺东北的战役爆发之前，在日本战败投降，被迫撤回自己所有在华侨民的时段，他们相爱了。这注定了他们要饱经离乱，存亡难知……

　　傅杰问罗兰为什么要演这个题材？这似乎不热门，也不大会招人爱看。近几年来日本人的行为，诸如不断参拜靖国神社，关于钓鱼岛的主权归属，等等等等，都让国人愤怒厌恶。为什么要拍这样的戏？罗兰的回答很简单，因为她的学校与日本一所大学是友好学校，近期就是两校互访的纪念日，这是中日青年人间的很好的沟通。她觉得她的戏可以引起所有人的共鸣，因为人性无国界，爱情更与种族和曾经的恩仇无关。

　　"你的戏？"当时傅杰问。

　　"对，我的戏。"罗兰苦笑了一下，接着她真正的笑了，"我写的。"

　　就这样，傅杰开始了他的演艺生涯。他每天上午留守在老楼里，或者陪着梁东华外出。到了下午，他就和罗兰在一起。两个人或者到罗兰的学校去排练，或者单独到后院那边的老巷里去，在那里罗兰教他怎样入戏，怎样理解她的戏。傅杰更喜欢后者，他可以单独和罗兰在一起，不断地听她说话，不断地和她对话，

罗兰比他要大近五岁，今年快二十六岁了。只是几年的时光差距，他发现罗兰的内心世界还有对世界的看法都比他深刻得太多了。

他们像有默契一样，从来不在梁家人面前提及剧本的任何事情，不讨论，更不演练。梁家人里，白灵每时每刻都沉醉在她的音乐学院甚至走出学院后的多彩绚丽的梦里，可也同时沉浸在没有把握不得不努力的折磨里，除此之外她什么都顾不得了；而梁夫人一个星期能在人们面前出现两三次就不错了，她从来没有到一楼来，在梁东华的卧室里过夜，哪怕一次。至于梁东华上不上楼，别人就不得而知了。至于老管家李厚诚和小孙，他们从来不过问与己无关的事。

只有梁东华问过傅杰一次，他要演的到底是什么戏啊？傅杰没弄明白，梁东华解释——是武戏，喜剧还是苦情戏？京剧？评剧？

傅杰告诉他是话剧。梁东华摇头，他没看过，接着又问是什么内容，傅杰想了想只好回答他，是关于爱情的……梁东华马上摆手让他停，没劲没劲，他连说了好几声就走开了，从此再没问过。

十一天后，傅杰告诉梁东华，他要演出了，这个晚上要回来晚些，或者没法回来。梁东华放行，说家里没事，让他放心大胆去演。傅杰也觉得是这样，说也奇怪，自从罗兰把他带到学校去决定参加演出后，梁家晚上的异常怪事就再也没有发生过。

傅杰把那些都快忘记了，与罗兰朝夕相处，什么不快甚至凶险都变得淡化了。

演出的现场还在大学里的那个体育馆里，傅杰已经是那里的常客。演出地点就是每天的排练地点，按说这会让傅杰这样的从未登过台的生手好受些，可真正面对了观众，他还是紧张得要命。他看看身边其他人，发现那些平时个个艺术气息浓郁自命不凡的大学生们也在发抖。

从遮台的幕布缝隙里往外面看，只见左中右三面都坐满了人，满场馆千百双眼睛盯着这十几米的小舞台，待会儿就要都盯着他们，想想就发麻。正中的一块场地上的观众着装统一，坐姿也都笔挺正规。有人小声告诉他，那里面除了有校方的领导外，就是从日本过来的友好人物。傅杰仔细往那群人里多看了几眼，日本人，也没看出来有什么特别的。

报幕了，舞台的灯光音响都已经调试到位，傅杰在后台占了个紧靠舞台的好位子，他是距离罗兰最近的观众，也是一会儿最早登台的演员。现在台上坐着的是一个老态龙钟，头发花白的老太太。着装也很普通，就像是在城里随处可见的老年人，你看不出那是罗兰。全场响起了一个苍老的声音，那是台上的老太太在独白。

这个老人坐在车来人往的大街上，独自想着心事，追忆着她的从前，她年轻时的岁月。她向全场的观众们诉说，她的一生里有一段时光，短短的四个月里是那样的美丽和幸福。然后她剩下的所有岁月都是用来回忆它，回忆她的爱人……突然间舞台上升起了烟雾，烟雾缭绕，灯光迷幻，就像岁月的不可捉摸，流动无常。等到烟雾散尽，灯光也随之阴暗，舞台上的一切都变得朦胧，看不清楚。然后突然间灯光明亮，色彩明艳，人们的目光不由自主地集中到了舞台中央，顿时全场一片惊叹。人们简直不敢相信，他们的目光从来没有离开过舞台，但上面的老年人已经变成了一个亭亭玉立，美丽动人的年轻女孩儿！

这女孩儿青春焕发，光彩照人，她与刚才的老态龙钟的老人形成了无比鲜明的对比，宛如时光倒流。傅杰清晰地听见台下一片的惊叹声中夹杂着一些成年人的叹息，而他自己的惊讶一点儿不比下面的观众少，现在的罗兰穿着一身雪白的日本的和服，连她刚才假发里面的真正头发的发型居然也是传统式的日本女孩儿。他和罗兰的同学们从来没见过，也没有听她说起过有这样的安排，这种鲜艳的美丽让他们想起了瞬间开放又马上枯萎的昙花，让人不由自主的感到凄凉伤感。

在全场的激动里，罗兰本人清朗明亮的嗓音响了起来，这时她是青春的，生命正在盛开，而她在忧虑中，"……我的父母说，我出生在日本，我是日本人。可是日本是什么样子呢？我只在照片和图画里看到过，听爸爸和妈妈说起过。说那是大海中的岛国，那是美丽的，开满着樱花的世界。那里天空永远清澈，空气永远清新，大海，环绕着她，无边无岸……按理说我该喜欢她，可它是那么的陌生遥远，我甚至不能确定它真的存在，而我在中国长大……"

这些台词傅杰看了无数遍，也听过罗兰的排练，但在加了灯光，有了观众的舞台上的感觉完全不同。罗兰在全心全意地演出，她把注视着她的人们带到了中国解放前，日本战争失败，马上要把所有在华侨民遣返回国的 1945 年，可她作为一个日本女孩儿，爱上了一个国民党的年青军官。

这时傅杰登场，他开始只是在舞台上沉默地走来走去，在女孩儿的目光里出现或者消失，配合着罗兰对他的感情从浅到深，一步步地不可自拔。

"……我爱他，并不是因为日本战败了，贫穷还有疾病笼罩着我的国家，我得抛下现在所有的一切，回去受苦受罪。我不愿回去，也不单纯是我喜欢中国，已经把中国当成了自己的家。只是因为我爱他……"罗兰的独白在继续，她在诉说着她的中国情人偏偏是个军人，对日本人痛恨仇视，不接纳她。但是他的拒绝也让她着迷，因为这让她看出他的磊落和正直，他的感情不是随意的，他虽然恨她，可也不借机伤害她……

舞台上的傅杰突然间发现看台上起了阵小骚乱，在离舞台很远最后边的几排座位那里，规模很小，一些人站了起来，但没有发出声音，相信前排的观众们都没有发觉，很快那里就恢复了安静和秩序。

演出非常成功，最感人和最出人意料的地方，是人们本以为这会是个悲剧的，平凡的小人物在那样的时代背景里根本就无法掌握自己的命运。就像一首老歌里唱过的："……为只为那尘世转变后的翻云覆雨手。"但剧终时，却是回忆结束又回到现代时段的大街上，那位追忆中的老奶奶等到了她的爱人，原来他们早已经一起生活了好几十年，从未分离。这只是他们一同上街，她的爱人去给买饮料时她的不由自主的小回忆而已……

这样的结局大大地安慰了所有人的心灵，不仅罗兰的校方和同学满意，观众里的日本人更加欣赏认同。这些日本人特地出去买来了鲜花，登台献给罗兰，很多人要求与她合影。的确，罗兰不仅把一个生在日本，可长在中国的女孩儿演绎得精彩逼真，更重要的是她的剧情处理恰到好处，让一个日本血统的女人合情合理地爱上了一个中国男人，而当时的局势两国的国情又把他们无情地分离，这种被伤害的美丽，被人为破坏的幸福让所有观众婉惜。罗兰从一个人人都可以理解的侧面控诉了战争的可恶，侵略的双重危害。她把一个本来是形式上的小演出弄成了意想不到的好剧目，让人们惊喜。

当时舞台上人满为患，可演职员中除了罗兰都是多余的。傅杰远远地看着被人群簇拥的罗兰，也回到了后台。戏演完了，他可以脱掉这身国民党的老式军服了，再没有他的什么事了。可没有想到居然有人专门到后台来探访他。

那是位白发苍苍的老奶奶，傅杰在演出时就留意到了。她在最前排，坐在一辆轮椅里，显然行动不便。她看戏时的专注，哪怕傅杰在最紧张的背大段台词时都能感受到她一眨不眨的目光，她始终都只注视他一个人。这时她被人推进了后台，直接到了傅杰的面前。

傅杰近在咫尺地感受到了这老人专注的目光，她长时间地看他的相貌，目不转睛地看他穿着国民党军服的样子。她让傅杰不安，但他没有办法拒绝她，转身走开。她的年龄，她的身体状态，更加要命的是她的神情，都让他不忍心。他对自己说，她要看就让她看吧。

　　在后台的一片收拾演出器具的忙碌中，在前台还在应酬追逐的热闹里，这老奶奶一概视而不见听而不闻，她的眼睛里只有穿着军装的傅杰。好久好久之后，推她进来的人拿出相机，给她和傅杰合了张影，然后她就走了。傅杰本以为她已经丧失了说话的能力，但他看见服侍她的人把耳朵附到了她的嘴边，他隐约听见她在说："……他没有化装，没有化装……是真的。"

　　除此之外，她没有对他说哪怕一个字。

　　夜里快十一点了，傅杰和罗兰回到了梁家。本来他们应该还在庆祝演出超额成功的酒会上继续当主角，可傅杰不习惯那种场合，老实说是他不习惯那些大学生们的谈吐内容，还有他们的风格口吻，他不在一个层次上，根本没法跟人家说话。而罗兰是连续推掉了日本人的邀请，还有同学酒桌上的挽留和他一起回来的。理由是她太累了，这些天一直都太累了。

　　的确如此，演出之前的罗兰精神百倍，把关于演出的各个方面都处理得面面俱到。而散场谢幕之后，罗兰的情绪马上就低落了下来，她变得很消沉，像是很厌倦很无聊，或者说是伤感。

　　出乎他们意料，他们回到梁家时，梁家灯光通明，往常这时他们早就熄灯熟睡了。他们按了门铃，发现开门的老管家李厚诚神色紧张。

　　"怎么了，李大爷？"傅杰直觉地感到出了事。

　　果然李厚诚说："首长病了，你们要轻声些。"

　　傅杰大吃一惊，顿感自己失职，"什么病？还是心脏吗？"他急冲冲地往里走，他想不到梁东华真就在他不在身边的时候发了病，而他的理由竟然是出去演戏。真是失职而且荒唐。

　　"嗯。"李厚诚哼了一声，好像也带着气，不想和他多话。

　　"首长他……"傅杰还想再问，但住嘴了，他意识到了自己没有资格问具体发病原因甚至发病程度，他是什么啊。正如李厚诚也没有必要回答他的问题。他进一步想到他现在进梁东华的卧室，到梁东华的身边去有什么用处？他会照顾心脏病人吗？他根本什么也不会。

他站住了，不知该干什么。李厚诚突然说："首长说了，你回来了就直接去见他，他有话问你。"

傅杰提心吊胆走进了梁东华的大卧室，李厚诚的一句话让他的心悬在半空里。梁东华一定是对他不务正业，关键时刻不在身边大为不满，不是要开除他，就是要……要扣他的钱，不会是简单地数叨他几句就拉倒。

而这理所当然，他无话可说。

梁东华平躺在大床上，脸色蜡黄，他闭着眼睛努力地呼吸，一呼一吸缓慢费力，他在尽力要呼吸变得均匀平衡。

"首长，我来了。"傅杰来到床边，低声说。

梁东华睁开了眼，眼睛里一点儿光彩都没有。"啊，你回来了，坐。"他特别的疲劳，这人一旦失去那种龙精虎猛的感觉，就露出了他年龄上的真相。但他不像在生傅杰的气。傅杰看看周围也没有椅子，他小心地坐在了床边上。

"郎中，"梁东华好长时间都只是看着他，突然说，"你演的到底是什么戏？"

"啊？"傅杰没反应明白，戏开演之前他不问，演完了倒问，而且在病中。

"给我讲讲。"

"挺长的，首长你还是先休息吧，身体好些我再讲给你听。"

"别再瞒着我……"梁东华看着他的目光里满是疑惑，"你不想跟我多说，也好，你就把这出戏的结尾告诉我。那个日本女孩儿和你最后怎么了？分开了吗？再没见面吗？"他问得突然急迫了起来。

他的样子让傅杰害怕，怕他再激动起来，连忙说："没有，结局挺好的。开头那只是卖了个小关子，他们压根儿就没有分开过。真的。"

"真的？"梁东华的疑问更大了，他万分不解地看着傅杰。傅

杰突然心里一动，"首长，你知道这出戏的开头吗？你怎么知道的？"他心里紧接着产生了一个问题，梁东华究竟是在哪里心脏病发作的？刚才李厚诚的态度让他联想到了很多。

果然梁东华承认了，"我去看你演戏了，我想看看你演戏能是什么样。可我……我这身体不行了，耽误事了……我在现场听说这出戏就是罗兰编的？"

"是。"傅杰点头，他想起来在舞台上看到看台上的小骚动，或许那就是梁东华发病时人们在救他吧。但他没问，这样的事后关心没有用。梁东华也绝对不会喜欢听别人婆婆妈妈的问长问短。

"罗兰……"梁东华在深思，他苍老的眼睛里少了以往过于生猛的神采，变得那么地疲倦衰弱。那反差让傅杰陌生，甚至害怕。"他们真的没有分开？真的？"他在喃喃自语。仿佛他才知道这出戏真正的结局，而不是罗兰。

"真的，"傅杰为了打消他的疑虑，只好进一步解释，"那不过就是那个日本女孩儿在老了的时候，在街边上发呆出神，其实她就在那儿等着当年那个军官，那个军官也变成老头儿了，当时正给她买东西。就这么简单，真的，这是戏剧里常见的手法，临结束的时候给观众们个意外。我没骗你，不然我给你拿剧本去。"

梁东华的脸松弛了下来，他长长地出了口气，像是放下了一件大心事。可是他又显得很失望。"妈的，躺着难受。"过了一会儿，梁东华骂了一声，自己挣扎着坐了起来，他像是好些了，靠在床头上继续想他的心事。傅杰觉得自己应该出去了，让梁东华一个人静一会儿应该很好。他悄悄地站了起来，可梁东华马上叫住了他："郎中，先别走。"不知在什么时候起，他不再叫他"小郎中"，"你陪我待一会儿，我，我也给你讲个故事……"

傅杰大出意外，只好又坐了下来。梁东华又沉默了好一会儿，才对他说："我告诉过你，我是从军队里退下来的，下来后在铁路局里当差。可是我当初本来是国民党那边的，"他看看傅杰提进屋里的旧箱子，"我送你的这身军服，你也应该猜到了吧？"

傅杰点点头，想想又摇头。他是听梁夫人还有老管家问他军服来历时才听他们说的，他自己只当它是个流落民间的老物件，上了年纪的人都可能有。

　　"那时候我们在缅甸抗日。我那时是个旅长，官不小，可兵不多了，我们在国内一直训练，也上过战场，从头到尾都是跟小日本鬼子拼命。可小鬼子们狡猾，他们一边从正面打过来，一边派兵到了缅甸印度那边儿，想从那边儿抄咱们的后路，后来我们知道了，元朝的蒙古兵灭掉宋朝也是从云南大理那儿抄了宋朝的后路……我们就跟着到了国界线那边，跟小鬼子在那边打，可还是没顶住，最后抗战抗出了国。"梁东华回忆着，"我本来以为我们那些弟兄就得扔到那儿了，可谁曾想小鬼子突然投降了。郎中，你不知道，那时候我们就知道跟眼巴前这些王八蛋拼命，干死了拉倒，什么国际形势，苏联出兵东北，都跟咱们搭不上半条边，那差着整个中国那么远的道儿呢。"

　　傅杰点头理解，那是远水不解近渴，的确与他们无关。

　　"日本人投降了，我们坐美国的军舰回国去，直接到了东北才下船，"梁东华拍了拍床沿，"就在沈阳。这地方在还是在满清的时候日本人就进来了，满地都是日本人。"他说到这时自然而然的目露凶光，傅杰心里不禁一抖。他意识到这是个跟日本人在战场上拼过命的人，他直觉地感到，梁东华一定亲手杀过日本人，而不仅仅只是在战场上扣板机射子弹那么简单机械。

　　"满地的日本人……"梁东华习惯性的烦躁又出现了，"可那都是什么狗屁的侨民，我们再不能动他们。可小日本鬼子是怎么对咱们的平民老百姓的?!"他不由自主地激动了起来："他奶奶的，那时候我的军营外边就是一片小日本的侨民区，那都是好房子，都是好地方! 日本人就在我眼皮子底下出出进进……我怎么也没想到，我的一个弟兄，就和里边的一个日本女孩儿好上了。"他的声音轻柔了下来，傅杰留意到梁东华提到日本女孩儿时没带脏字，本来他以为一定会听到"日本娘儿们"这样的话的。

"后来呢?"梁东华长时候地沉默了,傅杰不由得问。问完他就后悔了,梁东华在摇头,"后面就没什么了,他们没有好结果,散了……别再问了,你吃饭去吧。让我歇一会儿。"

傅杰在厨房里遇到了罗兰,火上热着一小锅米粥,她捧着一碗慢慢地喝着。"梁伯伯怎么样?"她问。

"还行,"傅杰坐了下来,没有食欲,但想找个人说话。他很高兴罗兰还没去睡。

"他跟你说了什么?"

"他给我讲了个故事。"

"故事?"罗兰不解,眉头皱起来了,在灯光下把她的额头拧得很难看,像是突然布满了青筋。

"他自己的事,"傅杰和盘托出,不加隐瞒,"他说他当年就是个国民党的军官,他的一个弟兄就和沈阳这片的日本女孩儿好过,可结局不好。"

"怎么不好?"罗兰追问。

"他没说,他就说没好结果,散了。就再也不说了。"

"是吗?"罗兰又问,她的碗一直端着,遮着她大半个脸。

"是啊。"

"他,他知道这出话剧是我编的吗?"罗兰又问,她的声音在碗后面发出来,有点儿怪怪的。

"他知道了,他其实就是在我们演出的地方发病的。他要早告诉我,和咱们一起去或许就没这事了。咦,你怎么了?"傅杰一直低着头伏在桌子上,这时抬起头正迎上了罗兰一直审视着的目光。目光清冷,里面似乎全是疑问。

"你怎么了?"这让傅杰不安。

"没什么,"罗兰喝粥,把自己的脸和目光都遮住了,可她的声音还在说话,"他还说什么了?"

"没有了,他再没有说什么。"傅杰感到罗兰有些奇怪,她很不自然。

罗兰终于放下了碗，里面的粥似乎根本没动，还是满满的。"可惜啊，要是我早知道他有这方面的资料就好了，"她站了起来，"这出戏就能更真实些。"她笑了笑，走了出去。

第十三章　两 个 儿 子

第二天早晨，梁家大儿子梁卫东回家来了。他来看望生病了的父亲，而且离上次他回家已经过去半个月了，每隔半个月左右他就回家一趟。李劫跟着他，也来看望自己的老父亲。

他来得正是时候，早晨起来李厚诚发了高烧，又重新躺回了床上。

梁卫东的到来，把梁家大院里所有成员都集结到了梁东华的病床前，包括很少下楼的梁夫人白小妍，高贵不凡的梁小姐白灵。在傅杰看来，她们就像极度瞧不起看不上一个老国王的王后和公主，可要是没有了这位老国王，王后和公主又能算是什么了呢？

他有时为梁东华不平，这样的老婆女儿要来干什么？可现在这两个女人，尤其是白小妍，也在梁东华的病榻前端水送药嘘寒问暖了。这让傅杰对梁卫东在这个家里的地位重新估量，也让自己更加惴惴不安。他没忘了上次见到梁卫东时他和梁东华正在后院里干什么。

果然，梁卫东离开了梁东华的病榻后，找到了傅杰。他把傅杰带到了外面自己的汽车里，一辆沈阳本地出产的宝马，看样子是要单独和他谈谈。

梁卫东的长相和他老子梁东华一影不差，简单地说就是骨骼高大面目狰狞。只不过处处都比梁东华小了一号，就连个人气势都比梁东华弱了三分。可仍然足以让傅杰心里打鼓，坐立不安，尤其是他有生以来第一次坐在价值好几十万人民币的汽车里。

"傅杰，我老父亲这段日子麻烦你了。"梁卫东开口的第一句话居然很客气，这让一直戒备着的傅杰加倍的手足无措，"我，我……这是我的工作。"他结巴了好几声才想起这句过分正规的话来，显得很假。

梁卫东笑了笑，粗犷的大脸膛上的表情很世俗也很大度，"上次他让我办的事我还记得，刚才他又跟我提了一次。我想问问你，你自己想在我的公司里做份什么工作？"

傅杰愣了，他好长时间才想起来，上次他和梁东华在后院正喝酒的时候，梁卫东和李劫来了。梁东华吩咐过儿子给自己安排一份工作——"让他以后别为吃穿发愁"。这是梁东华的原话。

他不知说什么好了，他本为那是梁东华喝醉了一时兴起，随便说说。事后也没见他再提，本来嘛，酒话不算话，可谁知道现在梁卫东在亲口问他。

"我……我不知道。"想了又想，傅杰决定本分些，一来他没实力去挑选；二来他也不知道梁卫东有哪些岗位可以给他。他清楚地知道这是份施舍，千万不能挑肥拣瘦。

"好。"梁卫东好像对他的态度比较满意，他从车后排座里拿过来他的公事包，从里面拿出两张挺厚的打印纸，"傅杰，这是我给你准备好的一份工作合同。就是我老父亲今天不说，我也带来了。可是事先说好，这里边的工作你现在还不能到岗上班，你还得照顾我父亲。这上面规定好的待遇，也得等你正式上班之后才能按月给你。可是在合同关系上，你已经是我公司里的人了，你的各种医疗还有养老保险之类的，现在已经生效，我会在公司里加上你的一份。"他看着傅杰，抓着合同递过去可没松手，"我这么做是为什么，你清楚吗？"

"我知道，您是让我安心照顾首长，能一直照顾下去。是吗？"傅杰压抑着兴奋，想了又想才回答。

"好，懂了就好。"梁卫东的手松开了，"你这就签名吧。"

傅杰拿着笔的手微微发抖，他打开合同，看见最下面的签名处已经有梁卫东的签字，还有鲜红的公司印章。紧张中的他只顾着把自己的名字也写了上去，为了感恩，也为了恭顺，他根本没去看合同都写着哪些责任和权力。

"好了，现在你到李叔的房里去，李劫也有话和你说。"梁东华伸直了胳膊，隔着傅杰帮他把车门打开。高档房车的内部开关和一般出租车的位置还有形状都不同，傅杰根本不会用。

老楼里静悄悄的，傅杰放轻了脚步来到了老管家李厚诚的房门外面。这扇他曾经怎么也敲不开的原木门现在没关严，里面的谈话隐约地泄了出来。

"……父亲，跟我回家住一段时间吧，这里……家里的环境要好一些。再说，小圆也想你……"傅杰听出来这是李劫的声音，他轻声细语地对他父亲说着话。傅杰站住了，这种时候不能进去打扰。

屋子里传出铁器轻微撞击瓷器的声音，李劫在给父亲把一丸中药在碗里仔细地挨开，李厚诚一直闭着眼睛躺着，不说话。直到李劫把一碗药都给他喂了下去，他才睁开了眼睛。"我不回去，我跟你都说过多少遍了，这里就是我的家了，只要我还活着，有口气，就一直在这儿……好了，你也忙去吧。带好我孙子，对小圆说，爷爷也想他……就这样吧，让我歇一会儿。"他只说了这几句话，就有些接不上气。

"那好吧，"李劫没法勉强他的老父亲，"父亲，你要按时吃药，要是明天不见好，我就来接你。这里终究没人专门照顾你。好了，我走了。"

李劫推门走了出来，他给父亲轻轻带上了门。守在门口的傅杰让他吓了一跳，他向傅杰点点头，示意先别说话，跟他走。他带着傅杰来到了厨房边上傅杰的小屋门前。

"就在这儿吧，我们进去聊聊。"李劫非常熟练地拉开了有老式暗锁的门，率先走了进去。进去后他坐在了那张小床上。

"这里还跟以前一样，什么都没变。"李劫环顾四周，他颇有感慨地说。"你不知道吧，这间屋子二十多年前就是我住的。"他看着傅杰微微一笑，"我离开这儿时，跟你现在一样大。"

傅杰拘谨地看着他，不知怎么回答。"……这是我侄儿。这是读书真正读出名堂的人，大律师……有自己的律师行！"这是梁东华那天在后院喝酒时对他说的话。从那以后，他对老管家的印象都改观了。

"你叫傅杰？哪个杰？"李劫又问。

"木字加四点水。"

"杰出的杰？好，比我好。我叫李劫，可那是劫难的劫。"他苦笑了，"名字这种事情是说不清的，有时候真的会影响命运。傅杰你信不信？"

傅杰摇头，可不坚决。

"你不信？上次梁伯伯告诉你了吧，我是个律师，是专门跟各种各样犯了罪，出了错的人打交道的。按着老话说，那都是应了劫数，在劫难逃的人啊。"李劫叹气，他脸上一直与身上笔挺的衬衫长裤极为配套的正规表情松动了，一些无奈和疲惫浮现了出来。但这很短暂，他马上就恢复了常态。但他一时没了话说。

"李大爷还好吗？他是什么病？"沉默让人尴尬，傅杰问了一句。

"老病了，他也是心脏不好，跟梁伯伯差不多。傅杰，有件事我想拜托你。"李劫说得很是郑重诚恳。

"……什么事，李……李大叔你尽管说。"傅杰的脸红了，突然面对这样的礼遇客气让他不知所措，而让他紧张的倒是他不知道怎样去称呼李劫。叫先生？或者李律师？多可笑，显然不合适，客套得太假，更像个没见过世面的小孩子。最后他只能从年纪上论叫大叔。

"你都看到了，这座老楼里除了你以外，没有第二个能做事的人了。楼上的人……"他微微停顿，像是也有所顾忌，得措词，"都指望不上。现在我父亲也病了，我希望你能在照顾梁伯伯的同时，也能帮我看一眼我的老父亲。可以吗？"

傅杰马上就点头了。他是个来自农村的孩子，自他有生以来，耳濡目染的就是左邻右舍间的互相照应。那是无条件的，就算是

昨天还有什么争闹，今天也可以直接走进屋去帮忙。

"谢谢你，"李劫真诚地说，"我的父亲老了，我真是拿他没有办法。他要守着梁伯伯一辈子，谁也勉强不了他。可按说这也是应该的，傅杰，他们是多年主仆成兄弟，何况我之所以能上学，能一直念到大学，都是梁伯伯供的。"李劫明显地动情了，他说，"我小时候家也在农村，刚解放那年，我父亲进城来，也是和梁伯伯有缘，他们就遇上了。傅杰，我知道你也来自农村，梁伯伯现在待你就像当年待我一样，你要珍惜，抓住这个机会，也做出点儿什么来。"他注视着傅杰，很认真地说，"我觉得你能行。"

傅杰心里一片滚热，自他懂事以来除了他母亲的目光之外，从来没有人对他说过这样鼓励的话。有的只是怀疑、不屑，还有一些"实际些的好建议"，比如说进城打工。一个像李劫这样的成功者，对他说"我觉得你能行。"这让傅杰前所未有的感激。

他听见李劫又对他说，一旦老宅子里真有了什么事的话，不管是他老父亲的还是梁东华的，都要第一时间先通知他李劫。梁卫东的业务和压力都很大，作为梁家义子还有专职律师的李劫要首先负起解决问题的担子。傅杰都答应了他。

他从心底里觉得李劫是如此地杰出，李劫不仅有成绩有事业，而且更有孝心有良心，让他敬佩让他羡慕。

第十四章　厌　　倦

多年以后，傅杰知道了，人生其实就是一些感受。也就是说，人们只是活在自己的感觉里。这么说唯心吗？或许，但是试问我们活了一生，不管都经历了些什么样的事情，你能留下来什么？你吃过的美食，你享用过的器具，还有你恨过的，你爱过的人，所有这些，你都无处追寻，也无法证明它们曾经的发生。

你只是记得，当时经历时的一些感觉而已。

甚至就在眼前的一些事情上，孰对孰错，哪多哪少，每个人都有不同的看法和衡量，哪个是对的？哪个又能说不对？不过就是因人而异，因那个当事人当时的感觉而定吧。

这是傅杰好多年以后的感悟了，这时的他只是觉得困惑，觉得难受。因为他的感觉乱了。

自从他那晚演出归来后，梁东华的身体每况愈下，老管家李厚诚干脆突然间卧床不起，梁夫人白小妍照例的不管家庭琐事，而小姐白灵那是真正的千金小姐，什么事情都不要去烦她，她现在学业为重，正在努力复习。梁家的事情突然间都落在了他的身上，他变成了实际意义上的梁宅管家。

他除了每天例行的里外洒扫，全天候全方位的照顾两位加在一起过了一百六十岁的老人外，还要管理梁家日常的花销，发给小孙每天买菜的钱，去交各种各样的居家费用。他非常庆幸梁家平时来人很少，不至于有太多的迎来送往。就这样，他已经力不从心了。

三天后，李劫派车来接走了他的老父亲。这位尽职尽责的老管家身体实在不行了，拖了三天后不仅没有见好，反而病情加重，他不能直接回儿子家调养，得先进医院去治疗了。

　　李厚诚被抬出门时，梁家的人都送了出来，包括长期不问家事的白氏母女都跟在了担架边，每半个月才回趟家的梁卫东也破例回来了。当时的情景幸亏李厚诚已经病得意识不清，不然会让梁东华的情绪更加激动，两个老头儿暮年因病分开，想想都让人受不了。

　　事实证明，梁东华当时的平静完全是一种克制，当天晚上他的病情就出现了反复。傅杰守了他半夜，上次医生给梁东华开的处方药，再加上平时的应急药都用了还是不能稳定。傅杰吓坏了，他顾不得别的了，他跑上了二楼，敲响了梁家女主人白小妍的房门，真是幸运，傅杰命不该绝，这次白小妍开了门。最后由白小妍做主，打了急救电话招来了救护车。但出人意料的是梁东华死活都不出自己的卧室，急救医生们无计可施。梁东华这样的病人，根本无法强制，否则只会激得他病情剧变，到后来不可收拾。

　　老天保佑，急救医生们利用有限的器具和药物的当场急救起效了，梁东华在后半夜度过了这一关，看到了第二天的太阳。

　　第二天的下午，梁东华睡醒了，傅杰在房门外听到了白小妍和他的对话。白小妍要求和梁东华住在一起，要么他上楼来，要么她下来住。再这么楼上楼下的，她受不了了……而且还会耽误事。

　　这样的话让傅杰听呆了，老楼里寂静无声，白小妍的声音虽然压得很低，可傅杰听得一清二楚。以前他一直以为梁家老夫少妻，分居完全是因为白小妍的原因，他们的年龄差得太多了，几乎有三十多岁。而白小妍日常里对梁东华不闻不问的态度还有对这个家的漠不关心都证明了这一点。可现在看来，竟然是梁东华不愿意？

　　果然白小妍低低的声音之后，梁东华带着虚喘的声音出现了，他一一拒绝，什么都说不。他既不到楼上去住，也不让白小妍进他的卧室。无论他的妻子怎样温柔地劝说，哽咽地埋怨，他都毫不让步。最后白小妍只好黯然离去，她出门时看到了端着药的傅杰，四十岁的女人没有什么害羞的心情了，她的脸扭曲着，没法掩饰她的痛苦烦恼。相反傅杰低下了头，他有一点儿难堪，但更多的是为白小妍不平，梁东华怎么能这样对待自己的老婆？她对他非常好啊。

他当然没有胆子就这件事对梁东华说什么，他小心翼翼地喂梁东华吃完药，他明白自己只有义务没有权力。梁东华闭目养了会儿神，突然对他说："郎中，你要答应我件事。"

傅杰点头，他是绝不会摇头的。

"你要答应我，不管我怎么了，都得让我留在这间屋子里，躺在这张床上！"梁东华的情绪突然激动起来了，他瞪着眼睛盯着傅杰，等他的回答。

傅杰不知所措，梁东华的话他听清楚了。可他能点头吗？他能做什么？如果梁东华真的病得失去了意识，他有什么权力能阻止别人把梁东华抬出这间房子这张床？他的老婆儿子送他上医院是天经地义，谁也阻止不了的。

"答应我。"梁东华再次重复，他瞪着傅杰的目光里不是威胁，更没有命令。那里面的神情让傅杰看了心酸难受。

"好，我答应你。"傅杰脱口而出。

梁东华的神情一下子缓和下来了，他仍然盯着傅杰看，傅杰再也没法忍耐，找了个借口离开了房间。

而这些，只是傅杰的困惑中的一小部分，毕竟他并不是梁家里的真正成员，梁家人的麻烦无法让他从心底里共鸣。他的痛苦来自于他自己的事，罗兰。

罗兰也变了，她还是在他面前日日出现，时时出现，可再不能像前半个月那样，他每天都可以和她亲密地在一起，他能感受到罗兰全心全意地拥抱着他，她全心全意地珍惜着他！

他那时觉得罗兰是爱着他的，她面对着他时，她脸上的神情变幻，甚至于她的肢体语言都让他确信，她是那么的愿意和他在一起。这一切在话剧公演的那天晚上达到了前所未有的高潮，就在罗兰连续推掉了日本客人还有她的同学的约会陪着他回梁家时，那一路上罗兰执意要从那条荒废的老巷走，他们紧紧地依偎，慢慢地走，那条路上好静啊，什么也看不到，他多么希望总也走不到头才好……可戏终究是演完了。

应该说罗兰对他还是好的，她时常地和他说话聊天，帮他做些什么，而且还从学校里给他借回来一些书。她鼓励他不要彻底地从此放弃书本，这个时代任何知识都是有用的，谁也不知道什么时候会做什么工作，能用上什么技能……他觉得她说的话，做的事，就像是他的姐姐或者母亲在关怀着他，为他着想。

他需要这样吗？他一直记得有一次罗兰和白灵又坐在厨房里搞她们喜欢吃的水果沙拉什么的，她们一边做着一边用英语聊天。后来小孙接过去做，她们坐着等。罗兰总是坐在靠窗边的地方，她衣裙宽松的坐在那里，微微笑着回应或者纠正白灵的发音，她的距离触手可及，但那时他强烈地感觉到她离他无比的遥远，遥不可及。

他随身带着一张照片，是罗兰送给他的。那是他们在傅杰的小屋里拉上窗帘拍的那张合影，他经常一个人躲回小屋子里，呆呆地看着照片上的两个人。他身着笔挺的国民党军装，罗兰不常见的发型还有她的头饰，那束斜射进来，好像照了他们几十年了的阳光……

他怀念，但是没有办法，真的是可望而不可即了。有时他都觉得这座老楼，这个独立存在于繁华的太原街和荒废无人的老巷中的老宅院，是个时空扭曲了的不真实的地方，一切都这么的不可捉摸，无可理喻。尤其是夜晚来临的时候。

夜色降临，傅杰的面前亮着一盏幽幽暗暗的老式小灯泡，昏黄的灯光在偌大的卧室里只能照亮很有限的一点儿地方。其他它勉强能波及到的地方，反而变得更加朦胧不清。

屋子里所有的器具物件都有了它们巨大的变形的影子，你把它们看成什么，它们就是什么。这是种更加奇妙又准确的镜子，反映着你心里的影像。

　　傅杰真不明白，梁东华为什么要突然间提出这样一个要求。要他在卧室里安上一盏只有 20 瓦的小灯泡，还要彻夜不熄，甚至还要求他多预备几只在手边，如果灯泡坏了，要马上换上新的。

　　这是为什么？傅杰承认，自从他来到梁家之后，他已经不能自然地面对黑暗了，一旦陷入夜晚绝对的黑暗里，他就心神不定，不知道又会在黑暗里面对些什么。可是现在这种昏黄幽暗的感觉要让他更慌恐，更戒备。黑暗里他怕将要面对的东西，而这种灯光，这种环境，让他觉得已经正在面对着什么了。

　　他侧卧在自己的床上，无意识地看着灯光，目光始终笼罩着平躺着的梁东华，直到半夜快 12 点的时候，他才支持不住，睡着了。他记得入睡前还看了一眼为自己特意准备的无闹铃只有显示的电子表，记得这个时间。除此之外，他的手边还多了个小手电筒，他再不想在黑暗里无知无识，听天由命。

　　不知过了多久，傅杰在一阵古怪低沉的低语声中醒了过来，他听不清耳边的声音是谁在说话，说的又是什么。他醒时才知道这些天来是多么地累，全身酸软，他连眼睛都睁不开。可是在这阵古怪的低语声里，还不时地响着些翻箱倒柜的碰撞声，提醒着他无论如何也要把眼睛睁开，看看到底是怎么回事。

　　他睁开了眼，仿佛看到了一个巨大的魔幻世界，他看到了在昏黄幽暗的光线里，巨大的影子在房间里飘摇着，就在他对面的墙壁上，像是无声电影，变了形的影子在来回动荡，一会儿缩到了地面上看不到了，一会儿又突然升到了棚顶上，像是瞬息间就贴了上去，黏得牢牢的不再下来。

　　傅杰保持着侧卧的姿势，呆呆地看着眼前的一切，毛骨悚然，无法理解，也没法动弹。这时他才知道，原来他一直保持着一个姿势睡着，就是在无意识的睡眠中，都始终面对着梁东华的方向，不敢把后背给他。

　　可是梁东华在哪儿？他对面的床上空空如也，什么也没有。

好一会儿傅杰挣扎着坐了起来，把目光放低一些，看到在地面上有一个忙碌着的，一会儿蹲下一会儿站起来，一会儿甚至伏在地面上的人。那人把卧室里的各个角落里的东西都翻动了，几个箱子完全打开，里面的东西堆满了一地。几个衣柜也都敞着，衣柜里面翻得凌乱不堪，衣柜旁边的地板上扔满了衣帽鞋子。这人不停地在里面找着，翻着，一边在喃喃自语。傅杰在床上坐着没下地，他无法阻止，只能看着听之任之，他看清楚了，那是梁东华。

"……没在这儿，没在我这儿……再找找，能找到……"听了好久，他听清了梁东华的嘴里就在翻来覆去没完没了地念叨着这么几句话，这人在一片狼藉中爬来爬去，兴致勃勃。

傅杰自己都没有料到，在看了好久之后，他竟然一翻身就倒下了，面朝墙里，重新睡了过去。好多天之后他想起来现在这一幕，都觉得很是绝妙。他像是什么都不在乎了，随便他妈的什么人在弄什么鬼，他得好好睡一觉了。

就这么简单，还能怎么样？要我下床去看看梁老头儿是不是真的疯了？还是到二楼去问问罗兰，梦游者会不会边梦游边和自己聊天？又或者他自己也去"梦游"，帮着梁东华在地上折腾？

真他妈的见鬼，老子不管了，说不管就是不管了。

第十五章　罗兰的奶奶

第二天傅杰醒来时觉得精神饱满，体力充沛，感觉好极了。尤其是心里变得非常的轻松，无所挂碍，一点儿都不沉重。他一骨碌爬了起来，翻身下地。然后长长地吸了口气，再坐回床上去。

地上没有下脚的地方，就像半夜里遭了贼。所有的箱子柜子都敞开着，里面的东西都倒了出来，在地面摆放得虽然混乱，可铺得却很均匀，没有什么东西是重叠在一起的。

梁东华半靠在他的超级大床的床脚上，看样子是累得睡着了。

一副突现眼前的烂摊子，把整个早晨的好心情都毁了。傅杰废了九牛二虎之力才把梁东华弄上了床，让他平平整整地躺好。梁东华始终都没醒，在搬的过程中傅杰都害怕了，就这么揉搓拉扯梁东华都没有反应，会是怎么了？要真是昨天晚上他把梁东华耽误了，那可不是说笑。

这么想着，他再次面对满地凌乱的物件时，就没有一个人单独下手收拾，他把小孙找来了。一来是想让她帮忙；二来更重要的是让她看看，也好当个证人，证明这些东西可不是他弄的。很幸运，小孙没有拒绝，而且他还遇见了早起的罗兰。他们三人一起把卧室里收拾利落，只是东西们原来收在哪里，是否回到了原处就不能保证了。

一切完毕，罗兰马上回学校去，她说学校里有事，连早饭都没时间吃了。傅杰陪着小孙在厨房里忙碌，他们还得给白氏母女准备早饭。自从梁东华病倒后，她们母女俩不知为什么，都下楼按时吃饭了。只是吃完后照样不理家事，整天不是外出就是回到楼上，再不露面。但是无论是白小妍还是白灵，只要出现在梁东华的卧室里，梁东华就会烦躁不安，几句话之间就会把她们赶出

去，从无例外，就连当着傅杰或者小孙的面都无所谓。

饭后半小时，傅杰离开了梁家，走在了大街上。他把还在熟睡的梁东华暂时托付给了小孙，他得去缴各种煤气水电费用，而且还要再去一次邮政储蓄所。又一个月了，梁东华准时发了他的工钱，他得给远方的妈妈寄回去。

这是个难得的好天儿，沈阳城里刮着夏季里非常难得的北风，阳光温暖，还没到正午，不晒人。而小北风微微地吹着，身上有些凉，尤其是走到一些阴凉地儿时。傅杰像所有人一样，在这难当的酷暑里长出口气，这才知道好几个月以来，满肚子里都憋着难熬的暑气，终于可以发散一下了。

一切都办完，才用了不到一个小时，傅杰站在大街上东张西望，决定四下里走走。这些天来在梁家的日日夜夜让他远离了人群，甚至都没了正常人的感觉，这是难得的机会，一定得走动一下了。他选了一个没走过的方向，不知道那边会有什么，正因为没去过，所以才要走。

他比街上人走得都慢，没有目的地的人一眼就能看出来，他们游目四顾，没有准确的目标。傅杰就是这样，说来到沈阳好几个月了，可这座城市对他来说仍然是陌生的。他不是被关在了先前打工的富瑶酒店里，就是被关在了梁东华的家里。都是进去后就身不由己，难得出来见见天日。

而原因呢？就是钱。是他自动自愿被关起来的，而且如果说要被"放出来"，他还说什么都不同意呢。好玩吗？傅杰想着这些本来不用想的东西，觉得好笑。谁不是这样呢？谁都是这样。

就在这时，他看见了一个熟悉的背影，甚至是熟悉的衣服。他不敢相信自己的眼睛，今天早晨他的目光还尾随着她一直到她走出视线。那竟然是罗兰，罗兰正在他前面走着。那很可能都走了好一段路了，可他竟然一直没发现。

朝夕相伴的人突然在外面遇见，让人惊喜。就像个小小的奇迹，试想一个城市有多大，现代人的流动性又有多大，这是个怎样的偶然？傅杰一瞬间心花怒放一样往前跑过去，多么难得的机会，他真想和罗兰单独待一会儿。

但他突然停下了脚步，罗兰的步履匆匆，走得很快，像是有事。更重要的是他突然间不想直接面对她，他看惯了罗兰对他的笑脸，亲热但又遥远。老实说，他不知道罗兰为什么要对他这么好，更不知道怎样才能让罗兰对他更加好些。

他不了解她。

傅杰放慢了脚步，悄悄地跟着罗兰。罗兰完全没有察觉他，她走进了一家医院，脚步不停，直接往医院后面的住院处走去。她进到了楼里，傅杰只能留在外面。

进楼就是电梯了，傅杰不能跟她走进同一个电梯间，可是如果不这样，他怎么能在这座楼里的千百个住院病房里找到罗兰的所在？在他犹豫当中，罗兰已经淹没在了探病的人流中。傅杰站在楼下，望楼兴叹，或许他应该大方坦白点儿的，街上偶遇，一起随着她来看望她的亲友，也是很正常，很有礼貌的事。为什么要弄得这么神经兮兮，进退两难？

傅杰回过头来，才发现住院处的楼下芳草萋萋，花木扶苏，环境非常的优美。这是理所当然的，这是病人们修养恢复的地方，绝不比时下的公园环境差。他不甘心就这么离去，想了想，他找了块树荫坐了下来。这个角度能让他时刻都能注视着住院处的出口，而身前的花坛还能遮住他。

他还想看看罗兰，就算只是看看也好。

出乎他的意料，只是十几分钟，罗兰就出现了。她推着一辆轮椅，小心翼翼地出了楼门，向花坛绿地间走去。轮椅上的人白发苍苍，身材瘦小，在这样的盛夏天气里还盖着厚厚的毛毯。傅杰躲在树荫里看着，那些白发在阳光下闪着光，被微微的北风轻飘飘地刮乱了，像些黄得发了白的野草，杂乱、枯萎。

罗兰推着轮椅在林荫道上慢慢地行走，不时地把耳朵贴到轮椅上老人的嘴边，她听，也在说，她的耐心给傅杰留下了深刻的

印象。那个轮椅上的老人非常地虚弱了，离得远他看不清相貌，甚至分不出男女，可是整个人都干瘪，在微微的小北风下显得弱不禁风。

风烛残年，傅杰无比清晰地感觉到了这四个字里所透出来的含义。那真的就像是随时都会被风吹熄的蜡烛。罗兰的呵护就算再小心再仔细，又能维护得了多久？

傅杰看着轮椅在葱绿的草地上走过，看着她们在树木间时隐时现，好久之后，他起身离开。将心比心，这种时刻比李劫在李厚诚的屋子持碗喂药更加神圣，让傅杰想起了他在远方农村的妈妈，他觉得难受，这时的罗兰是不被允许打扰的。

他走出了好远，已经拐过了住院处的大楼，罗兰还有大片的绿树草地花朵都被大楼遮挡，再也看不见了。傅杰放慢了脚步，他也得回到梁家去，回去工作了。可身后突然有人轻轻在说："傅杰，你怎么在这儿？"

傅杰吓了一大跳，他不仅是没想到有人会突然叫他，更加一点儿都没听见有人跟在他后面。他张皇地转回身来，他身后站着的竟然是罗兰。

"我……"他张口结舌，不知所措。

"你跟我来的？"罗兰没问他怎么也在这儿，直接问他是不是在跟踪她。可不像是在生气，只是眼睛明亮地望着他。

"是，"傅杰犹豫了，可最后还是直接承认，"对不起。"他道歉。

罗兰笑了，那样子很奇特，她的左边脸颊像是抽搐一样地有了动态，可整张脸却是平静的。这表情让傅杰的心里猛然间酸楚，他不知道是为了什么，直觉地感到了此时此刻就在这一瞬间里罗兰心里的情绪，她难过，一定的。

"来吧，既然你来了，也见见我奶奶，她一直想见你的。"她转身往回走，傅杰不由自主地跟上了她。

傅杰近距离地看到了这位轮椅上的老人，在阳光下这老人无比的消瘦，她全身的所有水分还有脂肪甚至有机物都肯定早已钙化消失了，她的皮肤收缩起皱已经改变了原有的容貌，她的整张脸都让傅杰战栗，因为在他的面前，生命从来没有展示过这样干涸奇特的形态。

　　这是什么年岁的老人，经过了怎样的岁月，才会变成这个样子？

　　"奶奶，你好。"傅杰克制着自己，恭敬地问候。但他真想问问，这是罗兰的亲奶奶吗？

　　他的问候没有回应，他发现这老人一直在盯着他看，眼帘松弛遮住了原有的目光的眼睛里是一种说不出的神气，她直视着他一眨不眨地看，让他害怕。

　　他不由得转头去看看罗兰，这老人刚才与她交谈时看上去也可以啊？这是怎么了？

　　"奶奶，这就是我跟你说过的傅杰。"罗兰向他点点头，示意没有问题。她贴近了奶奶的耳朵放缓了声音语调说。

　　老奶奶的目光和神态又保持了好一会儿，才突然说："我知道……我记得……"傅杰突然间心里一跳，他想起来了，他也见过这位老人，一定的！

　　他想起来了，这就是那次话剧公演结束后，特意到后台来看他，也是这么直盯盯地看着他不说话，还和他合了影的那位老人！他的记忆马上清晰地回放了当时的所有片断，连这位老人在台下第一排的座位上，从始至终全神贯注看着他表演都记了起来。

　　这老人当时过于专注的眼神就让他不解不安，现在措不及防突然重新遇到了这眼神的主人，傅杰感到一股没有来由的寒意，一直轻轻吹着的北风像是要让他打寒战。

　　"傅杰，你怎么了？"罗兰发觉了，问他。

　　"没，没什么。"傅杰勉强向她笑了笑，他尽量放松而且正常地面对这位老人，他提醒自己这是罗兰的亲人，她的奶奶。

"你多大了？"这老人突然问他，声音竟然不太含糊，还很连贯。

"啊，二十岁了。"傅杰被问得突如其来，回答得像是受审问。

"你家在哪儿？"

"你爸爸呢？"

"你爷爷呢？"

"你奶奶呢？"

这样的问题一连串地来了，问得直接，问得突兀，如果不是从这样年岁的人嘴里说出来，甚至就是非常无礼的。但是傅杰一一耐心回答，好不容易都回答完了，这老人竟然又从头兜了回来，问他爷爷长什么样，他有多高，还活着吗？死的时候多大岁数……什么都问，简直是莫明其妙。傅杰迟疑着又望向了罗兰，他明显地希望罗兰给他解围，要她奶奶别再问了，这都是什么事啊。

可罗兰向他示意回答，傅杰无可奈何，只有继续敷衍应付。这样的问题又问了差不多十分钟，这老人终于不问了，她显得特别地疲劳厌倦。

"奶奶，我送你回房间去。"罗兰推动了轮椅，她要傅杰在这里等等她。可傅杰接替了她，他推着轮椅进了住院楼，一直把她们送回了病房里，帮着护士把罗奶奶搬上了床。在病床前，他意外地发现了两张照片，一张是他在舞台幕后还穿着那套国民党老式军服和罗兰奶奶的合影。另外一张，竟然是他和罗兰在他那间小屋子里的合影。

这让傅杰的心里异样，不知道是自己的影像每天都被这样一位老人注视着让他不安，还是罗兰的长辈把他们的合影每天观看让他欣喜。他偷偷地看了罗兰这时的表情，发现罗兰没有表情，她不羞涩，也不回避什么，平静如水。

照片被端正地摆放在病床前的床头柜上，那里光线充足，老人只要稍微转头，就能看得见它们。

"傅杰，你不要和别人说，你在这里看见过我。"走出了病房后，罗兰郑重地对傅杰这样说："还有我的奶奶，你不要和任何人说起。可以吗？"

　　"知道了。"傅杰点头，他不知道这是为什么，可他答应。罗兰凝视了他一会儿，像是在审视着他的内心，"谢谢。"最后罗兰收回了目光，神情恢复了以往的平静。"走吧，我得去学校，你也得回梁家去了。"她带着他走出医院，来到了尘世间的大街市上。在分手前，她笑着对傅杰说，"我奶奶很喜欢你，你能经常来看她吗？"

　　"能，"傅杰立即答应，可马上就犹豫了，"可我，我……时间"，"我知道，尽量吧。"罗兰理解他要说什么，他是人家 24 小时的整日雇工。她向他点点头，走了。

　　看着罗兰的背影混入车水马龙之中，傅杰突然没来由地想起了第一次见到梁东华的情景，那时关于他的家世，他的爷爷奶奶爸爸妈妈的情况，梁东华也都问过，尤其是着重问过他爷爷的年岁相貌……和刚才罗兰的奶奶问他的竟然这么像，这都是为了什么？

　　傅杰站在医院的大门外陷入了思索，他的脑海里一次次重复回响着罗兰奶奶在他话剧公演后，离开他时说过的话："……他没有化装，没有化装……是真的。"

　　她是什么意思？

第十六章　福利合同

半个小时之后，傅杰回到了梁家。刚刚拐上通往梁家大门的路口，他的心马上落了下去，不祥的预感强烈地升了起来。他看到那扇实木大门前面停着好多的车，最显眼的是一辆蓝白相间的医用救护车。傅杰马上开始奔跑，梁东华，一定是梁东华又出了事了。

梁东华的卧室里满是人，傅杰踏进老楼就听见里面嗡嗡地一片人声，他听出了那里面梁卫东粗拉拉的破锣嗓子在叫唤，还好没有声嘶力竭地喊爸爸。他推门进去，正好听见梁东华在有气无力地叫："……滚，都给我滚出去！"

傅杰轻手轻脚地走到所有人的身后，在人缝里看见了梁东华还是躺在床上，侧着身子把后背给了大家。他儿子梁卫东蹲在床沿边儿上，硕大的脑袋伸到梁东华的脑袋上方，不停地说话。近中午大热的天儿里，再加上满屋子的人，不要说梁东华了，梁卫东的状况都不好了，他的脸什么样看不见，那条本来就太粗的脖子涨得紫红紫红的，让人担心会随时爆了。

傅杰在屋角里看到了坐在矮凳子上，像是缩成了一团的小孙。和他一样，小孙这时躲避着在场人的注意，可是又不能离开。她看见他了，向他小心地做了个手势，他们一起悄悄来了门外。

"这是怎么了？"一出门傅杰就迫不及待地问她。

小孙的脸色惨白，像是筋疲力尽又像是心有余悸。"我也不知道，"她摇着头，"你走之后，我就到了首长房里守着他，他本来睡得挺好的，可后来不知怎么的就醒了……"

"他醒了又怎么了？你倒是说啊？"傅杰简直急不可耐。

小孙抬起了头，她的神情明显地还在恐惧中，吓了傅杰一跳。

他想起来了，这本来不是小孙的活儿，是他拜托人家帮个忙的。他怎么还能埋怨人家呢？

"对不起，孙姐，"他道歉，"可到底出什么事了？你得告诉我啊。"说着他不安地往梁东华的卧室里瞥了一眼，说不定那扇门里马上就会有人出来责问他，他应该一直都在梁东华身边的！

小孙也向那边看了一眼，她的戒惧比傅杰的还要大，"他醒了就开始满地的找东西，我问他找什么，他不理我，像是疯了一样……咱们早晨已经把东西都收拾好了，他找不着，就……"

她说不下去了，傅杰的心沉了下去，不知道梁东华到底做出了什么出格的事，短暂的沉默如此难堪，傅杰没法再往下问了。幸好小孙自己又说了下去，"他昏倒了，把我吓坏了，我扶不动他，你又不在，罗兰也不在。我只好上楼去找白灵她们，她们就打电话叫了人来……"

小孙说得很是后怕，显然那时候真把她吓慌了也急怕了，傅杰的心却放了下来。还好，这样虽然也糟糕，但与其他的什么沾不上边儿，只是梁东华又一次发病而已。

"首长没事了吧？还是心脏病？"傅杰又问了问，他真不想进屋里去，最好是这些人马上就走，恢复这座老楼以前的安静。可事与愿违，梁东华卧室的大门开了，"傅杰，你回来了？"有人走了出来，是李劫。

"李大叔……"傅杰不知说什么好，他惭愧，无论是受人之托忠人之事，还是受人钱财与人消灾，他都没有做到。

"来，我们这边谈谈。"李劫向他招了招手，往他的小屋那边走去。傅杰只好跟着他，在他们身后，又有好几个西装革履的人从梁东华的卧室里走出来，尾随着他们。

"大叔，我没干好……"傅杰进了门就道歉，他是真心的，窘迫的样子发自他内心，让人看了就难受。

"不说这个，"李劫一摆手制止了他，"我们都知道了，你出去是缴煤气水电钱，也是正常家务。今天的事儿没人怪你，梁伯

伯的病有突发性，什么时候出事儿谁也说不准。我和你谈的不是这些。"

傅杰不懂，不懂他什么意思。这时尾随着他们的几个人也都进了傅杰的小屋子里，不足十平方米的房间顿时人满为患，一下子面对这么多的成年人，让傅杰觉得喘不过气来。他紧张。

"把东西给他。"李劫向一个提着公事包的人说。那人答应了一声，打开公事包，拿出来好几摞的文件一样的东西，摆在了傅杰的面前，又递给他一支相当名贵的签字笔。

"傅杰，上次梁卫东让你签了他公司里的工作合同，是吧?"他看见傅杰在点头，傅杰看着眼前的东西不明所以，众目睽睽之下他没敢打开看。

"这是你的一些相关福利，"李劫又说："现在劳动局已经把你上次签的合同批了，工作合同生效，福利合同就可以签了。你给他翻到签字那一页。"他向那个提公事包的人示意，那人把至少十几本的文件一一翻到了最后一页的签字生效栏。

傅杰的心里百感交集，他怎么也没想到，梁家出了这么大的事，人人都忙得鸡飞狗跳，可人家居然还记得他的相关福利！瞧瞧他上午时都做什么啊，要是他不去跟踪罗兰，甚至不去主动献媚帮着罗兰推轮椅上楼，兴许都能回到梁家起点儿作用。

"大叔，我……我做得很不够……"傅杰没脸拿起笔，在那些合同上签下自己的名字。

"签吧，抓紧时间，这也是梁伯伯的意思。"说着那边又传来了梁卫东大声小气的劝说声，好像是在劝他老爸跟他出门去住医院。傅杰再没什么话可说了，他拿起笔来在那些空白栏里一一签下了自己的名字，而且应李劫的要求，按下了自己的指纹。

都签完了，合同被重新收进了公事包里，这些人一个个又鱼贯走出去。傅杰跟着李劫，越走心里越不是滋味，他轻轻拉了一下李劫，和他坠在了后面。

"大叔，你放心，我一定把首长照顾好，我哪儿也不会去了。"

傅杰全心全意地做出了保证。

他看见李劫笑了。

梁家老楼里人去楼空，楼里面一片沉重的脚步声响到了院子里，再然后大门外汽车纷纷发动，就像只是眨眼之间，一大堆的人就都不见了。傅杰留在了卧室里，梁东华的床边，他长吁了口气，顿觉轻松。他发现床上躺着的梁东华跟他一样，无论是身上的还是脸上，都松弛了下来。

"好了，他们终于都滚了……"床上的老人看着傅杰，像是埋怨也像是求援，他又说，"你怎么才回来啊……"这声音竟然显得哀怜甚至是依恋，这让傅杰心惊，这还是以前那个强壮粗鲁，甚至蛮横不讲理的梁东华吗？声音越来越低，等傅杰想着回答，发觉老人的眼睛闭上了，梁东华无比的疲惫，当他连骂人的精力和兴致都没有了，他真的成了一个风烛残年，苍老衰弱的老头儿。

傅杰也坐回了自己的床上，他身上累，可心里兴奋，需要好好回味。罗兰，还有刚才的合同，都是奇妙的感觉。

他没有想到那位到后台专程看他的奇怪老太太竟然是罗兰的奶奶，她可真老，看上去比梁东华还有老管家李厚诚还要老，都过九十岁了吧……而李劫又带给了他惊喜，他的劳务合同劳动局已经批了，而且又有了相关的福利，有这么正规？会有这样的好运？

他不过就是个打工的外来小弟而已，这一点他从来没有忘记。他的脑海里又响起了刚才他向李劫作出的保证，他一定要把梁东华照顾好，一刻都不再离开。

这时他发现在梁东华床边，面对后院的窗外，有一条白色的人影晃了一下。他走了过去，正看到那条人影隐没在高高的蒿草里。可他看清了，那是梁宅的女主人白小妍。她刚刚离开了梁东华的窗边，穿过小菜园子，走向那个藏酒的地窖。

她或许又要去取酒，傅杰的脑海里不由自主地想起了那一次，他在地窖里帮着白小妍找那种特殊品牌的洋酒。干燥漆黑的地窖，白小妍在他头顶上方的梯子一步步地倒退着走下来。他忽然为白小妍伤心起来，白小妍刚才明明是在窗外面看着梁东华，想知道他现在的样子，能亲眼看一看。她虽然是他合法的唯一的妻子，但是不知为什么就是不能随时陪在自己丈夫的身边，像普天下所有夫妻那样生活。

她一天天的都自己躺在楼上，要么就独自出门去。自己一个人吃饭，也一个人睡觉。傅杰真不知道她当初是怎么嫁给梁东华的，年岁相差这么多，她还这么的漂亮，而且不管梁东华怎样的冷落她，甚至驱逐她，她都一如既往地关心他。

她仿佛没有地位，在这个家里她不能公开出现一样。刚才一屋子的人，就没见她的踪影。唉，傅杰叹了口气，不知道白小妍现在正在做着什么，她能一个人从那条长梯子上下去，再安全地爬上来吗？她就那么离不开酒吗？

傅杰突然间又想起来，今天一整天都没有见到白灵，她也没有出现。傅杰只能摇摇头，这个家太异常了，要是在别的家庭里，女儿早就在父亲的病床前日夜守护了。梁家不仅每一个人都有些奇怪，他们相互之间也更加地不和协，根本就不像是一家子有着至亲血缘的亲人。

第十七章　夜色黑金

　　还是在这一天，晚饭过后，天还没有黑时，梁家的电话响了。小孙接的，是李劫，他说要找傅杰，正在大门外的车里等着。梁东华这时还在睡着，在昏黄的灯光里不知是昏睡还是昏迷，反正自从中午时人都走了他就没醒过来。傅杰只好再次拜托小孙看着点，面对小孙勉为其难的表情，他只能更加为难加抱歉表情给予压制，并告诉她外面等着的李劫肯定有重要的事，不得不去啊。

　　大门停着一辆黑色的轿车，样子也很漂亮，可比梁卫东的宝马差了些。后来傅杰知道这种车叫索纳塔，是国产的北京现代车厂出的车，要比梁卫东的宝马便宜不少万元呢。

　　车里的李劫显得很疲惫，很显然一天的工作让他劳累，傅杰不知道他有什么事这么晚了还要找他。"大叔，你找我?"他主动问。

　　"对，"李劫打开了一个小型的车内灯，从后排座那儿拿一个黑皮的公事包。这包傅杰认得，今天中午他签的那些合同文本就收在里边，可他也不敢保证一定就是这个包，样式至少是一样的。"中午太忙乱了，少签了一个合同，我给你带来了。"李劫从包里面拿出来一个同样页数不少的合同文本，"来，赶快签，我还有事。"他像上午那个人那样，给傅杰把文本翻到了最后一页签名处，又把自己的笔递给了他。

　　傅杰接过了纸和笔，手却有些迟疑，他心里觉得不对头。一个问号跳了出来，又是一个这么厚，看上去就非同小可的文件摆在了他的面前，连同中午签过的那些，这都有多少本了? 他在梁卫东的公司里到底是个什么角色? 只是福利合同就有这么多的字要签? 而他记得梁卫东要他签的第一个工作合同都没有这么多的。

"有事吗?"李劫问他。

"没,没有。"傅杰紧着摇头,他迅速地看了李劫一眼,发现李劫有些不耐烦,很明显是对他现在迟疑的不满。可他还是把文本的前几页打开了,他不再去看现在李劫是什么神色表情,他得看一看合同到底写着些什么,他能有什么样的福利,又得付出什么样的代价。

微弱的车内灯,让傅杰的头伏在了文件上。文件上的铅字又密又多,尤其是那些结构严谨,文字专业的词句,既艰涩难懂,又绕口复杂。傅杰越看脸色越难看,渐渐地变得神情呆滞,捧着文件的手都发了抖。

好一会儿傅杰抬起了头,"大叔,这是什么文件?"他的脸上冒出了冷汗,他的表情虽然复杂,但用八个字就足以形容——难以置信,心惊胆战。

李劫的脸比他更难看,这个严谨文雅的人脸变得阴森,整个人在逐渐黑暗的天色里,在微弱偏黄的车内灯照射下让傅杰害怕。

"你看这是什么?"他平静地反问。

"我……我不懂,"傅杰真的不太懂,虽然他高中毕了业,可这样的文件,在他现在这样的心情下阅读,要他完全理解是不可能的。但他说,"大叔,这决不是我的福利合同,绝对不是。"

"那你看是什么?"李劫向他微微笑了笑,傅杰的心里突然泛起了一阵寒战,对方低沉浑厚的嗓音在轿车里这个封闭狭小的空间产生了共鸣,越发加深了李劫作为一个成年并且成熟的男人的感觉。傅杰自觉自己真的太小太年轻了。

"这是什么?"傅杰定了定神,他也反问。他真的得知道!

李劫看着他,只是几秒钟的时间,傅杰的眼神就躲开了。"说说看,你都看出了什么?"李劫轻松地靠进了座位里,"别怕,你随便说。"

傅杰看着车窗玻璃里的自己,外面的天色真的黑下来了,车内灯也显得亮了些。他咬咬牙,"李大叔,这根本就不是什么福利合同，这是个转让资产的认证书对吗？"

李劫不置可否，傅杰面对了他，那不是要与他再次对视，傅杰只是要看着对方，好能清晰准确地判断。他紧接着又问，"可为什么要让我来签？我什么都没有啊？这到底是怎么回事?!"

他的紧张、怀疑甚至恐慌都没有感染李劫，李劫似乎更加轻松自在了，"你说得都对，"他又让傅杰等了几十秒钟才说，"这的确是在转让资产，的确是要你来签字。没办法了，看来得让你知道了，"他正视了傅杰，认真地问他："你现在是什么人你知道吗？"

傅杰只知道眨眼，这是他唯一能做，或者说不自觉地做着的事。他根本就不懂李劫这么说是什么意思。他看见李劫笑了，那非常地神秘，一张平静光滑的脸上只是左边的嘴角在抽动。

"我告诉你吧，你现在是梁家企业的法人代表！"这声音好轻，可傅杰马上就被震得昏了，傻了。以至于他根本没有听清楚李劫的下一句话："……也就是说现在梁家非常可观的资产的真正主人是你傅杰。"

不知过了多久，傅杰终于说出了一句话："你刚才说什么？"他还是呆愣愣地看着李劫，始终保持着同一个姿势。

"你已经听清楚了，我不会重复。"

"……不可能，不可能……"傅杰重复了好多次这三个字，突然间问，"我中午签的都是什么合同？那些都是什么人？"

他看见李劫的头转向了他，这之前他重复什么"不可能"的时候李劫连看他都懒得看了，但这时李劫的脸部表情有些惊讶，"你能想到中午那些合同也有问题倒是正常，可能想到问那些人可让我有点儿吃惊。傅杰，你也挺聪明的嘛。"

傅杰面无表情，等他解释。

"那里有资产转让必不可少的见证人。"

"梁卫东让我签的第一个合同呢？那又是什么？"

"那倒真是个他公司里的职位工作合同。"

傅杰沉默了，他转回了头，再不看李劫，好一会儿他说："所以我现在才能有权转让梁家人的资产对吗？"

　　"聪明，真的聪明。"李劫竟然高兴了，"我早就看你不简单。傅杰，我告诉你，有些人天生就是不简单的，他们天生就懂事。我觉得你就是这样。"

　　李劫的夸奖一点儿没让傅杰高兴，他的脑海里还在想着这件事的进行始末，他现在有权力签署文件转让梁家的资产，那一定是已经具备了转让梁家资产的权力。而这权力的由来，一定是因为这段时间里不断签下的各种"合同"，以前那些他一张纸都没有翻过，一个字都没有看过，现在就凭李劫空口白牙地说，他怎么能够相信？尤其是现在李劫在晚上单独一个人带来了这份转让梁家（可不是李家的！）的资产的"合同"，让他来签。这是怎么回事？

　　为什么李劫不让他在中午时一起连这个合同也签了？

　　身体僵硬的傅杰自己都惊异自己的头脑的运转，那仿佛是在自动地跳出来一个个问号，然后再自动地一个个地破解。一个人的能力和本质是怎样的，连他自己都不知道，在面临真正的考验面前。他突然间推车门要下车，可他还是不会开这种车门，让李劫一把抓住了他，"你要干什么去？"李劫的声音失去了轻松，也变得严重了起来。

　　"这合同我不能签，我得告诉首长去。"傅杰连连挣扎，说出了这句话。

　　李劫抓他的手更加用力了，他一言不发，突然间开动了汽车。"我带你去个地方，别乱动！"

　　车子起步就非常地快，傅杰在车里头都听到了刺耳的轮胎擦地声。

　　车子始终向北，除此之外傅杰什么也不知道，他不认得路。他只是在一片漆黑里，看着成片的楼区，成排的路灯向后飞快倒退，路面或宽或窄，车流或多或少，其余的都没什么区别。其实城市里就这个样，钢筋水泥森林的分别只在于造型的小有不同。

　　只是有一次李劫把车开上的高架桥，突然之间的登高凌虚让傅杰心情激越，他看见了下面的万家灯火，流光溢彩，大城市的夜晚美丽神奇，竟然这样的出人意料……

　　半个小时之后，车速缓了下来。傅杰发现自己置身在一片造型独特的楼区里。这里路面宽敞平坦，所有的楼都不高，但占地很大，仔细看那不像是住宅楼，楼面上窗户很少，溢出的灯光明亮刺眼。

　　"这是哪儿?"傅杰不安地问，他在李劫把车开出来五分钟后就不再叫着停车了。他对沈阳陌生，以这样的车速开了半个小时之后，他除了可以肯定没有出城之外，再也没法确定什么了。

　　"看那儿。"李劫指着左边一片规划在一片院墙里的楼区，他的车子又缓缓地开动，向那儿滑了过去。"你仔细地看看。"

　　傅杰不明所以，但照他说的做了，用心仔细地看。车子缓缓地围着那里转了一圈，又从一个很大的入口开了进去。李劫告诉他继续看。这时他终于看出来了，这不是什么楼区，而是厂区，李劫的车子已经开进了一家工厂里。

　　"这是哪儿?"他再次问，"这是什么厂子?"

　　李劫的回答让他终生难忘，"这是你的厂子。"

　　"什么?!"傅杰简直都面无人色了，他怀疑自己的耳朵，他分不清是害怕还是激动，他的心脏在瞬间起动，跳动得无比活泛。

　　李劫还是不再重复，他向他微笑，说不出的诡诈，也说不出的神秘甜蜜。"仔细看，这就是你的。"他把车子停在了厂区的中央，然后开车门走了下去。傅杰跟着他，扑面而来的夜风，突然置身在这高大宏伟的厂区里，四顾遥望，这竟然都是他的?!

　　傅杰惊异地看着，不敢相信地看着，痴迷地看着，好久好久一动不动一言不发，李劫不打扰他，斜靠在车子上，也在想着什么心事。好一会儿，傅杰把厂区四面八方都看到后，李劫不容他看得太多，把他招呼上车，开了出去。

傅杰的神情平静了，再没有刚上车时的忐忑不安，他明显地在向往着，甚至在幻想着。李劫在车窗的倒影里冷冷地看着他，不一会儿车子又停了下来。

　　"再看看这儿，"李劫要他看一座商业楼，这时已经回到了市区里，这座商业楼在黑夜里熄了灯火，关了店面。傅杰看见了，这是专门卖工业原料原件的地方。果然李劫说，"这也是你的，和刚才的厂子配套，自己生产加工而且自己销售，利润被最大程度的提取。"

　　傅杰的脸几乎要贴在了车窗上，把眼前的商业楼上下打量，仿佛要透过坚硬的外墙，把里面的东西也看得一清二楚。

　　他看了好长时间，直到肩膀被李劫轻轻拍了拍，他才回过头，看见那份合同又摆在了面前，那支用来签名的笔已经摘掉了笔帽，连同李劫的眼睛，都在等待着他。

　　可他仍然犹豫。

　　"你还在犹豫什么？这就是梁家人的企业，你知道那是多少资产？你知道钱是什么吗？"李劫接近了傅杰迷茫浮动的眼睛，问他这个既浅显到了极点，又危险复杂到了极限的词汇。傅杰就像傻了一样，不回答，可是目光也没法从那份合同上移开。

　　李劫变得更加耐心了，他说："你知道十万元意味着什么吗？那是能在你们村子里盖起一座三百平方米的二层楼，无论是外面的用料，还是里面的装修还有你家里的电气设施，都会与城市里的中产阶层一模一样；你知道一百万元是什么吗？那是一个月薪三千元的人一辈子所能挣到的所有的钱。已经可以在城市里安安稳稳，每天只需要吃喝玩乐，再不用受苦受累受气，你想怎么活就能怎么活……"李劫充满了诱惑的声音像有魔力一样钻进了傅杰的耳朵里，不容他不听，不由他不想，这样的话还在继续着，"……你知道一千万意味着什么吗？那是能让你每夜都睡不同的女人，能让几乎所有男人为你卖命的资本！这还只是一千万而已，你知道光是刚才你看到的那片厂区里的设备就值多少钱吗？你这个傻子，只要你签了字……"他的话还没有说完，突然间傅杰一下子拉开了车门，转眼间就跑进了外面黑暗的世界里。只是一瞬间，他就跑出了李劫的视线。

傅杰在黑暗中发疯似的奔跑，没有目的，没有方向，只是要逃进外面的黑暗里去，只要能离开李劫和他的车子，那本在微光下让他惊惧的文件……到哪里都好。

终于他跑累了，在黑暗里停了下来，蹲在地上大口地喘息。他紧张地回头张望，他知道无论他跑得多快多远，对于汽车都只是可笑的距离。但他身后边也还是黑暗，没有什么追着他，他似乎摆脱了。

呼吸渐渐平复，神志仍然混乱，他现在回想起刚才的逃离，有些不可思议。一瞬间他就来到了外面的世界，当时是什么在支使着他的身体？是什么在为他做出的决定？

他为什么要逃？

李劫的声音又在耳边回绕："……十万元……百万元……一千万元！别人一辈子才能挣到的钱……每天只需要吃喝玩乐，再不用受苦受累受气去委屈自己……那是能让你每夜都睡不同的女人，能让几乎所有男人为你卖命的资本！"

"不！"傅杰听见自己在无人的黑暗里大声喊叫，他好害怕，李劫的话让他像身处没边没沿儿的大海里，四处无人，什么也看不到……也许他只是再找不到自己了。

李劫的话还是在响着，就是不放过他，"……你这个傻子，只要你签了字……"

"真的吗？"他喃喃自语，在黑暗里，慢慢坐在了脚下冰凉的沥青路面上。

第十八章　上帝，宽恕我

　　第二天早晨起来，傅杰头痛欲裂，面无人色。昨天晚上几乎是在后半夜，他才终于回到了梁家，他徒步走了好长的路，才回到了市区的主干线上，叫到了辆出租车。从开车的司机嘴里他知道了那时他所在的位置，那是靠近铁西新区的于洪区张士乡的一片，是沈阳近年来新兴的工业聚集地。它的规模巨大，潜力更加无限，全国知名的老重工业基地，原老铁西区的所有厂子都要陆续搬迁过来，加入这里已经非常庞大规范的厂区行列。这是个方兴未艾的工业园。

　　这一夜，傅杰完全没法入睡，只是天快亮时迷糊了一下，那反而让他更加的疲劳。从昨天傍晚李劫打进来那个电话开始，一个噩梦就降临了。在他的身上到底发生了什么？那真的发生了吗？

　　在满眼的朝阳里，傅杰不能确定。可是问题依旧纠缠着他，一刻都没有放过他，在他昨晚似醒非醒的梦境里，他都梦见了金钱。现在他坐在床沿上，茫然地瞪着窗外亮晶晶的朝阳，觉得很奇妙。因为他想起来了，他梦到的小山一样堆积着的金钱，竟然都是些二十、五十甚至十块的小额钞票，在他残留的印象中，他连一张百元的都没有看到。

　　想着想着，他哑然失笑，这是因为什么啊？他自己清楚，那是因为他对金钱的概念，一向都是十块钱能干什么，二十块钱能买什么，五十块钱是他一个月的零花钱……一百块钱以前在他手里从来没流通过。他又想起来就在昨天他寄钱回家时听旁边人闲聊时说过的话。那些人说现在中国人钱多了，那些做事业的大老板们一提款就是几十万几百万的，可中国的钱最大面值只是一百元，太不方便了。所以需要有数额面值一千元的，至少是一千元的才勉强够用。

那我们一个月只开几百块钱的人到银行怎么领钱啊？给我们半张？

那些人说着还笑了起来。此时此地的傅杰却无论如何也笑不出来。就在这样，他听到了前院大门外那边传来了轻微的汽车马达声音，一辆车缓缓地停了。他的神经猛然间崩紧了，一个非常不好的预感涌上了他的心头。

果然，梁家的门铃响了起来，他千不情万不愿还是走出去开了门。门外，停着的是辆黑色的索塔那，车里的人正向他微笑着点头。李劫，他在还没有六点钟的早晨又来到了傅杰的面前。

"上车。"隔着车窗的笑容亲切自然。

傅杰摇头，他下定了决心再不跟李劫走。他觉得只要他留在梁家院里，在梁东华的附近，李劫就不能勉强他，也不敢去做不利于梁家的事。他这样以为。

可他没想到，李劫推开车门就走了下来，径自走进了梁家。而他，也只有跟着他。

"你到底想干什么？"李劫一路走进了傅杰的小屋子里，傅杰紧紧地跟着他，直到进了屋子关上了门，他才问得出来这句话。问过之后他觉得自己可笑到了极点，李劫想干什么还用再问吗？更可笑的竟然是他自己"帮"着李劫关上的门，难道竟然是他怕别人看到李劫和他在一起吗？

任他如何激动，李劫稳重地坐了下来，看上去神清气爽，精神愉快，昨晚一定休息得很好。

"你想好了吗？"他微笑着问，似乎那只是件微不足道的小事！

傅杰呆呆地瞪着他，觉得眼前这个人和前些天同样坐在这里与他亲切交谈，推心置腹的李劫完全不同。梁家的义子，同样出身农村，靠勤奋努力独自闯出一片天空，甚至忠孝仁义俱全，完全不是那么回事，跟眼前这个人再对不上号。

李劫打开了随身带着的黑色真皮公事包，还是那个文件，又摆在了傅杰的面前。李劫的微笑不见了，话说得斩钉截铁，"要么你签，要么你马上去梁东华那里。只有这两条路，你马上选！"

傅杰的心急剧跳动，可不管怎样，他不去拿笔。

"要么由我去跟他说，你已经代替他成了梁氏企业的法人代表?!"

傅杰的身子发软，可目光突然变得凌厉狠毒，他死死地盯着李劫，突然问："你要把梁家的钱转让到哪儿去？是给谁?"

"那与你无关。"

"不，那与我有关！我问你，我既然已经是梁家企业的法人代表，那么那些工厂商店就都是我的，我为什么要听你的，把我的东西平白送给别人?!"

傅杰的话让李劫震惊了，他想不到一个刚从农村进城，只是高中毕业的一个"孩子"竟然问出了这样的问题。如此的切中了问题的关键，还有与其自身利益相关的契合点。这转变多么地惊人，就在前一瞬间，这"孩子"还在逃避，还在往外推脱着金钱！

"听着，那不是你的钱，也不是梁家的钱，"李劫出语惊人，他平静地说着傅杰不知道也不懂得的事情，"那是国家银行的钱，和另外一些债主的。"

在傅杰的目瞪口呆里，李劫告诉他，梁卫东投资失败，正面临破产，这是个绝对的机密，因为梁卫东无论如何也要保住他的资本。这就需要一个人替他顶缸，这个人会是谁呢？要知道梁家企业以前的法人是梁东华，梁卫东借助他父亲的名望和关系做生意，现在也想让他父亲替他背破产的包袱。可惜一来梁东华不见得会临老受辱替儿子挡灾；二来梁东华身体健康急剧恶化，怕是没有力气再等。所以他们才想了个办法由傅杰这个突然出现的农村小子来顶缸。

最后李劫恢复了微笑，对傅杰说，你以为梁家人真的对你好吗？真的天上会掉下来馅饼，而且正落在你的头顶上吗？现在这些钱不拿白不拿，拿出来了才能算是他的！

傅杰瘫坐了床上，他知道了自己是多么无知和幼稚，在梁家生活的一个多月的日子在他心里一一流过，他都做了些什么啊，又在想着什么？他在别人的眼里，不定是个怎么可笑又可怜的东西……他突然间想起来，也是在昨天，他刚刚在这个小屋子里签了那一大堆的"福利"合同后，随着一大堆的西服革履大皮鞋走到了外面的走廊上，对李劫小声地说："大叔，你放心，我一定把首长照顾好，我哪儿也不会去了。"

　　他清楚地记得那时李劫的笑容，那时他已经被人家给卖了，而且卖了什么价钱都不知道，还在谢人家！

　　这天上午十点三十分之后，傅杰走出了梁家，来到了外面的世界里。他终于摆脱了李劫，能一个人待一会儿了。

　　他不知道自己做了什么事，现在已经变成了什么人。他觉得他是疯了，傻了，变态了，他竟然真的在那份"合同"上签了字。他记得自己左右权衡，一再思量，提出各种问题要李劫解释，才签署了那份资产转让文书。那是他自己愿意签的！

　　可现在他后悔……也不能说是后悔什么的，只是一种错乱的感觉折磨着他，都错了，更加乱了。

　　这一切的代价是他身上多了一张纸条，普通的白纸，写着李劫以个人的名义欠了他一大笔钱。其数额之大是他原以为一辈子两辈子都赚不到。这样做的理由是，谁也不知道他傅杰参与了什么不好的事，没有任何把柄留给有可能追查的方方面面。比现在就得到现款，或者在银行里存这样一大笔钱都安全。

　　可真的是这样吗？反正他被李劫说服了，一张白纸就让他做出了这样的事。他把这张纸无处消放，带在身上怕丢了，又怕字迹被损坏。可无论放在哪里，他都不放心，这张纸就算带不来任何好处，可被别人发现了，一定会带给他极大的坏处。这一点他是清醒地知道的。

　　走在阳光耀眼的大街上，不停地走，不停地想，好像他只要把事情进一步想得清楚明白了，这事儿就有了别的变化了一样，

就不再是件"坏"事了一样。可由他落笔签名的文书，也是白纸黑字，正在别人的手里……那已经既成事实，无法改变！

这让他不时抽搐般地颤抖，时时让他痛不欲生，他记得他签字的时候梁东华就和他相隔不到二十米，在同一座楼里！他在梁家，拿着梁家的钱，吃着梁家的饭，却做着这样出卖欺诈梁家的事……他怎么会变成了这样！

李劫的话在他心里重复，是梁家人先骗了他的，在他不知情的情况下让他成了替罪羊，去承受风险。他这样做没有什么错的，不存在什么良心上的安与不安。他当时也这样以为，也感到了牙眼相还似的快意，以至于落笔签字时写得分外的用力。

可真的是这样吗？那或许只是他这样去做的一个借口。一个念头让他不寒而栗，他到底是个什么样的人啊……他不是这样的！从来都不是啊……

他再次清醒时，发现站在一家医院的门前，似曾相识。好半天，他想起来了，这是昨天他还来过的地方。就在这里面，他见到了罗兰的奶奶，那时也是现在这个时间。忽然间他无比强烈地想念罗兰，想见她，和她说话，他不是想把这些事都告诉她，讲给她听，要她做什么，只是一定要见到她。他一点儿都没有迟疑，走了进去。

他走进了医院后身的住院处楼里，罗兰奶奶的病房他记得，他没有等电梯，一路爬了上去。临近病房，他放慢了脚步，他想见她，可又怕面对她，不知是为了什么。

可病房里没有她们，在罗兰奶奶的床位上空空如也，没有人，也没有病人的东西。傅杰走进去，打听了临床的人，才知道就在昨天晚上，罗兰的奶奶退了床，出院回家了。

傅杰大失所望，他无法克制想念罗兰的心情猛然加剧了，他一定要马上就见到她。可是这么长的时间，他竟然没有要过她的手机电话，他什么联系她的办法也没有。他站在病房门口想了好久，找到了住院处这一层的负责护士长，一个昨天还亲自推着轮椅送病人上楼的英俊男孩儿，没费什么事就获得了护士长的信任，也得到了罗兰家的地址。

"傅杰，怎么是你?"给傅杰开门的正是罗兰本人，她在家。傅杰马上开始后悔，他看到罗兰惊讶的表情里还有别的意思。

"你怎么找到这儿的?"罗兰接着又问。很明显，她一定是想到了上次在医院里，傅杰也是这样突然出现，他跟踪了她。那么这次呢?

傅杰想解释，但不顾一切地找到她后，却不知道要说什么。他心里的感觉糟透了，他们在罗兰家的门口对视，好一会儿，傅杰低下了头，"罗兰，我没有什么事。我……我走了。"他转身下楼，心里别扭，可更加惭愧，他做了什么事啊，不知道在罗兰的心里现在他是个什么样的人了。他只有马上消失，永不再来，只有这样才能表明他一点都没有纠缠罗兰的意思。

"傅杰，"他快步下楼，可身后传来了罗兰的声音。他不想停留，更不想回头，可他都做了，既停了下来也回了头。他看见楼梯上的罗兰没有了刚才的神色，"回来。"她简单地对他说，没有客套，带着点儿命令似的语气。傅杰觉得好受多了，这在前些天的排戏演练时，罗兰总是这样对他说话。

罗兰的家两室一厅，陈设简单，虽然整洁，但明显的透露出她家真实的经济状况，没钱。罗兰把他让进了小一些的北屋，那是她自己的房间。

"找我什么事?"罗兰给他倒了杯水，问他。

傅杰摇头，他没法说，更说不出什么。现在想来，从落笔在李劫为他铺开的文件上签字后，他就忽然间一定要见到她，他就像个偏执狂，不明原因，可一定要这么做。

他听见对面的罗兰叹了口气，他快速地看了她一眼，发现她正看着他，微微摇头，那无可奈何的样子，就像对着个不懂事的小弟弟，不喜欢他的所作所为，可又不忍心挑剔他。

"罗兰，我刚才从医院门口路过，想去看看……看看你奶奶，可是她出院了，我问了那层楼的护士长，才知道你住在这里……我没有你的电话，不然我就不……"罗兰的神色让他极力地解释，可话出了口，才知道越说越糟。

"好啊，谢谢你。"罗兰微笑了，她端庄地坐在那里，感谢他的好意。那样子就像身边有一大群人似的，都在听着她说话，看着她的举止。傅杰的心沉了下去，越沉越低。他听见罗兰已经转变了话题，她说："今天梁伯伯还好吗？他怎么样了？"

"还好，"傅杰闷闷地回答。他心里更加难受，后悔刚才为什么没有一直下楼，就此走开。在现在的难堪面前，那时就走还能保持住些什么。罗兰现在和他说着家常话，单独面对，这本是他所渴望的，可他非常地难受！

是不是他太敏感，太没有自信了？这时罗兰提起了梁东华，是在提醒他，他还有工作，暗示他要他离开。是不是这样？他以为是的。

他抬起眼睛，看着罗兰，分辨着她的温柔客气的态度背后真正的意思，他看见罗兰一直微笑着看着他，很亲切，甚至很体贴的样子。这样的表情他也见过，在他们初次见面时，她这样安慰鼓励过他。一时间，他觉得罗兰离他那么的远，她似乎在俯瞰一个喜爱的小弟弟。仅此而已。

罗兰又说了些什么，他都没听见。他站了起来，说他出来的时间不短了，得赶紧回去了。罗兰没有留他，叮嘱他坐车小心，马上回家，顺势就送他出门。这让傅杰的难受加倍，他说了是来看望她奶奶的，可她无动于衷，让他直接离开。

在走出罗兰家大门前，傅杰又看了她一眼。事后罗兰非常懊悔她为什么要站在那里，那是在她奶奶住的南屋的房门前，罗兰站在那里本意是不想让他借口进去探望，甚至阻止他的目光。可正是因为她站在了那里，才把傅杰的目光吸引了过去。

她的身体没法完全遮挡住房门玻璃，傅杰的目光看到了南屋刻意里墙上挂的一张照片。那张照片孤零零地悬在墙上，镶着画框，一眼看过去就能感到它很古老了，泛着黄色黑白的老照片。正是这种黑白感的对比，一瞬间就让傅杰的脸色血色退得干干净净，他盯着罗兰的身后，仿佛看到了鬼魂突然出现。

"你怎么了？"罗兰大惑不解，她马上回身看自己的身后，什么也没有啊。可傅杰听而不闻，仍然盯着什么眼睛一眨不眨。"你到底怎么了？"罗兰也惊慌起来，她忍不住去推他。

"那是什么？"傅杰终于回过神来，指着那张照片问，"不，那是谁？"他又改口。

罗兰松了口气，"我当你看见什么了，大惊小怪。那是个大明星！好几十年前的了，你认识她啊？"她讥笑他。她的讥笑还有突然松弛下来的态度感染了傅杰，他变得不好意思了，两人对视着笑了，这突然来临的笑容缓解了他们之间的尴尬和隔阂，傅杰走出门去时，心里的难受和不平都少多了。

傅杰在街上游荡，他不想回梁家去。脑袋里一片混乱，他想不通更看不透的事突然间涌过来把他淹没，让他连点儿喘息犹豫的时间都没有。

从昨天到现在，他做的很可能都是绝对不能做的。而更早些，在梁卫东给他第一份合同开始，他就应该拒绝，无功不受禄，见便宜莫贪，他没做到。贪小便宜吃大亏，这才是他的下场和结局。他的心底里隐隐约约地告诉着自己这句话，声音虽然小，虽然不想听，可他知道十有八九会变成事实。

也许当初梁东华要他过来工作时就不该答应！他从开始就错了。

但让他怎么拒绝呢？他怎么能拒绝呢？在梁家的这段时间所发生的事情一幕幕地在他心里重现，什么他都记得清清楚楚，尤其是吃住在一起的梁东华。他不了解这个人，更没法理解这个人，这不仅仅是因为他们的地位还有年龄差距太大了，更重要的是这人的性情太特别，而做出来的事更让他摸不着头脑。

他为什么要给自己这样好的工作，这样好的待遇？每个月一

千块钱啊，他想都不敢想……难道真的像李劫所说的："……你以为梁家人真的对你好吗？真的天上会掉下来馅饼，而且正落在你的头顶上吗？"真的是这样吗？

梁东华带着他在街上闲逛，跟他就像多年的朋友兄弟，俩人大闹戏院，跑得上气不接下气，梁东华一把拉起在地上喘个不停的他的情景让他怎么也忘不了，他怎么也想不到那是梁东华在故意地拉拢他，让他替梁家顶缸挡灾。

可如果不是，现在的事情要怎么解释呢？难道不是梁东华在那次喝醉的时候，要他的儿子梁卫东"照顾"他傅杰，给他在梁家的公司企业里安排个职位，好衣食无忧的吗？

难道是梁卫东和李劫连梁东华都骗在内，顺水推舟把这"好事"给了他？

这些问号一个个地涌上来，傅杰头晕脑涨，再也支持不住了，他不管正在什么地方，在街边一屁股坐了下去，捧着头深深呼吸，必须得歇一歇，缓一下了。

可在他的眼前自动浮现出了一张脸，是张雪白得没有血色，突然在黑夜里出现，隔着窗子向屋里注视着的那张女人的脸！傅杰猛然间站了起来，血压突然变化，他的眼前金星乱舞，可那张脸还是清晰无比地横亘在他的眼前，不知道是"她"不愿离去，还是他一定要看着她！

在人流熙攘，车水马龙的大街上，傅杰满头大汗，可如坠冰窖，好久才恢复了视力。这时他眼前更加清晰出现的，是刚才在罗兰的背后，他隔着门看到了那张墙上的老照片。在黑色的背景下，映衬着的白晰娇嫩的女孩儿的脸，与在黑夜的映衬下雪白无人色的那张脸竟然如此相似！

刚才他只是下意识地目瞪口呆，现在他已经在记忆中清醒地对比辨认过。他的后背一阵阵的寒冷，在夏季的阳光下，他突然没有来由地想，他是在一座非常老的楼里看到了那张"脸"，而那是一张几十年前的明星的脸，这会有什么联系吗？

他现在住的楼里，那间古老的大卧室里，都发生过什么？为什么会出现那些东西？为什么梁东华会那么反常?!

傅杰似乎看见在他身边走过的人，都在以一种奇怪的眼光看着他，他知道这样子不好，他鼓起全身的力气一定要自己改变，他终于可以动了，一步步地离开原地，不管要去哪儿，一定得走……可他突然间摇晃了一下，差点儿摔倒，他看到了什么？那是什么?!

这时他的视线刚好随着脚步的移动，看到了一座楼的后面。突然出现的天空里竟然耸立着一座通体漆黑，造型怪异，绝非现代的建筑。它突然出现，无比的突兀，像从地里突然间升起来，特意为了让傅杰看看它。傅杰简直要惊叫起来了，他头皮发麻，怀疑自己是不是真的疯了，眼前出现了幻觉！这哪里会是在现代化城市里应该有的东西，这分明是一座在噩梦里才会有的邪恶城堡！

他提起了全部的精神意志来对抗这突如其来的惊骇，不知过了多久，或许很短，可在他看来似乎已经有几个小时，他才回复了些神志，他重新瘫坐在路边，再也无力逃避人们惊异的目光，怀疑的神色。他想起来了，这座"城堡"他见过，甚至还进去的——这是沈阳城里小南边门的天主教堂。

上帝啊，你在用惊吓来惩罚我吗？傅杰在心里虚弱地想，看着不远处它的庞大，黑色，尖顶，阴森，还有两侧的尖塔顶端直立着十字架。他怎么也没有想到，罗兰的家竟然在它附近，这只是纯粹的巧合吗？

第十九章　最恐怖的夜晚

　　梁家老宅又到了夜里，傅杰躺在梁东华的大卧室里。他很困，非常地累，但是无论如何也睡不着。不仅如此，他自从躺下以后就没有翻过身，脸一直朝向梁东华那边，那边也是面向着后院的大窗户。

　　整个卧室由昏黄的灯光笼罩着，这种暗淡的光源照不清屋里，可相比外面的黑夜它仍然是光明。傅杰看不清外面，可知道外面更加容易看清他。不知道是还在昏睡的梁东华，还是外面的什么，他就是无法转回身去，背对着那边。他的半边身子都麻了，脑袋也像偏头痛一样，难受，但就得这样。

　　楼里静极了，没有一点儿动静。傅杰在想象中，可以察觉到这座老楼里每一个人所在的方位，甚至他们睡觉的床位。他在想着他的小房间，那上面就是罗兰，她下午近傍晚的时候也回到了梁家。就在那一阵，梁家又响起了钢琴声，还有欢快的女孩儿们的说笑，那像是隔了好多年了之后，又回到了以前正常的生活。

　　罗兰，只要想到她，就有了思考的内容。傅杰就开始想象，猜测，想她到底对他怎么样，想他到底能对她怎么样……千百种的可能，或者叫千百种的幻想。只能是这么评价，也许最适当的用词是胡思乱想。

　　就在他在心里又一次的想象过后开始自嘲时，他觉得前方有什么物体动了一下，非常轻微，但一定有，可他又拿不准是不是他已经僵硬了的眼睛出了错觉。但不是，他身上的汗毛都竖了起来，他看见梁东华慢慢地爬了起来，昏睡了一天多他突然间爬了起来。巨大的身体一点儿一点儿地支撑起来，非常地缓慢非常地笨拙，就像被不懂行的木偶师操纵的木偶，但不管怎样的拙劣，他没有停止。他坐了起来，在床上坐了几分钟，傅杰看见他慢慢地下了地，鞋子就在床边，他视而不见，光脚站在了地板上。

傅杰的全身绷得紧紧的，觉得压在下面的左腿都在抽搐了，像是要抽筋，就是这样，他一动也不敢动，他亲眼看见了梁东华的梦游，这一定就是所谓的梦游了。他把眼睛尽量闭上，只留下一条小缝看着梁东华的举动。

梁东华站在地上，背朝着他，垂着头看他自己的大床。至少有十分钟的静止，梁东华忽然伏下身去，傅杰以为他又要钻到床下面，可他用双手握住了床脚，他用力地把床往窗户那边推。傅杰看到梁东华赤裸的后背上肌肉仍然强健地运动聚集起来了，那在昏黄的灯光下仍然有让其他男性胆怯羡慕的威慑力，但是那张大木床纹丝没动。

梁东华站了起来，站直了身子大口呼吸。这时他又是个老人了，弯下腰用力对所有老人都是种折磨。但他不甘心，他又弯下腰，这次握住了床脚向后拉，用他的体重做牵引，使劲地向后拉。傅杰看到他的后背都快贴着地了，床还是不动。终于，梁东华坐到了地上。

至此，傅杰放松了，他的恐惧和猜疑都不见了，这次绝不是什么梦游，只是不知道梁东华好好放着觉不睡，又在发什么神经。

"郎中，郎中。"坐在地上的梁东华在叫他，傅杰下了地，"首长，什么事？"他来到梁东华的身边，可没敢马上伸手去扶。

果然，梁东华自己挣扎着站了起来，他摇晃着走到椅子边坐下了，没说什么事，就是看着傅杰。傅杰站在屋子中间，不知所措。梁东华突然醒过来，醒过来就做了这样的事，让他怎么理解？他发觉这时候梁东华看他的目光里好像闪烁着些奇异的东西，好像站在那里的不是傅杰，他不认得，得认认真真地看了又看。

"你把床挪开，往窗户那边推。"看了好久，梁东华终于说，像是他终于下定了什么决心了。

傅杰不问为什么，他直接去推那张大床。他运足了力气，却

差点儿闪了一下。那床很大，但不是寻常家用的那种床头沉重，床体带箱的样式，他忘了床下面都是空地，什么也没有的。床很容易就被推到了窗户台下面，露出了原来隐藏在床板下，用被单遮得严严实实的地面。

说实话，这时候傅杰完全没有想起来，他第一次打扫这间卧室时，梁东华正颜厉色警告他只有这张床下是不能触碰不能看的。他心里只有两个信念——不管是搞什么鬼，马上就结束吧。他累得要命，也困得要命；还有，就是他为梁东华悲哀，那样的身体，那样的男人，竟然连这样的重量都没法控制了。他相信，床被他轻易推动时，坐在那里的梁东华一定难过得特别失落。

他看到那块地面上有一块小毛毯盖着。一串钥匙扔过来，掉在毛毯上。"下面有锁，你打开它。"梁东华的声音里透着犹豫，但他还是说了，而且把一直系在内衣上，睡觉都随身带的钥匙交给了傅杰。

毛毯被揭开了，下面的地面上露出一层钢板，很小，就像现代的高层住宅只容一个人登上楼顶的孔眼那么大。钢板上也刷着红色防锈漆，可跟旁边的红色地板对比依然强烈，那不像是家居过日子要用的东西。梁东华从椅子上艰难地站了起来，明显的，刚才对付他的床把他累坏了，可他一定要走过来，亲眼看着傅杰做事。

傅杰把钥匙插进了锁眼里，在扭动机簧前他最后看了一眼梁东华，梁东华没有反对阻止的意思，他才打开了锁，拉开了沉重的钢板。顿时一股奇怪的味道随着冷森森的空气涌了上来，傅杰下意识地后退躲闪，那冷气让他毛骨悚然，他退到了梁东华的身后，可梁东华反而走向了那里，就站在突然出现的洞口前面，出神地往下看。傅杰隐约地看到了，钢板的下面黑漆漆的，仿佛深不见底。

梁东华一直站在那儿，好长时间，像是等着下面的气息散尽，才又说话，"郎中，你下去，记着下面的屋子和上面这间一样大，去东北角那儿，有一堆……"他发现傅杰一个劲地摇头，同时远远地离开了钢板孔口。梁东华笑了，"别怕，下面什么也没有。真的，"他走近傅杰，傅杰不由自主地后退。他不能相信梁东华的话，这件事他说什么也不去做，不管梁东华说什么都没有用！

那股冷森森的寒气突然涌上来吹到他身上的感觉，让他一辈子都忘不了，他现在还在打着寒战。尤其他刚才一瞥之间看到了，钢板下面是深不见底的一团漆黑，谁知道那里面会有什么?！看着步步走近的梁东华，傅杰突然有夺路而逃，永远离开这座老楼，永远都不再回来的冲动！

"你别怕，郎中。"梁东华站住了，收起了笑容，很认真地说了一句话："前些天我还下去过，你那身军服原来就收在下面。"

傅杰举着手电，慢慢沉入了黑暗中。钢板渐渐升到了头顶的上方，他脚下是一条水泥条石铺成的台阶，他的眼睛紧紧盯着手电照亮的前方那一点儿地方，那是正前方，他不敢只看着脚下，前方将要面对的东西才是最重要的。

走了十四层台阶，他终于脚踏实地，到了地下室的底层。他更加冷了，一股阴冷阴冷的气息凝聚在这里，像是一团有形的东西，把他包围了，束紧了，行动都变得迟缓。寒气让他发抖，身上披着梁东华的外衣仍然抵抗不住。

他念叨着东北角，更牢记着梁东华告诉他的下去后不要转身，一直走，到头儿了，就在你左手那边的话。这很必要，在下面他真的辨不清东西南北了。左手边，他的手电照了过去，顺势在地下室里划了个大圈，这里真的好大，梁东华说得没错，一点儿都不比上面的卧室小。他模糊地看到四周的各个角落里都堆着些桌椅家具甚至坛坛罐罐，很杂乱的样子。在他左手边东北角那里，他看到了更多的东西乱糟糟地驳放着。

"把那些东西都搬开，在最底下，有个小木箱子，你把它拿上来。一定要小心，轻拿轻放。"这是梁东华对他的命令。傅杰一步步小心翼翼地走过去，每一步都不由自主地加着小心。地面无比的坚硬平整，他用手电把前方的路扫了一遍又一遍，可每每总觉得下一步会踏上什么，脚下总是虚软的。他不时回头向着他的来路，那块钢板上面透下来的光，朦胧虚弱地映照着它下面的台阶，一级级的不断暗淡虚化，一个念头突然升起，让他没法在这个地下室里再也没法待下去！

那块沉重的钢板是他的来路，或许也会是他的死路！如果它关上了，他在下面一个人无论如何也推不开它，打不烂它。无论他把这块钢板敲得多响，都不会有人来救他。这是个完全独立的老楼，周围没有邻居，什么都没有。而他只身在沈阳，他失踪了，不会有人报案，不会有人寻找。那时这个地下室就是他的坟墓！

这突如其来的想法让他不寒而栗，几乎让他马上回到地面上去，梁东华这个老疯子，他想要东西，就让他自己下来，大不了他可以背着他一起下来……可他想了又想，还是动手开始搬动那些杂物。

东西看着又多又乱，可搬起来才知道都是些空架子，很轻，他一只手始终举着手电，只用一只手就很轻松地把它们放到了一边。在最里面靠墙的角落里，他看到了一只孤零零单独放着的小箱子。他伸手去拿，马上发现一只手拿不起来，他再不想停留，把手电夹在了腋下，双手捧起了它，再不耽搁，快步走向台阶，回到地面上。

梁东华接过了小箱子，摆摆手让他回自己床上去，让他盖上被子，好好躺着。回到地面上傅杰的思维跟着身体一起复苏了，他照梁东华说的去办。他明白，与其说这是在关心他，不如说是让他躲远点儿，别问更别看。

梁东华拿了他的手电，背对着他，打开了那个小箱子。傅杰注意到那上面有锁，梁东华是用身上另外一把钥匙打开的。这个粗壮强硬，大节小节都不拘的老头儿的身上居然像个守财小气的老太太那样，大大小小的钥匙一把接一把。傅杰看见梁东华自从打了小箱子后，就拿着手电近距离地向箱子里照着，里面有什么都不拿出来，只是把手伸了进去，来回抚摸摆弄。

傅杰什么都看不到，可那个小箱子他从地下室一直抱到了地面上，感觉着它很沉重，箱体结实是一方面，里边装的东西在他来看，就算是满满地装了一箱子的红砖都没有现在重。

他想不出那会是什么，只是有一点儿印象深刻，箱子里配重不平均，他抱着的时候，左边的半箱特别的沉，重量占了一多半都不止，另半边轻飘飘的，像是什么都没有。让他抱得很是吃力。

傅杰躺在被子里，身体渐渐地暖和了，他偷偷看了看他放在枕头下面的电子表，已经是午夜时分，快凌晨一点了，从他回到地面上来已经过去了半个小时。梁东华还在没完没了地看着，不知道他到底要看多久，能看出来什么。就在傅杰开始有些困倦，睡意上涌的时候，梁东华终于合上了箱子，锁头重新扣上机簧的声音把傅杰惊醒过来。他正好看见梁东华锁好了箱子，抱着它转过身来，粗壮高大的身子一旦没有了相应的力量支撑，就变得格外的迟钝生硬，傅杰看到梁东华好像是被自己转动中的脚绊了一下，他猛地失去了平衡，倒在了身后的大床上。他手上的小箱子在他倒下之前就离了手，哗啦一声扣在了床上。傅杰惊得跳了起来，不单为梁东华的意外，更让他惊奇的是箱子不是刚刚上了锁的吗？怎么会散了架？

"郎中，快来帮我……"梁东华摔在床上后自己爬不起来了，他只好叫傅杰。傅杰走了过去，没去理会箱子，把梁东华扶了起来，靠在床头。梁东华的身子彻底地软了，靠在床头都靠不稳，要往下滑。傅杰只好在他后背挤了两个枕头，好歹让他稳在那儿了。只是半个小时，梁东华的脸色灰败，眼神呆滞，傅杰越看心里越慌，这样子保不住梁东华马上就会再次犯病。

可是梁东华的手一直指着床上的小箱子，还有小箱子里散落出来的物件。傅杰顺着他的手指看过去，只见箱子倒扣着，床上一共散落了三件东西。一只奇形怪状的青绿色，像铁又不太像铁的金属，满是斑纹，表面充满了细致的纹理刻度，傅杰不知道那是什么，但直觉地知道箱子的重量一定是来自它。另外还有一块只有手掌大小的玉石，这块玉晶莹圆润，偌大的房间里只有一个20度的小灯泡，就是这么一点点的光源下，它金黄色的石质已经像是透明一样。傅杰忘不了第一次拿起它装回箱子里时的感觉，看着温润，可触手冷凉，那是一方石印。最后一样东西傅杰本来没有发现，是梁东华一再指着床尾那边他才注意到。那是一卷已经发黄变色，成了棕黄色一般的小纸卷而已，卷在一起被一根同色的绢绳系着，只有一只中等毛笔那么长。拿在手里轻飘飘的，不知是个什么东西。傅杰把它们都放回箱子里去，箱子里都分好了暗格，这三样东西各归原地，严丝合缝。这时傅杰才发现箱子之所以上了锁还散了的原因，梁东华根本就没有锁到地方，锁是锁上了，可扣板还在外面，箱子的上盖一直都是开着的状态。

"送下去吧，放在原来那儿，东西都原样摆好。"梁东华看着箱子无奈地苦笑，人老了什么笑话都能做出来。他把箱子的钥匙也扔给了傅杰，看着傅杰真正锁好了，当时就拿回了钥匙。他叮嘱傅杰，一定要原样放回去。

傅杰重新披上了梁东华的大外衣，赤着双腿走下了地下室。这次他识路了，直接到东北角那里，把小箱子原样放好，把原来遮挡着它的东西一件件按顺序放回去。很麻烦，但很简单，很快他就做完了。他轻松了，虽然还在黑暗的地下室里，他仍然觉得好受多了，这一晚算是结束了。梁东华不管还有什么样的奇思怪想，他的身体都不容许他再弄什么花样，而他傅杰也可以睡觉了。他转身往回走，他的手反映了他的情绪，手上的手电光没有再固定在前方一点，划过了四面的墙壁。突然间傅杰站住了，他死死地盯着右边的一面墙，那墙上不只是刷着白灰的墙面而已，他在墙上看到了一张放大到二十寸镶着镜框的大照片，那上面是谁?!那是谁?!

傅杰疯了一样的追问着自己，心里明明白白地知道那不是，可怎么也不能说服自己！

　　照片上一个女人坐在椅子里，身后面一个男人站着，她拉着他的手，放在她的胸前，光线暗淡，可人物清晰。虽然取景角度不同，可他一眼就认出来她与今天在罗兰家隔着房门看到的那个"几十年前的女明星"是同一个人！

　　她身后的男人穿着笔挺的国民党军装，傅杰在黑暗中突然发抖，他的恐惧再也无法控制，那是谁?! 那是谁?!

　　那竟然是他自己！

　　怎么会是这样？那个女人是谁？那个男人又是谁？他们竟然在一起合了影，而且一直都在这间无人的地下室里墙上挂着，而他就睡在这上面！

　　难怪他总是做噩梦，总是睡不安宁，总是有什么在纠缠他！就像一定要加重他的恐惧一样，他呆呆地站在地下室里魂不附体，地面上突然传来了梁东华的惊叫声，傅杰从来没有想过梁东华会发出这样的声音来！要知道梁东华是真正的强者，是在战场上亲手杀过人的人，傅杰被惊叫声惊醒，他的上半身连同头脑都是麻木不仁的，可下半身自己要走，他被自己的脚步跌跌撞撞地带回了地上面。

　　梁东华已经摔在了地上，他躺着没法起身，可手还是指着窗户那边，他的表情把傅杰吓坏了，那不仅是害怕，简直是彻底失去了自制力，已经崩溃。

　　"你怎么了?"傅杰扑过去摇晃他，想让梁东华恢复点儿神志。可没有用，梁东华死死地盯着窗户，手臂硬得按也按不下来。他只是断断续续地说着："……鬼，有鬼，女的……她缠上我了……"傅杰感觉自己全身的毛发都竖了起来，他知道那是什么了！他提起所有的勇气，猛地抬头望向了窗户。他知道他会看到什么，但是他一定要看看！

　　那里什么也没有，奇怪的倒是他的耳朵里竟然隐约地听到楼里似乎有脚步声轻轻地响着，很轻，很快，越来越远……

第二十章　罗兰的秘密

傅杰慢慢地倒在了床上，全身逐一放松，每一个部分都妥帖地躺下了，黏在了床板上。好了，他终于可以什么劲儿都不用，什么都不用做了……能休息一下，最好能睡个透觉，该有多好啊。

这是那个夜晚之后的第三天了，三天里傅杰大概只睡了不到八个小时。梁东华又犯病了，而且更加严重。傅杰在半夜里叫来了急救车，老天垂怜，梁东华又一次逃脱了死亡，而且没有离开他自己的卧室。

那天晚上的事再次出现在傅杰的眼前，他闭着的眼睛就像个黑屏幕的荧屏，想不看都不行。他看见了自己从地板下面升了上来，看见梁东华倒在地板上，面向着后院的窗户面无人色，那只伸得笔直，不断颤抖的手臂，可是那边又什么都没有……后来他就在老楼里大声喊叫起来，应声来帮他的却只有罗兰。剩下的那三个女人像往常一样，入夜之后就死活不知，毫无声息。

罗兰打了急救电话，但无论是她还是傅杰都在急切中说不清这里的确切地址，最后只好由傅杰跑出去，站到大路上接急救车，梁东华就拜托给罗兰了。这是最好的办法，傅杰跑得快，而罗兰懂一些急救措施。

他"看见"自己跑出了梁家的大门，在黑暗里玩命地奔跑，但是只跑出去不到二百米就更快地折了回来。他想起了无比关键的事情，得马上处理好——梁东华卧室里大床下面的钢板还打开着，地下室的入口还没有关！

梁东华不止一次地告诉过他，那是梁家里唯一的禁地，连他要打扫一下都不行，何况这时马上就要有大批的陌生人来到了，竟然像是要请人参观展览一样？

他跑回了院子，大门就那么敞开着，他出去时没有关，他跑进老楼，脚下也没有声音，因为他一直在卧室里就只穿着拖鞋，出来时也没来得及换，这时都跑丢了，光着脚。他推门，但推不开，里面上了锁，他大声地拍打叫喊了起来，时间，那时的时间是多么的宝贵啊！可里面就是没有回声，直到快三四分钟了，门才打开，罗兰脸色煞白地看着他。

　　"你叫什么？要把人吓死啊？病人现在不能被打扰你知道吗？"罗兰气急败坏地问他，把他要问她的话压了回去。傅杰没时间解释，也没心情再问了，他推开罗兰跑进卧室，二话没说就把地面上还开着的钢板关上，把锁锁死，把床连同床上的梁东华一起推回原位。这一系列的动作完成得极为流畅快速，就像他已经做过了好多遍的熟练工种一样。做完了这些，他又冲出了卧室，跑向外面，他还要去接车。床上的梁东华在喃喃自语，说的什么听不太清，好像是在叫着郎中什么的。他没在意，这时就算是在叫他，也不能答理了，有更重要的事要他去做。

　　他一直都没问为什么罗兰要等那么长的时间才给他开门，但他记得推开罗兰进卧室时手上感觉。好凉，冰凉光滑，他不知道为什么罗兰的身上会那么的冷，卧室里虽然有空调，但是绝不会冷到那个地步。或者女孩儿们的皮肤体温就是这样？与男孩儿们就是不同？

　　再往下就是没日没夜的照料了，这次梁东华还是心脏病突发，可是症状却与以前不一样了，他不再安静地睡着，而是时不时地大叫大嚷，胡话说得谁也不懂。而且还会从床上跳起来，不躺着，不休息，在屋子里转来转去，翻东找西，可他力不从心，只能是东一头西一头地跌跌撞撞。

　　这样的症状连续地出现，白天夜里梁东华都要闹。傅杰苦不堪言，他总不能任由梁东华把自己摔死吧。于是最后梁东华没出什么事，傅杰却要累倒了。就像现在，终于可以休息一会儿了，却还要提防着梁东华再次闹起来，睡也睡不踏实……

朦胧里傅杰觉得自己就要睡着了，心里虽然还在提防着，可劳累让他觉得这时特别的舒畅甜美，就睡那么一小会儿，不会出什么事的……他渐渐地觉得自己升高了，离开了地面，而自己的意识又升得更高，高得可以俯瞰自己的身体。他惊异地发现，自己的身体真的悬浮在半空中，虽然仍然还在这间大卧室里，可是卧室的高度已经加深了几倍，上面是昏黄的灯光照亮着，下面的一半漆黑如墨，什么也看不清，只有一些杂乱无章的废物堆放着，黑暗，只有一束光亮照得下去，光亮的起点是一层台阶……光束在流动，下面的东西一一显现，他的目光竟然看清楚了一些东西，那墙上的人在他面前出现，他不想去看，但无法躲闪！

　　他想动，可动不了，他想叫，可无论如何都叫不出声来，他明明白白地知道这时自己在躺着，手脚身体还在那里，可就是无法支配，没法动弹！

　　他知道，自己是做梦了，这没有什么，不要怕，自己小时候也有过这种时候，什么也不会发生的……可是他清清楚楚地听到房门那里轻轻地响了一下，好像是门开了，有什么"东西"进来了！

　　他听见细碎的脚步声在房间里缓缓地响着，他闭着的眼帘无法睁开，可昏黄的灯光明暗闪动，还能在他的视觉神经上留下印象，他知道一定是有什么东西在卧室里移动着，卧室太大了，他离梁东华太远了，不管那进来的是什么，都没有靠近他。只是那么一小会儿，一切都又静止了。

　　没有声音，没有移动，甚至没有光影的变幻。这种状态持续了好久，他感觉是好久了，让他怀疑是不是自己在疑神疑鬼，屋子里始终都很清静。

　　突然间他听见了梁东华又是一声叫唤，就像三天前的那个夜晚一样，不仅突然，而且充满了惊恐，没有半点儿的自制能力在里面，"你，你又来了！"梁东华的声音苍老衰弱，完全是个不能自理的老人的感觉，他无助地叫着，好像也在床上挣扎，"我……

我没有做，别，别来缠着我！"

声音在老楼里回荡着，可怕的纵深感，层层的回音不断地鼓荡回响着，仿佛这是个不知有多深多广大的洞窟，"滚开，滚开！郎中……郎中不是我害死的！"梁东华大叫着，那边的床上传来了翻滚震动的声音，梁东华的声音变得嘶哑断续，像是被人扼住了咽喉。

傅杰再也无法忍耐，梁东华正在危险中，他必须得去救他！在绝望的麻木中，傅杰手脚身躯半点儿知觉也没有，他知道那些东西都存在，可就是无法支配它们，但是他的头脑始终没有昏沉，他脖子以上的部分奇迹一样保持着知觉。他勉强地把自己的舌头含住，把自己的上下颌用力合拢，天哪，那是多么巨大的疼痛，但他需要的就是这个！突然的刺痛恢复了他的知觉，下一瞬间他滚到了地上，非常好，从床下结结实实地摔到地板上让他进一步掌握了他的身体，他的眼睛还没有完全睁开，就往梁东华叫嚷的方位扑了过去，他的手臂还是迟钝麻木的，但他知道他要抓住什么！

他不相信他自己这时的手指，他继续往前扑，用整个胳膊把抓住的东西环抱起来，他发誓绝对不会再松开！

他怀里的物体在扭曲挣扎，傅杰站不住，一踉跌倒，他没有痛觉，可怀里发出了痛楚的声音。那声音好熟，"放开我！"紧跟着怀里的人说话了，就在这时傅杰恢复了视力，他看清了怀里的人，那是罗兰。他的手松开了。

"你怎么在这儿？"傅杰的身体也离开了她，他看见罗兰衣衫不整，头发散乱。

"还不是你又在叫？"罗兰没好气，怒视着他，"你们到底是怎么了？有病也不去住院，再这样我真是没法再待下去了，还有白灵，她父亲这样儿怎么就不知道下来看看？"

傅杰看着她生气的样子，迷惑了。这是怎么回事？这些天他太累了，真的是说不准刚才到底是怎么回事。是他还是梁东华又叫了起来？像以往那样把罗兰惊醒，她完全是为帮他才再次下楼的？不错，刚才他的确是听到了梁东华的叫声，可是……可是在那之前呢？他也记得是先有什么"东西"进了屋子的……他突然说："罗兰，你怎么进来的？你有钥匙吗？我锁了门的。"

他看见罗兰的神色变了，恼怒、埋怨还有责怪都在消退，不安和窘迫浮现了上来，她张了几次嘴，终于说："不，我一推门就开了，你没锁好。"

傅杰的心往下沉，罗兰在当面说谎，这再清楚不过了。要说别的或许傅杰记不清，可是晚上把卧室的门锁好是他最关心的一件事，那不可能有错。他的目光停留在罗兰睡衣的口袋那里，轻薄宽大的睡衣在那里下坠，显然里面有很重的东西。

"那是什么？"傅杰问。

罗兰的脸色更加不快，"你在问什么？女孩子的东西你少问，你真是没有礼貌。"说着她不再理他，瞪了他一眼就往房门那里走去。像是真生气了，马上就走。

"你等等。"傅杰拦住了她，他心里有太多的疑问。"罗兰，你说实话，你刚才到底在干什么？"

"我什么也没做，还要我说多少遍？你们卧室里鬼哭狼嚎的，比哪天晚上都吓人，我是不放心你一个人才下楼帮你的，这你难道不知道吗？"

罗兰的样子很烦躁，傅杰的心里却怎么也升不起来以往这时的感激之情。刚才似梦非梦的感觉里他感到了让他绝对不能忽略的东西，他一定要弄个清楚明白。

"不对，"傅杰摇头，他想说在她进来前无论是他还是梁东华都非常地安静，没有异常。但是这没有说服力，也没法证明。他注视着她的眼睛，看到罗兰总是在回避着。他直觉地感到罗兰此时的恼怒烦躁都是假的，她害怕，她慌张，她要马上离开，这才是真的。

"罗兰，把你口袋里的东西拿出来，只要不是这间卧室的钥匙，我马上让你走。"他这样说，更加锐利地看着她。

罗兰沉默，她也在审视着他，像是在看他是不是认真的，认真到什么程度。"如果我不呢？"她问。

"不，你一定要让我看。"他守在了房门口，态度坚决，"不然我不让你走。"

罗兰走近了他，他们默默地对视着，罗兰的神色变幻，傅杰清晰地感到她一会儿把他当做是一直亲近的小弟弟，一会儿又把他当做是正在讨她厌的不知好歹的人，一会儿她的神色让他想起了不久前的那场话剧，那个女孩儿注视着自己的情人丈夫的目光……傅杰觉得自己的决心在消失，一点点地他就要离开这扇门。可是他更加清楚，如果这时让罗兰离开了，那么他会更加后悔！

突然间他伸出了手，快速地抓住了罗兰睡衣上的那个口袋，口袋里东西马上把他的手硌着了。他没再迟疑，把那个东西掏了出来，正是一把钥匙，与他每天开启这扇门的钥匙一模一样。

罗兰的脸一下变得通红，是惊诧是慌乱更是愤怒，她没有想到他会做出这样的举动，因此也没有来得及阻止他，而这时就算再抢回来也毫无意义。她怒视着他，她的目光就是武器，已经拿到了证据的傅杰不仅没有占到上风，反而羞愧地低下了头，像是他自己也知道他刚才的举动多么的不妥甚至下流，伤害了罗兰。想想啊，在一个女孩儿的睡衣里强行往外掏东西。

"好啊，你还可以把我也抓起来送官啊，快啊。"好一会儿罗兰终于了说话，每个字都带着刀子一样的锋利，"你都说对了，还等什么？等我求饶吗？"

"不，不是，"傅杰语无伦次，他不承认他这么做是要伤害罗兰，只是他每天面对的事都太蹊跷了，或许就是这些总是围绕着他的怪事让他冲动，一定要弄清楚，所以刚才才会不顾一切地求证。那几乎都是不由自主的。

"不是？那是为什么？你到底想怎么样？"罗兰不放过他，紧接着再问。

"我，我不知道。"话一出口，他听到了罗兰的冷笑。傅杰无地自容，他刚才的举动过后竟然说自己不知道，这不是笑话吗？但他真就是不知道。

罗兰好一会儿没有说话，她重新审视他，突然说："那好吧，我再相信你一次。傅杰，过来帮我。"她往梁东华的大床边走去，她快走到了却发现傅杰还是没有动。她站在空荡荡的卧室中间，有点四顾茫然，"傅杰，你不帮我吗？"

"你到底想干什么？让我帮什么？"傅杰远远地问。

"……"罗兰觉得无话可说，不仅是傅杰的心理她现在无法掌握，只是他们现在空间上的距离感，就足以让她说不出什么。但事情已经到了这一步了，她咬咬牙，突然说："傅杰，帮我把这张床搬开。"

傅杰的目光停在了那张床上，那张原本神秘的床，奇怪的是梁东华自从傅杰跳起来抓住了罗兰后，就重新安静地躺在了床上一动不动，仿佛睡熟了一样。

"我要下去！"他还在沉默着，罗兰已经再次进一步告诉他，她要干什么。傅杰摇头。

"我一定要下去，要是你不帮我，就去告发我好了，"罗兰下定了决心要赌这一次，赌的就是傅杰到底对她怎么样，"你可以去报警！"她的声音斩钉截铁。

傅杰站在那里不动。沉默，整个房间，整个老楼里都是沉默。对峙中，这次是傅杰先说了话，"罗兰，你这么做到底是为了什么？下面有什么东西是你要的？"

"这不用你管，要是你不帮我，也不报警，那我就要走了。"罗兰走向了房门，那也是走向了傅杰。傅杰仍然一动不动，罗兰走得近了才发现他有些异样。他不像开始时那么惊慌，也没有了刚才的固执，他平静地看着她的接近。不知为什么，他这个样子让罗兰心里一阵虚弱。

"罗兰，你别再试我了。我不会帮你，也不会告发你。可是你一定得告诉我你是为了什么。不然，"他说，"明天早起我请首长让你离开梁家。"他凝视着罗兰，"这样你就什么都做不了了吧？"

傅杰终于看到罗兰一直隐藏着的表情了，这才是她现在应该有的神色。她激动，她愤怒，但她无可奈何，她面前的傅杰让她怎么也不能和本已熟悉了解的那个傅杰等同起来。她不知道为什么只是几天之间，一个朴实倔强，虽然聪明但是单纯的男孩子变成了这样，能这么冷静地要挟她。不，这不是冷静，而是冷酷，傅杰真的让她感到了他的决心，不按他说的做，他就决不退让。

"现在不行，"罗兰犹豫了好久，终于说，"这里不行，我另找时间告诉你。"

"不，就是现在，就在这里。现在是深夜，整个楼里只有我们两个人醒着，是不是？不会有别人听见，就连他也听不见，对不对？"傅杰指着昏迷不醒的梁东华，"就是现在，你告诉我。"他的语气没有商量，他记得李劼是怎样一点儿空隙都不给他，一点儿退路活路都不给他，如何一口气让他就范的！

他看到罗兰的表情一点点地松动，一点点地崩溃，他知道，他马上就要知道罗兰的秘密了……但是罗兰突然问："你真的要知道？"她的嘴角显露出一丝神秘但是辛酸痛苦的微笑，傅杰在忙于点头，他的心里却闪过了一阵寒流，罗兰的神情不像个风华正茂的年轻女孩儿应有的，那让他有些提心吊胆，不知道将会听到些什么。

"好吧，那我就告诉你，"她环顾这间巨大古老的房间，这被昏暗的灯光笼罩着的地方，"你知道这是什么地方吗？这是什么时候，什么人建的房子？都曾经有什么人住过？"她轻轻地问，声音缥缈，像来自很远很远的地方。

这些傅杰都无法回答，他什么也不知道！

第二十一章　当年往事

"让我告诉你，"罗兰的声音在巨大的房间里幽幽地诉说，傅杰知道了这座他走进来就改变了自己的命运的老楼的历史，这座老房子建于 1933 年左右，在卢沟桥事变以前，它就已经盖起来了。这种房子光是外形，老沈阳人就都知道它是日本房。是日本人当年精心构筑，准备百年长住的房子。它盖起来后，最早是由日本人里的达官权贵、巨贾富商们居住，后来中国人抗战胜利了，就一直由各级军政领导或者铁路方面的退休干部来住，直到如今，都没有住进来过普通的老百姓。就像它现在的主人，床上昏睡着的梁东华，他以前是军人，现在是铁路的退休干部，非常符合标准。

傅杰呆呆地听着，他没想到这样不起眼的破烂房子有如此显赫的过去，几十年间竟然一直是身份地位的象征。可他有句话想问，但不好出口。罗兰看出来了，她冷笑了一声，"你想问这和我有什么关系，是吗？"

傅杰脸红了一下，今晚他这样对待罗兰，让他觉得愧对她对他的以前。

"我告诉你，"罗兰平静地说。"这本来是我的家。我的奶奶虽然不是在这里出生，却在这座房子里长大。"

傅杰惊呆了，无论罗兰说出了什么，都不会让他这样惊讶，一时间好多的念头在他脑海里纷至踏来，一个问题让他脱口而出地问："你的奶奶？你医院里的那个奶奶？"话一出口，他已有了答案，那是非常可能的，那样老态龙钟的老人，至少接近九十岁的年龄，或许真的是在这间老房子里长大的孩子。

但是罗兰的回答仍然出乎他的意料，"对，那是我的亲奶奶，我说的就是她。她不仅在这座老楼里长大，而且你那天在我家里看到的那张老照片，照片上的年轻姑娘，就是她本人。"

两种形象在傅杰脑海里交织对比，他无法把它们混为一谈。他在医院的草坪上看到的那个老人，在阳光下异样的消瘦，全身的所有水分还有脂肪甚至有机物都早已经消失、钙化了，她的皮肤收缩起皱，她的整张脸完全失去了原有的形状，那让人战栗，因为在他的面前，生命从来没有展示过这样干涸奇特的形态。他还记得当时他心里的感叹——这是什么年岁的老人，要经过了怎样的岁月，才会变成这个样子？

而前几天看到的那张黑白老照片上的女孩儿，还有在这间卧室下面的地下室里墙上照片里的女孩儿，年轻丰满，风华正茂。不去说她那时的美丽，只是照片上她幸福的神情，充满着对美好明天的憧憬，就绝对无法把这样的两个人等同到一起去！

"你害怕了是不是？"罗兰再次冷笑，"你不想知道她是怎么变成现在这个样子的？不错，她很老了，人老了自然就会变，快九十岁的人了，那样子很正常是不是？可是你看那个人，"她猛地指向那边大床上的梁东华，"你看看他，他比我奶奶的年岁还要大，你看看他是什么样子的！"

傅杰不用去看，现在梁东华的样子不算怎么好，可他记得第一次见到梁东华的样子。能保持住了那样的生命状态的身体，不仅要有优越的物质条件，更重要的是他一定在精神上也活得称心如意。可他真想不到，梁东华竟然会比那样一个老太太的年岁还要大。

"我奶奶今年八十二岁。"罗兰盯着他说。

"这到底是怎么回事？罗兰，你都告诉我吧。"傅杰没有回避她，不知不觉中他自然地流露出一直都在关心着罗兰的情绪。虽然他在强迫她说出秘密，但没有恶意。

这些罗兰都没注意到，她沉浸在自己内心的世界里，那些东西她隐藏得太久，一旦有了开始，就再也停不下来了。她决定把

什么都说出来，傅杰的思绪被她带回了六十多年前，那时候日本终于战败投降了，第二次世界大战结束，但是在别的国家欢庆胜利，准备重建家园好好生活的时候，中国的老百姓却没那么好命。

1946年初，大批的国民党兵坐着美国的军舰从缅甸到了东北，沈阳是东北第一重镇，一夜之间美式装备的国民党士兵随处可见。在这些军人，这些炮灰里，有罗兰的长辈亲人。但是她还是先讲她的奶奶。她第一句话就让傅杰差点儿跳了起来。她说——"我的奶奶是日本人。"

这怎么可能？罗兰不看他，径直说了下去。她说在1946年，她的奶奶突然间从高高在上的一等民族，变成了等待遣返的战败国人。没法再去上学，没法上街。她的父亲是沈阳数得着的日本商社头面人物，往日里有多么显赫现在就有多么狼狈。更重要的是中国政府下令，被遣返的日本人只能带走随身的一点儿财产，其他的都要留下来。他们家的商行，他们家好多年在中国的积蓄，马上就不是他们的了。这意味着他们回到日本时两手空空，一切都要从头再来。

这都没什么，在当年那个日本女孩儿的心里，最苦恼的是她家里经常会闯进来无事生非，敲诈勒索的人。每次她父亲都要拿出钱，拿出各种东西才能打发走他们。没有什么人保护，甚至就连其他的日本人，出于异样的心理，往往也要到往日门庭高贵，不容正视的显贵家里胡闹一番。她永远忘不了有一天，闯进她家的竟然是一个带着枪拿着刀的日本军人！

罗兰说那是个早晨，她的奶奶正帮着父母收拾乱成一片的客厅，一群地痞流氓刚刚勒索了他们。突然间她面对了一身酒气，凶神恶煞的日本兵。她不明白一个军人怎么也会变得像个土匪强盗，难道这才是日本军人的真面目吗？不能再对中国人耍威风，就来欺负同样不再是"一等民族"的本族人。这个日本兵竟然侵犯她！

她的父母没法抵抗，闻声而来的邻居们也束手无策，这个带着枪的日本兵已经变成了不计生死的亡命徒，他随时都可能开枪杀人。挣扎中她快要绝望了，这时突然来了一群军人，用中国话的喝令和一阵拉枪栓的声音把那个日本兵惊起。惊魂未定的她看见，这群士兵正是刚刚驻扎在她家附近的中国国民党军人。事后她知道，是几个日本邻居到那里报警，请求中国军人来维持制安，来解救她。

那个日本兵面对至少十个中国军人并没有投降，他连退让都没有。他挥着枪，举着一把战刀冲到了街上，他没有开枪召来更多的子弹，而是狂傲地把枪扔到地上，以一把战刀向中国军人挑衅。后来她才知道，无论是日本皇宫附近还是在本土之外的亚洲的各个角落里，都有这样的日本军人不承认战败，仍旧以为自己是比其他民族的军人优秀得多的军人，决不承受战败投降的耻辱，他们宁可去死，只是有一些日本兵不甘愿在太阳旗下自杀。

中国军人被激怒了，他们在枪上装上了刺刀，其中一个端起刺刀单独走上来接受挑战。突然间冷兵器之间的拼杀开始了，刀枪碰撞，你死我活，再没有比这更真实更让老百姓震惊的战斗了。相比之下现代化的子弹炮弹等带着人类智能的武器都显得诡诈和虚伪。这时她承认，不管周围其他的日本人是什么心理，她渴望着那个中国军人赢，那个日本兵死，她恨他！

可那个中国军人明显的不是对手，他不服输，但步步后退险象环生。就在这时，中国军营那边又有人跑了过来，是两个人，前面的那个军装散乱，是一个又高又瘦的年轻军人，他没穿上衣看不到军衔，白色衬衣散在长筒军裤的外面，衣领敞得很大，她第一眼看到他的时候他凶狠愤怒，从军营那边狂奔而来。跑到途中，他一把把身边那个军人端起的枪掀到一边，那声枪响虽然制止了日本兵的刀，可子弹偏得不知去向。没有什么废话，这个后来的年轻军人接过刺刀代替了战友，冲向了那个日本兵。

她有生以来第一次看到有人在她面前被杀，那个日本兵死了，死得很惨。那个中国军人很残忍，把那个日本兵活活地挑死了。

可是不知为什么，她不怕他，那时的他面目狰狞，身上和手上都溅染上了鲜血。那本来是她最反感最厌恶的东西，事后她才发现他清瘦，但是更加地清秀，当他面色平静时，更像是个读书的学生，完全联系不上这时站在鲜血淋漓的死尸面前的职业军人。

她一直在窗前看着整个过程，这时那些军人围在他的身边，向她这里指指点点，像是告诉他事情的起因经过。她记得他好不容易才把目光从那具尸体上转向了她这边，他看到她了，她看到他的目光突然凝聚，他的脸上还带着难以化解的仇恨，可目光再也收不回来，一直看着她。

她的父母先恢复了神志，他们带着她走出家门去向这些中国军人道谢。可就在她走出家门，露出全身的时候，她看到那个年轻军人的脸瞬间呆滞。他看着她的身上，突然间转身就走。她不知所措了，不知道是什么原因，她低下头看自己，才发现她身上穿着和服，虽然已经破碎了好多处，但那仍然是日本人所特有的服装！

说到这里罗兰似乎累了，她的目光瞟向了窗外。傅杰顺着她的目光看过去，那边什么都没有，窗外面夜色深沉，漆黑一片。可是罗兰的目光是那么的奇异，仿佛她看到了他没有看见的东西。突然间傅杰心里一动，她刚刚说过的，这座老楼就是她奶奶当年成长的地方，而这间巨大的卧室就是当年的客厅。或许她的奶奶当年就是站在这里，向外面看着那个年轻的国民党军人……会吗？傅杰的心神飞越，他想起了地下室里墙上那张照片里，陪伴在女孩儿身边的那个年轻男人，英俊挺拔精悍锐利的国民党军官，会是他吗……会吗？

罗兰说她的奶奶第一次见到这个年轻的军人时，这个年轻的军人从始自终一言未发，他扭头走回军营的时候，一次头也没回。她的奶奶一直看着他，直到他消失在军营里面，混进了一大群的军人里面。后来她知道了，他是少校团长，一直在缅甸作战，那年二十五岁，已经是个老兵。他叫骆灵中……

傅杰听见这个名字时，听到在缅甸作战时，他的神情有些异样。但是他什么也没有说，没有打断罗兰。罗兰说这个国民党少校团长在周围一片盼着打仗，升官发财的热切里想着退伍。

　　那时候在国民党的军队里，所有人都觉得自己一定赢，共产党注定了失败。事情明摆着，军队、装备，还有美国人支持，苏联人默许。好像全世界都在盼着他们赢。而共产党进东北的部队都是化了装，穿着草鞋来的，拿什么跟他们比？战争并不像历代所评说的那样，只是少数一些领袖们的争斗，其他所有的人都不过是他们手中的砝码。战争中打了胜仗的一方会得到一切，所有参与的人都会有好处，而失败的那一方，就算当时没死，以后的命运也都完蛋了。就像事后证明的那样，这些国民党的军人，他们也都是我们的民族英雄，之前一直都在第一线抗日。可就是因为跟着蒋介石，战争输了，他们最后都没了下场。

　　可是他们当时热情高涨，都在盼着打仗，仗打赢了他们就会有权有势，从此享福。

　　但是骆灵中只想着退伍，就是当逃兵也比这时候还在军队里好过。可是不要误会，没人能说他是懦夫。他的军功，他在士兵中的威信足以说明问题。根本所在是他厌倦了，他当兵就是为了杀日本人。他的老家在重庆，全家人都死在日本飞机炸弹下，他一直抗日，不惜抗到异国他乡。但是现在呢？他的军营外面不远处就有大群的日本人，可他再不能动他们一根毫毛。每天在他眼前出出进进，他只能看着，一点儿办法也没有。而马上就要再开战了，对手是和他同样的中国人。他对争荣华夺富贵一点儿兴趣都没有。无论是哪一方当政，他最大的愿望就是凭着祖传的中医悬壶济世，割股救人。

　　但是能行吗？那天他在军营里生闷气，想心事，突然有人报告说有个日本兵闯进了一家日本人家里正在闹事，日本人请他们派兵去制止一下。他的第一反应是把已经去的人都叫回来。日本人之间打架闹事，他只会借给他们枪，让事儿更大点儿。可谁知道，他还是冲了出去，日本兵，那是他最大的诱惑。而命运安排他看见了那个女孩儿。他看见她时只看见了她的脸，等她走出门来时才看见了她的衣服，才想起来她是什么人。他和这个女孩儿结婚后，都不承认那天回到军营后还想着她，他说他只有一个念头——这是他妈的什么混账事，真是倒霉！

说到这里罗兰笑了，傅杰似乎看见了那个敞衣露怀，刚刚杀了个日本兵，身上还溅着血迹的年轻军官和一群兴高采烈的大兵走在一起。他阴沉着脸，骂骂咧咧，他警告着手下们再有这事少他妈的去管，日本人多死一个少一个，有什么不好？

罗兰的笑容闪了一下就收了，不过她的眼睛里闪动着些喜悦灵动的光，在昏暗中让傅杰看得出神。

从那天之后，女孩儿的父亲带着她去军营里道谢，那个军官连见他们都不见。有时候，他出了军营，女孩儿遇见他就向他施礼问候，他理也不理，就跟没看见一样。不管周围有多少人，也不管她是不是下不来台。可女孩儿知道他还是对她挺好的，因为从那天以后，再也没有日本兵在那一片儿胡闹了，他们军营里总有兵出来在附近走动，女孩儿家里经常去的那些地痞流氓也很少出现了，有几次天黑以后又去勒索，只要女孩儿的父亲求到军营，那边就会派来兵。她的家里恢复了平静。

渐渐地她和那些兵有些熟了，从他们的嘴里知道了他是谁，是什么官，他们从哪里来的，还有他为什么不理她。从开始，她的父亲就支持她去接近这些军人，后来她知道了这是有目的，她父亲是精明的商人，他需要保护，看准了这样的兵虽然凶狠但是不贪婪，有血性就不会太欺负弱小。在离开中国被遣返回日本之前，他的家还有他的钱都需要这样的人。女孩儿看出了这一点儿后就很痛苦，她不知道她看懂了的事，是不是他也早就明白了，所以才会躲着她。那是因为看不起她……说到这里罗兰的声音低沉了下去，女孩儿的遭遇很容易会勾起另一个女孩儿的心事，她突然问："傅杰，你还想听吗？"

傅杰点头，他当然要听，虽然她讲了半天也没有讲到她为什么要出现在梁家里，但她已经勾起了他的好奇心。不仅是因为这所老房子原来的主人竟然会是她的奶奶，而且那个他刚刚知道姓名的骆灵中更让他有种特殊的感觉，虽未谋面，但冥冥中像有种奇异的联系。

那好吧，罗兰继续说，她说那样的情况持续了有一个多月，女孩儿已经习惯了每天去附近的一些空地看军队操练，她总能遇到那个年轻的军官，她看他从来都是绷着脸，跟谁也不笑。和那些成天嘻嘻哈哈的大兵，趾高气扬的军官都不一样，她想问他为什么整天的不高兴，但都没有机会，就算走到了对面她也不敢问。后来她只要看到他远远地走过来，就站到路边，等他经过身边的时候向他深深地鞠一躬，再不说什么。她决不要像她父亲要求她做的那样，一定要接近他，让他对她好。可是每每这个时候，她都看到他会皱起眉，加快脚步从她身边走过去，别说看她一眼，他的头都不会向她这边偏一下。往往她鞠躬的腰还没有站直，他已经走远了。

每每那个时候她就会难过，她觉得生活没有意义，没有人对她好，她有时会想着早些被遣返回日本也很好，到了那边，或许就都好了吧。

有一天晚上，她已经睡下了，突然间她家里着起了大火。她惊醒的时候火已经非常大了，把她家的大门、前后门都封住了。她不知道这火是怎么烧起来的，满屋子的烟，呛得她头晕脑涨，她住在楼上，往窗外边看，火苗烧到了二楼的楼顶。

"那这楼不都毁了吗？"傅杰惊讶地问，而这座老楼现在还存在着，而且老得不能再老了，一点儿都没有推倒重建过的痕迹。

罗兰苦笑了，说是啊，她当时也以为是这样，她只知道呼救，可门推不开，连门把手都热得烫手。外面有很多人大喊大叫的声音，但都离着好远似的，没人能进来，连她的爸爸妈妈都没有出现。她以为她就要被烧死了。但是房门突然被人从外面撞开，一个人冲了进来，她那时倒在地板上，屋子里全是烟，那人大声叫着满屋子找她，可都看不到。她看见了那个人穿着白色的长袖衬衫，大敞着领口，下身穿着条土黄色的军服裤子，衬衣散在长裤的外面，很瘦很高，行动起来很快也很飘忽，那竟然是那个年轻的军官，一直正眼都不看她，见了她就皱眉厌恶的人。女孩儿说那天是老天爷把他给了她，在她快死了时候，她爸爸都没办法来救她，可他来了。她看着他疯了一样在屋子乱翻乱找，火苗都烧到他了他也不走。就在他从她身边又一次跑过去时，她在地上猛地抱住了他的腿。

火终于被扑灭了。女孩儿和她的父亲都没有死，家里的损失有一些，但也不大。那是一场人为的大火，火起得快是因为有人往房子上浇了汽油，火灭得快一来是他带来了他的兵，二来那些纵火的人泼汽油的地方都是像门窗外墙这样的地方。屋里虽然也进了火苗，但救得及时。可是女孩儿的母亲被烧死了。为此他很内疚，说要是他早来一会儿就好了。可那天他心情不好，到他旅长那里喝酒，他喝得大醉的时候往回走，才发现他营房外面的日本房区里着了火。他部下事后告诉女孩儿，他冲进大火里时似乎轰的一声像炸响了什么，他那时一身的酒气。那场大火，烧死了女孩儿的妈妈，让她一辈子都痛苦，可那也是她的姻缘火，没有那场火，她和他或许就要错过了。

他告诉她，他在看她第一眼时就爱上了她，没什么原因，就是喜欢。或许他在战场上那么多次都不死，就是为了能看到她一眼吧。可是那天她走出来的时候，他才看见她穿的是和服，才想起来她是日本人！他马上就走了，不管自己有多难受，不管那个女孩儿有多让他放不下，他就是要离开，绝不再看她。

可是他不由自主地想她，她还总在他面前出现，这让他矛盾极了。日本人，那是他心里面不共戴天的死敌，和日本人相处，想一想都是罪恶，何况是相爱。他没办法把这念头压下去，也没办法跟别人讲，他就只有去找他的顶头上司——他的旅长喝酒。

他们是生死与共的好朋友，可就算这样，他也没说。

但现在不同了，这场大火把他的心思全都烧了出来，他们的来往开始频繁，军队那边当然没有人管他，而她的父亲也不反对。当时日本刚刚战败投降，日本国内的经济崩溃了，物价飞涨、黑市猖獗，很多人都是活活饿死的，所以在中国的日本侨民都在想方设法的留下来，不回去。她的父亲看出了这个中国军人对她女儿是真心的，如果她能留在中国，也是很好的归宿。就这样，很快的他们就在城里租了间小房子，把女孩儿安置在那里，他们同居了。

罗兰看了傅杰一眼，"我爷爷从开始对我奶奶就是认真的，他和她正式结婚，虽然没有操办婚礼，但是他们有结婚证。"

傅杰规规矩矩地点了头回答："是。"他了解罗兰的意思，那虽然只是一张纸而已，但在什么时代都意义非凡。可他却听到罗兰叹了口气，她说："可那又有什么用……"她迎着傅杰诧异的目光说，"他们从那年的七月份开始在一起，满打满算只生活了一百天。在那年的十月份，那时的国民党政府下了一道命令，他们以山海关为界，山海关以里和中国人结了婚的日本侨民，如果入了中国籍，就可以留在中国；可在山海关之外，在日本投降前和中国人结婚的才可以入中国籍，留在中国；在日本投降以后才和中国人结婚的一律遣返。我的爷爷心存侥幸，以为我奶奶是在中国长大的，除了知道她来历的人外，无论是从相貌还是从说话上都看不出她是日本人。就马上搬家，从这里搬到了现在沈河区那边，我不瞒你，就是我现在住的地方。"

傅杰脱口而出："就是小南教堂那里？"

"对，就是那儿。"罗兰看向他的目光里充满了疑问，对他直觉一样地说出小南教堂有些警觉，但她仍然不问，继续说她的事情，"我奶奶为了掩人耳目，还信了教，一天里如果我爷爷不在家回到军营，她就进教堂，直到晚上我爷爷回来了，她才回家见他，和他团聚。但是不久又有了问题，战争真的开始了，我爷爷所在

的部队不是沈阳的城防部队，虽然还没有开拔，但各种命令，还有要去参战的地方都已经下达。我爷爷经常要出去执行些命令，他在家的时间越来越少。有一天他回来的时候，发现我奶奶不在了，去教堂里也找不到她。直到有邻居告诉他，我奶奶不知道被什么人告密，被宪兵搜了出来，带走了。"

　　傅杰隐约地感到了什么，但他没法具体抓住，他专注地听着，他知道一件事，就是随着罗兰不断地讲出她的祖辈的事情，他在这座老楼里遇到的这些奇怪难解的事都会有答案。为此，他也要静静地听下去。

　　"当时沈阳城里有不少的日侨遣返营，散布在沈阳城的各个区里。我爷爷放弃了军务，一个一个地去找，他是占领军的军人，要比平常百姓有些特权，找了好久，他终于找到了奶奶。奶奶在遣返营里只有一个人，她无亲无故，我的太姥爷早就被先期遣返回日本了，她只有我爷爷一个亲人可以依靠。可是遣返营是由宪兵来管制的，像我爷爷这样的正规军对他们一点儿办法都没有。我爷爷请上司帮忙，他的旅长为他走关系，为他向师部求情也无济于事。眼看着最后的遣返日期越来越近，我爷爷几乎天天往遣返营跑去看奶奶，可只能增添他们的痛苦。

　　那时到了十一月份，奶奶告诉我遣返那天下了大雪，奶奶把所有能穿的东西都穿在了身上，把自己弄得圆圆胖胖的，像个充了气的大皮球。这是当年的第一场雪，不那么冷的，所有的人都笑话她是个年轻孩子，听说要上路就吓坏了，他们不知道我奶奶要干什么。

　　我爷爷最后一次来看她的时候，临走前塞给她一张纸条，那上面告诉她，他事先已经把遣返营开赴营口港口的路线查清楚了，那要经过一座大桥。如果她真的想留下来，和他永远一起生活，那么就在遣返营的汽车开到那座桥的第三根桥柱时跳下去！

　　只要她能跳下去，他们就能永远都在一起。他会带着她离开东北，离开军队，回南方老家重庆去，隐姓埋名过普通老百姓的日子。

我的奶奶那时还不到二十岁，一直都只是上学的小女孩儿，她从来没干过什么冒险的事。可为了我的爷爷，她想好了，她上车时故意留到了最后，她主动坐在往里冒风的车厢尾部。那天的雪一直在下，下得天地间全都白茫茫的，什么都不太清楚。我奶奶一直往外面看，她坐在第七辆车里，开了快五六个小时，她才看到了那座大桥。我爷爷怕她记错，告诉过她大约到那儿所用的时间，还有那座桥的长短高矮，可他始终没告诉她，如果她跳下去了，怎么才会不摔死。

车开在满是冰雪的大桥上很慢，我奶奶清楚地记得，那时候车厢里所有的日本人还有押运遣返的中国宪兵都无精打采地挤在一起，只等着到营口港去上船，她数到了第三根桥柱，那上面我爷爷给她绑了一条红布条，她猛地从车里跳了出去，谁都没来得及有什么反应，她就跳了下去。

我奶奶摔进一大堆雪里，那是我爷爷带着他的部下早就堆好了的。她没受什么伤，桥下面我的爷爷、他的弟兄还有他的旅长开着车等着她，马上就带着她离开了。桥上面的宪兵只能眼睁睁地看着，什么办法也没有。"

傅杰长出了口气，心里如释重负。这对恋人终于在一起了，成功逃脱，更重要的是罗兰的爷爷，那个叫骆灵中的国民党军官已经当了逃兵，脱离了战场，还能再有什么能破坏他们的生活？可他发现罗兰的神情却变得更加阴沉，这让他的心情也低沉了下去。他想到了罗兰的奶奶现在的样子，她孤单她寂寞，她苍老衰弱，他猛地想起了罗兰排的那场话剧，如果她的奶奶也能在老年时回忆往事，如果她亲爱的人也像剧中人那样一直都在身边，她还会变成这副样子吗？

罗兰的声音打断了他的思路，"我爷爷的身上没有带枪，他对我奶奶发誓这辈子再不动那东西。他带着不少钱，他团里的弟兄还有旅长都送了他钱，足够他们到重庆，再做个小买卖什么的。

他们下了车，开着军车走太乍眼了，他们事先准备好了一辆小马车，由我爷爷赶着往南边走。

但是没走多远，我奶奶就支持不住了。她跳车时是没受什么外伤，可是这些日子她太焦虑了，跳车时也受了惊吓，而且她已经怀了孕。没走出几十里路，他们就只好在一个小村子住下。她病了，我爷爷只有一条路可以走，就是回沈阳，就算带不回医生，也得带回来药。而且要快。就这样，他们刚刚在一起，就马上又分开了。我的奶奶不能再颠簸，只好等在小村子里，我爷爷骑马回沈阳……"

罗兰沉默了。"后来怎样了？"傅杰问，他隐约地知道，罗兰会说什么。果然她说："从那儿以后，我奶奶再也没有见过他。"

"他怎么了？"傅杰问，他的脑海里闪过好些的念头。他被宪兵抓到了，他路上出了事，或者当逃兵又回沈阳，被部队里的人抓到，这些都有可能。

罗兰摇头，她说："不知道。"她看着傅杰莫明其妙的神情，苦笑了一下，"真的就是不知道。我奶奶就算到今天都不知道我爷爷到底怎么了，在那天之后他是死了还是活着，都不知道。"

"那怎么可能？他再也没消息了？"傅杰诧异，怎么可能？

"不，我爷爷走了两天之后，就有人来找我奶奶，穿着便服。我奶奶认识他，他是我爷爷的部下，那天在桥下面等她跳下来的人里就有他。他带来了药，是我爷爷自己开的方子。这人问奶奶，是在这里等医生，还是回沈阳，都随她。这时沈阳那边最后一批的遣返营都走了，藏得紧点儿应该没问题。我奶奶问他我爷爷呢？这人说部队里有点儿紧急事，很快就会办完，办完就回来。再问就不说了。我的奶奶一心想着和我爷爷回南方，她不回沈阳，就在那个小村子里边治病边等他，可是一个多月后，她的病好了，他还是没有回来。"

"他到底怎么了？"

"不知道。"罗兰的回答还是这三个字。

"怎么会？你奶奶没回去仔细问问？"

"她当然回去了，去找那个旅长。她来得很及时，他们马上就要开拔上战场了，旅长告诉我奶奶，我爷爷有特殊任务，非他去不可，什么时候回来说不准。他给她留下了不少钱，旅长都交给了她，说要是她回日本他同意，这些钱就是路费；要是她愿意等他，就留在沈阳，这钱就是安家费。我奶奶简直不能相信，我爷爷亲口答应过她再不回军队里，可转眼间又去执行什么特殊任务了，而且一张纸条都没留给她，什么解释也没有。但就是这样，她还是选择了留下来。她相信他这么做一定是有原因的，她得相信他。

没几天这支队伍就上战场了，我奶奶在沈阳隐姓埋名作为一个平民活着，战场上所有的事她都不知道。只是后来共产党解放军胜利了，她担心爷爷是不是死了，因为仗一打就是好几年，他一点儿消息都没有。又过了两三年，全国都解放了，那时候再也没有人追究什么日本侨民的遣返了，我奶奶开始四处打听我爷爷的下落，本来毫无希望的事，可她竟然解放后驻沈阳的部队里找到了当年那个国民党军队里的旅长，这时这人已经是解放军里的一个师长了。他在战场上率部起义，成为解放军后一直打到了海南岛，最后被分配回沈阳驻军。

据他说，我的爷爷战死了，那是在他们起义投诚之前，所以他没有军功，在共产党解放军的建制里也找不到他。"

罗兰黯然神伤，傅杰的心头也非常沉重，命运是这样的残酷，没有公道可言。屋子里沉默了好久，罗兰还是决定把事情说完。

"我奶奶恨自己，要是当年她没有病，或者离开沈阳远一点儿才病倒，我爷爷就会去另一个城市里寻医找药了，就不会再回到沈阳去，见不到他以前的部队了。但她也恨他，为什么说话不算数，又回到军队去，是什么特殊任务，会比她还有他们的儿子重要？那时候我的父亲已六七岁了，当年我爷爷留下的钱早就花光了，奶奶无依无靠，她以前一直是富家小姐是学生，突然间要她

挺门立户，还有个吃奶的孩子，她活得有多难，可还是没盼到他回来。

那个师长没想到我奶奶这么多年会一直一个人等着我爷爷，他把我奶奶安置在他家附近，很照顾她，帮我父亲上学，一直很多年。"

傅杰暗中点头，这个师长很够朋友，老战友的妻小能照顾到生活之外的上学，真的不错了。可不知道为什么，罗兰的神情冷冷的，让他觉得这事儿没那么简单。

"可是在我父亲小学毕了业，要升初中时，我奶奶知道了一件事，"果然罗兰说，"这个师长一直都有个管家，那个管家无意中说漏了嘴，说他见过我爷爷，在我奶奶的追问下，他说出了我爷爷是为什么死的。"

"他是怎么死的？"傅杰紧张了起来，那个年轻的国民党军官仿佛还活着，一直在他身边隐约地出现。这时听说他死了，傅杰觉得是这么地异样。屋子里突然间冷森森的，他不自觉地往窗外的黑夜看了一眼，那边空荡荡的。

罗兰的目光离开了他，她冰冷的目光投向了在那边大床上平躺着的梁东华。她说："我爷爷就是死在他的老上司，那个国民党旅长的手上！原因是我奶奶娘家的财物，尤其是我太姥爷在中国多年收集到的古董文物。我爷爷那次回沈阳不知如何竟然得到了它们。旅长看见了，见财起意害了他。"

傅杰跟着她的目光，看到了平躺着的梁东华，那副巨大的身躯仿佛连呼吸的起伏都没有了。他读得懂她目光里的东西，他不相信。"会吗？"他脱口而出，"会不会是那个管家撒谎？"

罗兰摇头，她冷笑，"我奶奶开始时也不相信，那些古董文物的来历的确是一种非法的收刮，可据我奶奶所知，我太姥爷都按照当时中国政府的法令上缴了。一来不会留下来，二来留了下来也交不到我爷爷的手里。那时他早就被遣返回日本了，我爷爷回沈阳时根本就见不着他。"她停了停，继续说，"可我奶奶还是试探了那个师长，他果然知道那些古董文物的样式和种类名称。要知道那是很专业的东西，我奶奶是独生女，所以她父亲曾经仔细对她讲解过，她才会知道。而那些东西在她家严密收藏，外人从不知道，就像现在的一些传闻中的好东西，收藏在谁的手里都是隐秘的。那个师长这样的大老粗军人怎么会知道？"

傅杰不禁摇头，"那可不一定，罗兰，光凭这个可不能给人定罪。万一他另有知道的地方呢？"

罗兰看了他一眼，"那你就再听听那个师长下面做的事。我奶奶觉得如果管家说的都是真的，那么师长对他们好，不过是有愧于心，想安慰一下自己的良心罢了，不然就是还有更大的企图。她决定带着我父亲离开，那个管家乡下有亲威，他让一个乡下女人来接他们，先到乡下去躲一阵。可他们刚到乡下没几天，一大批的警察还有军队的士兵就追到了附近，那个乡下大姐被他们抓着了，我奶奶亲眼看见她想跑，被他们开枪打死。傅杰，你说这又是什么事？这代表了什么？"

傅杰哑口无言，任何稍有理智，稍微懂一点儿人情世故的人都知道，一个老战友的妻儿老小不辞而别，怎么着也闹不到警察军队出动去找，而且还闹到开枪杀人的地步。看来那个师长真的是干了亏心的事，而且还有些别的目的。

"就这样吗？他们都逃到了哪儿了？"傅杰问。

"很远，他们出了沈阳城，十多年后才回来。那时我的父亲长大了，沈阳是他们离不了的地方，有很多事都要去做。"

"那你应该姓骆……"

"对，我叫骆楠。我家希望能有个男孩儿，可惜我是个女的。"

"那你父亲呢？"傅杰去她家时，没有发现家里除了罗兰外还有其他人的形迹。

"死了，他身子弱，先天不足。我妈也改嫁了，毕竟像我奶奶那样的女人不多。"罗兰悻悻地，"你还想知道什么？"

傅杰的脸红了，他这才想起来是他逼迫甚至要挟罗兰说出这

些的。"对不起，我，我不知道你……"

"别说什么对不起，我只问你，你现在已经都知道了。你还想怎么样？"

傅杰摇头，他真的不想对她怎么样，就算是在要挟她之前也没有想过要她答应什么。不，不对，傅杰突然想起了他之所以这么做最大的一个目的了，他问，"罗兰，你爷爷后来一点儿音信都没有？"

"没有。"罗兰摇头，"一点儿都没有。"

傅杰仔细地看着她，认真地问："罗兰，你爷爷，就是骆灵中，他是不是长得和我很像？"他看见罗兰快速地看了他一眼，目光里的惊奇，像是一件隐藏的大秘密突然被揭穿。"是不是？"傅杰追问，"你，你奶奶，还有梁东华，你们第一次见到我的时候，都目瞪口呆，是不是都看出了这点？还有梁东华送给我的那套国民党军服，你排演的那场话剧，之所以让我当主角，就是因为我长得和骆灵中很像，是不是？"

"你怎么知道的？"罗兰没有否认，这个时候再否认，只会让人觉得可笑。但她一定得知道他是怎么知道的。

"我很笨，"傅杰自嘲地笑了，"我还以为是天上真的掉下来馅饼了，正好砸到我头上。多天真，哪儿有那么好的事啊，"真的，傅杰想起了他初到梁家的那次，这时他当然已经知道了罗兰说的那个以前的国民党旅长，后来的解放军师长是谁了。梁东华，这个现在退了休的国家老干部。他第一次看到自己时，惊讶得差点儿被东西噎死，跟着就是让他来打工长住，条件还那么优越。梁东华带着他上街游荡，去看戏打架，那无非就是把他当做了当年的骆灵中。梁东华也许真的是对不起骆灵中，想在他的身上找回些补偿一样的心愿。就像当年照顾罗兰的奶奶和父亲一样……还有罗兰，她对他那么好，一定要让他去演那出戏，也不过就是因为他的长相容貌身材，要让她坐在第一排的奶奶亲眼看着她的"祖父"又活了，在台上重现他们的过去……按说那应该是很凄凉的吧，那出结局美满的话剧，戏里没有分离的爱人，那或许是罗兰的奶奶企盼了一生，做了好几十年的梦！

傅杰觉得自己没有生气的理由了，他实言相告："罗兰，我前几天见过了一张老照片，是你奶奶和你爷爷的合影。"

"在哪儿?!"

"就在我们脚下，地下室的墙上。"

"还有什么?"罗兰追问。

"没有什么了……"

罗兰的目光突然间变得锐利，甚至闪着凶狠的光芒，那突然间闪现在昏黄的灯光下，让傅杰震惊。

"你骗我，那里一定还有东西，你还拿上来过！"

傅杰心里突然灵光一闪，他叫了起来："是你！罗兰，一定是你！是你在窗户外面，对不对?!在前几天的那个晚上，还有以前……我第一次住进这间屋子里时！是不是?"

那张在黑暗的窗外突然出现又突然消失的脸，雪白清秀，非常美丽，但让傅杰魂飞魄散，寝食难安的脸！一定就是罗兰，她化了装……两个人都不再说话，他们互相瞪着对方，都在猜着对方还有什么秘密在隐藏着，对方还知道自己些什么。

好久，罗兰缓缓地点了头，"我承认那是我，但你要告诉我，这下面到底还有什么?快说。"她的声音阴森森的，竟然带着下面地下室里的阴冷侵人的气息。傅杰想起来，在这个女孩儿的身上流着日本人的血，流着骆灵中的血，哪一个都不是良善软弱的种儿。

傅杰郑重地说："我只看到了那张照片，还是无意中看到的。没等我多看，上面梁东华就犯病了，你既然在窗外，应该都看到。"

罗兰再次凝视他，审视他到底有多少虚假。"那好，我相信你，但我一定要亲自下去一次。现在天还没亮，我保证梁家所有的人在天亮前都不会来碍事，你要么帮我，要么就出去。"说着她

站了起来，走向梁东华和他的大床。

傅杰追上了她，再次挡在她的面前，"不，我不能让你这么做。"

"为什么?!"罗兰真的愤怒了，她要出这间卧室他挡着，现在她要下地下室他仍然挡着。"我什么都跟你说了，你应该知道我有权力下去，那里面有我爷爷的下落!"她的神情明明白白地告诉了他，她的决心和急迫，那绝对不容他阻挠。

可傅杰还是挡着她，不让路。他自己都在心里寻找着阻止她的理由，他找不着，可心里就是有一个信念让他一定要挡住她，现在不能满足她。

第二十二章　如何是好

那天晚上，傅杰真的没有满足她。好多年以后，傅杰知道了，作为一个男人，不能轻易地满足女人。在某些时候，你满足了一个女人，就是失去了她，因为她再也无求于你，更重要的是，你失去了对她的吸引力。

那天晚上最后的结果是罗兰夺门离去，傅杰的目的都达到了，他知道了罗兰来到梁家的真正原因，还阻止了她进一步行动，梁东华大床下面的地下室成了罗兰魂牵梦萦的地方。这也是傅杰的功劳，是他告诉了她那下面有她爷爷的东西。

这显然拴住了罗兰的心，她没法离开梁家，她的目的还没有达到；可她又再待不安稳，傅杰的心思她猜不透了，那天晚上的傅杰与她以前所了解的虽然聪明但是倔犟单纯的农村男孩儿完全不一样了。她不知道是她以前看走眼了，还是就在这几天，他改变了这么多。

所幸的是，事情过去了好几天，她在梁家待着好好的，没人对她怎样，看来傅杰并没有告发她。就在她想找傅杰谈谈时，傅杰来找她，约她到后院后面的那条老巷里去，他想和她谈谈了。

那时是午后快三点的时候，时间已经从傅杰第一次走进这条老巷过去了快两个月，现在是十月的下旬了。这时候，阳光变得很硬朗，很纯净，有阳光的时候会晒得人很热，比盛夏时感觉还要强烈，可阳光照不到的地方，马上就会知道这时的风已经很冷。老巷里就是这样，阳光还被隔在树上面，他们的脚下已经有了些落叶。

"找我什么事？"两人走了很久，直到老巷的深处，罗兰才问他。之前两人都沉默不语。

"罗兰……"傅杰很犹豫，像是有什么话难以说出口。相反的，罗兰态度明朗自然，好像并不在乎。他终于说，"罗兰，这几天我一直在想你的事。你……"他又停下了。

　　"你说，"罗兰看了看他，傅杰的样子很憔悴，脸色不好，眼窝都塌陷下去了。

　　"你就那么信那个管家的话吗?"

　　"啊?"他说得没头没尾，罗兰一时反应不过来。但她还是很快就明白了，他说的是什么。她随即心里有了些触动，从他随口而出说得没头没尾的话，就证明他这些天真的是在那些问题上转圈子，或许都想入迷了。

　　"我是说当年告诉你奶奶，你爷爷是死在梁东华手里的那个管家。他是不是李厚诚?"傅杰问。这种事情虽然明摆着，可必须具体确认。

　　"是。"罗兰确认。

　　"你和你奶奶就那么相信他?"

　　"不是相信他，上次我都告诉过你了。我奶奶亲口试探过梁东华，而且还亲眼所见，他派人追捕，还杀了人。这都是铁的证据。"

　　"不对，你说得太绝对了，也太片面了。那种试探不能算数，谁知道了那些东西谁就得到了那些东西了吗? 我还知道法国卢浮宫里的蒙娜丽莎呢。至于那些警察还有兵，他们去不见得就是针对你奶奶和你父亲的……"他的声音低了下去，显然最后这个问题他的解释没什么底气。罗兰冷冷地看着他，那感觉让他觉得自己在胡说八道。

　　"说呀，你继续说，"罗兰要求他说下去，像看戏听书一样。不过傅杰没生气，他叹了口气，"要是李厚诚没生病回家去，我可真想再问问他。"

　　罗兰冷笑了一声，说不出的轻蔑嘲讽。

　　"你已经又问过了?"傅杰听出了她的意思。

　　"我不妨告诉你，李厚诚得病回家，那是我对他的报答。"罗兰说，"是报答他当年告诉我奶奶事情的真相。"

"你什么意思？"她出语惊人，傅杰听不明白。

"你不必知道。"

傅杰看着她，又陷入了沉思。老巷子里一阵沙沙的响，很大的风在他们头顶上方很高的地方吹过，树叶像雨一样飘落下来。傅杰慢慢地说："罗兰，我一直没问你，你是怎么让梁东华吓成那样的？为什么自从你来了之后，梁东华就开始失常，而梁家其他人不是梦游，就是晚上睡得跟死人一样？"

他盯着罗兰，罗兰把脸转向了另一边，"你不必知道。"她再次重复。

"不，我要知道！"傅杰突然激动了，"我不能眼看着你犯罪。你难道不知道这是犯罪吗？你在害人，这样下去梁东华会死的！"

罗兰愤怒地看了他一眼，马上又把眼光转向了另一边。

"而且你很可能是害错了人，真的，我总觉得梁东华不是那样的人，他不会因为一些钱财就害死他的弟兄！"这是傅杰的心里话，这些天来他真的很痛苦。面对着卧床不起甚至昏迷不醒的梁东华，他知道这是罗兰捣的鬼，如果她及时收手，梁东华就会平安无事，还会像以前那样硬朗得像个小伙子一样。他忘不了梁东华给他的好处，更重要的是，他总是能感觉到梁东华对他的情谊，那并不像李劫对他说的，梁家父子都在利用他。

"那你想怎么办？"在罗兰的心里可不是这样，傅杰就是在阻挠着她，坏她的事！

"这样好不好？"傅杰诚恳地对她说，"你直接问梁东华本人，看他会怎么说。你别笑，我想过了，你既然能让人梦游，就应该能把别人催眠，我不懂那些，但是你能不能让梁东华在催眠的状态下说出实话？如果能，你就能真正确定了。你好好想一想，这对梁东华会公平，对你也一样。"

罗兰看着他，只是看着他。渐渐地在他的希望里，她微微笑了笑，让傅杰觉得自己是那么的傻。

"你还有事吗?"她问他,看样子她再没兴趣说什么,这就要走了。

傅杰的脸变得僵硬了,他的苦心,还有这些天来日日夜夜的苦思冥想,看来都是白废了,而且只会让她觉得可笑。

"既然你不听劝,我也没办法。可是你听好,"傅杰一字字地说,"你别在梁家再作怪了,尤其是梁东华,我不能让他死。"

"好啊,随便你。"罗兰以同样的态度回应他,"我要做什么,第一,与你无关;第二,你可以去报警,也可以去梁家人那里告发我,都随便你。"她说完就往回走,走了几步,她还是停下来了,"我真应该像对别人那样对你,让你也睡得像个死人!"说完她就走了。这句话里终于流露出了她的愤怒和失望,但没有什么悔恨的意味。

在她后面,傅杰呆了,这些天他一直都想不通那天晚上他怎么会似梦似醒,像被魔住了,但是最终又能动起来。难道是罗兰一直不忍对他怎样吗?会吗?只因为他长得很像她爷爷年轻时?

罗兰离开了好半天,傅杰才回到了梁家。他在老巷子里待了好长时间,在那里他突发奇想,觉得那是间空荡荡的绿色大房子,大风从房顶上掠过,把变黄变干枯的叶子成片地扫了下来。他喜欢那种风声,更熟悉大片大片的落叶飘落着地的声音,像是回到了乡下他生长的地方,让他的心里变得安宁。他承认,他都不想回来了,真想一整天都待在那里。

可是不行,梁东华还得他照顾。

他推开卧室的门,像往常一样头也不抬地往里走。等他抬头时才发现房间里还有另外一个人,斜靠在一张大椅子里,坐在梁东华的大床前,正盯着他。

"梁大叔……你来了?"傅杰勉强问候,他的心跳马上加快,是梁东华的儿子梁卫东,他可不想面对这个人。

"啊,来了,"梁卫东含糊地应了一声,这人今天面无表情,那张粗壮的脸骨,脸上过于浓重的毛发一旦没有了力量形的表情,就显得阴森，像是潜伏着更大的暴戾，让人不安。

"我爸这几天怎么样？"他懒洋洋地问。

"首长就是睡觉，每天能醒几次，吃饭上厕所什么的自己都能……他没再喝酒，也没出去过……再有就是，"傅杰想一直往下说，但真的没什么可说的了。他站在梁东华的床前，那也是站在梁卫东的面前，自然而然地非常恭谨。

梁卫东摆了摆手制止了他，"行了，简单地说就是没恶化，是不是？"

"是。"

梁卫东不问了，巨大的卧室里一下子安静了，只剩下床上梁东华粗一阵细一阵的呼吸声，傅杰偷眼看了看，没想到正和梁卫东的目光相对，原来这人一直都在看着他。傅杰马上收回了目光，心里跳得更慌更乱了。他知道这样不好，太心虚，明摆着心里有鬼，可就是没法镇定。

"傅杰，你怎么了？"梁卫东慢慢地说了话，"你把头抬起来，怎么不敢看我呢？"

"没，没有。"傅杰抬起了头，迎上了梁卫东的眼睛。一瞬间他想起了李劼对他说过的话，"……你以为梁家父子是真的对你好吗？他们不过也是为了他们自己……"还有他得到的第一份"合同"，那就是眼前这位梁大叔亲手交给他的！

这些让傅杰的目光变得坚定，再没有半点儿的游移胆怯。

梁卫东看了他好一会儿，突然又问，"傅杰，这段日子，除了我给你的那份合同外，你还签过什么合同吗？"

傅杰立即摇头，不过马上又点头，"李大叔让我签过一些，"他看见梁卫东的眼睛一下瞪大了，怒火还有惊讶再也没法伪装掩饰，他心里暗暗地笑了，又说，"就是首长犯了病，我碰巧出去缴煤气水电费那天。大叔你和李大叔都在，李大叔让我又签了一些。"他看见梁东华的神情在落潮，像是泄了气一样地落了下去，他紧跟着还说，"大叔，我，我可什么都不懂啊，李大叔说是你让

我签的，我就都签了，真的，我连合同都没来得及看……那天你们那么急，首长还病着……"

"好了好了，别再说了，"梁卫东的沉静被打破，他变得极不耐烦。他挥着手站了起来，在卧室里走来走去，像梁东华一样把地板踩得咚咚乱响。他长出气，那种郁闷让傅杰心惊，他的目光小心地追随着梁卫东，这时不怕对方看到他的胆怯了。老板发火时哪个员工都缩头。

"除此之外再也没有了？"梁卫东突然又问。

"真的，真的没有了，"傅杰被问得胆战心惊，他小心地问，"大叔，怎么了？什么事不对了？我，我做错什么了吗？"

梁卫东厌烦地盯着他，好容易把一股怒火压了下去，"没事了！你好好照顾老头子吧。"他转身出了门，一路大踏步地直接出了楼，出了前院大门。傅杰听见了墙外面的汽车发动开走了，才长出了一口气。他瘫坐在刚才梁卫东坐的那张大椅子里，面对着地板满是灰土的大脚印子，这时，他才真的害怕了。他都不信刚才他可以做到那些。

过了好久，他终于站了起来，走到外面拿起了梁家的电话，想了想又放了下来。他看看梁东华，梁东华还在睡着，他又走出了梁家大院，走了很长的路来到大街，在一个没人的公用电话上拨了一个号码。

电话通了，是一个男人的低沉声音，"喂，你好。"

"李大叔吗？我是傅杰。"傅杰这时压抑不住急迫慌张的心情，"梁卫东刚才找过我。问了我合同的事。"

"你不要慌，我知道。他先找的我，他发现资产不见了些。"李劼的声音真的没有慌，像是悠闲自在。

"他发现了？！他发现了我吗？"傅杰可没法像他一样镇定，一直压抑着的恐慌让他必须通过说话来缓解。"我该怎么办？"这是他最关心的。

"你对他说了什么？他都是怎么问的？"

傅杰勉强定了定神，把他刚才怎么打发梁卫东的重复了一遍，他的记性极好，事无巨细，一一复述。

　　"很好啊，"李劫听完，声音变得很愉快，"真的，你回答得很出色。别担心，什么事也没有，梁卫东什么证据把柄也找不到。"

　　"他会不会查到我？"

　　"不会。我不是敷衍你，他现在只能从一些转资卷宗着手，那对他来说是黑钱，他经不了官，也不能委托别人。而他自己，"李劫笑了，"他实际上已经没查那些资产走向的权力了，你才有。"

　　"那你为什么不事先提醒我一下？让我有个准备也好啊。"傅杰的情绪还是不能平定，他埋怨。

　　"我怎么通知你啊？在梁卫东之前赶到梁家通知你？还是给你打电话？你有电话吗？让我打梁家的宅电？"

　　李劫的话让傅杰无话可说，他想了想，口气变了，再不慌张失措，"李大叔，你把上次的钱兑现了吧。我要钱，我要买手机，还有，我手边也要有些现钱。"

　　"你要现钱？要钱干什么？你没法藏，也藏不住，会坏大事的。放心吧，是你的都给你留着呢，错不了。"

　　"不，我必须有钱。我想过了，就算我手里没有钱，可那些事我也已经做了。没钱那些字就不是我签的了？白条子和钱有什么不同？我该是什么罪就是什么罪。李大叔，我要我的钱，马上就要。"

　　电话那边沉默了。

　　天又黑了，老楼又沉寂了下来。一楼的卧室里照旧亮起了昏黄的老式小灯泡，傅杰一个人坐在屋子中间，离得梁东华有些远，这个距离让他有点儿安全感。

　　可空旷是种另类的重压。

　　白天发生的事情让傅杰的腰挺得笔直，提起了所有的警觉和精神来思考。核心只有一个，还要在梁家住下去吗？

在这里住，会得到什么？再住下去，会失去什么？很可能是自由，被关进监狱去！

他并不懂法，只知道守法。那其实也不是什么守法，只是从生下来到现在，就做个老实人，一点儿都不去侵犯别人，有意无意的都不，所以才没犯法。可现在不同了，他不知道自己到底犯没犯法，先签的那些合同都是梁卫东李劫送上门来让他签的，他想就算是有罪，也不会怎么大吧。可后面呢？他已经知情了，而且获得了好处。

知情，想到这个词他就苦笑。他自己说他后来才知的情，可谁会相信他不是从一开始就什么都明白的呢？李劫这种人，这种职业的法律人，和这种人打交道，会有他什么好处？

这都是明摆着的事。

可是离开呢？他现在离开又有什么用？梁卫东已经察觉了，他现在逃走，只会把事情都背到自己的身上。让梁卫东马上找他的麻烦。

而在他的心里，隐隐约约地觉得，现在还不能走，还有很多的事，很多的东西在等着他，他走，就会错过的……

有时他的目光会停留在梁东华的身上，这时的梁东华消瘦了，甚至干瘪了，他不禁老态毕露，而且病态十足，任谁看到了他，再知道他实际的年岁，都会认为他时间不多了。可是傅杰清楚，这本不是真实的，梁东华的身体还应该再健康地存活好多年，这都是罗兰捣的鬼。

他想给梁东华请医生，不去找那些心脏了，内科了，神经什么的医生，对症下药，应该给他请心理医生，请那些精通催眠，或者心理暗示什么方面的专家。只有这方面的人才能解开罗兰在梁东华身上做的手脚。

可是这样会不会害了罗兰呢？

如果只是阻碍了她的事，还好说。要是因此而暴露了罗兰，那是他不愿的。他想起来白天，还有之前，罗兰都曾当面对他说过，随便他去报警或者向梁家人告密，是不是她已经看透了他不那么做？

他喜欢她，他没法否认。这个比他大了四五岁的女孩儿让他放不下，他问自己，刚开始时他明明知道她是高不可攀的，他根本就没有资格去喜欢人家，为什么现在还是喜欢上了？他把思路往前拨，从他初见罗兰时起，他想起了那身好长时间都没有穿过，甚至没想起来过的国民党旧军装了。

就是因为那身军装，让罗兰从开始就注意到了他，甚至是迷恋上了他。她接近他，体贴他，甚至给他机会让他到台上与她同台演戏做主角……或许就是那个时候吧，不断的耳鬓厮磨，不断的朝夕相处，让他心里有了非分之想。

现在他知道了，那不过是因为他的长相，老天爷才知道，为什么他与几十年前的一个人长得那么地像。他凭着记忆，面对着自己的照片，对比着记忆中的地下室墙上看到的那个人的形象。那还是有些不同的，除了在年岁上他还是小，至少与那个人有四五岁的差距外，主要还是气质上不同。

不错，他早熟阴郁，那是生活的沉闷和前途的暗淡弄的；而那个人，目光专注，脸色平静，只是静静地站着，可让人觉得坚忍，有些危险。或许是他身上的倔犟让他接近了那人的气质吧。

骆灵中……当年的日本女孩儿，罗兰给他讲的故事在他心里一遍遍地重复，他承认，他也在想着骆灵中当年为什么要不顾诺言，把罗兰生病的奶奶扔在陌生的小村子里，自己又回到了军队，去执行什么特殊任务。那根本不合情理，或许真是被眼前这个梁东华害死了，因为见财起意？

没法确定，没有证据……可也没有证据来否认不是，换了他是罗兰，又能怎么做呢？想想罗兰的奶奶衰老的样子，几十年间她是怎么过来的？光是这些经历，就足以让罗兰不计后果的报复了吧?!

傅杰不禁激动了起来，他都想到楼上去，告诉罗兰，他不想坏她的事，想帮她……就在这时，突然卧室的房门轻轻地响了两下，傅杰浑身的汗毛都竖了起来，猛地转头盯着房门。

　　绝对安静的老楼里，房门又轻柔可是清晰地响了两声，傅杰僵硬地站了起来，可没法走过去，嗓子也像哑了，说不出话，他想不出这时候会有什么人到楼下来，敲这扇门，会是谁?!

　　"傅杰，开门。"门外的人终于说话了，声音低沉动听。傅杰双腿一软坐回了椅子里，他听出来了，是本宅的女主人，他的白姨，白小妍。

　　"傅杰，陪我去趟太原街。"白小妍这样说，站在门口不进来，在这样的深夜里。

第二十三章　白小妍时刻

十月天里，沈阳的夜晚很冷了，大风在夜里的长街高楼里翻卷掠过，傅杰出了门就觉得穿得太少了。可白小妍穿得更少，她的样子就像是睡到半夜，起床来找些东西，根本不必出屋子那样。她说她想到太原街上的一家不夜商城里买件衣服，抄近路走，回来时就穿着它。

傅杰没想到她选的近路也是那条老巷，他跟它还真是有缘，才几个小时，就又走进了它。

大风在树梢上疾掠而过，整个老巷里的树木都在摇晃着，傅杰觉得他在一个剧烈晃动，随时都会坍塌的世界里。没有路灯，没有光亮，现在的大风的顶上一定是个阴天。没有星月的光亮，他们也没带手电，白小妍紧紧地拉着他的手，身子也靠得他紧紧的，像是很冷很怕，他感觉得到她微微地抖着。但她的脚步可不快，很小心谨慎地迈出每一步。

傅杰计算着路程，应该走了三分之一了，他们还是沉默，白小妍不说话。他觉得她实在是太反常了，半夜里突然下楼来，这是她从来没有过的。还有半夜里去买衣服？还一定要走这条街，傅杰不由自主地在黑暗中提心吊胆。在黑暗里他不是第一次与这个女人在一起了，每一次都是那么的突然，那么的神秘莫测。这一次呢？他突然间心跳加快，嗓子很干，他的手心里也出了汗，滑腻腻的握不住白小妍的手。

就在这时，白小妍突然说："傅杰，这几天首长的病怎么样了？"

"啊，什么？"傅杰在风里听不清，把头伸了过去，挨近了她的脸。她也把嘴靠近了他的耳朵，重复了一次。

"还行，挺好的。"傅杰只能这么回答。

"他清醒过吗?"她又问。

"清醒过，他自己吃饭。"

"他，他提到我了吗?"

傅杰一时无法回答，白小妍停下了，她等着。傅杰只好据实回答，"没有。"白小妍没做声，他与她挨得这么近，感觉到她长舒出口气，像是郁闷极了，无法排遣。

他为她难过，他早就为她不平，忽然间他有些理解白小妍的行为为什么这样古怪，随着心情想怎样就怎样了。她总得给自己些消遣吧。

"傅杰，"白小妍在他耳边说话，靠得他更紧了些，"你离开家多长时间了?"

"……快五个月了。"

"你想家吗?"她的声音比平时更加低沉更加柔和，"想你妈了吗?"

她听不到傅杰的回答，傅杰绝不会回答这样的问题。但她的手从傅杰的手里抽了出来，反过来握住了他，"听阿姨的话，回去看看她吧，别总不回去，阿姨放你一个礼拜的假。"

傅杰心里最放不下的东西被白小妍翻了出来，一点儿遮掩都没有地坦露了出来。傅杰怎么能不想他的妈妈呢? 他出来是为了什么，那不仅是要给他妈妈每月寄回去钱，还要让他的妈妈在人前抬起头来走路，她的儿子还是有出息的……可这些现在只能是想一想。

"白姨，谢谢你。可是我不能离开首长，他对我太好了，我得报答他。等他的病好些，我再回去。"

"不要怕，有我给你做主，你早去早回。你走的几天里，或者我下来伺候他，或者我请个钟点工，误不了他的。"

傅杰还是谢她，但拒绝。白小妍又不做声了，她拉着傅杰又往前走，在老巷的尽头，辉煌的灯火就在不远处，太原街是名副其实的不夜街。可傅杰不止一次地见到过，就在太原街靠近南站的一些客运站的路边上，一些收业后的小店面的门前，总有些外地人蜷缩着，破旧的衣服灰土土的脸，怀里抱着几个馒头咸菜什么的。那也是生活。而他清楚，其实他也属于那一群人里。

那每每让他心里发抖，提醒自己要加倍地珍惜现在已经有了的东西，比如说梁东华给他的饭碗、工作，决不要再坠到那群人里面去。

"今天梁卫东来干什么？"他还在胡思乱想，白小妍突然又问。这让他措手不及，他本以为她只管自己在楼上放任享受，这个家里无论什么她都不在意呢。

"没有，他来就是看看首长，我告诉他首长还算稳定。"

"你没给他打电话吗？"

"没有，真的没有，要是有什么事我肯定先通知您。"傅杰急忙否认，他始终都知道自己的地位，也承认白小妍女主人的身份。如果有可能，他肯定会按照次序来办事的。

路口快到了，那边的光亮已经照亮了他们的周围。傅杰悄悄看了看白小妍，发现她微微地摇头，像是心里在怀疑着什么，已经否定。她的神情清醒而且专注，绝不像是突然来了兴致，午夜赶集去买衣服。

第二天上午过了十点钟，傅杰把该做的都做完了，终于坐在了自己的床上，拿出来昨天下午刚买的玩意儿，琢磨起来该怎么用。

那是一部索尼爱立信最新型的手机，什么型号他没记，甚至为了节省时间，他连这款手机的具体功能都没有细打听，就掏钱拿下了它。那时他让手机专卖店的那些小女孩儿员工们看得有些傻眼了，他明显只是个男孩子，但掏钱买东西的气魄习性，完全是个有大钱的人，"只买贵的，不买对的。"

现在他看着说明书，有些看明白了，他手里这个轻不过200克，大小薄厚就像个小电话本的东西竟然功能这么杂。什么130

万像素的内置摄像机，连续一个小时摄影的 DV 功能，30 万像素的彩屏，等等。一大堆的数据让他眼花缭乱，看来真不是一时半会就能得心应手的。看着那些钢琴键一样的数字键，他真有往下按，马上就打个电话的冲动。

就在这时，房门突然被推开了。傅杰下意识地把手机往身后藏，心一下子提得老高，说实话自从他住进这间大卧室以来，除了梁东华本人，从来没人敢不敲门就进来。何况把门推得这么猛烈突然。

他抬头看，竟然又是白小妍。

"那是什么？"没等他问，白小妍先盯着他的身后。

傅杰长出一口气，把手机拿到了身前，他觉得在她的面前没必要隐藏这点儿小东西，可他没解释。

"手机？你哪儿来的？"可白小妍大改常态，又问。

傅杰把手机揣进了兜里，"李大叔送的，他们关心首长，得随时要我回话。"他觉得有些奇怪，仔细打量了一下白小妍，发现她今天穿戴整齐，精神头儿非常好，简直可以说是容光焕发，"阿姨，你有事吗？"他又问，说着他看了梁东华一眼，这位老首长在半个小时之前吃完了饭和药，又睡了。

他看见白小妍没有回答，她的目光四下里闪动，在她丈夫的卧室里仔细地看着，像是在寻找着什么，也像是在小心地观察。这时老楼里轻微地有个响声从二楼上传了下来，是钟声，打了一下，傅杰知道现在是上午十点半了，事后他才知道白小妍是多么的有心机，她选了这个时间到他的房间里来，时间选择得有多么地正确。

"傅杰，你收拾一下，从今天开始，不，从现在开始，你回你的房间里去。"白小妍清楚明白地说。

傅杰眨着眼睛没反应过来，好一会儿才想起来，她是指那间紧挨着厨房和厕所的小房间，这段时间他从来没回去过，都忘了，那是"他"的。

他要说什么，白小妍不容他开口，进一步告诉他："我要下来住，首长的起居饮食你就不要管了，用你时会叫你。"

傅杰目瞪口呆，他真的听傻了。自从他与白小妍接触，这个女人从来没用过这种口吻对他说话，她的话里都是命令的意味。这是怎么了？这会是那个活得寂寞无聊，被丈夫冷落，被家人子女漠视的可怜女人吗？昨天晚上她还紧紧地靠着他，让他陪着她去买东西，可她现在容光焕发，明艳照人地在命令他搬出去，她要如何如何，别碍她的事。这样的反差让他无法理解，无法接受。

"你怎么还不动弹？马上做。"白小妍看着迟钝的傅杰，皱起了眉，明显地不耐烦了。

"可是阿姨，首长说他要……他要我照顾，他不想……"傅杰实在不好措词，最后他只好说，"白姨，你别让我难做，这是我的工作。"他想她知道的，梁东华当着他的面就曾经把她和白灵赶出去，不让她们进来跟他一起住。

白小妍脸色沉了下去，"我知道，但我是这个家的女主人，我知道该怎么做，用不着你来说。现在你出去吧。"

傅杰看着她不可通容的脸，知道该怎么做了。话已经说得多清楚明白，"用不着你来说。"他得知道自己的身份和地位。傅杰再没说一句话，他把自己床上的东西用被子包了起来，拿起就走，没用两分钟就来到了房门外。

从这里到"他"的小房间，只有二十多步，他就知道他新买的手机有用了。他得把白小妍的事马上告诉李劫或者梁卫东，他现在仍然不知道梁东华具体是为了什么才不让白小妍住在他身边的，可是刚才白小妍让他太吃惊了，这个女人的变化落差太大，里面一定有鬼。

然后他就知道上午十点半这个时间有多别扭了，白小妍选了这个时间显然是深谋远虑了的。傅杰打了李劫的手机，李劫的手机关机，打不通。打到李劫的办公室，接线小姐告诉他，李劫正在出庭，整个上午都没有时间。他又打给了梁卫东，梁卫东的手

机倒是通了，可是也忙得脱不开身，并且根本就没在沈阳市里，他每天的活动范围太大，早晨起来就有了一天的计划。

但是傅杰还是把刚才的事告诉了他，梁卫东一听就急了，他在电话里喊，让傅杰告诉白小妍不许胡来，要她接电话。傅杰想了想，请梁卫东打梁家的宅电，不要通过他来说事。梁卫东答应了，可是傅杰结束通话后想一想，没有他的通告梁卫东能知道吗？所以自己还是得卷进去。

卷进去就卷进去，他的头脑进一步清醒了，梁东华的卧室里有什么秘密他已经知道了，无论是为了他自己还是罗兰，还是别的什么，他都不能让白小妍乘虚而入。很明显的，昨天晚上她找他，要他陪着走夜路，根本就不是心血来潮去买什么衣服，她的每一句话里都在试探着他，了解梁东华的病情还有梁家人的动态，觉得没了顾忌，所以她马上就行动了！

这女人……傅杰心时念叨着，听到了梁家的宅电突然响了起来，一声声地不停地叫着，可就是没人接。宅电就在梁东华的卧室里，外面的全是分机，白小妍不可能听不到，可她就是不接。

紧跟着傅杰的手机就响了，传来了梁卫东的叫声，"傅杰，你把电话给她，让她听！"

傅杰拿着手机送到了白小妍的手边，"白姨，你的电话。"白小妍极不情愿地从梁东华的床上抬起身，梁东华还是昏迷一样地睡着，他身上的被子揭开了，睡衣也被撩开，可别误会，白小妍的衣服可整齐着呢，她正在往下扯梁东华牢牢系在身上的一串钥匙！

傅杰马上走向了大门，他还没走出去，就听见了他手机里隐隐传来的喊叫声，白小妍的声音分贝也不低，他决心什么也不听，什么也不管。如果注定了今天他要失去了一些东西，也一定会比现在他就往里掺合失去的少。

傅杰回到自己的小屋里，把门紧紧关上，就在他回到小屋的几步路里，白小妍的声音就像追逐着他一样，他走得越远就听得越真。他镇定自己坐在床上，尽量听而不闻，就算听着了也不往心里去。可近两个月以来的记忆仍然困扰他，这就是那个低调温婉的白小妍？就是那个可以在年迈的丈夫赶她出卧室后，仍然可以在后窗那里偷偷看着他病好了没有的委曲求全的年轻妻子？

女人……女人让他不可理解，让他深深地恐惧。就在这时，楼上传来了钢琴的鸣奏，那两个少女应该又坐在一起，折磨着钢琴了吧？每天例来如此，就在断断续续的钢琴声中，傅杰倾听着白小妍高一阵低一阵的呐喊，说实话，有那么几次竟然和钢琴的节奏高低暗和，就像钢琴为她伴奏一样。

这样的情况持续了近二十分钟，也就是说楼上钢琴一直响着，一楼的电话一直没断。傅杰远远地就听着了汽车疾驶而来，急速转弯刹车的声音，最后在梁家大门前一切静止。梁卫东到了，如果他真的是在城外的话，不知道他是怎么超车赶来的，这里是沈阳名副其实的市中心。沈阳可一点都不小。

老楼在剧烈地颤动，梁卫东闯了进来，大卧室那边轰的一声响，傅杰不知道他是怎么进屋的，是脚还是肩膀。他认为，光是这种气势，白小妍一个女人单独在里面，就没法面对了。傅杰真不懂，白小妍这么做能得着什么好处？

傅杰又估计错了，那边传来的不是梁卫东一个人的轰鸣，而是一场狂风暴雨般的交响乐。男女声像高音对唱一样，互相辉应，协调配合，不分高低。梁卫东盛气而来，完全是本着以往彼此已经认可甚至熟悉了的家庭地位，来教训不听话敢于犯上的白小妍的。却没料到白小妍一反常态，明白无误地告诉他，她是这个家的女主人，是他的妈妈！不管是不是亲生的，你没有权力命令我什么，连要求都不行！

梁卫东气疯了，他亲妈死得早，早得他都没什么印象，在他成年之后梁东华才给他娶的这个"新妈"，基于他的年岁，还有他的资产，白小妍一直以来对他的态度不仅是尊重，甚至都是敬畏。白小妍出身一般，只是个姿色突出，没有脾气的普通女人，

本来中国的传统就是后妈对先前的大少爷就犯怵，她变本加厉地发扬了这一点，才维持了她在这个家还能待下去的局面。要知道就在上一次，梁卫东带着大批的医生来家给老爸爸看病时，她也是当众被他一个手势就能支走的人。可现在倒好，她第一次在他面前要当"妈"了！

他的声音都快把一楼夷为平地，把二楼变成天窗了，傅杰为他感到了悲哀。

傅杰已经知道了这场斗争的胜负结局，那很简单，他在农村见得多了。一旦两个男女有了冲突，粗暴的男人，越是粗暴的男人劣势越大，到后来越下不来台。原因很简单，除非他敢动手，还得狠狠地动手，让那女人彻底害怕，不然等着这男人的就是巨大的难堪。梁卫东现在就是这样，他除了能大声吼白小妍又能怎么样？傅杰旁听者明，他甚至都敢说白小妍在等着他动手，一旦他动了手，白小妍要不马上报警，傅杰都敢到后院吃蒿草去。

这中间还有个小插曲，在争吵极为炽热的时候，楼上的那位小姐终于听不得更忍不住了。白大小姐脚步错乱地下了楼（当然钢琴是早就停止伴奏了），也像她哥哥那样把她爸卧室的大门撞开，冲了进去，刚刚发了几个音，就被里面的哥哥妈妈给轰了出来。那效果真是无比的搞笑，傅杰就听见突然间那边安静了，成熟粗壮的男女高音一下子都停歇了，只剩下一个清脆尖细的女童音在往上拔，可惜没时间表现，原先对掐的两个男女突然转移目标，有了共同的敌人一样，一阵扑天盖地的斥责叫骂声就把她撵了出来，他听见她上楼的速度，脚步的分量比下楼时声势大多了，简直是用飞一样的速度又冲了回去。傅杰及时捂了一下耳朵，果然，上面有扇门被关得痛不欲生，不知道是不是都粉身碎骨了。

接下来就是白小妍的声势越来越大了，傅杰也觉得她完全占理，·事情或许只有一个转机能让梁卫东获胜，那就是他的老爸梁东华突然醒过来，以他一家之主的身份，管教约束住自己的老婆，不然梁卫东只有一二三地再衰再竭地一败涂地。就在这时，门外又传来了汽车停靠的声音。又有人走进了梁家老楼，这次是李劫。

　　说来也是神奇，是李劫天生就能处理各种各样的纠纷？还是他刚刚下庭，打完了正规官司之后再处理家庭矛盾游刃有余？反正他进了大卧室之后，梁卫东立即熄了火，白小妍还叫了几声，但李劫低低地说了几句话之后，老楼里突然间就平静了，那感觉突兀无比，就像老楼里长年累月的沉闷，死气沉沉的宁静一直在哪儿藏着，突然间又出现了。

　　没过五分钟，傅杰听见了白小妍上楼的声音，梁卫东低声地骂骂咧咧，也走了出去，李劫陪着他。硝烟散尽，人物离场。傅杰连忙追了出去，他在李劫的车前截住了已经坐在了车里的李劫。这时梁卫东的车已经开动，出去几十米了。

　　"你是怎么做的？"傅杰伏在车窗外问。

　　李劫微笑着看看他，手在挂档，明显地要启动车走了，他根本不想说。

　　"我得知道，万一再有这事，又找不着你们，会有大麻烦的。"傅杰站直了身子，他知道他的手拉不住汽车，更阻止不了李劫的离开。但他的话却有可能。

　　"放心吧，她不会再这么做了。"李劫的车开动了，他仍然没说。但车开出了十几步后又停了下来，李劫的手伸出窗外招了招。

　　他对傅杰说："事情很简单，她是个头脑简单的女人，她不知道梁东华早有遗嘱在我这里，梁东华没死之前她越闹对她越不利。你不用再怕她，你冒犯她家没人怪你的。"

　　傅杰目送着汽车拐上车道，摇了摇头，白小妍竟然是个头脑简单的女人？李劫为什么这么说，是在得意他自己的高明？在耻笑白小妍这次的失算而贬低她？可李劫看上去不是这样的人，好长时间以后，傅杰知道了，那时李劫也是这么看他的，在李劫看来，没有那么多的智慧，却要算计那么多的事和人，不是头脑简单又是什么呢？

第二十四章　当年往事另一版本

夜晚降临，这一天终于过去了。老楼终于又沉寂下来的时候，傅杰也终于回到了大卧室里自己的床上，十七八米外平躺着梁东华。他不知道是在守着这个老人，还是这个老人床下面与这间大卧室一样面积的地下室。他又在把玩那个手机，功能都熟悉了，他在玩游戏。手上有点儿事做，头脑里就少点混乱。

手机的彩屏很亮丽，尤其是在夜里，这是高质的真彩屏，按产品说明上说屏幕的分辨率比普通电视的还高呢。可彩屏上还在不时地出现白小妍的脸，白天李劫走后，他回到他的小房间里重新把杂物带回大卧室时，白小妍正等着他。她当时也在摆弄着手机，"这么好的手机，李劫给你的？"她问得不阴不阳的，傅杰不知该怎么回答。他伸出手去往回拿，那样子很像一个没见过钱的农村孩子小器护东西，白小妍第一次面带鄙夷的把手机半交半扔在他的手里。他们互相都知道，白小妍今天原形毕露了，再没必要在他面前做什么样子。

这时傅杰仍然苦笑，他终于知道了，他现在生存的这个老楼里，都住着些什么人……突然那边床上的梁东华动了一下，"郎中……傅杰……"微弱的声音在叫他。

傅杰赶紧过去，"首长，你怎么样？哪儿不舒服吗？"他看到梁东华终于睁开了眼睛，那眼睛混浊暗淡，在灯下像是劣质的玻璃又来了层磨砂，说不出的诡异。不，是很脏的感觉，仿佛不仅是这双眼睛，连同着这双眼睛后面的脑组织都病变了，腐烂了。

"没什么，我，给我口水。"

傅杰扶着他半仰起身，小心地喂水给他喝，梁东华歇了三次，终于喝了小半杯水。然后再也支持不住，他直挺挺地又倒下了。

但他硬撑着不闭上眼休息，他大口喘着气，盯着高高的棚顶。

傅杰在床前站着，紧张地注视着他，不知道梁东华这样子意味着什么。昏黄惨淡的灯光下梁东华的样子怎么看怎么不好，在村子里傅杰经常能听到谁生谁死的过程和表象，每想起一些就让他加重了此时的怀疑。

"傅杰……"梁东华又叫他，他伏下身子，脑袋贴过去仔细听。他突然警醒，梁东华又开始叫他的本名了，再不叫他什么郎中。

"傅杰，扶我坐着。"不管傅杰多费劲，他自己多难受，梁东华挣扎着坐了起来，靠在了床头上。又喘了好半天，终于说，"傅杰……看来我是要死了。"

他语气平淡，就像在说一件再平常普通不过的事了，却让傅杰震惊，这和他心里的正在怕的暗合，实在让他不寒而栗。

"别怕，人都有这一天。我能活得现在，还能死在自己家的床上，四面都有墙，头上不见天，这已经很好了。"梁东华虚弱地说着，显然想起了他的一生，"我……我活得很值，"他冲着傅杰突然间笑了，傅杰勉强回以一笑，心里却剧烈地抖动。

"别怕，你什么都不要怕，我早就该死了，从死人堆里爬出来，多享了这么多年福，老子赚大了。"梁东华声音突然提高，仿佛来了兴致，但马上就低沉了下去，瞬间的激动让他加倍的委靡，"可我有件事得说出来，得有人知道。我不能带着这件事走……那就糟了。"他变得气息奄奄，在床头上歪了下来，往床里面倒。傅杰连忙扶住他，只能把他再放倒。这次梁东华不挣扎了，随弯就弯地服着摆弄。那副身体仍然骨骼粗壮体积巨大，可强烈的对比让人心酸，生命的本相竟然是这么脆弱可怜的吗？

平躺后梁东华终于吐出口长气，像是终于舒服了，"傅杰，我没见过你的爷爷，我不知道他什么样，他或许会是我的那个弟兄……你听不懂是不是？"在他的角度来看傅杰，人的脸有些变形，那上面的表情会被误解。他的确说得没头没脑，可傅杰现在

却都知道。但他点头，承认不懂。

　　"没关系，你不懂我都告诉你，你……你应该知道这些，我这么老了，你突然过来，这都是天意……"梁东华仰望着天花板，浑黄的眼睛里不知看到了什么，脸上浮现了一种说不出的表情，他说的话让傅杰从心底里泛上了寒意，"或许，你上辈子就是郎中。会的，会的……"他念叨着，声音渐渐小了，像是终于忍不住又要昏睡过去。

　　可就在傅杰以为今晚就这样重新回复安宁时，梁东华突然又睁开了眼睛，死死地强撑着转向了他，"来，坐在我身边……听我说。"

　　傅杰只能按他说的做。

　　"我给你讲个人，就是郎中……"梁东华时段时续地开始说，他说到了几十年前的缅甸抗日，说到了"郎中"叫骆灵中，骆灵中在战场上怎样与他生死与共，说到了抗日之后他们又到了东北沈阳……在这个夜晚，傅杰在同一间屋子里，像好多天前一样，听梁东华又把罗兰说过的陈年往事再次说了一遍。傅杰耐着性子听，梁东华一直说到了罗兰的奶奶跳下了桥，这之前与罗兰说的基本上都一样。梁东华紧跟着就说到了他带队回到了沈阳军队里，等着命令开拔上战场。可谁知道几天之后骆灵中竟然又回来了……这让傅杰提起了精神，他记得罗兰说，她的爷爷是死在梁东华手里的，因为她太姥爷的收藏，梁东华见财起意！

　　会是这样吗？

　　梁东华说："……我记得很清楚，那天郎中已经带着他的日本老婆走了快六天了，按我计算，道儿再难走，他们也应该出去三百多里地了，可郎中托了个小兵蛋子，给我带信说在军营外边等我，就要我一个人去。没办法，我就去了。

　　"他在个小酒馆里等我，跟我说是回沈阳给他老婆找医生抓药的，我说那就抓呗找我干吗？他说还非得找我出头不可，他遇上了他的日本岳父，那个老日本鬼子……我早就说过，他迟早得倒

　　蛊室·206

霉在他的日本小娘儿们身上，这可倒好，他不仅把他日本老婆当宝贝，连他的日本老泰山都带上了，这还有好？

"可他不听我的，一定让我听他把话说完。他说他和那老鬼子见面还说话了，可那老头子早就应该被遣返回日本老家去了，怎么还能在沈阳呢？郎中看在他女儿的份上不能不问，更不能不管。他好不容易把那老东西的嘴撬开，然后就来拖我下水……这狗日的，"梁东华又骂了一声，看样子这回是骂他的弟兄骆灵中。

"这狗日的鬼迷心窍了，他说那个老鬼子的事不能不管，倒不是全因为他的日本老婆。他说现在这老鬼子的手里有咱们中国的一大批好东西，都是历朝历代传下来的好玩意儿……傅杰，古董你懂不懂？"

傅杰摇头，他的确不太懂。但他直觉地想起了前些天那个晚上，他从地下室里拿上来的那个小箱子，散落到梁东华床上的那三件小物件。

"我也不太懂，但我知道那玩意儿值钱……几个破罐子碎片子弄不好就值个万儿八千的。可郎中懂，这小子说，那老鬼子手里的玩意儿都是好货色，是什么珍品。傅杰，你看着我们东北沈阳这片不起眼，可我告诉你，就算是现在，全中国的博物馆，除了北京的咱们比不了之外，就数咱们辽宁沈阳这片的博物馆里收藏的东西最好。听说那都是满清那时候，好东西都抢出关来了，还有什么末代的皇帝溥仪那伙人带过来的，散在民间的也不少……那个老鬼子在我们中国做买卖，明着暗着把咱们中国的好东西弄了不少，咱们抗日打赢了按说这些东西都出不了国门丢不了了，可郎中说这里边还有猫腻，弄不好这些东西还是要飞……

"我前边不是跟你说过，郎中是怎么跟那个日本姑娘认识的吗？要没那场大火他也就没这事了……可那场火是有人故意放的，当时说是一批地痞流氓，现在郎中才从那个老鬼子嘴里问出来，那些放火的，要的不是他家里的现钱，还有存放的柴米油粮什么的，他们要的就是那些古董破烂！为了这个，那些人天天去闹，

给钱给东西都没用，可那些破烂这老鬼子舍不得，总想着带回到他们日本去，就不给。结果就放了这把火，烧死了郎中的日本老丈母娘……对了，就连那个闯到他们家去的日本兵，也是那伙人买通的。他妈的，可惜了郎中，一步就陷进去了……怎么？你不爱听？"他讲了半天，傅杰一言不发，脸上淡淡的，像是想着自己的心事。

"没有，我都听着呢。首长，那都是命，郎中命中终定得遇着她，就算没这场大火也一样。"傅杰说出这些话倒不是为了迎合，他想到了自己，他来到梁家，或许和骆灵中遇到那个日本女孩儿一样，没法解释。

梁东华长叹一声，傅杰的话不像他这个年龄段的人说的，但梁东华觉得有道理，他出神地想了会儿心事。才又说了下去："那个日本老鬼子把女儿托给了郎中，觉得没有牵挂了。他也不想回日本了，一来日本那时候太操蛋，回去就是受罪，而且他回去已经是年过半百了，什么也带不回去，年纪大了还穷光蛋一个，还死了老婆，有个什么意思？所以他就躲了遣返，找到了那伙敲诈他的人，要他们帮忙，把那些古董破烂运回日本去，好处平分。

"那些人求之不得，一口答应了。他们约了个日子，老鬼子带这些人去运东西。就在这个时候，他被郎中看见了。郎中把他的嘴撬开后，才知道他是一边约了这些杂种，一边已经报了官，到时候咱们中国那些警察了，保护文物的都埋伏好，来个人赃俱获。老鬼子自己是不想好了，就是要把这伙人也拖下水。他相信这伙人坏事早就干得多了，由这件事挑头，哪个也别想好，他的仇也就算报了。"

傅杰点了点头，他想到了那个日本老人当时人单势孤，这似乎是唯一的办法了。虽然是以本伤人，两败俱伤，但也只能这么干。

"那郎中想让你怎么办？"他问，这是关键。

"郎中……郎中是个文墨人儿，他知道什么是好东西，他说那些东西都是国宝，落到谁的手里他都不放心。当时沈阳城里是国民党说了算，要是这些东西真好，谁敢保证不像清朝东陵那次，孙殿英挖坟掘墓地弄出来宝贝，最后都便宜了蒋老头子，卖给了外国人换成军火？所以他要我到时候带些最心腹的弟兄去，抢在别人前头到那儿，把东西都带走，顺便把那些地痞流氓都毙了，算是对得起他老丈人。

"我想了想，这事没什么大不了的。只要隐密些，就当是带队上战场前宰了几个小毛贼试试刀，有什么了不起的？我就答应了他……可我他妈的误事了。"

这句话急转直下，"怎么了？"傅杰不由得问。

"那天我他妈的去晚了，"梁东华当年的悔恨现在仍然还在，激动了起来，"师部那边临时有事，那是军令，我能不去吗?! 可按说我到的时候也没晚哪，我踩点儿到的，可谁知道去了之后满地上躺的都是人，有穿制服的警察，还有些闲散的，一看就是郎中说的那些地痞。人差不多全死了，警察半点儿好都没捞着，身上挨的都是枪伤，看来那伙杂种手里都有硬家伙。我就开始找郎中，我怕他死心眼，一定要把他老泰山弄出来，结果自己也搭进去。可人堆里都翻遍了，也没有他和那个老鬼子。看来他们是跑出去了。"

"后来呢？"傅杰又问，

"后来……后来我们发现，现场那儿有些木头箱子，打开一看里边满满噔噔的装的全是东西。每样东西都包得严实，有棉花什么的垫着，看那架势就是箱子扔到地上，里边的东西都坏不了。我没空挨个儿打开，就都运走了。"

"就这么……这么完了？"

"对，就这么完了，从那儿以后，我就再也没见过郎中。我不知道他到哪儿去了，是死是活。还有那个日本老鬼子，没他郎中也没这事。都怪这个老王八蛋……说到底，那天晚上到底出了什么事，我一点儿都不知道。"

卧室里沉默了，好长的时间，傅杰才问："那郎中的妻子呢？那个日本姑娘，她后来怎么样了？"

　　"……那是个痴心的女人，"梁东华好半天才回答，像是有些感触，"要说日本人里这点也难得，那样的女人在中国太难找了。当时我想，再怎么的她也是郎中娶过门了的老婆，我还亲眼看着她从桥上跳了下来，那女人哪儿也不差……她一个人病在乡下，我怎么能不管？我派人带着医生和药去了，在那儿治还是回沈阳都随她。我命令我的人什么都不告诉她。可她刚好了点儿，还是回沈阳来了，她要找郎中。"

　　傅杰心里酸楚，他一下子想起来罗兰奶奶现在的样子，那个苍老的样子啊，谁能想到她当年是那么年轻，还那么漂亮？她回到沈阳时，还以为骆灵中正在等着她呢。

　　"我们就要开拔了，上了战场谁还顾得了谁，我只能骗她说郎中有了任务，留了话去留随她。"

　　"她怎么说？"

　　梁东华长叹一声，"这女人傻，她要留下来，说要等着郎中回来。她总说郎中一定会回来找她，何况她都怀着孩子了。我呢？也没法再劝，只能尽可量地多给她留些钱，再给她找个房子，让她住下来。就这样，我就离了沈阳了。"

　　"后来呢？"

　　"后来这仗一打就是好多年……我投降了共产党，做了解放军一直打到海南岛那片，我跟的是林彪的部队。谁让老子参加革命得晚呢，带着整个旅过去的，最后只闹了个师长。还行，临了把我调回了沈阳军区，那会儿这地界可是重中之重，军区的待遇是没说的。这都多少年过去了，说实话仗一打多了什么都忘了，我刚回沈阳那儿别说这个女人，就是郎中我一时都没想起来。可谁知她一直都在等着，她带着她的孩子来找我，我才知道郎中一直没回来。她问我郎中到底在哪儿，那任务完成没有。可叫我怎么说……"

"你怎么说的?"傅杰不停地问着,他要让梁东华把这段往事都说出来,他真想让罗兰也在旁边听着。

"我只能说郎中死了,死在战场上了。我怕她再到解放军里去查阵亡名单,又骗她说郎中死在我们投降之前,他什么都没捞着,都没给她们母子留下……唉,我可真忘不了她那时的模样啊,我离开沈阳的时候,她还不到二十岁,那可真是……我没法说,我都不信那么年轻的女人会这么守着,可我再见着她,都老得我不敢认了。兵荒马乱的还带着个小孩子,难为怎么过来的……我能怎么办?看着郎中,再看着这女人这份感情,我收留了她们母子,供那个孩子上学念书。我寻思着,我打算一直供这孩子长大成人,也算是对得起和郎中兄弟一场了,可没过几年,还是出了事。"

"又出什么事了?"傅杰一阵紧张,他想起了罗兰前些天说过的事情,她的奶奶带着她年幼的父亲又要开始离乱躲藏的生活……就听梁东华在说——

"不知道是谁知道了当初那些古董破烂落在我的手里,过了这么多年还在惦记着。这些人拿我没办法,就把他们母子给绑票了。这也怪我,我这人老脑筋,朋友妻不可戏,我把他们娘俩安置在家附近,可不在一处住着,这就给了人可乘之机。你想一想,傅杰,我怎么会想到太平年月了,还会有人算计这么两个孤儿寡母?他们娘俩能有什么值得一绑的?结果他们失踪了两三天了,绑票的给我来了信儿我才知道。他们说的明白,不要钱,就要那些古董文物……"梁东华说得又累了,他要水,傅杰服侍他,趁机把心里的一团乱麻理一理。这些就和罗兰告诉他的不一样了,梁东华怎么会说是有人把他们绑架了?不是罗兰的奶奶听了老管家李厚诚的警告,自己逃之夭夭的吗?还有李厚诚乡下的亲戚帮忙?

"我把警察还有军队的力量都调动起来了,有人绑了军区现任师长的家属还了得?老子这点儿面子还有,公安局真当了事儿办。"梁东华喝了水,有些喘,可他还在说,"结果没用几天就有了线索,在乡下抓住了一个绑票的女同伙,可惜那女人要逃,一

第二十四章 当年往事另一版本·211

个兵他妈的可能战场上开枪习惯了，一枪就撂倒了她……就这样线索就全他妈的断了……"

"就这么断了？再也没找着他们娘俩？"

"对，再也没找着。"梁东华明显地累了，闭上了眼睛。言语有些不清了，断断续续地往出冒，"我愧对郎中啊……连他的老婆孩儿都保不住，他在缅甸那会儿救过我的命的……傅杰，这是我的报应，这些天……有半年了，我总是能见到他们……有郎中，还有他的那个日本老婆……只要天黑他们就来找我，还有你……"梁东华猛地又睁开了眼，"你来了，就是我的命到了……到了头了，我知道你肯定是郎中，你又来找我了……"

傅杰看出来梁东华的神志又有些不清了，他看着他的眼神都开始变了，他连忙问，"首长，我问你，你的老管家，就是李厚诚，他知不知道你当初和郎中一起约好了救人抢古董的事儿？"

"什么？"梁东华眨着眼睛反问，那样子让傅杰担心就算他回答了，也作不了准。但他还是重复着又问了一次。这次梁东华听清楚了，"他不知道，那时候他还不知道在哪儿呢。"

"啊？"傅杰心里隐约想起了什么事，觉得不对头，他紧接着问，"首长，你再挺一会儿，你说说你是怎么认识李厚诚的？他怎么当上你的管家的？"

梁东华混浊的眼睛慢慢转动着，像是在头脑里缓慢地回想着往事，好半天，他终于说，"我想起来了，那是我刚调到沈阳军区的时候，那时候太平了，没仗可打了，我就经常出去打猎，骑马去。结果有一次，我的马惊了，我摔得很重，那地方是农村，有野物的地方。我本来以为这下子完了，我的人都没跟上来，可我运气好，一个老农正好路过，把我救了，一直把我背到了县上的医院里，我才没事了。"

"那个老农就是李厚诚？"傅杰不相信。

"对，就是他。"

"你肯定？首长，你没记错吗？"傅杰真的不相信，一个老农或许能在那时候那地方救了个大人物，可是在傅杰的眼睛里，李厚诚无论是言谈举止还是个人的衣饰风范，都是非常有水平有修养的人。当初他都有错觉，李厚诚才应该是这座老楼的主人，梁东华才像个粗俗鲁莽的老家人。他还想再问，可梁东华终于支持不住，昏睡过去了。

第二十五章　威逼利诱

朝阳初上，傅杰走进了老楼的厨房。从梁东华卧室到厨房这几步道之间，他觉得心神恍惚，老楼里昏暗的走廊曲曲弯弯，不时有些光亮照进来，那是几扇同样老式的又窄又高的窗，弄得景物迷迷蒙蒙的，他像是穿行在稍有光亮的深水海底，四周没有声息，什么都不分明，连同他自己。

可不管怎么样，每天还是要吃饭的。他低着头，身子前倾有些摇晃地往里走，终于走进了厨房。一直走到了饭桌边上才抬起头，结果他愣住了。他发现平时只有他和小孙才一起吃饭的餐桌四周，现在竟然坐了好多的人。他的第一感觉就是挤，人那么多，但仔细看，小孙以外只多了三位女士，白小妍、白灵、还有罗兰。四位住在二楼的女性都在，一起抬头在看着他。

傅杰晕头晕脑地自己也不知道说了几句什么，好像是问好的话。然后他就坐下了，她们都吃上了，小孙给他装了碗饭，他就开始吃。他吃的时候谁也不看，目光笼罩整个饭桌，绝不抬头。可他感觉到饭桌的气氛很好，四个女人像是很有些兴致，说说笑笑的。就连平时互相淡泊的白小妍母女之间都好像说话了。在傅杰的印象里，还是罗兰的声音最多，她是中心，一会儿和白小妍说话，一会儿和白灵谈些什么，音乐了，学业了都有，还会时不时地有几句英语出现，就连小孙她都没有冷落，关于饭菜的样式她们永远有共同语言。

可傅杰对一切都心不在焉，他的眼睛他的手他的嘴都在不停地运动着，为了他自己的胃，可他的头脑心灵更加专注，对外界都达到了视而不见听而不闻的地步，那完全是因为他心里想的东西太多，也太重要了。

说谎，一定是有人在说谎。傅杰至今为止，一个故事，已经听到了两个版本。罗兰对他说的，昨天晚上梁东华对他说的，哪个才是真的？骆灵中是死在梁东华手里的？因为梁东华见财起意？还是骆灵中不知所终，梁东华根本就什么都不知道，而且照顾了他的寡妻孤儿？甚至还调动了军队警察，去抓捕绑架了罗兰奶奶的凶手……

　　这些事情的出入也太大了，梁东华一个人，在这两个版本里成了好坏两个极端的人。傅杰实在是难以判断。按理说人之将死，其言也善，梁东华昨天晚上的样子无论是他自己还是别人，都看得出他绝对是不久于人世了，他不可能来费尽了心思编那样一个复杂的故事，来骗傅杰这样一个与他没有任何利害关系的人。那么罗兰呢？她到底是有什么目的，才会说出另一个完全不同的故事？

　　关键都在李厚诚的身上，就是这个一直跟随着梁东华的老管家，几十年终心不二的老家人，是他当年的话改变了罗兰的奶奶的命运，也使得罗兰在几十年后来到了梁家。与其说，罗兰和梁东华这两个人必有一个在说谎，还不如说梁东华和李厚诚这两个人中间必有一个在说谎。

　　可怎么证明呢？

　　把李厚诚找回来，和梁东华当面对证？或者，甚至把罗兰的奶奶也请来，来个真正的三头对六面？可那有什么用？事隔这么多年，真正说了谎的人，如果想抵赖到底，只要什么都不承认就一切都死无对证。

　　除非那个骆灵中能突然出现，只有他才知道到底当年发生了什么……可这不是笑话吗？这个人会因为他傅杰的一时迷惑就从天而降？

　　傅杰吞咽食物的嘴无奈地笑了笑，那样子只有他自己知道是笑容，外人看了只会以为他的舌头上的味蕾突然间对食物敏感了。他的心里随之又升起了更大的问号，有更加难以决断的事要他来

决定。

昨天晚上的事要不要告诉罗兰？

昨天晚上梁东华对他说的事，对罗兰来说是多么的重要啊。那很可能是她爷爷当年真正的经历，如果她奶奶当年是被骗了，那么她现在做的不就是恩将仇报的事吗？

她会害了她家的恩人梁东华，梁东华如果真的像他自己所说的那些作为的话，他是无愧于骆灵中的。他从始至终一直都在帮着骆灵中，一点儿都没害过他和他的家人，甚至还付出了代价。

罗兰如果蒙在鼓里做出了傻事，不仅梁东华是无辜受害，她自己也难免犯罪，最后无论是身心都会受罚。

可告诉她呢？

或许对她有好处，可他却有百害而无一利。很简单，如果罗兰不再报复梁东华，她就会立即离开梁家，她还会在他的面前出现吗？他与她生存在两个层次完全不同的世界里，她注定了要在大学校园里学习深造，然后就在大公司大企业里工作生活。而他，此生与那些是绝缘了。而且还有更重要的，她还会对他另眼相看吗？甚至她还会有求于他，受他的要挟摆布吗？

只凭着一张与她爷爷年轻时相似的脸，就可以永远和她在一起了吗?!

想到这些，傅杰的心里不由自主地开始发抖。他怎么想到了要摆布罗兰，那是种什么感觉啊，那其实是在摆布着他自己心里一直坚守，一直相信的美好的东西。罗兰在他的心里，不仅只是个高高在上的女人而已，那与白小妍之流永远不同。

好多年之后傅杰才知道，罗兰，那是在他最高追求的梦里才会有的女孩儿。在高等学府里，他认识了并且追求着一个无论容貌还有学识都出类拔萃的女孩儿……这就是他的梦想。

他竟然想自己去把她亲手破坏毁灭掉吗？

那么他要告诉梁东华吗？把罗兰的事情对梁东华和盘托出？这个念头紧跟着自动浮了上来。不能告诉罗兰，但应该告诉梁东华吧。这关乎这个对他极好的老人的生死大事啊，如果不能阻止罗兰，梁东华只会越来越危险下去，直至死得不明不白。

不明真相，对于罗兰来说只是在做一件问心有愧的错事，可对梁东华来说，就是性命攸关的大事。他能眼睁睁地看着一个人死在他的面前，却不闻不问吗？就算他知道也什么都不说吗？

这已经是在挑战他自己的道德底线了。在以前，他应该什么都不想，连犹豫都不犹豫就去阻止这样的事情发生的。可是他现在就是在盘算，应不应该去告诉梁东华。

哪样对他自己更好一些？

好处他没有想到，想到的都是些坏处——梁东华知道后，一定会赶走罗兰。罗兰会因此而恨他一辈子，光是这一点就足以阻止他去做这样的傻事了。何况还有，梁东华病好了，梁家变稳定了，他还有好果子吃吗？他还能再对抗梁卫东了吗？李劫还会再需要他了吗？而梁家已经给他挖好了那个大坑，他早就在什么都不知道的情况就自动自觉，千恩万谢地跳了下去——他签过了那么多的"合同"！

而他在前些天，还签过了那个最特别的合同……

傅杰的心里千头万绪，纷至沓来，他一样样仔细剖析，最后的结论都只有一个，就是保持沉默。

这样符合他的最大的利益。

就这样，他脑子里想着，手在动着，嘴也在动着，保持着连贯的吃饭的动作，可突然间他听到对面一片笑声。他直觉地抬头看过去，发现白小妍母女还有罗兰和小孙都在看着他笑，其中白灵和小孙的笑容是那么的少见，特别地舒展开朗。他被她们给感染了，也笑了，"你们笑什么？"

她们指着他的右手，他这才发现，他的右手握着筷子还伸在一个菜盘子里，可盘子什么都没了，可以想象他刚才就在个空盘子来回夹来夹去，或者还"夹"住了东西往嘴里送呢……他不好意思地笑了，站了起来，"我吃饱了，你们吃吧。"

出了厨房，他自然而然地往左拐，那是回梁东华的大卧室。可走了几步后他觉得那么的烦闷，越接近那间屋子那感觉就越强烈，越来越难受！他停住了脚，想了又想，折回了厨房边他自己的小房间。他需要再独自地待一会儿。

小房间的窄小非常适合一个人独处时的思考，就像以前的哲人都喜欢躲在小山洞里一样。傅杰抱膝坐到了小床上，开始苦思冥想。他发现，这段时间他喜欢上了这种感觉，每时每刻都给自己出些问题，开始时是很苦恼的，可是久而久之，就发觉这样很好啊，每处理一个问题后，就得到了些什么，哪怕只是一个信念，或者一个准则，一个对自己的告诫。甚至每找出一个问题来，都是有益有趣的。人生，怕的就是身在问题中，或者问题快来了却还不自知。

那么现在想点什么呢？傅杰问自己，刚才想到的问题已经在饭桌上找到答案了，那么现在呢？他在脑海里，在自己的不安的潜意识里寻找，识别着不安的来源……就在这时，他的房门被人从外面轻轻推开了。

"谁?"他问，有点儿后悔没锁上门，有种被人窥视了隐私的感觉。

来人没回答，只是无声息地进了屋，傅杰看了一眼，马上就下了地站着，来人是白小妍。

"夫人，你有事吗?"傅杰恭敬地问，他再不叫什么白姨了。

白小妍没回答，她在床边的椅子上坐了下来，动作非常地缓慢，像是身心俱疲。好长时间她没有看他，也没说话。傅杰不知所措了，白小妍这个样子，和刚才饭桌上的笑声太不一样了，她怎么了?

"傅杰，你坐下。"白小妍终于说话了。傅杰听话地坐下，坐在床上，尽量离她远些。

"傅杰，你生我的气了吗?"她迟疑了好久，终于这样说。

"没有，真的……真的没有。"傅杰连忙否认，有点儿手忙脚乱。

"你要知道，白姨很难……"白小妍的声音更加低沉了下去，她心事重重，傅杰的心情也跟着低落了下去，往日那个白小妍在他的心里又升了起来。

小房间里又是一阵沉默，白小妍欲语还休。傅杰躲在床尾，好不容易才等到她又开口，她的话随着一声叹息开始，"傅杰，相信你也看出来了，在这个家里，我没有地位……我什么都没有。我想做什么都做不了，谁都和我作对。有时候我真后悔，当初怎么会嫁到梁家来。"她看了他一眼，眼神特别地复杂，那里面包含的东西傅杰觉得他没法都理解，他毕竟太年轻了。可他的确感到了她的一些苦闷甚至难堪。

"你说我有什么办法？我是这个家的女主人，可丈夫病倒了我想照顾他都做不到，他们……他们实在是太过分了。"千言万语只凝结成"太过分"了，这种克制比破口咒骂埋怨更让傅杰感同身受，他以前就是同情白小妍的。

"你别怪白姨那天太性急了，话说得太生硬……"白小妍像是想进一步道歉似的，她望着傅杰，脸上满是歉意。就在她的难以开口的犹豫里，傅杰已经承受不住了，他主动去安慰她，"白姨，你千万别这么说，我没怪你。真的，一点儿都没有……"他再一次语无伦次，白小妍的神情在折磨他，让他后悔那天他的所作所为。为什么那时就不满足她呢？

"那你愿意帮帮白姨吗？"在他的窘迫中，白小妍突然这么问。傅杰一下子就傻了，这样的要求突然来临，要他怎么回答？他毕竟已经不是好多天以前的那个傅杰了。

短暂的冷场，傅杰看见白小妍又笑了，她和蔼可亲地笑了，"好了，你有这份心就好了，白姨知道你对我好。对了，我有个小东西送给你。"说着她拿出来个包装精美的礼品盒，打开里面是一款更加精致新颖的小东西。傅杰认识，那个品牌很高，价格很贵的 MP3。

"你在这儿太枯燥了，首长的卧室里连个电视都不安。来，看看这些音乐你喜欢吗？"白小妍说着走过来，坐在他身边，手把手地教他如何操作，怎样使用，帮着他把机器挂在腰间，把耳塞塞进耳朵。她细致温柔地做着每一个环节，傅杰感到了她的诚意和体贴。这是他生长到现在最缺乏的东西，他心里的某种东西在一点点的软化。

但他仍然记着刚才白小妍要求他帮助的话，那让他想到了很多。可是白小妍在帮他把歌曲选好，音量调好后就拍拍手站了起来。"没事儿就听听吧，你还可以自己选些喜欢的歌放进去，我年纪大了，也不知道年轻人都喜欢些什么。"说完她就离开了。

音乐在傅杰的耳朵里回响，说实话，好的音乐随时随地都会左右人的心情。如果那真是好的音乐，如果那人真的是有灵性的人。可这时的傅杰听而不闻，他又一次坠进他自己的思绪里。每首歌差不多都在四五分钟的样子，他大约听了三四首后，把MP3关了，他现在终于找到了下一个需要思考的问题。

他走出了老楼，来到了后院，秋天到了，他好久没有伺弄那个小菜园子了。他决定把问题都留着，让身体先动一动。他把上身的衣服都脱了，赤裸的上半身立即感到了阳光的温暖，但北方的风已经变凉，让他有点儿发抖。他迈进了小菜园子，开始摘菜园。

他卖力地干着，力气好像越用越多，越干兴致越浓。他发现，这是他的本能，庄稼院的活计他从小就在干，只有干着这些的时候，他才是最放松，最自在的。不知干了有多久，他觉得渴了，走出园子抬头找水喝时，他才发现，有人一直在旁边看着他，站在又高又茂密的蒿草里。是罗兰。

"罗兰，你怎么在这儿？"傅杰惊喜地迎了上去，带着一身光闪闪的汗珠。

罗兰静静地站着，脸色平淡。她抱着肩，仔细地看着他，好久，她说："你很快乐，是吗？"

傅杰笑了，憨憨的，他真的像是又回到了他的老家的田地里，一转身看到了他村子里伙伴一样。他喜欢和罗兰在阳光地里见面说话的感觉，那比在孤清昏黄的晚上强太多了。

　　"可我不快乐。"罗兰幽幽地说，看得出她非常郁闷。

　　"你……你怎么了？"傅杰的心情也跟着下降了好多。他发现女人好奇怪，她们刚才在厨房吃饭的时候都很好啊，都那么快乐，那些笑声都能把他感染，难道都是假的？白小妍这样，现在罗兰也是这样，还是她们太善于转变了？

　　"你说呢？"她反问。

　　傅杰的心里一下子泛上了太多的东西，他叹了口气，站在冷冷的风和炽热的阳光下，他的肌肉开始松弛，他的情绪真的落下来了。"罗兰……"他想说点儿什么，可又没什么好说。他终不能什么都顺着她吧！

　　两人好久的沉默着，有时候目光会交汇，但都马上闪开。罗兰执著地沉默着，像是在等待什么。最后还是傅杰先开了口，"罗兰，这样不是挺好的吗？你，你再等等吧。"

　　"要我等什么？"她再一次追问。

　　傅杰语塞，他能解释吗？他在心里提醒着自己，既然已经深思熟虑地做了决定，那就要遵守。必须得控制住自己。

　　两个人又变得无话可说，冷风突然变强，罗兰抱紧了双肩，傅杰忍不住打了寒战。他的衣服就在罗兰旁边，罗兰弯腰拾了起来，扔给他。傅杰默默地穿上。

　　"你回屋去歇一会儿吧。"罗兰对他说，说完她自己就先往回走去。傅杰目送着她走远，一直站在原地没动。她拐过了楼角，她应该是上楼去教白灵说英语弹钢琴了，她也得工作。她来到了他的身边，站了那么久，可基本上什么也没说，没有要求，更没有乞求。她走了，但让傅杰的心更加烦乱，更加六神无主。

　　他有种不好的预感，似乎他要做出一些他自己不喜欢的事情了。

夜幕降临，一切如旧。老楼又恢复了死寂，连二楼仅有的一点音乐，还有女孩儿们的谈笑声都消失了。傅杰端坐在一楼的大卧室里，像往常一样，面对着继续昏睡的梁东华，目光却不由自主地移向屋子里唯一的光源，那盏昏暗的老式灯泡。

　　已经是夜里快十一点了，他毫无睡意。渐渐地他养成了习惯，每天不到午夜他没法闭眼，勉强自己躺下去，只有更难受，精神更加紧张。与其躺着提防，还不如就这么坐着，时刻面对着可能出现的麻烦。

　　这时的梁东华极端的安静，如果不是他的胸口缓慢细微地还在起伏，那傅杰的真正烦恼就来了，可也说不定从此也就彻底解脱了。

　　这时突然间房间里响起一阵音乐声，就在他的身边突如其来地响了起来，尖锐清脆，悦耳悠扬，傅杰一下子跳了起来，他吓坏了。好容易找到了音乐源，才发现那是他的手机。他又把它给忘了。手机外壳上的彩灯闪亮，那是有了来电。

　　"谁啊？"他拿起来就问，完全忘了起码的礼貌词语。

　　"傅杰，是我，白姨，来给我开门。"传来的声音温柔低沉，傅杰压抑着狂跳的心脏，想起来了，他的白姨就是本楼的女主人，白小妍。他妈的，她今天怎么这么晚才回来。

　　傅杰披上外衣，到外面打开了大门。白小妍穿着一件雪白的长风衣站在门外，在夜里无比的绰约醒目，傅杰看得一怔，与她的实际年龄严重不符，她显得修长纤弱。可他记得，这个女人是如何的丰腴……想着这些，傅杰徒然有些不自然，他连忙说："阿姨，你才回来。"他等着她走进来，好关门。他正看到了一辆房车在不远处拐上了巷外大道，那车顶上没有出租车的营业灯。

　　白小妍兴致很好，手里大包小袋提了好多，她往傅杰的手上塞了几个，"帮白姨拿着。"可她不忙着进去，提不动多余的口袋，却帮着傅杰把大门关上了。

　　"来，这些是给你的。趁热吃吧。"白小妍走在前面，在傅杰之前走进了梁东华的大卧室，把手里所有的袋子一股脑地放在了地板上，这没办法，这间卧室里除了两张床，就只有一把椅子。她看着傅杰没动，就把一些袋子解开了，傅杰不用看，鼻子就告诉了他。那是买回来的饭店打包，气味无比的熟悉啊，几个月前他就是干这个的。

"阿姨，我不饿，真的，我吃过了……"他一个劲地推辞，可白小妍的热情他招架不住。有些人在这种时候特别善于强迫别人，白小妍就是这样，傅杰的嘴里还有手上不一会儿就都多了不少袋子里的东西。他无可奈何地吃着，等着她出去，他好再安宁一会儿。可白小妍在屋子左看右看，甚至来回走走，还在梁东华的床前站了一会儿，仔细地端详着她的丈夫，就是没有走的意思。

"白姨，时间……时间不早了，"傅杰咽下了白小妍塞到他手里的最后一个包子，吞吞吐吐地说。他隐约感到了些什么苗头。

果然白小妍笑了，"傅杰，你怎么赶我走啊？是不是你还在生我的气？"

傅杰连忙否认，就像早上时一样真诚而慌乱。在他的否认声里，白小妍不在屋子乱转了，她坐在了那张大椅子里。"傅杰，今天白姨很高兴，我发了点儿小财，投资的股票升了，我都投了出去。小赚了一笔。"

"太好了，白姨，恭喜你。"傅杰含糊的祝贺。他决定无论对方说什么他都去迎合，都不反对。

白小妍又打开了自己的小皮包，拿出了一个信封，"来，傅杰你来，"她招手要傅杰过去，把这个信封交到了他的手上，"这个给你。"

这信封入手沉甸甸的，傅杰直觉地没接，他碰了一下马上就收回了手，"白姨，我不能要。真的，这不行……"这次他的拒绝比之前拒绝食物要强烈一百倍。这说什么也不能要，信封里的东西太烫手！

"你怕什么？股票讲的是个运气，我买的那些股好些年了，一直都不升不降的，直到你来了之后，才升了起来。你带来了好运，应该分些红给你。"白小妍没有收回信封，笑吟吟地看着他。"长辈给个红包，你有什么不敢收的？"

"不……白姨，你们给我的太多了，我，我不能再要了。"傅杰更加的恭敬，可也更加坚决。他看出来了，只是这样简单的推辞不见得有用，他得把话儿挑得稍微明白些。他说，"白姨，我在你家工作，只是照顾首长，首长已经给了我太多的东西，我都有愧了，因为我没有照顾好他。你再给我钱，我要拿了，那我成了什么了……我实在是无功不能受禄……那不行的。"说着他往后退，远离白小妍，也远远离开了那个装满了钱的信封。

白小妍脸上的表情开始僵硬，一直举着钱的手变得更加的尴尬，那不像是长辈的好意，却像是刚刚接受了别人的施舍一样。终于她支持不住了，手垂了下来，脸也随之真正地阴沉了下去。

"傅杰，你可真是不识抬举！"白小妍忍了又忍，终于还是说出了这样的话，她是真生气了，"我对你是一片好心，你是真的铁了心和我作对！是不是？"

"没有，我怎么会呢？我知道白姨对我好，处处都照顾我……可我真的不能什么都收啊，我，我不是那样的人。"傅杰一脸无奈地解释。

"你别和我打马虎眼，你以为我看不出来吗？你是看着我在这个家里说话不算数，所以你也跟着他们一起小看我！"白小妍的怒火熊熊地燃烧了起来，突然间就烧到了傅杰的眉毛下面这么近，像是她隐忍了好久，终于得以发泄，"你要知道，再怎么说我也是这个家的女主人，要是我一定要赶走你，谁也拧不过我！这点儿事我还做得到，你信不信？"

傅杰沉默，面对白小妍这些声色俱厉的话，他这次选择了不回答，甚至也不去看她。他听到了白小妍呼呼地喘气声，倒真像是农村那种炉台边上的老式风箱。

"别以为我没有办法治你，"傅杰的沉默让白小妍的感觉好受了些，"现在首长老了，我才是这个家真正的主人。梁卫东……哼，有他哭的时候！你说吧，你到底是听他的，还是听我的？"

傅杰在心里苦笑了一声，心里说我听李劫的。当然这话无论如何都说不出口，他还是选择哑口无言，默不做声。

白小妍等了半天他始终没有动静，她突然站了起来，快步往梁东华床边走。傅杰比她动作要快，几步就拦在了她面前。这时他们面对面了，傅杰看到白小妍恶狠狠地看着他，他心里有些发抖，可还是强挺着，不让路。

白小妍的神色渐渐地缓和了，好一会儿她说，"傅杰，你这样很好，能忠于职守当然是好。可是你要分清楚，我是谁。我……"她接不下去了，这些话她自己都觉得无聊。这之前她已经强调过好多遍了她是谁，可对傅杰没起作用啊。怎么再次开口说出的还是这个？她深深地呼吸了几口，像是下了什么决心，才又说，"傅杰，只要你听白姨的，少不了你的好处，这里是四千块钱，"她拍拍那个刚才还举着的信封，"白姨会给你更多。"她看见傅杰的头又低了下去，于是她等，她知道这时是多么的关键，条件开出去了，马上就会有答案，等待是必须的。

就在白小妍渐渐等得失去耐心，更有点动摇了信心时，傅杰抬起了头，"白姨，你让我再想想，你……你别逼我。"

白小妍的目光在他的脸上扫来扫去，好久，她终于再没说什么，拿起地板上的东西走了出去。在她看来等待真的是必须的。可李劫就是一鼓作气才拿下傅杰的！

楼道里的脚步声逐级升高，傅杰的耳朵追随着白小妍的脚步，直到她到了二楼，开门进了房间。他默默无言，原地转回了身，他面对了依然昏睡的梁东华。刚才的一幕幕在他的脑海里回放，每一句话他都记得清清楚楚。不知道梁东华都听见了吗？有的书上说，昏睡的状态下的人有时还是有意识的，不知道梁东华要是知觉了刚才的事，会作何感想？

会以为他真的是忠心耿耿，不负所托吧。

一种冷冰冰的笑容渐渐泛上了傅杰的脸，在灯光显得特别的诡异阴森，他想起了几天前李劫说过的话，"……白小妍是个头脑简单的女人……"真的就是这样，他现在的感觉就是如此。没有那么多的智慧，却要算计那么多的事和人，不是头脑简单，又是什么呢？

可笑，四千块钱，还会给我更多。这算是什么？真的是把他当成了进城打工的普通农村孩子了？区区四千块钱就想支使他什么都做？

傅杰知道自己要冷笑了，但在笑容没有出现前，他就扼杀了它。他扪心自问，他不是个从农村来进城打工的孩子又是什么呢？他被自己的新发现刺着了，要知道，每个人衡量自己都是看自己能达到什么高度，而世人看一个人时，是只看他现在达到了什么高度的。他傅杰，或许现在有了"身家"了？所以与以前不同了？但在别人的眼里呢？

傅杰拒绝再这样想下去了，这样往前想，他不堪回首，以前的日子的确是太狼狈，太低微了；可也没法再往以后的日子看，因为他知道他所谓的"身家"是什么，又是怎么来的……还不一定会带给他什么，能不能真正得到呢！

但这并不妨碍他拒绝白小妍。白小妍开始时是许他以利，但她根本就不知己更不知彼，所以她没成功。紧接着又威胁要把他赶走，这他就更不怕。不是说她不能真正做主赶他出梁家，而是说，谁也没法办得到。

刚才白小妍等待他回答时的短短一会儿，他再次为自己的判断而惊讶，他又一次发现了自己从不了解的另一面。他竟然飞快地计算到，现在梁家真正的主人是昏睡着的梁东华，而能继承梁家的绝对不会是眼前的白小妍或者那个讨厌的大小姐白灵，只会是身为长子的梁卫东。可梁卫东会有什么？无论梁卫东有什么都已经是他傅杰的！

这一系列的推断在瞬间就让他找到了他所需要的最后的答

案——他才是这里的主人！只要梁东华死。

是的，他现在已经为了钱改变了，梁东华不死，这些他都得不到。他计算得很清楚。

在他的面前，梁东华还在平静地昏睡着，对身边发生的所有事情都一无所知……

第二十六章　摧　折

　　第二天傅杰起来得晚了，他睡意尤浓地睁开了眼睛，满眼都是耀眼的阳光，外面红日高照。他摸出电子表看了看，已经是上午的十点半了。他习惯性地看了看梁东华那边，发现这老人还像昨晚那样安静地躺着，连姿势都没有变，显然没有醒来过。

　　他摇了摇头，梁东华更加地衰弱了，好像那天晚上突然醒过来，跟他说了那些话，把精神体力都超支了，这时在还债。

　　十几分钟之后，傅杰感到了饿，这让他精神勃发，年轻人自然而然地就突然被唤醒了体力。他走进厨房，厨房还有来路上一个人都没有。老楼里安静得就像是夜里，小孙也不见了，饭桌上有几个小饭盆倒扣着，他打开，里面是留给他的饭和菜。他又看了看旁边的微波炉，微波炉的边上还有一碗小米粥，粥里有个剥好了皮的鸡蛋，那是留给梁东华的。

　　傅杰吃完了饭再回到大卧室里时，时间过去了半个小时。看看梁东华，时间对他来说已经没了意义，他一如既往地只剩下了若有若无的呼吸，仅此而已。但也看不出什么变得更坏的迹象。傅杰摇了摇头，拿起电话给梁卫东拨号，他得报告梁家大少爷了，老首长已经不能像前些日子那样每天定时醒来，自己吃饭了。这得想想办法。

　　梁东华让他就近找医生，就是那些上门输液打针的大夫，来打点儿葡萄糖，用这个来维持生命，先把吃饭这一关过去。傅杰答应照办，梁卫东好像很忙，周围乱糟糟的，也没再问什么，更没说要回来看看老爸，电话就撂了。

　　这很好，傅杰放下电话就去找附近的卫生保健所，请里面的医生出诊打葡萄糖。梁卫东彻底做了撒手掌柜，把梁家老楼里这一摊扔给了他，这好极了。

在侍候打点滴的时候，傅杰得到了向往已久的安静，老楼自始至终都没有一点儿声音。时间长了，傅杰开始奇怪，往常这时二楼应该书声朗朗，钢琴悠扬了，或许还会有白小妍出门进门的动静。可今天是怎么了？人都不在吗？

点滴还有好多，梁东华静止得就像具没包上布条的木乃伊。傅杰走出了大卧室，小心翼翼地上了二楼。二楼静悄悄的，阳光更加充足，窗户不虞盗贼，也更加地阔大，傅杰的心胸为之一开。他在一间间的房门外走过，里面声息皆无，直到他来到了小孙的房间外，才听到里面有人的动静。

"小孙，你在吗？"他小声地招呼。

小孙应声而出，"傅杰，你怎么上来了？有事吗？"她像是有些吃惊，梁家老楼的二楼，已经约定俗成一样成了女性专用区，傅杰几乎从来没有不经召唤自己上来的时候。

"她们呢？罗兰去哪儿了？"他本想笼统地问，可还是流露出了重点所在。

"不知道，夫人和小姐早晨就出去了。罗姐……她不在吗？我没看见她。"

傅杰的目光飘向了二楼最深处的那个小房间，就是他在一楼的房间的正上方的位置。自从罗兰来就坚持着单独住在那里。她是怎么了？病了吗？还是也出去了？

"你找她有事？"小孙小声地问，傅杰没有回答。她是个乖巧聪明的乡下女孩儿，看出了傅杰的踟蹰，她走过去轻轻敲了敲罗兰的房门，"罗姐，罗姐……你在吗？"小孙的声音轻轻地叫着，像是不敢打碎这个上午的宁静气氛。罗兰的房间里一直没有回应。好一会儿，小孙转回了身，向他摇头。

回到楼下，傅杰变得坐立不安。罗兰到什么地方去了？小孙说她没有和白小妍母女在一起，她是回学校去了？还是……他的头脑自动地启动了，各种可能一一出现。他发现，越是坏的可能他越是没法漠视，越是轻易的可能他越是不上心。罗兰，他始终抓着他的手机，可那里面还是没有她的联系电话。他没向她要过，而她，连他有了这个电话都不知道。

又过了半个小时，傅杰再也忍耐不住了，他再次上楼把小孙叫了下来，请她照看着点滴，他跟她说电业局来了电话，电费超了得马上去交钱。

他走出了梁家，跳上了辆出租车，以最快的速度往罗兰的家里赶。他被自己想出来的最坏的可能性困扰着，罗兰一定是回自己的家去了。她心灰意冷，再也不会再到梁家，因为他的阻挠，她已经什么都做不了……这让傅杰无法忍受，不管是罗兰因为他才痛苦，还是他从此再也见不到罗兰了，不管是哪一种他都绝对不能接受！

可是罗兰家的门也叫不开，傅杰在门外从敲门变成了拍门，甚至有几下都像是在砸门，里边都毫无反应。后来一个楼下的邻居上来了，嗔怪他扰民，可傅杰的态度好，连连道歉。说自己是罗兰的同学，学校里找她有急事。这个邻居反过来告诉他，罗兰早晨就推着她的奶奶去教堂了，今天是做弥撒的时候。

傅杰千恩万谢，马上下楼往教堂跑。他记得那个黑色的，让他全身都过敏的教堂的大致方向。不一会儿，他站在了教堂的大门口，它又出现在他面前了。它庞大，它黑色、尖顶、阴森，两侧的尖塔顶端耸立着十字架。他咬着牙看了它好久，不知为什么这里就是让他犹豫，好一会儿，他才抬起脚走了进去。

没人问他，今天教堂里人很多，每个人都面色虔诚，傅杰的脚步不由自主地放缓了，目光四处搜寻。天哪，人这么多，让他怎么找呢？他叹了口气，只好信马由缰，走到哪儿找到哪儿了。但没走多远，他就在教堂前的广场上站住了，只在这个小范围里踱来转去。他想到了以前陪梁东华来时，他们走遍了教堂的里里外外，那地方实在太多了，在他四处找的时候，很可能罗兰正在离开。

他就在这里等，虽然时间可能长些，但只要她还在，他就一定能见到她。他一定要见到她。

人流出出进进，时间分秒流失，傅杰的样子就像个广场上的便衣保安。他全神贯注地注视着身边经过的每一个人，他知道这样不好，人们看他的眼神也都有些异样了，但他不管。身体外在受些伤害没关系，身体里面的痛苦才真正难熬。罗兰，你在哪里……他心里不停地呼唤着，她或许离他非常地近，这座教堂虽大，毕竟要比沈阳城小多了！但他就是等不到她。

突然有人在他身后说，"孩子，你在等谁？"

傅杰猛地回身，他身后站着一个人，黑色的长袍，雪白的头巾，是位上了年纪的修女。她慈祥地看着他，好像已经站在他身后好久了。

"我……"傅杰有些期期艾艾，他不知道是不是他无意中触犯了教堂里的什么规矩？为什么会有修女突然来问他？

修女的脸慢慢地浮现了一丝笑容，"跟我来。"她向傅杰微微点头，"我知道你在等什么。"她不等傅杰回答，自己转回身往教堂的一个小角门走去。

傅杰再一次走进了这座老教堂，从一个不起眼的小角门走了进去。盘旋狭窄的楼梯，没有窗户，甚至没有流动的空气。他紧紧地跟着前面那块雪白的头巾，只要他落后三步以上，时刻转弯的楼梯就会隐没前面的引路人。傅杰默默地数着自己的脚步声，他不知道前面这位修女要把他带到哪里去，难道她真的会知道他在等什么人吗？而那个人现在也正在等着他的到来？

在如此昏暗老旧，曲折神秘的教堂里？

傅杰始终都没有开口去问，直到前面的修女终于停下了脚步。傅杰来到她的身边，发现她身边的墙向下凹下去了一层，一个绝对老式的门手柄低低地镶钳在上面，如果不去刻意地看，一定会错过。他看着修女，用眼神提出疑问。早已适应黑暗的两双眼睛互相对视着，年老的修女向他做了个手势，用隐在宽大黑袍里的

手微微指引了门的手柄，然后她就独自地走开了。

傅杰没有马上去推门，他在黑暗的走廊里又站了一会儿。很奇妙，一种朦胧难解的感觉缠绕着他，这里他似曾相识，就像以前来过一样。所有的景物都很陌生，但似乎在他心灵很深的地方，它们都存留着些影子，一种说不出来的有点儿熟悉的味道……他向左右看，走廊如此的窄小，三个男人并排走就会有些挤，但抬起头，举架高得让他目眩。这不是中国传统的建筑理念。好一会儿，他的目光又回到了那个小小的手柄上，他轻轻地握住了它，向右转动，然后推。

门开了，一道光线从门里射了出来，走廊里似乎亮了些，但难得的光亮更映衬了走廊里原有的阴郁。傅杰竟然像是留恋一样地又扫了一眼已经在身后的走廊，才往门里走。光亮，门正对着房间里的窗子，秋天的阳光明亮耀眼，一个人影镶钳在窗子的光明里。傅杰看不清那是谁，但直觉地叫了一声："罗兰，是你吗？"

声音在这间建成在一个多世纪以前的老房间里回荡，没有回应。窗前那人转了个身，窗上的光明里剪影转折，傅杰才发现，那人现在背对着他。

他走了过去，避开了阳光的正面，他看到了罗兰的侧影。但这间小小的教堂内室里宁静得异乎寻常，有种奇特的氛围，压抑着傅杰的心灵，让他说不出心里的那些关于世俗的话。

"你为什么要来？"好一会儿，罗兰终于说话了。

"我……"傅杰再一次无话可说，从早晨开始就一直不停地思念着她，可一旦见到了，却不知道怎么开口。"我想你了…不，我不放心你。"最后他这样说。

罗兰的脸颊轻轻地抽搐了一下，那像是个很苦的笑容。她没有说话，但这也是一种回答。傅杰知道内容。罗兰要做什么都告诉了他，可他不仅不帮助她，还在破坏阻挠她。甚至连她的秘密都是他强迫着她说出来的。一时间，他为自己刚才所说的话脸红。

"罗兰，你别急，你等一等好吗？"他思量了好久，只能这样说。

"等？还要我等多久？"罗兰转向了他，看着他的目光明亮锐利，让他无法对视，"我可以等，可我的奶奶可以等吗？还有我的父亲，你有什么权力要他们等?!"

傅杰垂下了头，他无法面对罗兰的目光，那里面蕴含的东西太多了，也太强烈了。她的话连同着这间百十年的老房间，都像合成了一股看不见的压力，在抵触他，排斥他，极为明显地不欢迎他。傅杰一时想不出还要再说什么，他把目光无奈地投向了窗外，结果他看到了教堂前的广场。他想到原来罗兰刚才就是站在这里，一直往下看。她当然会看到他，人来人往，他在人群里始终不动，那有多显眼啊。

"罗兰，你怎么会来这里？"他终于又找到了一个话题。

"我奶奶是信徒。"罗兰没好气地回答。

"那你呢？"

"我不是。"

"那你常来吗？"傅杰还在问，可这次罗兰紧紧地闭上了嘴，再不回答。气氛在松动，这让她讨厌。看她这样，傅杰叹了口气，"罗兰，你为什么就不能真正地快乐一下呢？你每天不是都在笑吗？把那些事情忘了吧……哪怕只是暂时的……"

"别说了，你走吧。"罗兰打断了他的话，转过身去，再不理他。

这让傅杰戛然而止，他的口才本来就不好，翻来覆去的也就只有那么几句话。罗兰终于听不下去了，在她如此的心情下，在这样的地方，他竟然劝她多笑一笑，把那些事情放下。他在说什么，他自己清楚吗？他了解她的二十几年的生命里，每天都要把这些事情翻来覆去地想多少遍吗？

他这么轻巧的几句话就想改变她？

傅杰没有走，他的目光无法再注视她，也移到了下面的广场上。中午到了，人们排起了队，好像是在领圣餐。他看着蠕动的人流，僵硬的头脑里灵光一闪，想到了一件事。罗兰或许并不是一定要赶他走吧，要是她如此轻易就把他赶走，她还会特意请一位修女把他领上来吗？会吗？

他强迫着自己站在这儿，先不管脸上怎样变红发热。不管怎样，与罗兰单独相处的机会难得。何况他还有些话已经在他心里忍了好久，一直想告诉她。

"罗兰，"他鼓足了勇气，"你……"可还是不知道该怎么说。

他的声音很奇特，罗兰不禁又看了他一眼。阳光再次照在她的侧面上，光影的效果就像是那天的舞台灯光一样。一瞬间，傅杰痴迷了。

"罗兰，你还记得那场话剧吗？"傅杰脱口而出。他看见罗兰变得有些诧异，显然是不解他为什么突然提起这个。

"罗兰，我从来没想过会上舞台，演话剧。可你说，我天生就是要演那出戏的。你都记得吗？"

罗兰看着他，等着他往下说。

"罗兰，我一直都记着。我……我喜欢你。"

他竭尽全力说出了这句话，然后马上就低下了头。不知道为了什么，他不敢去看罗兰的脸。可好一会儿，罗兰什么也没有说。他抬起了头，看到罗兰微笑着看着他，轻轻地摇头。

"那是戏，傅杰，那只是一出话剧。"她说，"你别想得太多了。"

轻飘飘的声音，轻描淡写的态度，这就是傅杰全力以赴才说得出口的心事所换来的。他呆呆地看着她，一肚子的真诚，满脑子的幻想都被塞住了。罗兰的样子却慢慢转变成了一种看着他似乎很觉得有趣似的神情。好久，傅杰终于又垂下了头，他笑了笑，"罗兰，我还有点儿事，我走了。"他转身走了出去。

掩上了房门，关闭了光亮，傅杰在黑暗的走廊里尽量地加快了脚步，他一定要尽快地离开这儿。

这就是他的第一次恋爱，第一次的被拒绝。罗兰不知道，就在刚才那么一小会儿里，沉默的傅杰，他的心里已经转过了多少的念头，有多少话在他心里生成，又被他自己否定，最后熄灭。

他把罗兰在排练时在舞台上的神态形体，他把罗兰与他交往的前前后后都在心里提取了出来，与现在他眼前的罗兰一一对比。她以前的真诚和投入，她现在的轻视和淡漠，在一次次的对比交换中，把他心里因为思念和幻想而扭曲的东西逐一纠正，他甚至代替罗兰把他将要提出来的问题，说出来的话一一作了回答。

什么都在无形中进行，结果什么都不用多说了。多少年后，傅杰回首这时，知道了这时有多么的幼稚，可是他并没有笑话自己，他怜悯自己有多么地纯真，又非常地羡慕自己那时能够纯真。或许他当时真的应该什么都和罗兰说说才好。

但那时他什么都不懂。有的，只是难以遏制的情绪。

傅杰走出了教堂，走在了回梁家的路上。走出去了好远，心里酸楚渐渐落下，怨恨和愤怒却不知从哪个角落里升了起来。他在面对着罗兰的时候，什么都没有表露出来。这时他想，他是不想表露，还是不敢表露？他是自尊，还是自卑？

他现在走出来了，离开她了，却又在那些个问题上纠缠，这是怎么回事？

多么的无聊，但就是没法控制。

没用多久，他回到了梁家。他没去管老楼里还有没有其他的事，等待他照顾的梁东华在他心里连闪一下都没有。他直接回自己的小房间，他得马上回到自己的小山洞里去，马上。

拿钥匙拧开老式暗锁，打开原木房门，他像躲闪什么一样冲了进去，立即关紧门，从里面锁上。一系列的动作一口气做完，做完后他马上就虚脱了下去，靠着门往下滑，他缩成了一堆。现在终于没有人能看到他了，周围终于什么人都没有了。他可以想怎么样就怎么样了。

他就想把整个身心都放开，任由自己垮下去一次。他需要这样……可就在他好不容易能透出口气，把头抬起来些时，他吓得

一跃而起，面无人色——他的房间里竟然有人！一个人背着光（该死！他的房间也是房门直对窗户，光线直接晃着他的眼睛，什么也看不清），半躺半靠在他的床上。

"你是谁？"傅杰听到自己的声音都变了，巨大的惊吓之后是巨大的难堪，不管那是他的自尊心还是他的虚荣心，都非常强烈。

"傅杰，你怎么了？"声音温柔低沉，充满了关怀，没有一点点的嘲笑或者惊讶的意思。

白小妍，竟然是白小妍。她怎么会在这里出现？傅杰的心平稳了些，松了口气。对白小妍，他由最初的反感，到之后的尊重，再到怜悯，再到前几天的诧异和轻视，无论哪一种，他都不怕她。

"白……白姨，你怎么在这儿？"他差点儿直呼她的名字。说着他走了过去，两步之后已经快到床边，他突然停下了。这时阳光已经不能再直射他的眼睛，他看清了他床上的一切。

白小妍拥被而卧，是他的被。她的半个上身露在外面，雪白的臂膀上只有两条细细的丝绒吊带。她这是在干什么？

白小妍平静地与他惊讶的目光对视，好一会儿她笑了笑，"你不会了解的，傅杰，我一个人在楼上住的时候太久了……我寂寞，没个人和我说说话。到楼下来，找这个小屋待一会儿，就像出去休了个假，旅游了一次一样……你介意吗？"

傅杰迷惑不解，但他摇头，表示不介意。他始终都知道这是谁的家。但他没忘这时该怎么做，"白姨，那你待着吧，我不打扰你。"他说着就要出去。

"等一等，"白小妍叫住他，"你先别走，让这屋子里多个人。来，你坐在这儿，陪我聊聊天，说点儿什么。"白小妍从被子里伸出一只雪白的臂膀拍了拍离她不远的床沿。

"说什么？"傅杰看着她，奇怪的是他真的没有走。

"随便说什么都可以。"白小妍把被子往上拉了拉，被子蠕动着，现在只有她的肩膀露在外面了。她像是来了兴致，笑吟吟地望着他。可是突然间，傅杰不知为什么，罗兰的样子在他面前闪过。那是一阵连片的图像，有她亲切注视着他的样子，有她痴情凝望他的样子，有她疯狂一般不忍离别的样子，都晃动在老旧的照片一样的灰暗世界里，就像前生后世一样的遥远……它们在各种光线下不断变幻，可最后都定格在她凛然不可侵犯，高高在上的影像里，就像她刚刚在教堂里看着他那样。

傅杰的身子发软，他发觉自己坐在了床沿上。刚才进屋时的感觉又涌上来了，他没法抵挡，或许这就是他的第一次失恋吗？多么荒唐，多么可笑，罗兰提醒过他的，那不过就是一场戏，一出话剧。他自己也知道的，从最开始，她看到的就不是他傅杰，而是穿着老式的国民党军装，从时空隧道里突然出现在她面前的骆灵中，她整个家族都念念不忘的人，她的爷爷……与他傅杰一点儿关系都没有。

可他已经隐隐约约地想了她那么久，哪怕每一次想起来，都马上就阻止自己想下去。他不配，他什么都不是，一个注定了没有前途的进城打工的小农民……而罗兰，那么优秀。

无可奈何的感觉压垮了他，那么美丽的东西可望而不可及，还有他日日夜夜的盼望。他以为他是"生来就为演那出戏"的主角，而罗兰也同样是他命中注定的那个人，可都错了……那有着不可跨越的鸿沟一样的距离！

不知在什么时候，他发现他被白小妍温柔地揽着，她轻轻地拍抚他，像是在安慰着一个在外面受了伤的小儿子，虽然她没有开口问他劝他。但这样就让傅杰觉得好受多了，从小到大都没有什么人这样温柔地关怀他。他的母亲爱他的方式，是用她全部的心血，整个的生命去劳作，来供他上学读书，衣食温饱。可从来不会以这样的温情方式来表露。傅杰想不起别的，他慢慢地倒了下去，不管身边的人是谁，他只想歇一歇，这一天，乃至于这几个月里的每一天都太累了……

事情在突然间发生，傅杰再清醒些时，发现他和白小妍紧挨在一起，他的小床像是不堪重负似的在呻吟扭曲，他不知在什么时候身上已经没有了衣服，是他在紧紧地抱着白小妍，还是白小妍动用全身的每一个组织在纠缠着他？他不知道，他什么都不知道，只是怀里像是抱着一团火，他的心里更燃烧着更大的一团火，像是在逼着他去做什么，去破坏什么，去毁掉什么！他没法控制他自己，一切像是在自动进行着……一切看来都在顺理成章一样地发生了，在继续地发生进行着。但是突然间，小床前所未有地剧烈晃动了一下，把墙都撞得一声大响，白小妍充满了激情和诱惑的呢喃变成了一声惊呼，她倒在了床的另一边，雪白丰满的身体在床上毫无节制地铺陈着，她惊讶地看着傅杰没有前兆地跳了起来，飞快地往身上乱抓乱披衣服，还没等她再说什么，他已经打开门，逃一样地冲了出去。

傅杰快要爆炸了，他全身充满了不可遏制的力量，他心里的那团火在离开白小妍后燃烧得更加炽烈了，像是要把他烧焦，把他点燃。他的眼前，他的心里一直回放着白小妍在他面前所呈现出来的一切，那是他从来没有见过的，更加是从来都没有想象过的……世间竟然会有这样的，这样的……他没法形容，但牢牢地记着，挥之不去。

他跑出了老楼，冷风扑面，他似乎清醒了些，他抬起头，阳光是这样的耀眼，他什么都看不清……他没法在空旷宽敞的前院立足，只身暴露的感觉如此可怕。他更不能回楼里去，他没法再回头！他跌跌撞撞地往后院跑去，他一直跑进了一人多高，入了秋更加茂盛的蒿草丛中。在草丛中他深深地呼出了口气，慢慢地蹲了下去，他真的站不住了。

但仍然是热，而且蚊虫好像突然间知道他来了，从四面八方一下子会集在了他的身上，咬他，围着他转。他时不时地用僵硬的手去划拉一下，挥打它们，可是它们都无动于衷，在他全身上下每一寸地方吸附着，欢蹦乱跳唱着歌一样的吸吮着……天哪，他真的受不了了。

他在脚边发现了一根半掩在土里的胡萝卜，他颤抖着手无意识一样地把它拔了出来。刚出土的东西，尤其是一直埋在土里的下半截，还是冷森森的，让他死死地抓着它不放。在极度的烦躁酷热里，傅杰突然把那根还黏着黑色泥土的胡萝卜放到了嘴里，大口大口地咬了起来，几乎就是一瞬间，他就把它咬得稀烂，都咽了下去……

可他还是难受，他摇摇晃晃地站了起来，发现自己是站在那个已经被他罢了园的小菜园子里，四周在晃，天旋地转，蹲的时间长了，站起来的感觉无比刺激，那里面似乎也有一股难以言传的快感……傅杰在脖子上抓了一把，觉得把一些小疙瘩一样的东西都捻碎了，化成了湿露露的一团儿。那应该是一大片的小虫子吧。

好，傅杰挣扎着往外走，带着一身虫子来到了梁东华大卧室的窗外，那根浇菜用的大水管子还在，他打开了水龙头，把水龙头拧到最大，让带着剧烈冲击的水流从头上直浇了下来。那让他睁不开眼，甚至喘不上来气，但是他痛快，他高兴了，他用一只手始终举着满流的水管，用另外那只手把衣服全都脱掉了，在冷风嗖嗖的老楼后院的阴凉地儿里赤条条地把全身上下来回冲洗……他知道那些虫子是跑不了了，都被冲下去了，它们都会被淹死，最少也会得场重感冒……他报了仇了，可身上会留下来些红肿的大包……那他的心里呢？那些东西也会随着冲干净了他的身体，可因此变脏了的水一起远离了他吗？能吗?!

天似乎一下子就黑了，时间，一下子就到了晚上。傅杰醒了，他发现自己躺在地板上。四处转转脑袋，景物似曾相识，可又不太像似的。他慢慢地爬起来，好了，他看清楚了。他还是在梁家老楼里，这是他最熟悉的一间屋子，梁东华的卧室。可他忘了他是怎么进来的，又是怎么躺下来睡着了的。

他呆呆地坐在地板上，大卧室里悄无声息，可是卧室外面却有人的声音。几个声音交织在一起，欢声笑语，而且他闻到了饭菜的香味。这些香味还有那些人的声音，离得他好远啊，几扇门，

几堵墙之间，就那么的不真实。

他用手撑着地，终于一挺身站了起来。他饿了，也想去吃点儿东西。

厨房里，餐桌上，四个女人围坐着，灯光明亮，饭菜飘香。傅杰像个死人似的走了进来，身上和脸上都死板板的，与这里的一切都格格不入。他呆呆地扫视着餐桌上的人，像是没有顾忌的无礼，更像是失了神志一样的呆滞。他看见白灵神采焕发，一扫往日的乖戾样子，笑语盈盈的，看着他这样反常的样子，也没像平常那样变得面露鄙夷。她旁边是白小妍，白小妍像是突然间年轻了，她还是她，但就是变了，像是身体多了些水分，把她灌溉滋润了。她强烈地吸引着他的眼球，没法不看。紧接着他看到了罗兰，罗兰就在白灵的另一边，她也喜气洋洋的，和白灵挨得紧紧的。小孙坐得远些，她没怎么变，小心翼翼地吃着自己的饭。她是第一个反应了过来的人，给傅杰拿来碗筷，甚至把他扶进了座位里。

他闷头吃饭，谁也不看，谁也不理。这些女人也没再理会他。可她们的言语一字不落地往傅杰的耳朵里钻，傅杰只觉得厨房里的灯光越来越亮，照得他心慌意乱，简直就是要把他照得透明，要把他照得彻底消失。而白小妍她们的话，就像是在听一出广播剧一样，她们在说着，他也在听着，可就是感觉不到她们就在他的身旁。

他听清楚了，好像是今天白灵去音乐学院面试去了，无论是英文的口语方面，还是钢琴的初试，她都让考官老师们大有好感，其中好几位以前鄙薄她的能力的老师更是不仅对她刮目相看，甚至把她前后的变化对其他的老师们说了，她以前的拙劣更映衬出她这段时间由自身努力而取得的成绩是多么地难能可贵。

一个进步了的好学子。

她的母亲还有作为她的老师的罗兰，都在为她高兴。

傅杰偷眼看了罗兰，罗兰言笑自若，她坦然迎接着白小妍母女的谢意，回应着白灵对十几天后复试的各种提问。她的注意力全在她的身边左右，一点儿没看餐桌对面的他。视他如无物。

他心里堵得慌，说不出原因，就是难受。他想收回目光，可是又不由自主地看向了白小妍，白小妍不停顾盼的目光四处闪动，他只是看了她一眼，就马上和她目光交汇了。她向他微微一笑，说不出她笑容里是什么味道，傅杰马上回避了。他没再吃几口，就坐不住了，站起来，想说点儿告辞的话，张了张嘴，什么词也想不出来。只好就那么走了出去。

他身到身后边一个女人的声音小声说，他怎么这样啊……真是有病，一天比一天反常……不用辨认，那只能是白灵，她能等他走了之后才说这种话，已经很难得了。隐约着他还听到有人在劝她，说的什么，随着他越走越远听不清了，他也不关心。随她们去吧，他觉得神志昏沉，心思紊乱，白天时那种突发性的精神气力不知道哪里去了，疲惫的感觉就像他把太多的东西透支了。

窗外的夜色越来越深，老楼的声音越来越平息，傅杰在床上翻来覆去，身上越来越难受，站不住，也躺不住，他真的坐立不安。白天的一幕一幕无比清晰地在他眼前重现，古老黑色的教堂，沉旧高耸两边的墙像悬崖峭壁一样的走廊，从教堂小室里射出来的光芒……罗兰在光芒里转身的剪影，他挥之不散。他不愿再想下去了，接下来就是罗兰一言不发就让他落荒而逃的场景了，他羞愧难当不堪回首，可没有办法。就像一面随着他的眼球转动的屏幕一样，每一件小事，甚至当时的双方对话都在重现，点滴不落。

好久，终于那一段过去了。影像里的"他"回到了梁家，他自己的山洞，厨房边的小房间里，他突然间全身燥热起来，不知道潜藏在他身体的哪个角落里的东西一下子又冒了出来，他看到了白小妍，自从这个女人在他面前第一次出现，就让他脸红心跳，他不是没有接触过她，不，有很多次，甚至在深夜里，就在这座老楼的走廊里，一片漆黑，他突然被她抱住……那时的感觉仍然无比清晰，还有外面的那个地窖，她比他大了至少一倍的年龄，她的女儿跟他同岁，但她真的是个女人，他现在无比真切地知道，她是个女人……

在他的小房间里，他都看到了什么，他都得到了什么？自从他突然间中断了自己的行为，逃一样地跑出去后，他就一直克制着自己不去想，可这时黑暗来临，他的呼吸变得剧烈，他的身体有了变化，更要命的是他的理智再也没法控制他的心灵……他就这样下了地，身上没穿什么衣服，自小在农村长大的孩子，没有那么多的讲究。他赤着脚，没有发出一点儿声音，打开了房门，只留下一点儿缝隙，没有锁上，他还得回来。就这样，他悄无声息地向楼上爬去。

黑暗里眼睛什么也看不见，傅杰索性闭上了它们，这样他其他的各种感观更加灵敏了。他的脑海里，清晰地映示着二楼上每一处的房间布局，每一寸楼板上摆设着什么都无有遗漏。他没有摸索，第一次伸出手去，就握住了一只铜制的老式门柄。没有错，那就是白小妍的房门所在。他轻轻地向左旋转，就像上天都在配合默许着他一样，那扇门竟然没有上锁，他推开它，它和他一样安静，没有发出半点儿的声音。没错，今夜，就是他的满足之夜。

馥郁的香气，浓烈深沉，和房间里的主人一样的体气味道，这扇门内是另一个世界，似乎黑暗变得更黑暗，而奇异的香气突然包围了他，让他深深地呼吸，由此他挺起了胸膛，站直了身体。他张开了眼睛，他又往前走了一步，脚下变成了温软厚密的地毯，房间里有些凉，看起来是开着空调盖着厚被，他的手摸到了外层凉凉的被子，下面就隐约地透着充满了弹性的身体！

在黑暗里傅杰立即颤抖了，他的神智像是突然间清醒了过来一样，他在干什么？他是怎么上来的？他要收回他的手，可是手却在自动地移动着，探索着……他白天就曾经得到过的东西！不知在什么时候，他的手探到了被子里，他变得冰凉的手在被子里被另一只温暖柔软的手轻轻地握住了，她拉着他，只是轻轻地牵引，他就被她带了进去……黑夜是燃烧的，傅杰在白天强制压下的欲望加倍地被点燃了，在极度的冲击快乐中，他的思绪没有理由地想着别的不相干的东西，他在想刚才他关了门了吗？会不会有人突然闯进来？那会是谁？突然间电光火石一般地他意识到，他正在做着什么，他知道了自己正在做着什么，那让他惊醒，停留静止了一瞬间，可是那立即就被白小妍淹没了，她让所有其他的东西都滚得远远的……但是罗兰白天端庄平静地样子还是在他面前出现，怎么用力她都在平静地看着他，她那么的平静！那么对他无动于衷！

好像她永远都是遥不可及的……

那么现在呢？他距离着罗兰只不过二十几米远而已，同一楼层，却是咫尺天涯，他得不到她，绝对的得不到她……但他不后悔，没有什么了不起的，高贵的，高高在上的白小妍，梁家女主人，第一次看到他时连话也不说，正眼都不看，询问他都是面对着老管家李厚诚说话，可是现在又如何呢？女人，女人，没有什么了不起的女人……他可以为世上任何事情自卑，沮丧甚至崩溃，但就是不必为女人难受，那真的什么也不是……

第二十七章　失职之日

好久之后，一切静止。傅杰瘫软在床上，在黑暗里大大地瞪着眼睛。另一具仍旧滚烫的身体伏在他的身上，时时在蠕动着，可他再没有半点儿的情欲来促使他动作。他的耳边呢喃着细如蚊蝇的声音，白小妍意犹未尽，可他像具没了生命力的死尸。他觉得兴味索然。

白小妍没有留住他，傅杰在结束后才几分钟就离开了她。那时白小妍在黑暗里满意地笑了，她觉得很顺利。至于傅杰的离开太快了些，她认为只是这个男孩子事后胆怯了，也可能是他还不习惯这种快乐，这种享受……在黑暗里她很快乐而且享受，一切很好，她的目的都达到了，想要的都没有落空。

傅杰蹑手蹑脚地下楼，重新回到一楼去。这时他感觉到了寒冷，尤其是脚板，地下阴寒的冷度每走一步都在加重着，不等他的脚回暖一下就再次冷得新鲜。他溜回到梁东华的大卧室里时，脚已经像是失去了知觉，进而小腿和膝关节都变得僵硬。他直奔自己的床铺被窝而去，这时他睡意上涌，想马上入睡。

但他的背后突然响起一个苍老虚弱的声音，"……郎中，傅杰……"傅杰毛骨悚然，这就像是他的招魂声，突然间来临，激起了他最原始原深刻的恐惧。

那声音没停，又叫了好几声。还好，无论是什么东西，重复出现之后，总会降低刺激。傅杰回过头来，发现他身后不远处的大床上，梁东华睁着眼，向他吃力地望着，嘴张得很大，可声音很小。他长吁出口气，原来只是这个老人午夜醒来，没什么大事……

"首长，你有什么事?"傅杰先把厚拖鞋穿上，才走过去问。

梁东华眼神茫然，他眼睛正对着逐渐接近的傅杰，可又像是什么都没有看见，仍然在叫着傅杰的名字，其间偶然掺夹着骆灵中的简称——郎中。不断走近的傅杰止步了，他觉得不对劲，这时的梁东华让他畏惧，他心里闪过了一个念头，梁东华要死了。

这个念头没有来由地产生后，就越来越清晰，越来越强烈。他仿佛真切地感知着对面这个老人的身体里残存不多的生命正在点点滴滴地流失着，生命就在他的面前枯萎。

傅杰的眼前出现了罗兰的奶奶的面容，那些风干了一样的皱纹，那些在微冷干燥的秋风微微飘浮的稀疏白发……原来每个人都有死的时候，傅杰像悟通了一个大道理似的想着。

"郎中，你把那个箱子打开……"在傅杰神游物外时，梁东华奇迹般地恢复了些神智，他说出了些连贯的话，"那里边有些大窗帘，你都拿出来……"他的手指着他的床和后院窗户间的地方。傅杰早就注意到了，那里有三个大皮箱子，他试着提过，不太重，而且没上锁，他没见梁东华料理过它们，里边应该没什么重要的东西。

"大窗帘?"傅杰皱起了眉，这时他好累的，心理身体都太累，实在不想再陪着梁东华发神经。但梁东华的手固执地指着那里，一定要他去。没办法，他只好去了。

打开箱子，摒住呼吸，灰尘这么多。果然大皮箱里没什么好货色，都是些蚊帐了，床单了之类的，傅杰在最底下的那只箱子里发现了些大窗帘，奇怪的是它们都是绿色的。颜色鲜艳，布料很细，很薄，这个季节再用实在是不合适。他把它们提了出来，展示给梁东华看。梁东华的手放下了，看来就是它们了。傅杰刚想松口气，不料梁东华更古怪的要求在后面。

"……郎中，你把这些窗帘，都钉到墙上去……"声音断断续续的。

"什么?!"傅杰怀疑自己的耳朵，看着手里的绿窗帘，再看看墙，可要看哪一面墙? 梁东华这到底是想干什么? 真是老糊涂了。

事实证明他想错了，因为紧跟着梁东华的指令变得言词准确，"……你拿钉子，把这些窗帘……都钉在墙上，都钉上……一面墙一张……"

最后傅杰还是照办了，他找来了长钉子大锤子，当他拿着这些家伙事儿，踩着叠摞起来的桌子椅子登高以后，心里倒有了点儿快感。这不也是挺有趣的吗？他恨死了这座老楼里一到夜里就死气沉沉，半点儿声音都没有的气氛了，现在就用长钉铁锤把它彻底打破，真是不亦乐乎！

但是让他失望了，这座坚固的日本老房，外面虽然有水泥罩面，可到底是几十年前的旧货了，没了硬度，而里面是砖，不是现代楼房常见的预制板。他抡圆了一锤砸下去，没感到意想中火星四射，惊天动地的效果，只是一声泄了气一样的"卜"，钉子就进去了。没劲。

没用多少时间，四面墙都变成了绿色，窗帘大得异乎寻常，现在看来这根本就不是什么窗帘，因为没有这么长这么高的窗子。据傅杰看来，这些绿布以前就曾经披掩过这间大卧室的墙上，不然不会这么严丝合缝。

这时梁东华终于心满意足了，他的头迟钝缓慢地四下转着看，没有多久，他的眼睛闭上，终于安静。

傅杰试了试他的呼吸，还有，虽然非常的微弱。傅杰没再理会，他马上就上床也睡了。事后他非常奇怪自己那天晚上怎么那么想睡呢？而且沾枕即着。按理说，他已经感觉到了梁东华的危险，他应该向梁家人报警才对，那样能开脱了他自己的责任。可他倒好，不仅不管不顾地睡了，而且之前还陪着梁东华发神经，半夜里敲壁打墙地给卧室换了颜色。

第二天，傅杰被楼上传来的钢琴声弄醒了，钢琴声比以往连贯得多了，但就算是傅杰这样不懂欣赏都品味得出，这仅仅是初级的练习者在折磨钢琴。他躺在被窝里不愿动弹，身子又酸又软，他当然还记得昨天晚上发生了什么事，那让他想起了他老家那边，农村人在田间地头经常谈论的话题，那不外乎最直白最不曲折的男女之私，当时他听到就躲开，可他现在知道了那些人说得也对，他昨晚真的很伤身，事后应该好好休息的，那么长时间的光脚走凉地，实在是胡闹。以后要注意。

又过了一会儿，他终于起床了，走到另一张大床边上，看了看梁东华。这老人还行，应该说比昨天夜里强多了，不用试，光用眼睛就可以看到梁东华在呼吸。还有他的脸色，都好多了。傅杰又想起来，他在老家那边下河摸鱼的事儿了。那次他还小，自己没什么收获，可眼看着同村一个壮年汉子抓住了条半尺长的黑鱼棒子。那汉子很得意，在河边众目睽睽之下，就着河水把黑鱼开膛破腹收拾起来。那条黑鱼一直在扑腾，内脏都掏出一半了，一不小心它又跃回了水里，等围观的人反应过来扑下水再抓它时，怎么也摸不着了。

从那以后傅杰知道了黑鱼是吃别的鱼为食的，但凡是这种鱼，生命力都极旺盛，特别不容易死。而像梁东华这样当年从死人堆里爬出来，亲手杀人，九死一生，以战场上的功劳为生存资本的人，也会像那条黑鱼那样吧，不那么容易就死。

他这样想着，穿着衣服，往外走。这时阳光真好，晶晶亮亮的。傅杰不由得往四下里看，追寻着阳光在不同地点的变色效果。可他惊怔了，好一会儿才反应过来，他想起来了，现在这间屋子之所以变成了绿色，还是他亲手弄的呢。

可他无法适应，这突然变化出现的绿色非常诡异，他没在其他任何人家，或者其他场所里看到过。他觉得不安，这又是他不能了解的事。

早饭之后，傅杰变得神清气爽。很神奇，极度的疲倦之后如果有充足的睡眠，再吃上一顿丰盛的早餐，随之而来就是精力的回归，重新有了力量的身体带动着他的精神都在急速地提升。这时他一点儿没意识到，这一天会有多么的繁忙，又有多么的重大。

他像往常一样回到了梁东华的大卧室，每天给梁东华打葡萄

糖点滴的护士没过十分钟就到了，点滴挂好，护士走人，傅杰进入角色全天候陪护。可白小妍马上出现，她带着一袭香风，万种风情走了进来，可没等说话，她的神情立即变得紧张，跟着情绪明显低落。她盯着四面墙壁，好半天才说出话来，"又是这玩意儿……这个老怪物。"

傅杰知道，她是看到了满墙上突然出现的绿色，"你以前见过？"他问。

"对，"白小妍走了过来，靠近了傅杰，隔着傅杰看着床上昏睡的她的"丈夫"，"以前他就用过这玩意儿，真搞不懂他，总这么神神怪怪的……是不是他逼着你干的？昨天晚上我就听到了你敲墙的声音。"

"是啊，他为什么要挂这些绿布？"

"说这个就有趣了，"白小妍轻蔑地笑了一声，"你看这些布的颜色像什么？"

傅杰抬头去看，这些绿布质地很一般，颜色也太鲜艳了些。或许就是这太过鲜艳的感觉让人不安吧，它们太"茂盛"似的。好一会儿，傅杰说，"像草，夏天里的草。"

白小妍一直看着他，和他的距离若即若离，"对，你说对了。这是他的……怎么说呢？是他忘不了的颜色。他以前就挂起来过，让我实在受不了。可他就是不摘，他说这就像他当兵在缅甸的热带丛林里。那里全是这种无边无际的绿色。"傅杰听到她叹了口气，大概她也想起来了什么，"可他收起来好多年了，昨晚他怎么了？又想起要挂起来这些？"她问，把手放在了傅杰的肩膀上。

"我不知道。"傅杰摇头，不经意一样把她的手从肩膀上晃了下去，进一步阻止了她靠过来的身体。可这对白小妍没有用，她从后面把傅杰轻轻地拥住了，他像是面她用来遮挡梁东华的屏障。傅杰没法挣脱她，而她也没有再做什么，在傅杰的背后，她的力量有时会不自觉地加强，像是在克制着什么，又像是在催发着什么，好一会儿她在他耳边耳语着，她似乎说了好些，傅杰记住的只有一句，"……今晚等我，我来找你……"然后她就走了。

　　她走后，傅杰从心底里升起了种厌烦，他不知道是自己太多心了，还是他真的是挺聪明的。白小妍的浓情蜜意里，总能让他明白无误地感知点儿别的东西，就像刚才。她好像无论如何都要进到这间屋子来，在晚上。

　　很快的，没有多久，傅杰变得百无聊赖了。他满身的精力无处发泄，这间大卧室里是如此的单调。他盯着点滴液点点滴滴不紧不慢地下落，一个个气泡往上匀速的升起，想不出自己得干的什么，或者要想点什么。就在这时，他远远地听见有车开进了梁家前院门口的小道，他精神一振，竖起了耳朵，开始精确地计算着那辆车的速度，还有它将要停靠的时间。果然，那辆车直奔梁家大门而来，轻微的刹车声终于响了。傅杰站了起来，等待门铃响起。

　　但响的却是他的手机，他一愣，转身去拿。就是现在他还是没有养成手机随身带的习惯，他拿起来就接，"喂，你好。"

　　"你好，我在外面等你。"来电只是一句话就断了。声音低沉有力，一个男人的声音。傅杰犹豫了好几秒钟又看了看来电显示的号码记录，才想起来这是李劫。他拍了拍自己的头，这些天真是太乱了，连李劫他都忘了，这是多么大的失误！

　　坐进了李劫的车里，傅杰看到副驾驶台前又摆放着一叠文书合同，合同的边上照例还有一支笔。傅杰没有多问，他只是拿起来粗略地看，间或看李劫两眼，李劫一脸的平静，带着些微笑。过了十多分钟后，他还在翻看，李劫说了话："抓紧点儿时间吧。"

　　傅杰吸了口气，他知道李劫话外的意思，那是在笑他这么看能看出什么来吗？能正确理解，没有遗漏吗？想一想他自己也想摇头苦笑。他拿起笔在这些文件后面签上了自己的名字，边签边说："我应得的，按上次说好的办。明天我去查我的账号。"

　　"没问题，明天下午你去银行。"

　　很快，傅杰重复写完了自己的名字，他扔下了笔，转身就要

下车。

"等等，"李劫叫住了他，"告诉我，梁伯伯怎么样了?"

"不太好，他得靠打葡萄糖了。这会儿正打着呢，四天里边能醒过来半个小时。"傅杰想起了昨天晚上，那也许连半个小时都没有。他看见李劫哦了一声，像是若有所思。他心里一动，本来想推门下车的，但他突然问，"对了，李大叔，首长醒过来时问李大爷怎么样了，他很想他。"

"我父亲恢复得还可以，但还是很虚弱。你代我谢谢他，再过半个月吧，或许我让他们老哥俩见见面。"李劫始终说得客气有礼，好像一切还是像以前一样。

"好，我知道了。"傅杰也始终像刚认识李劫时那样，保持着后辈的尊敬态度。两人互相点点头，傅杰就下了车。当他再次走进梁家大门时，那辆黑色的索纳塔已经驶出了梁家专用的门前小道，融入了外面大街上无有休止的人海车流。就像它从来没有来过一样。

傅杰小跑着往梁东华的卧室里赶，力量在身体里奔腾升起，不可遏制。他必须得奔跑起来，他都能觉察出体内血液在急速的流动着，每一次周流全身，都带给他充沛的力量。这感觉多么好，让他振奋。他真的兴奋，可是脸上的神色平静，甚至专注严肃，在外人看来，他正在抢时间回到梁东华的身旁，好照看正在打点滴的他。

就这样，他冲破秋天上午纯净的阳光和微微寒冷的空气，重新进入梁东华的卧室。他看见他的位置上坐着一个人，只是在一瞬间，他全身周流奔腾的血液立即平复，跳动的情绪里说不出是种什么样的感觉。好像酸溜溜的，特别地酸楚，这人是罗兰。她看着梁东华，他进来时一眼都没看他。

"罗兰，你有事?"好半天，他问。

罗兰的眼睛始终注视着梁东华，她摇头。

"那你……"傅杰想不出再问她什么，说实话，他现在不想看到她。在昨夜之后，罗兰在他心里的凝结度有些松散，不像以往那样铭刻五内似的了。

时间在这间大卧室里静静流淌，一切都是静止的。罗兰的样子就像是专业的点滴输液人员，守在梁东华的床前不言不语也不动弹。傅杰退到了他的床上，离她挺远的坐着。好久之后，傅杰想想有些好笑。世界上的事就是这么的奇妙，昨夜以前，他想方设法，不顾一切地想找个和罗兰单独相处的时间，可是万分艰难。现在他不想了，瞧瞧，罗兰就在他的面前。多有趣啊。这段时间里，他偶尔也在脑子里转转，想罗兰这是在干什么，她是想和他说什么吗？还是……他突然想起了件事，这他可得和罗兰好好聊聊。

他站起来，想走过去，想了想，还是向罗兰招了招手，"罗兰，你来一下。"

罗兰不情愿似的转过了头，"什么事?"她的声音音量正常，不像他刻意压抑。他还在招着手，叫她过去。她皱起了眉头，"有什么你说好了。"

"我不想在那儿和你说。"

罗兰冷冷地笑了，"你说好了，"她反而提高了些声音，看了一眼近在手边的梁东华，"我保证他现在什么都听不着。"

傅杰走了过来，"我问的就是这件事，罗兰，你老实告诉我。"他离她很近，弯下腰对她说，"他这个样子是不是你搞的?"

罗兰侧了侧身子，像是反感他离得太近。她不回答。

傅杰又问："如果这是你弄的，是不是他并没有真正的危险?"这是他最关心的！

罗兰抬头看了他一眼，"你到底想说什么?"她笑了笑，有种狠狠地报复他的感觉。她说："我什么都不会告诉你的。"

傅杰的腰直了起来，他知道了，罗兰在恨他。他阻止了她好多事情，也难怪她。他摇摇头，往回走，觉得有点儿无聊。可背后的罗兰也站了起来，往门口走。他不自觉地跟了过去，想要留

住她似的，但跟得不紧，走得也不快。

罗兰在门边上站住了，"傅杰，我奶奶想见你。"她回过头来，"你能去吗？"

"什么时候？"想起了罗兰的奶奶，傅杰直觉地想躲，可还是问。

"就现在。"

傅杰和罗兰并肩走在了秋天的阳光下，冷风清爽，阳光硬朗，北方的寒冷开始前，总会给人们些最后的享受。离开了梁家，从梁东华的身边走开，傅杰的心情徒然轻松，他要自己尽量地不去想梁东华和梁•东华以前对他的好处，那让他的心里沉重，就没法享受现在了。他发现，要忘掉点儿什么，也不像他以前所想的那么难。

他把梁东华托付给了小孙，只是这次他塞给小孙一百块钱，总麻烦人家，也得有点儿表示。他相信小孙在必要的时候还会替他遮掩点儿什么的。比如说梁卫东突然出现，他不必自己解释。

两人安步当车，从后院的老巷走到最近的公交车站，坐公交车到了罗兰家附近。一路上，无论是没有人迹的老巷里，还是人满为患的公交车上，罗兰都对他视而不见，更谈不到只言片语的交谈。她冷淡的样子与以前一直的笑脸迎人，温雅和气截然不同。傅杰瞥了她几眼，心里有些快意。相比之下，她现在就像摘掉了一张面具，露出了那张真脸。这有什么不好？

他一路上都在猜着罗兰的心事，一点儿都没去想罗兰的奶奶找他有什么事。难道只是简单地想见见他而已？

罗兰的家到了，上楼之前，傅杰在附近的超市里买了好些水果糕点。老人吃得下也消化得了的东西不多，他买的都不是便宜货，罗兰不让他买，又争着由她付钱。傅杰报以一笑，顺手就把她的手拉下，掏出了几张百元的票子把账付了。他不理会罗兰眼光里的诧异，提着东西在前头走，罗兰只能跟上去。

罗兰的奶奶让傅杰吃了一惊，她和梁东华一样，都和以前大不一样了。只不过她的状况好得太多了，她穿戴整齐地坐在轮椅里，脸色变得红润，苍白的头发已经理过，变成了齐耳的短发，整整齐齐，很是利落。要说老年人也有他们特有的美感，那么罗兰的奶奶现在就很美。

事情出乎傅杰的意料，他简直受宠若惊，老人热情地欢迎他，像待自己的子孙一样对他，他本以为这个一直沉默严肃的老太太会像上几次一样，板着脸恭候他的。而罗兰进了自己的家，在自己的奶奶面前也恢复了轻松活泼，甚至还很调皮，看得出她是她奶奶的开心果，她的笑容也对傅杰慷慨了。

不知不觉中傅杰的话多了起来，开始时是罗兰祖孙俩与他交谈，到后来是傅杰主动地寻找话题，他觉得快乐，想一直保持着眼前的气氛。这就像突如其来的好运气一样让他惊喜。很快中午就到了，罗兰提议吃饺子，而且要自己包。她拉着傅杰出去买各种材料，回来后厨房里开始繁忙，在她的带动下，傅杰非常投入，虽然手忙脚乱但是乐在其中。就这样时间到了当天下午的一点半左右，第一锅的饺子上了屉，傅杰记得很清楚，就在罗兰要他看闹钟记时间的时候，罗兰的手机突然响了，这时她的手上全是面粉，只好让傅杰替她接听。

傅杰听到了一个自称是罗兰的同学的女孩儿说，要罗兰马上回学校来，她们的研究生导师有要紧的事马上要见她们。这女孩儿说得很急，忙乱中还没忘了问他是谁，傅杰把原话都告诉了罗兰。罗兰一脸的遗憾，她只好请傅杰把下面的活儿干完，帮她服侍一下奶奶，她尽量抓紧时间，估计他们吃完了饺子，她也就快办完事回来了。

罗兰匆匆地走了，傅杰有些扫兴，可是没有办法。好在罗兰的奶奶一样和他谈天说地。他发现这个老人虽然身体衰弱，可是头脑清醒，最重要的东西还没有老化。尤其是他感到了她越来越硬朗的性格，他承认，这位骆灵中的遗孀真的很坚强。他们聊到了那座不远处的教堂，老人告诉了他，她的父亲很早以前就经常在物质上帮助教堂，后来她无依无靠时，教堂也收留了她。多亏了当年她父亲结下了善缘，不然她都不知道那段日子要怎样熬过去……

由此傅杰知道了，为什么罗兰会在教堂的深处等着他，甚至为什么几个月前梁东华带着他到教堂里去枯坐了一整天。那是他在怀念着骆灵中，或许当年有那么一阵子，骆灵中就是和眼前的这位老奶奶在这座教堂里寻得片刻安宁的。在那种年月，教堂里真的是世外桃源……傅杰的心里浮想联翩，他也在教堂深处的幽暗的小屋里待过，在那里，他和罗兰独处。可是多么地遗憾，他们在那里没有什么快乐可言，而当年的骆灵中呢？在那样独立幽静不被外人打扰的地方，他曾经有过怎样的记忆？

想象着这些，傅杰不由自主地忌妒着骆灵中了……就这样，时间过得很快，秋天的傍晚来得很早，天快黑了。罗兰还是没有回来，傅杰早已和老人吃完了饭，他把老太太服侍得舒舒服服的，他们相处得非常好。傅杰觉得，他以后都能常来了，这样他就可以经常地在罗兰的身边出没，那让他止不住憧憬，他的情绪快乐又安宁，想不起来恨罗兰了……可是时间晚了，今天他得回梁家去了，他在想着告辞。但留着老太太一个人在家又不放心。就在这时，他的手机响了起来，看看号码，没印象，他接听。

电话里传来的是一个气急败坏的男人声音，几乎是在吼："傅杰你在哪儿?!"

"你是谁?"傅杰真的没听出来这人是谁，电话里声音本来就失真，何况这样大叫大嚷。但他马上听到了一个平和的声音在说，"卫东，你别急，让我来说……"这是李劫的声音，傅杰的心里陡然升起了强烈地不安，他都可以想象出来神色从容平静的李劫从梁卫东的手里接过了手机，紧接着他就听到了李劫的声音变大了，"傅杰吗? 你听着，马上回来，不管你在哪里。"他停了一下，也像是缓和了一下自己的情绪，他说，"梁伯伯去世了。"

"什么?"傅杰恍惚了一下，李劫平静的语气和这句话后面可怕又突然的消息完全成反比，他没法接受，甚至没法理解。这会是真的吗?!

可是电话断了，李劫的作风再次出现，他认真说明，然后绝不重复。傅杰举着电话呆呆地站了有一分多钟，巨大的恐惧才从他心里升了起来。他再没有耽搁，匆匆向罗兰奶奶告别，什么解释都来不及了，他是梁东华雇来24小时贴身护理的人员，可是梁东华突然去世了，他竟然没在身边!

这是怎样的失职，他得怎么解释?! 刚才电话里梁卫东狂怒的吼声还在震撼着他的神经，他马上就要面对面地承受梁卫东的怒火了……

第二十八章 收获之时

　　傅杰回到梁家时，天已经全黑了下来。梁家老楼里灯火通明，人满为患。有傅杰见过的梁家的亲友，还有些医护人员也在，穿着白大褂不知道在忙碌什么，更让他吃惊的是，梁东华的大卧室里竟然还有身穿警服的警察。他悄悄地挤进人群，看到了泪痕满面的白小妍，她在痛哭流涕；她的对面，梁卫东坐在大椅子里，全身都窝着，像个巨大的肉蛋子。卧室里的大灯开着，小灯也开着，还有几盏临时接上的水银专业照明灯，如此强烈的光源照射下，梁卫东留着板寸的头埋在他自己的手里，在手缝里都冒出了油光……他看到了罗兰，奇怪，他心里闪过丝诧异的感觉，她怎么会在这儿？不是去了学校吗？他看见罗兰的怀里蜷缩着个女孩子，那女孩儿的后背抽搐着，像是在痛哭，她的头伏在罗兰的怀里，仿佛那是她妈。不用说，那是白灵。旁边还站着小孙，她低着头，像是自己承认有罪。

　　最后傅杰看到了李劫，李劫站在大卧室中央，和警察医生们在一起，他神色严肃紧张，但是没有慌乱，举止动态比平时加倍的严谨稳重。俨然一个主持全局的人。

　　傅杰看到那张大床了，它已经换了地方，床上面已经空了，这间卧室里没了它的主人——梁东华。很显然，梁东华已经作为尸体被医检人员收拾好，带走了。让傅杰真正惊讶的是，原来大床的位置上，地面上那块钢板已经被打开，警察们大部分都聚在入口的周围。

　　这时入口那儿突然有双手探了出来，举着个破木箱子，地上面一个人接了过去，往旁边摆。马上有人提醒放远点儿，下面还有好多东西。果然下面的东西源源不绝，一样一样地往上送。傅杰看明白了，与其说这么多的人聚在梁东华的大卧室里是在追悼刚刚死去的室主人，倒不如说是迫不及待就清查遗产。在梁东华尸骨未寒的时候。

这时候梁卫东和白小妍都不再悲痛了，他们都站起来，来到地下室的入口边紧张地注视着"出土"的东西。傅杰远远地看着，他没太注意那些重见天日，满是灰尘的物件，他在看人。他发现，不管与此屋有没有关系，几乎所有的人都全神贯注，饶有兴味。只有他，还有罗兰脸色平淡，不对，还有白灵，她伏在罗兰的怀里始终连头都没抬起来过。那是彻底地毫不关心。

就这样半个小时过去了，终于不再有东西往上搬，几个灰头土脸的人钻出"洞"来，"没有了，底下空了。"人们长出了口气，像是松了口气，又像是集体失望。他们把目光往那堆仍然灰尘封积的东西投去，那堆东西怎么看怎么就是些破烂。

没错，对这堆东西来说，无论是请沈阳故宫文物研究院的人或是请一个推着倒骑驴满街走着收废品旧物的人来鉴定，它们都是些不折不扣的——破烂。

不过就是些破桌子烂椅子，几包军毯是最好的东西，只有五六成新，还得洗，对了，还有些带镜框的老照片什么的，都没有什么留意。

梁卫东摇了摇头，扫兴地又回去原样坐下了，还是缩成个肉蛋子，大脑袋闪闪油光。白小妍专注的神情变得有些呆滞，她明显地不甘心，站在那堆东西前面失魂落魄。人们关注的目标开始转移时，她动手开始翻腾起来。满屋子的人没人拦她，都不远不近地看着。

"不对，这不对！"她终于不翻了，她也沾了一头一脸的灰，好像她的精气神被失望激发出来了，声音好高，"这东西不对劲，肯定有人动过了！"她向全场扫视，"傅杰呢？傅杰还没回来吗?!"

没人答理她，可傅杰不能无动于衷。他应了一声，挤到了人堆里。"我回来了，首长要我到小南教堂那儿给他买样东西……我回来晚了。"这是他的第一句话，他想得最多的还是在解释着他为什么没有一直守着梁东华。他根本就不清楚，现在他面临的最大的问题是什么。

现在白小妍看着他的样子与早晨相比天差地远，她绷着脸足足看了他有好几十秒钟，才说了话，"傅杰，你当着警察的面老实说，这个地下室你下去过没有？里面到底有些什么东西不见了?!"

傅杰摸不着头脑，他眨了眨眼睛，发现全屋子二三十人的目光都集中在他的脸上。他一下子紧张了，"我，我没有……我不知道啊。"他变得结巴起来。

"你不知道？你少装傻了！我问你，那身国民党的旧军装是从哪儿来的？你敢说那不是这个地下室里的东西吗？你敢说你没有那身军装吗？"白小妍咄咄逼人，步步进逼。

提起来国民党的旧军装，屋里好多人的目光变得炽烈，仿佛那真的非比寻常。尤其是梁卫东，傅杰惊慌地向四下望望，发现连李劫的注意力都被激起了。可他本人要想了一下才能想起来，好几十天以前，梁东华是真的给过他一套国民党少校军装。

"说啊，你发什么愣，装什么傻？"白小妍的声音在老楼里回荡，她怒不可遏似的。傅杰没有来由地突然想，这老楼里真静啊，如果除去这时的灯光，要是再闭上眼，真的会以为还和往常一样呢……可是问题还是要回答，他该承认吗？脑袋里有些昏，他想不出利害关系怎样，只是那身军装还在属于他的一楼小房间里收藏着，说没有，被人翻出来就会更被动。

这时一个插了话，"下面有最近被翻动的痕迹，"那是一个满身灰土，刚从下面上来的人。这时已经擦干净了脸，和那些警察在一起，明显也是个警察。他又说，"主要是东北角那里，东西上的灰尘很少，应该在几天前被翻动过。刚下去时地面上脚印也很新。"

这些话像一石激起了千层浪，屋子里几十道射向傅杰的目光变得异样了。傅杰勉强压制着剧烈的心跳，不去理这个半道杀出来的警察，尽量平稳地向白小妍说，"阿姨，首长给过我一身军服，我还穿着它演过一场话剧。我没藏着它，现在就在我的小屋子里。可我真不知道首长原来把它放在哪儿……"他还想再说些什么，想了想都咽了回去。

白小妍更加愤怒了，在她看来，傅杰现在老实的样子纯粹是在装傻抵赖。她张了张嘴，那力度让旁观的人吓了一跳，以为她要叫喊出来，但是什么声音也没有。她缺乏点证据来证明傅杰在撒谎。

"你是说，你从来没有下去过？"有人说了话，傅杰转头看，又是那个满身灰尘的警察。那警察不在警察堆里了，他一个人在那堆刚见天日的破烂里随意地翻弄着，就像是随口一问。

可傅杰卡壳了，他能否认吗？这个警察刚才已经说过，下面的东西北角那里有近期被人翻动的痕迹，地面的脚印都很新。他不知道警察们会有什么样的手段，会不会根据这点儿痕迹就查到他的头上；而他这时又能承认吗？他在上一句话刚刚把什么都推得干干净净！

"怎么了？为什么不说话啊？"那警察看了他一眼，傅杰的目光和这道眼光一接触，立即就躲开了。他听到警察的人堆里一阵低低的嗡嗡声，夹杂着几声冷笑。

"我……"傅杰还是欲言又止。

突然那个警察从破烂堆里提起一样东西，"这是什么？"他的声音陡然高了，所有人的眼光都盯到了他的手上。只见那是一张很大的镜框，里面嵌着一张老旧的黑白照片。照片上是一对青年男女在相依相偎，女的不等人们细看就觉得很美，可是人们的眼睛都集中到了相片中那个男人的身上。傅杰的心里刷地凉了，他忘了，他脚下的地下室里还有这个东西……紧跟着他再次承受了暴风雨一样的目光，惊诧、奇异、迷茫等等等等的神情都交汇在这些目光里。

　　傅杰当然知道这是因为什么，那张相片里的人是骆灵中和他的日本妻子！

　　他再次抬起头来时，那个警察已经拿着镜框走近了他，脸上挂着些嘲讽的笑容。傅杰明白，他是在笑一个小毛孩子，还想在他面前搞鬼。

　　"说吧，这是怎么回事？"这人问。

　　"我怎么知道？"出人意料地傅杰突然强硬了起来，"这是多少年前的老照片？比我年龄都大吧？你问我我问谁去？"

　　这话冲得屋里的人都一愣，包括这个发难的警察。他看看傅杰，又看了眼手里的镜框，有点儿尴尬。的确他问得没有道理，但是就在刚才之前，傅杰的表现就像那种稍微吓唬一下就能什么都说出来的小孩子一样，却不料他忽然间像换了一个人。

　　这个警察换了话题，"今天之前，你知道不知道这间卧室里有这个地下室？"

　　傅杰犹豫着，终于点了点头。

　　"怎么知道的？"

　　"首长半夜里想打开，可他身体不行了，要我帮的忙。"

　　"你怎么帮的忙？"

　　"……我帮他把床挪开了……"

　　"你下去过没有？"

　　傅杰再次迟疑了，他从罗兰家出来像疯了一样往回赶，一心想着怎么解释他外出的原因。可不知道为什么一下子他成了所有人针对的目标，竟然把他当成了犯人。这个警察在干什么？为什么像是在审问他？！

　　"到底有没有？"竟然真的步步紧逼，不留余地起来。

　　可这起了反作用，傅杰身体里潜藏着东西再次冒了出来。他突然间不怕了，有什么了不起的？他在说话前目光向旁边看了一眼，就像说话前调节了一下情绪似的，没人在意，可他看的是李劫，他的眼睛里闪烁着些冰冷的东西。然后才回答这个警察。

"你干吗这么问我？是我做了贼，还是我犯了罪？你先说清楚。"他一点儿没激动地说。

那个警察愣了一下，然后就来气了。他早就知道傅杰的身份，一个外地来沈打工的小毛孩子竟然这么不听话，这简直就是当众在出他的丑。他压了压火，"好啊，你不想好好说，是不是？小李，带他走。回我们局里，详细问问他。"他提着那个镜框往回走，把它放回到破烂堆里去。一个穿着整齐的警服的青年警察走了过来，示意傅杰跟他到一边去。可是傅杰没动，他在等着一个声音。

"等一等，"果然这时有人说了话，是李劫，"请等一下，我是梁家的私人律师，我还有工作没有完成。"他扫视全场，"我的助手正在赶来的路上，他带着梁东华老先生的遗嘱，我还没有当众宣读。"

"那和他有什么关系？"年青的警察小李问，这也是大家所不解的。

"是这样，在我宣读这份遗嘱时，所有梁家的直系亲属都要在场，还包括与这份遗嘱内容有关的人，也要在场。"李劫最后强调，"傅杰需要在场。"

满屋的人面面相觑，尤其是梁家的人。其中梁卫东和白小妍就不用多说了，白灵都在罗兰的怀里抬起了头。他们比其他人更加疑惑。可是李劫说完了这些话后，再不解释，他走到了一边安静地找了个地方站着，不再理会任何人。很显然他已经在行使着另一份使命，作为法律的代表，作为专业的律师，不再是之前梁家的亲友，在帮忙料理义父的后事。

不一会儿，李劫的助手把遗嘱送到了，跟着一起来的还有公证处的公证人。李劫再次走了出来，他请警察还有医生等人员暂时回避一下，他强调了遗嘱的私密性，屋子里很快就空了下来。在场的，只剩下了梁卫东、白小妍、白灵还有傅杰这四个人。还有的就是李劫、公证人，偌大的卧室里，这些人星星两两地分散

着，神态各异地盯着李劫手里的那份严密封存的梁东华的遗嘱。

　　这份遗嘱不算长，甚至可以说非常短。梁东华把他的财产列出了清单，有他的不动产，这座老楼宅院，加上别处的几处楼房。还有他的存款，在银行里大概有近七万多的现金。其他的，梁东华强调已经在儿子梁卫东名下的各家工厂企业还有商业网点什么的，他不占儿子的便宜。虽然儿子经商，有些时候借用他的名义，但他没有真正经手过，所以那都不是他的东西。他把银行里所有的存款，包括死后的国家发放的丧葬费用等都留给了他的第二任妻子白小妍。他把老楼按照实际布局分成了一楼和二楼两个部分，二楼，所有现有的物体包括房产所有权，都留给了女儿白灵；他的另外几处楼房建筑的房子，归白小妍母女所有，具体分配由她们母女俩自行调节。而老楼的一楼，包括一楼下面的地下室，所有的东西还有房产所有权，都出人意料地赠给了他的朋友——傅杰。他感谢傅杰在他生命最后的一段日子里来到他的身边，和他做伴。

　　最后这句话让傅杰的心里很是酸楚，这些天来他已经对梁东华的一切无动于衷，他拍着良心说，他没怎么照顾他。也早就没有当初对梁东华的感激，甚至和梁东华产生的没有年龄界限的友谊，可梁东华竟然留给了他这些东西。

　　房间里出了短暂的寂静，没有人说话，他们都低着头想着自己的心事，或者都在回忆着和梁东华生活时，最让他们难以忘怀的时间吧。可是很快的，这短暂的寂静就被打破了，是白小妍，她突然间叫了起来："这不对！这份遗嘱是假的！我是梁东华的合法妻子，是第一继承人，怎么会只给我这么点儿东西？"她离开座位往李劫快步走去，"李劫，你捣的什么鬼？你和梁家人串通好了欺负我……我这个死了男人的孤寡人……是不是?!"

　　整个老楼里都回响着白小妍尖利刺耳的叫声，不，与其说那是叫声，不如说是叫骂声。她扑到了李劫的跟前，去抓那份遗嘱。可无论是李劫还是旁边的公证人，都做惯了这类事情，也见惯了她这样的反应。她还远远算不上难缠的、什么都不顾的泼妇。他们推开了她，宣告了这份遗嘱的正规性，合法性后，两人带着遗嘱扬长而去。

临出门前，傅杰看到李劫非常快速隐密地向他微微一笑，傅杰回以同样的一笑。这时他的忐忑不安都不见了，这份遗嘱的内容妙不可言，真的妙不可言。

警察们被轻而易举地打发走了，尤其那个仍旧灰尘满身的警察，这次是真的灰头土脸了。他没有想到，只是十几分钟的时间，傅杰的一切行动都合法了。根据梁东华的遗嘱，这座楼的一楼以及地下室所有东西都是傅杰的，那么他下没下去过，拿没拿过什么又有什么关系呢？

当然，在遗嘱公布生效以前，傅杰还不是这些东西的主人，他的行动仍然需要限制，换句话说就是仍然有犯了罪的可能性。但是，这还是有前提的，即梁东华之死有疑问，而且死之前地下室就丢了东西。可是现在梁东华的死因最后结果已经有了，是突发性的心肌梗死导致的快速死亡。这老人的心脏疾病在附近的急救中心都挂了号了，而且非常不配合治疗。医生们早已断言，他这样的死法不过是早晚而已。

至于说地下室里丢了东西，不仅现在没法证明，就连原来有什么现在不见了，都没有人能确切说明。这还查个什么劲儿啊。警察们走时真是无精打采，悻悻而返。

不多一会儿，梁家老宅里渐渐人去楼空了。傅杰只是在梁东华原来的大卧室里独自坐了不到二十分钟，再出来时发现他谁都找不着了。侧耳倾听，楼上有些空洞洞的脚步声，他入耳即知那是白小妍母女俩。其他人呢？不仅李劫走了，就连梁卫东也走了。傅杰在一楼转来转去，他发现罗兰也不在。她也走了？

他想上楼去找，可是想到了白小妍，他打消了这个念头。就算罗兰还在楼上，这时上去也太不理智了。他想了想，回到大卧室里把他的被褥拿到了厨房厕所边上的小房间里。至少在这几天的晚上，他不想住在刚刚死过人的房间里，尤其死的人是梁东华。

他在狭小的小房间里静静地躺了下来，觉得心里渐渐地平静了，这一天竟然发生了这么多的事，是他在早晨起来后无论如何也没有想到的。可是现在必须得想一想了，他心里还没有什么具体的问号，可是隐隐约约有个大大的疑团压着他，总觉得有什么不对头。

不知过了多久，傅杰觉得有点儿饿了，突然厨房里有了点儿动静。他心里一动，开门走了出去。没错，有人在厨房里，是小孙，她还像往常那样，在厨房里动作小心，尽量不弄出多余的声响。

"孙姐，是你。"傅杰打着招呼。

小孙手上没停，回头看了他一眼，"饿了吧？再等一会儿。"她的样子就像什么都没有发生似的。傅杰看过了好多的文艺作品的脑袋里一下子闪过了一句老话，"亲戚或余悲，他人亦已歌……"说来小孙这样也没什么不对的，一个雇来干活的小保姆，还要她披麻戴孝吗？

但是傅杰想起了些事，正好这时问问她。

"孙姐，你跟我说说，首长他……他是怎么死的？"他记得今天早上罗兰约他出去时，他还给了小孙一百块钱，托她好好照顾梁东华。可过去没十个小时，梁东华竟然已经死了。现在虽然他已经意外地继承了梁东华的部分遗产，却连梁东华死的过程和确切时间都不知道。

小孙的手慢了下来，她低下了头，好一会儿把菜里添上了水，盖上锅盖。她才转回身来说："傅杰，你不问我也想着要告诉你……可是老实说，首长怎么死的，我也不太清楚。"

傅杰看着她，没说话，等着她说下去。

"早晨你走了之后，我就守着首长，看点滴。"她说，"点滴快打完时，白灵下楼了，她要我出去给她买东西……"

"什么东西？"傅杰打断了她，心里骂了白灵一句。这混账女孩儿哪儿有事到哪儿，到了就坏事，真烦人。小孙迅速地看了他一眼，脸像是有些红似的，没回答他的话，顿了顿才继续说，"我说我得看着她爸爸，可她说她可以看着，不就是点滴嘛，药快没的时候小心点儿拔出针头不就行了？没办法，我只好去给她买。"她又闪了傅杰一眼，傅杰撇了撇嘴，没劲，买的东西肯定是不方便告诉他的东西，他多什么嘴啊。

"后来呢？"他看着小孙吞吞吐吐的，就又问。

"后来我走出去很远才买到她要的东西。她太挑剔了，只要特定的牌子。我买到了急着往回赶，回到家的时候，白灵不知道哪儿去了，是罗兰在守着首长……"

"罗兰？"傅杰忍不住又打断了她，"她什么时候到的？不，你什么时候回来的？"他变得很神经质，他似乎感到了些极端不对劲的地方，但又捉摸不到。

小孙想了想，"我出去了大约有半个多小时，不，可能还要再多些时间。我没有自行车，走来回太慢了……"

"半个多小时，"傅杰喃喃自语，若有所思。好一会儿，他才说，"你继续说，后来呢？"

小孙奇怪地看着他，不知道他在想着什么。但受他的感染，她也变得加倍地严肃了。她说："后来我就又出去找白灵，罗兰说她是回来拿东西的，她们学校要。我问她白灵去哪儿了，她说不知道，她来时这楼里一个人都没有。"

"然后你就出去了？"

"对，我出去找白灵。先是在楼里找，哪儿都没有。罗兰说她饿了，给我钱，让我去买点儿做好的饭菜来，和她一起吃。我就又出去。"

"你又出去了？"傅杰听得皱眉，"你又出去多少时间？"

"嗯，不到半个小时。"小孙说得肯定。

"半个小时……"傅杰重复。

"我再回来，首长他就……他就不行了。"小孙说着眼圈红

了，看得出她难过，还夹杂些委曲。

"他怎么不行的？"傅杰不理会，继续问。

小孙吸了口气，调整一下情绪。她说："我回来的时候，首长早就打完了点滴，针头什么的罗兰都给他处理好了。他躺在床上一个劲地喘气，像是特别难受。我进来时他也不认得我，我和罗兰都吓坏了，罗兰一个人忙活不过来。她留下我照看着，她打了急救电话，接电话的人不知道这个老房子，罗兰只好去街口接车……可车接到了，首长已经不行了……"说着她终于哭了出来，哭得特别的伤心。她压抑着的哭声在夜里的老楼里响着，像是要哭好长的时间。

傅杰冷冷地看着她，心里知道，她这是被梁东华当时的样子吓着了，或许还被赶到的急救车，后来的警察之类的人一通盘问，又受惊又委曲。也真是难为这个乡下丫头了。

"就这些吗？"等她哭了好一阵子后，傅杰才问。

小孙抽搐着点了点头，傅杰摇了摇头，再不问什么，他打开菜锅自己往外盛，他可真饿了。

第二十九章　后梁东华时代的第一天

傅杰在黑暗中无法入睡，他瞪大着双眼，看着头上的天花板。他看不到什么的，尤其是他头顶上方的那间同样狭小的房间里，那个叫罗兰的女孩儿已经不在了。他睡不着，大卧室里那盏昏黄的小灯泡不见了，恢复了黑暗他反而不适应。而且他发现，不是这间小屋子太拢音，就是他的神经变得太敏锐了。他好像听到了很远的地方，传来了隐约的音乐声。音乐时尚而喧闹，让他想象到太原街深处不夜商市里的涌动的人潮。

他好累，特别地疲倦，可他第一次对自己只能躺在这座老楼里，不能投身到不远处的繁华人间里感到了不满意。从前可不是这样，从前他像个饱经世事风霜的老人一样知足并且常乐。

他也应该有乐趣，他也应该有所享乐。人，生来本就不是为了受苦……难道不是吗？胡思乱想中，他的耳边响起一阵嗡嗡声，像有只巨大的秋蝉鼓动着翅膀。他伸手把手机拿过来了，有来电，他已经会使用手机的震动挡了。

他看了看，号码很熟，是李劫。他接听，"喂，"只有这一声，没有以前的尊称。

"我在外面。"李劫的声音很闷，像是在车里。只这一句，通话结束。

傅杰在黑暗里长出了口气，艰难地从床上爬起来，穿衣服。秋天了，他再不能像前些日子光着膀子就往外跑。

李劫的车等在梁家老宅外那条小林荫道上，傅杰悄悄地出了大门，在一片树影摇动中，他看见了一团柔和的光源，那是李劫的车开着微弱的车内灯。那效果很好，车身流畅的轮廓隐约可见，车内的真皮座椅等高档设施都有了家居的感觉。多好的移动房屋啊。可傅杰摇了摇头，他怀疑自己的耳朵了。他可以听到很远处的街舞音乐，却听不到李劫的车已经到了门前，是不是他神经衰弱了，出现了幻听？而且为什么总是在见重要的人，谈重要的事之前想这些乱七八糟，不着边际的小事情？这让他不安。

他拉开车门，坐到了李劫的旁边。他看了看，这次他的面前没有通常准备好了的待签文件和那支该死的签名笔。他不急着发问，老实说，高档车里的座椅真舒适，让他坐多久都没问题。

"傅杰，跟我说实话，"李劫浑厚低沉的声音在他旁边响起，"那间地下室，你到底下去过没有？"

傅杰笑了，这句话让他一下子想起了那个灰头土脸，离开梁家时对他"恋恋不舍"的警察了。这次他很快地点了点头，"嗯，我下去过。"

"好，你怎么下去的？下面都有什么？"

傅杰扭头看了看李劫，发现李劫也正在看他，两人对视了一会儿，傅杰突然说："你想要什么？"

"好，我们有话直说，这很好。梁东华有些东西，他肯定有，可今天警察把他卧室里都翻遍了，尤其是地下室，什么都没有。那些东西……"李劫像还是不好措辞，说不下去。

"你直接说好了，那些东西是什么？"傅杰单刀直入，不给对手掩饰的机会。

"……那应该是个小箱子，里面的东西不多，但有点儿分量……"李劫还是吞吞吐吐不痛快。可他的描述在傅杰的脑海瞬间就生成了一个确切真实的图像，他仿佛又看到了自己捧着一个分量很重，可里面配重严重不均的小木箱子从地下室里一步步地走上来，梁东华就在入口处不远的地方等着他……这些图像清晰，当时手上的感觉都还在，地下室东北角的桌椅板凳下面，他在黑暗里被飞舞的灰尘呛得不断地咳嗽。他不由得深深地吸了口气。

"你怎么了？你在听吗？"李劫发现了他的异常。

"你说你的。"傅杰回过了神来，把目光从外面的黑夜收回到了温暖柔和的汽车内部。他感到了空调在工作，他发现现在只要有钱，舍得花钱，空调是无处不在啊。

"……那里面应该有三件东西，都是不起眼的老物件，"李劫又恢复了欲言又止，好像说多了就吃亏了的样子，他这样子可不常见，"一件是个青铜器，青铜器你懂吗？"

傅杰点了点头，仍然有点儿心不在焉。

"还有块老玉石，其实是一方印章……剩下的是轴老画，就是这些。"李劫简直是坚持着说完，傅杰明显地听着没劲，更没反应，让他说得越来越勉强，最后简直是不得不说，因为反正已经说了那么多。他看见傅杰偏着脑袋像是在想事，他等着，好一会儿傅杰把头转向了他，"你就是不说那是古玉、古画，非得说那是老玉石，老画……老破烂？"傅杰似笑非笑地看着他。

李劫的脸色变了，像是被人揭穿了底牌，"你，你真的见过那些东西？"他声音都有些发抖，说不上那是紧张还是兴奋。

接下来傅杰用他自己的语言，把那个小木箱子，还有里面的那三样物件形容了一遍。他说那件青铜器的形状，还有分量，竟然是以农村的大铁锅为参照物；他说起那块老玉石和那轴不起眼的老画更加形象生动，老玉的大小可以与他的手掌来比较，老画成轴时的暗旧程度长短规格还有入手的感觉，他说很低俗，但可信——就像那天晚上他亲眼见到的，那轴老画被梁东华散落在床上的被子上，一点儿都不起眼，他差点儿忘了没放回箱子里去……

随着他的比喻说明，李劫的眼睛瞪得越来越大，神情越来越炽热迫切，傅杰还想再说下去，被他打断了，"好了，别再说了。这些东西都在哪儿？"

傅杰马上住嘴，一个字都不再往外蹦。车厢里突然安静，两个人重新互相对视，傅杰非常轻松。

"好，你把这三样东西给我，你开个价。"好一会儿，李劫重新变得稳重诚恳，很有诚意地说。

"大叔，我什么都不懂，怎么开价啊?"傅杰的嘴脸没变，说得不紧不慢。

李劫沉默了，他知道刚才自己有些失态，而眼前的这个农村小子，也不再是几十天前那个可以随意摆布的小东西了。一个人的分量有时不是学识，而是见识。这个孩子这一阵子见的东西经的事儿都不少了，不能再等闲随便视之。

"你回去吧，把我的话好好想想。那三样东西我喜欢，你把它们好好看看，估个价儿出来。好了，你去吧。"李劫不再表现他的兴趣和诚意，开始逐客。

"好，大叔，那我回去了。"傅杰真的开门下车，头都不回，一直走回梁家的大门里。

傅杰一直感受着李劫追随着他的目光，如芒在背。直到他走进梁家的大门，并且穿过前院进到了老楼里，才听见外面汽车发动的声音。他的内心翻涌，可神色平静，对刚才在车里的每一句话每一个决定都满意。在回到自己的小屋子后，傅杰再一次想起来汽车里李劫炽烈狂热的神情，他承认那让他不适应，但这样很好，非常好。他在黑暗里无声地笑了起来。

重新脱了衣服，躺回被窝里，傅杰感到了温暖舒适。这是南方人永远都享受不到的，只有在北方的寒风里突然回到温暖的被窝里才有这种感觉。他全身的肌肉和神经都松弛了下来，脑筋变得灵活。他闪过的第一个念头却不是李劫所感兴趣的那三件旧物件，它们到底在哪儿。他想起了罗兰，她的影子不由自主地泛了上来，在他面前飘忽不定。

她现在在哪儿?她就那么跟着警察医生们一起离开了?她不等着看看他到底怎么样了吗?

她现在在干什么呢?

罗兰拖着疲倦的双腿，一步一步地上楼，终于挣扎着回到她自己家的门前。她好累，这一天她走了太多的路，思考决定了太多的事情，而且都要一一实施。她实在是太疲惫了……终于她成功地离开了梁家，从始至终没有人注意她，没有人认为她与今天梁家发生的事有什么关系，这真好。

这真是幸运。

她拿钥匙打开了房门，开门之后，随着屋子里的热气，一股韭菜三鲜馅的饺子味道迎面而来，她觉得好饿，也一下子想起了傅杰，她在今天的中午时还跟他在一起，就在这个房间里，和他一起包饺子。他现在怎么样了？

不知道，她没等着梁东华的遗嘱宣读完就离开了。因为她知道，她留在那里什么用都没有。就算傅杰有什么危险的话，她也救不了他。而她，很可能还会自顾不暇。但她想，傅杰应该不会有什么问题吧，至少在今天，他一直都不在现场，虽然他失职，但是他除此之外没有任何的责任。

在这一点上，她对得起他。要再说起以前，那就没有办法了。她在心里深深地叹息了一声，摇了摇头，往屋子里走去。她先去了她奶奶的房间。

罗兰的奶奶端坐在轮椅里，目光炯炯地注视着房门，直到看见进来的是她的孙女，脸上的肌肉才变得松弛，但她仍然盯着罗兰，等待着她的回答。

罗兰疲惫地把随身背的包扔在一边，在她奶奶的轮椅边蹲下去，向她奶奶点了点头，"他死了。"她看见老人的脸上瞬间流露出了难以形容的激动，那像是极度的喜悦，可又夹杂着极大的愤怒，她终于如愿以偿了，可她又意犹未尽！

"他真的死了?! 你是说梁东华?"老人不相信似的特意又问。

罗兰点头，"对，是他，他死了。"不知为什么，罗兰却找不到她心里面的快乐，按理说她心里也积压了二十几年的仇恨，一旦施放出去后至少应该感到些轻松的，可是她什么都抓摸不到。

"我亲眼看他死的。"她又机械地重复了一句。

"好，好……"这下子她面前的老人真的相信了，她重复着这个好字，最后说，"恶有恶报！"她咬牙切齿的神情里没有半点

儿人到老年后常有的因为气血亏损造成的宽厚仁慈，"你爷爷，他终于可以瞑目了……"她声音突然低了下去。极度的快慰后，这老人不可避免地有了些劳累，她的身体完全是由一种强烈的信念支撑着的，期望太久的愿望一旦达成了，一下子感觉有些空荡荡的。

罗兰没有惊慌，她常年照顾着她的奶奶，老人家的身体状态她比任何人都清楚。她把老人扶上了床，吃了点儿药，让她安稳地先睡下了。在这一天里，她的奶奶在心理和身体上的支出并不比她少。

然后她回到了她自己的房间里，她没有开灯，静静地坐下来，回想这一整天里她经历过的事情。

这一天，是她精心策划的。从她那天晚上被傅杰撞破了好事，被迫说出前因后果，她就一直在计划着下一步，还要怎样做。但是傅杰成了她绕不过去也回避不了的路障。当然，她可以像控制梁家其他人那样，把傅杰也控制住，她就可以在梁东华的大卧室里为所欲为了。可她不能，她有她的苦衷。

今天早晨，她突然来到梁东华的身边，她唯一的目的，就是利用她的医学经验，近距离地观察梁东华真正的身体状况。结果她发现，梁东华已经不可救药，没法再等了。而她必须得从他的嘴里得到些东西，才能知道她爷爷骆灵中的真实下落。

她把傅杰约到她的家里，让她的奶奶把傅杰绊住，她以同学来电话，学校的任务为由，离开了傅杰，赶回了梁家。时机很巧，梁家居然一个人都没有，后来她才知道有白灵在，可是白灵早就溜了，而小孙，却被白灵给支走了。这太妙了，简直是天赐良机，天意如此！

她知道这是她最后的一次机会了，她加大了力度，比以前更强烈地控制了梁东华，一定要让他把心底里最深处的东西说出来！但是事与愿违，梁东华的身体太糟糕了，无法支撑这样的刺激，她眼看着梁东华在她面前精神崩溃，身体衰竭，一下子情况就不可收拾……就在她不知所措的时候，小孙突然间回来了。那时候罗兰吓得心脏都要从嘴里跳出来，可小孙什么都不懂，她看到梁东华的样子后，马上变得比罗兰还要惊慌失措，一连串地问小姐白灵去哪儿了，这应该是白灵来照顾着才对。然后就急着打急救电话，罗兰顺理成章地就把出去拦车的任务揽了下来，脱离了现场，以至于面对梁家人还有警察时，她都通过小孙的嘴来证明她的无辜，甚至她还帮了梁家人的大忙——在白灵莫明其妙离开，梁东华没人照顾的时候，应学校的要求回梁家取资料，发现并照顾了发病时的梁东华……

现在想来罗兰还不由自主地发抖，她在黑暗里，在自己家里，想到的却是梁家人突然到来，满房间都是警察……她今天是不是走得太早了？不知道现在梁家老楼那边又有了些什么新情况，会不会重新界定她的责任？小孙还有白灵，甚至傅杰，他们能不能把目标调转到她的身上？

这些都不能确定，好久之后，她觉得再也不能支撑了，她上床倒了下去。她最后的意识是看了自己的手机一眼，不知为什么，她觉得会有人拨打她的手机的，那个人，应该是傅杰……

李劫在罗兰到家后很晚才回到了他的家里，他虽然开着车，但是路远。他的家在城区之外的一个别墅区里。这时他的妻儿早已休息了，他的家里只有一个房间里还亮着灯，他敲了敲门，走了进去。

"父亲，您还没休息。"他向沙发上的李厚诚恭谨地问候，久已不见的李厚诚精神炯烁，没有半点儿的病容。房间里电视上人影婆娑，曲声轻柔典雅，古风十足，在中国的北方很难听到。那是昆曲。

"梁家怎么样了？"他问。示意儿子到身边坐下，这时李劫才坐了下来。这对父子间的做派与梁家父子之间完全不同。

"没有出意外。"李劫只这么轻描淡写地说。可是李厚诚都明白，他点了点头。

"可是那些东西没见着。"李劫又说。这次李厚诚的头转了过来,李劫马上低下了头,他的声音小了很多,"梁家人报了警,警察把梁东华的地下室搬空了,可什么都没有。"

房间里突然间寂静无声,李厚诚把电视机的声音关掉了。"可是东西应该还在。"李劫抢在他父亲之前又说,仿佛不想面对他父亲的失望。

"那会在哪儿?"李厚诚问。

"……还不能确定。但我一定要拿到,一定能。"李劫盯着电视里继续无声舞动的人影说。他没有多说关于傅杰的事,他偷眼看了看自己的父亲,发现那老人已经非常激动,好半天,李厚诚才说出话来:"小劫,那些东西我们一定要拿到手,不惜代价!"

李劫连忙点头,"父亲,我明白。您要多休息,您放心吧。"他站了起来,走出房间前,把电视机的音量替父亲打开,让幽雅低回的古曲又萦绕在他父亲的耳朵里。

一觉醒来,天已大亮。这一夜什么也没有发生,罗兰检查自己的手机,一个来电一个短信都没有。她觉得郁闷,有些失望,这时北方的采暖期还没有到,但秋天开始深了,她的房间在阴面,已经冷飕飕的。她不愿意起床,但她还得再去一趟梁家,把她在那儿的行李取回来,然后那里她永远都不想再去了。

她就是抱着这种心情再一次来到了梁家的大门外。旧漆剥落的大门,连同粗糙生锈的栏杆,甚至她脚下开裂斑驳的老水泥路面,都在诉说着这座百十年前建成的宅院的古老破旧。而她,已经把这里面同样苍老衰弱的那个老人置于死地了。是的,没有人知道,可是天知、地知、她自己也知。

她心情无比复杂地按响了大门上的门铃,不知道这次给她来开门的会是谁。会是傅杰吗?突然间在几个月以前那个炎热的夏天的上午,大门在她面前打开,傅杰一身戎装出现在她面前的情景那么地清晰。一切就是从那里开始的……今天,他还在这座老宅院里吗?

她听见了脚步声，心开始往下沉。从脚步声她就听出来不是傅杰。果然，给她开门的是保姆小孙。小孙的精神很差，脸色苍白，眼睛红肿，看什么都变得怯怯的。罗兰暗中摇头，不知道是不是梁家人迁怒于这个纯朴的乡下女孩儿。要知道，在昨天真正照顾梁东华的，还真就是眼前的这个小孙。

但是她没有过多地表达出她的同情心，她只是向小孙点了点头，就走了进去，直接上二楼，她的那个小房间。她希望能见到白灵，好当面告诉她自己学校有事，不能再陪她住，给她补课了。但是罗兰不想遇到白小妍，这个女人昨天的样子让她讨厌，而且她有种直觉，与白小妍接触得多了，对她没有好处。

罗兰把自己的东西收拾起来，装进来时带着的拉杆箱后，去敲白灵的房门。白灵居然没有出去，白灵的样子比小孙还要难看，这是可以想象的，因为在昨天，白灵一直靠在她的怀里才能支撑下来。但是白灵不会知道的吧，其实那个时候罗兰也在借助着她，才能勉强保持镇静。

这次的告别太不容易了，罗兰始终让自己的微笑牢不可破，就站在门前向白灵道别，可白灵的样子是要让她能进屋来，至少要陪她到晚上才行。刁蛮娇惯的白灵一旦楚楚可怜起来真是让人无法拒绝，但罗兰无法说服自己再多待哪怕一秒钟。她告诉白灵一定得走，换个时间再来，还有，剩下的学费她不要了，就当是留个纪念。说完她再不迟疑，马上离开。

她像逃一样地下了楼，出了楼，穿过了前院，梁家的大门再次在望，她才蓦然想起，她还没有看见傅杰。她也一直没有向刚才见到的人问起他，他现在怎么样了？会在公安局里吗？她在这一瞬间突然特别痛苦，她竟然把他忘了……她有个强烈地预感，像是一旦走出了这扇大门，从此之后她就再也见不到傅杰了。

但是无论如何，她的脚步没有停，只是几步之间，她就走出了梁家老宅。在门外，她犹豫了一下，面前是她来时的林荫小道，是进梁家的正路。可她想了想，向梁家的后院绕了过去。她现在特别想走那条苍翠满路，没有人迹的老巷。她知道自己一个单身的年青女孩儿走那里不好，但这是最后一次了，她想从那里离开。

再没有哪片树叶是以前的样子了，离得很远，罗兰听见已经发黄变脆的树叶哗哗地响，她知道在这种响声里，每一瞬间都有无数片原本绿得发黑的树叶从枝头上脱落，在空中飘舞。它们的命运都是落在地上，变成泥土，没有谁是例外。

她侧着身子，有些艰难地把箱子和自己从那片稀疏了的爬山虎边上穿过，她一回身，突然发现身边多出一个人来。她吓了一跳，才看出来那竟然是傅杰。

她有些嗔怪地看着傅杰，傅杰笑了，"对不起，吓着你了吧。我看见你来了，猜你会从这里走……你还好吗？"

罗兰不回答，一直看着他。傅杰的笑容渐渐没有了，有些发窘，"罗兰……你，你别生气啊，我没别的意思，就是想送送你……"

"那好吧，"罗兰把箱子交给他，率先向巷子口那儿走。说实话，她根本就没有生气，只是突然间看见了傅杰，发现傅杰好好的，不论是身体还是情绪都不错，让她很意外。要说惊喜什么的也说不上，像是被他骗了，白白为他担了心一样。

脚下的落叶好厚，这里没有清洁工。罗兰时而低头时而抬头，把周围的景色仔细观赏。她看到了各种层次的绿色，还有浓淡有致的黄色，偶尔她还能看到几点不太鲜艳的红色，那都是叶子。各种各样的叶子，在天上，在地上，在半空中，它们什么样子什么颜色的都有。她听见傅杰的脚步声还有她的箱子拖地的声音，都跟在她身后……突然间她感到了轻松，就像昨天以来一直压抑着她的东西一下子都不见了。生活，又是平安的，什么都没有发生过的生活了……她轻松了，身上却因此而更累。有时候，负担似乎也是一种力量。就在这时，她身后的傅杰问她："罗兰，你昨天怎么走得那么快？"

"不走留下干什么？"这次她回答了，而且心情没有受到影响。

傅杰的话却没有接下去，像是被她的回答堵住了。

"那你呢？梁家的遗嘱里留给了你什么？"罗兰想起来昨天晚上李劫的话了，主动问他。

傅杰苦笑了一下，这时罗兰回头看了他一眼，脚步也慢了下来，和他并肩走着。她发现他的苦笑很成熟，像个整天在现实中迁就着别人活着的成年人那样。

傅杰说："也没给我留什么，首长有些当年的纪念品……都留给我了，要不也没人要。"这句话后他们对视了一眼，傅杰相信罗兰知道梁东华为什么要把一些"纪念品"留给他是什么原因。很简单，骆灵中。他看见了罗兰释然的表情。

"那你以后想怎么办？"她关心地问。

傅杰一愣，这倒是他没有想过的，甚至这问题让他措手不及。这就是骗人的后果，罗兰可不知道他现在既有房产住处，又有财产金钱。他叹了口气，"这我还没想过，但首长留给我的东西……应该够我用一阵子的。对了，罗兰，我始终都有句话想问你，你可别生气。"说着他停了下来。

"那你就问吧。"罗兰也停了下来，她现在的情绪可不易被打破，她有这个自信，甚至还带着点儿笑意来说。

"那好吧……罗兰，"傅杰终于说，"首长昨天……你昨天对首长做什么了吗？"

"你说什么？"罗兰的笑容还没有展开，就开始下落。

既然开了头，傅杰索性就说了下去，他咬了咬牙，"罗兰，你昨天怎么会在梁家？你不是去学校了吗？"

"学校要我的资料，我随身带着的，放在了梁家。我得到梁家去取。"

"真的吗？"

"你不信为什么还要问我？"

傅杰低下了头，这话没法再往下接。可他又不甘心，"罗兰，你别怪我多想，昨天首长的样子，很像以往他几次发病的时候。

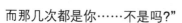

而那几次都是你……不是吗？"

罗兰冷冷地看着他，不回答。

"罗兰，我知道你不想回答，这也没有意义，反正首长都已经死了，我再问他也活不过来。可是我一直奇怪，你为什么不像以前那样，把我也迷倒，然后去问首长话？还是你已经做过了，我却没有察觉？"

罗兰气乐了，"你把我当什么？女巫？还是什么？我有那么大的能耐？"

傅杰看着她，心里还是不能释然。终于还是说，"罗兰，你坦白告诉我，你为什么不那么做？你到底做过没有？你要还把我当朋友，就告诉我吧。"

看着他的苦恼还有急迫，罗兰摇了摇头，"你呀，好吧，我就告诉你，我没有。"她认真地说，"随你信不信，自从那次你突然醒了过来，我就再没有对你做过什么。"她苦笑了一下，"这耽误了我的大事。"

"可你是为什么？"傅杰变得更加迷惑。

罗兰欲言又止，但她看出来了，她要是不说，傅杰不会放她走的。这个人可真是倔，有时候都让人讨厌了。就像那天晚上一定要让她说出来那些陈年往事……"好吧，就都告诉你，"她无可奈何地说，"都是因为你的体质很特殊，你太敏感了，那天晚上你能自己清醒过来，是从来没有发生过的事。要是我再强迫你，你会受不了的……你明白了吗？"她看着他，"还是要我问，你相信了吗？"

傅杰皱着眉，他不知道要说什么。罗兰从他的手里把箱子接了过去，"好了，你就送到这里吧，我得走了。"说着她拉着箱子离开。走不多远，傅杰又从后面追了上来，"罗兰，等一等，"他的声音和一大片的落叶混和在一起，一阵大风刮过了老巷的上方，罗兰不自禁地缩了缩脖子。

"你说什么？"她没听清傅杰刚才的话。

"我问你，你还再来吗?"

罗兰再次沉默，好久，她摇头。她冲着傅杰笑了笑，拉起箱子又往前走去。

"罗兰，整个一楼首长都留给了我，你不来看我吗?"

他看见罗兰停了一下，但是她马上又开始走了，他没看见她点头或者摇头，她什么表示都没有，一直走出了这段老巷。

那天傅杰站在老巷里，一直看着罗兰拖着箱子，走出树叶纷飞的巷口，融入到了外面的世界里。那时他真的觉得他所处在的老巷里，和巷口外面完全是两个世界。他的世界里只有落叶，树木，破裂坑凹的老路，在他头顶上方哗哗巨响的声音。这一切都与他的家乡多么相像啊。而罗兰走进的世界里包罗万象，光怪陆离，要有钱财要有知识还要有家世等与生俱来的地位优势，才能在那里面立足。

而这些，他都没有。

那天他完全可以追出去的，跟着罗兰走很长的时间。因为再没有什么任务工作拴着他的腿脚。可是他任罗兰在他眼中渐渐消失，当他想起来离开时，他的脚面上已经积了不少落叶。当时他记得很清楚，他站在那里，一直目送着罗兰的离去，他记得不远处罗兰上车的车站，还有罗兰家的方向，他一直目送着她上了车，走了好远好远。最后他想起来得走了，他捡起了几片落在他脚面上的黄叶，握着它们，在外面转了很长的时间，到了下午，风变得更大天气更冷时，他才回到了他"自己的"家里。

进门他就听见白小妍尖厉刺耳的声音，傅杰的神经自动地出现了厌恶烦躁，但更多的却是种说不出的喜欢。每当白小妍原本优雅平静的声音变成这样时，他都很兴奋，很刺激，其实看个出色的泼妇吵架骂人时也是种享受。只是现在还有谁能这么刺激着她呢? 傅杰站在了原地安静地听着。

不一会儿，他听清楚了。白小妍这次的发泄对象竟然是小孙。她在命令小孙卷铺盖走人，她说她自己从来不在家吃饭，梁东华

死了，白灵要去上学，留着个小保姆干什么？而且当初梁东华那个老不死的大手大脚，雇一个小保姆的价钱在别的家都能雇两个半了……

而小孙也没说要赖在这儿不走，只是要求她把这个月的账结了，因为离月底就差几天了，没有理由让人家白干二十多天吧？但白小妍就此变得情绪激动，滔滔不绝了。她的各种原因不管有理没理是对是错，都让人插不进嘴去。傅杰隐隐约约地知道白小妍以前是在文艺战线上工作，具体什么项目他不得而知，但现在看有点儿像快板什么的，嘴皮子真是溜。但小孙却不气馁，每次都在白小妍不得不换口气的极短暂的空隙里说上两句，通常都是在重复上一次的理由和要求，没有新花样，但就这样，却每每换来白小妍更大的激动更多的话语。

傅杰听了大概有二十多分钟的样子，楼上的结束动作是一声巨大的"砰！"，傅杰在楼下身子不由自主地一抖，紧跟着往旁边躲了一下，一个不小的包袱被扔了下来。他明白了，白小妍已经没有继续说教的兴致，她一了百了地把小孙的随身物品扔下了楼梯。楼上安静了，不一会儿，脚步很轻，小孙一个人低着头默默地走了下来。她快走到一楼的楼板时，才抬起了头。马上就看见了傅杰，傅杰清清楚楚地看见，小孙在看见他的一瞬间，眼泪流了下来。

这时楼上传来一声巨大的摔门声。两人都抖了一下，他们知道，这是白小妍重重地关上了门。在这一瞬间，傅杰无比清晰地感到了小孙的难过，那不仅是为了二十多天的工钱，绝不是的。而他自己，也非常难过。

好一会儿，他看见小孙擦了擦眼睛，弯下腰去捡自己的行李，小孙其实是个很苗条，很纤细的女孩子，看样子，她是准备要走了。可是傅杰突然间抢在她前面，把她的包袱提了起来，什么都不说，就往原来梁东华的大卧室里走。小孙莫明其妙地跟着他，一直跟到了卧室里面，才看他把包袱扔在墙角原来他自己的小床上。他回过头，认真地对小孙说："孙姐，要是你愿意，你就还在这儿干，你就住在这儿。首长原来给你多少，我也给你多少。行吗？"

他在问她的时候，已经不再看着她了，他把随身带的钱掏了出来，那也有不少。"先给你这二十天的，每月都从今天开始算。"他把钱塞进了小孙的手里，然后就走了出去。

但是当天晚上，他还是睡在了原来的老地方。原因很简单，小孙不敢一个人待在刚刚死过了人的屋子里。她嗫嚅了好半天，说她忘不了梁东华死时的脸。变成了尸体的梁东华的脸……她不敢再说，在天黑下来时，在这间屋子里，她无论如何都再不开口。最后她搬进了傅杰原来的小山洞，那个在厨房厕所边上的小房间里。而傅杰，在这天晚上，基本上没有合眼，在这间他本己睡惯的大卧室里一样也心神不定，无法入眠。他把房间里的大灯小灯一起打开，在满室光明里，他才能坚持稍微安稳些。

他记得，他的前半夜心潮起伏，忐忑不安。他一个人住在了突然间属于了他的房间里，特别不踏实。他总是问自己，这是真的吗？而到了下半夜，他的心里开始滋生出奇异的厚重感，就像心里多了些东西一样，他不再忐忑，也不再怀疑。他惊喜，他用了一天一夜再加上前半夜的时间，才能让他的整个身心都接受了现在他的现实状况——他有钱了，在一个大城市里有他的根了。这不仅是他从来没有想过的，甚至在他的家乡，也没有什么人做到过。要知道，这是沈阳，在东北，这是个显赫的城市，而他在沈阳城的繁华地段太原街里，有了自己近百十平米的房子！这竟然是真的。

他的思绪不由自主地飘到了他的故乡，他的妈妈身边，他一直不敢相信这是真的，所以从来没有想过要怎样来享受这一切。现在他想着，要是他能够把他的妈妈从那个穷山沟里接到他现在住的房间里，他的妈妈会想什么？他原来的左邻右舍又会想什么？

他突然间已经是个有房有地的人，何况，还有李劫和梁卫东

他们曾经让他签过的那些合同……在这一夜里，傅杰思绪联翩，很多的事情第一次在他的头脑里有意识地想过了，等到天快亮时，这种精神上的强大的快感里产生了一股让他后怕的因素。他想到，原来那么多的事，他都是在没有深思熟虑的情况下，就做到了现在这个地步。也就是说，他现在得到的这些，都不是他主动的，凭能力凭欲望得到的，那么他要怎样才能保住它们？

这时他的头脑因为一夜未眠开始昏沉了，可是在曙光将露，大地最为黑暗的这个时候，傅杰非常清晰地感知着，接下来的这段日子里，他再也不能像以前那样任由命运，或者是任凭别人来支配他的生活了。他要作出的选择会有很多很多，他已经拥有的东西，并不会就此永远陪伴他，而是会随着他作出的选择和决定而变得离他近或者远，一切还都是未知数……而在他昏昏沉沉将睡未睡时，他竟然看见了梁东华。梁东华还像往常那样出现在离他不远处的大床上，那个高大强壮的老人很是笨拙迟钝地在转身，但是突然间失去了平衡。他倒在了大床上。傅杰的眼睛没有注视着摔倒了的梁东华，他的潜意识里一点儿都没有为梁东华的出现而恐惧，他自始至终都在盯着梁东华的双手。

随着梁东华摔倒，他双手上原来捧着的一个小木箱子散开了，里面的东西都慢慢地飘洒在那张大床的被褥上。那些东西，在被褥上四下滚动，傅杰在梦里都强烈地注视着它们，它们离他好近啊，他真想把它们一把抓在手里……

第三十章　美丽新世界

多么地神奇，如果你一觉醒来，发现你已是完全不同的另一个人。多么地神奇，当你成了另一个人时，周围的牢不可破的世界还是原样子，可你置身其中，却再不是以前的生活。

可在你自己的心中，却怎么也忘不了以前那个你……多么地遗憾。

傅杰就是这样。他在梁东华的大卧室里一觉醒过来后，发现他的生活改变了，想不到的人和想不到的事突然间找上了门来，不管他喜不喜欢，想不想做，他都得去做。

这是权力、金钱背后的责任。

那天他醒过来，上午已经快过去了，他睡眼惺忪地套上了件短点儿的内衣，还是大短裤拖鞋就推门出来往厨房的水龙头去。可是刚进厨房他就呆住了，两个西服革履的中年男人坐在厨房里，就在餐桌的两边端端正正地坐着，既不交谈，也不吸烟。看他进来，他们马上站了起来，站得笔直。傅杰怎么也忘不了这两个突然出现的男人对他说的话。

"老板，您起来了。"

傅杰迷茫地冲着他们眨着眼睛，怀疑自己是不是没睡醒，在做梦。

"老板，天很凉了，您小心别冻着。"两个男人往旁边让了让，离水龙头更远了些，给傅杰让路。

"啊，"傅杰愣愣地回应，顺着人家的暗示去洗脸，洗了几把脸后偷眼看见那两个人还在站着，他带着一脸的水珠回过身去说，"你们坐……坐吧。"

那两个男人嘴里说着"是"，可都没坐下。傅杰心里过意不

去，紧着又撩了几把水，就赶紧找毛巾。然后他匆忙地往自己屋里走，他得去穿件像话点儿的衣服。走了几步后他又停下了，"你们……你们跟我去屋里坐吧，别在厨房待着。"

在阳光充足、宽敞明亮的大卧室里，这两个男人说出了他们是谁，什么来意。原来他们是梁家企业在商务报表方面的负责人。他们来向傅杰报告，有些事情需要董事长亲自出面解决一下了。

在这个中午，傅杰证明了以前一直在心里才经常暗示过的，自己的另一种身份，原来他真的是一个老板了。在以前，不管李劫怎么说，梁卫东怎么质问，他都不敢去想，不敢去认。似乎是生怕一旦自己认了真，一个好梦就醒了一样。可现在不同了，外面有公司的车在等着他，连同这两个气度不凡，一看就精明强干的男人，从早上八点半开始，一直等他到中午，不敢惊动他的睡眠。

傅杰把来人打发了出去，让他们回车里等着他。他得处理完点儿事才能跟他们走。等他看着这两个人走出了大门，他才拿起了手机，先给李劫打了电话。

李劫在电话里听他说完后，告诉他只管去，给了他一个原则。要他今天只是听，尽量问，但不回答，不作决定。最后，他提醒傅杰，在动身之前，打个电话给梁卫东，问梁卫东这是怎么回事，他应该怎么去做。

傅杰结束了这次通话，先让自己喘了几口气，酝酿了一下情绪，然后他拨打了梁卫东的电话。他决定要以迷惑不解却并不惊慌的口气和梁卫东说话，他甚至应该"责问"梁卫东这是怎么回事的……他一个乡下来的小孩儿，怎么能骗他呢？

电话里的待机声一声接一声，没完没了，从没人接到接听时限过了。傅杰随时准备击发的情绪没用上，他又拨，还是有信号没人听。傅杰有些没了主张，想再问问李劫，要怎么办。但他最后没再乱用电话。他想起来，手机有这么一项功能——如有来电，不管是否开机，不管是否接听，都会有号码显示。这就行了，证明他曾经在事先联络过梁卫东，试图"请示"就足够了。

在他坐上梁家企业的车，赶往公司总部时，傅杰笑了笑。其实这都是演戏，彼此心知肚明。他也不信梁卫东就真会天真到相信他事先什么都不知道。梁卫东是什么人？那也是创立了好大的基业的人。傅杰忘不了那天晚上李劫带着他，在夜色中观看壮丽高大的厂房车间，公司商场的场面。那就算借用了梁东华以前的老关系，也不是件容易达到的地步。

他越是接近此行的目的地，心里越是不安。他很怕梁卫东不接他的电话，却在公司总部那里等着他，那时他要怎么办？他的确有做贼去偷别人东西的心理，李劫曾经告诫过他的"是梁家人先骗了你"之类的话不再起作用。他亲手签过的，现在已经证明存在而且生了效的资产转让合同也不能让他心安。

但是梁卫东始终没有出现，傅杰一连去了公司总部好几天，梁卫东踪影全无，声息全无。傅杰一直避免在公司的人前提到梁卫东，到后来却发觉他周围的人比他还要紧张。这就妙得很了，傅杰点点滴滴地发现着自己的身份，培养着自己的感觉，他审视着周围，体会到这些人是真的在为他服务，不想引起他的反感，而丢了手里正端着的饭碗。

这让他很兴奋，他曾经在书里看过的，如："君相乃造命之主，可使世人显贵沉浮。"而在一个公司的内部，万人之上的董事长，应该也等同于君主宰相。一念可以荣之，一言可以贬之。但他感觉更深刻的，却是沉重的危机。李劫说得没错，梁家人之所以会给他这个"大便宜"，并不是天上掉下了林妹妹牌的大馅饼，根据这些天来他所了解的，梁家人的企业真的是因为投资不善，已经资不抵债——破产就在眼前。

傅杰不太懂法律，高中生还没有细致地有针对性地学习法律，但是他很担心，如果他是一个董事长，那么他所拥有的公司集团破产了，会不会连同他的其他财产——如梁东华留给他的那层楼房，对了，还有地下室，会不会也被法院一同没收？他再次变得一无所有?

　　他为此深深地担忧着,想来想去,他想应该私下里请教一下专业的律师了,只是这个律师不能是李劫。

　　可是李劫的电话他每天都要打,有时还要打很多次。李劫倒也不烦,每次都耐心地接听,仔细回答问题。傅杰没有一点儿感激,他很清楚李劫是什么人,也准备好了怎么回答李劫抛给他的问题。果然,在第三天,李劫在回答他的问题之后,要求和他见面。当时已经是午饭时间了,傅杰没有拒绝,坐公司的车从近郊的公司总部回到城里,在一个酒店的包房里见到了李劫。

　　傅杰见面后一通感谢,这些天李劫真的给了他不少的指导,不仅有用,而且应急。然后他留着神,仔细观察李劫怎样把话题扭到那个问题上去,他要学习至少是欣赏一个成功人士在饭桌上提出一个敏感的不易解决的事情时的艺术。

　　但他失望了,李劫直截了当地问他,那些东西想好了是什么价钱了吗?

　　傅杰非常失望,不仅是李劫没有实地演习怎么提出议题的艺术,更加对自己失望。很明显,李劫根本就没把他太当回事儿,根本没想费什么周折来拐弯抹角。失望之余他摇头,什么也不说。

　　李劫笑了笑,也不再提,问他:"这几天在你的公司里感觉怎么样?"

　　傅杰叹了口气,可脸上却不由自主地精神焕发。这三天的生活的确让他不适应,各种各样他不了解甚至不理解的事物让他目不暇接,但是他新奇,他兴奋,他不由自主地想在那种环境里干点儿什么……李劫都看在了眼里,他慢悠悠地说:"傅杰,其实那些东西会是你的。"

　　傅杰猛地抬起头,注视着李劫。

　　"觉得可惜,是不是?注定了要破产,"李劫微笑,"玩一天乐一天,反正不是你的,怎么都不可惜,是不是?但你信不信,这些东西你都能保住。"他的笑容变得尖锐,"只要你听我的。"

傅杰专注地听着，可李劫专心地在喝酒，直到他忍不住了，问："大叔，我听你的，我得怎么办？"

　　"怎么办？"李劫才又看看他，"你要知道，这也是一盘生意，你要那些，就得给别人点儿什么。傅杰，生意其实很简单，就像最原始的时候，没有货币，只有以物易物，就这么简单。想想，你能给我什么？"

　　傅杰觉得不失望了，事情小小地绕了一圈，又回到了老问题上。李劫稍微地展示了一下他的技巧，利用了他目前最感兴趣的东西。

　　"可是大叔，我把东西给了你，可这个破公司倒台是肯定的了，到时候我会不会人财两空？"傅杰没那些技巧和隐晦的词藻，他直截了当地问了出来。

　　没想到李劫大笑了起来，很是欢畅。"让我教教你，不然以后你就算有了那些东西，也保不住，也不会用。"李劫认真了些，"你这是典型的小家子气，没见过什么。你看着那个公司还有它底下的厂子商店都挺大，觉得要是垮了太可惜，而且一旦垮了再建起来就太难了，是不是？"

　　傅杰不由自主地点头，这真是他这三天来心里一直想着的。

　　"可是那都是表相，真正实际的东西是专业的技术，还有资金。只有这两样才是永恒的。"李劫收敛了嬉笑怒骂的嘴脸，比任何时候都要认真，甚至庄严。他在谈他认为最神圣，最有用的东西，"什么家大业大，有什么用？知道世界上真正大的公司怎么经营吗？他们只有科研所，其他的厂房工人，甚至运输，还有销售，都是由别人来做，他们只掌握核心技术还有资金再加上品牌。有些时候，那些厂房什么的还是累赘呢，甩掉都来不及。你知道为什么这些天梁卫东不露面，也不找你的麻烦吗？"

　　傅杰呆呆地听着，他觉得有道理，但还没都消化理解。李劫最后一句话让他摇头，梁卫东，他只知道得提防，可不知道怎么防备。

"梁卫东在找我的麻烦，因为他要找他那些藏起来的资金。懂吗？"李劫再次微笑，自问自答，"有了那笔资金，梁卫东就算扔了这个破烂摊子，也随时可以东山再起。但他现在找不到了，钱到哪儿去了呢？"他看着傅杰。

　　傅杰眨着眼睛，直觉告诉他这是个关键时刻了，可他不知道面临的是什么，关键的东西又在哪儿。

　　李劫等了他一会儿，看他实在没反应，才说："那些钱，会到你傅杰的名下。"他看着傅杰突然间缩小的瞳孔，一下子涨红的脸，满意地继续说下去，"你有了这笔钱，就等于真正掌握了梁卫东父子两辈人此前几十年间所积累的所有财富。再加上你现有公司里的技术含量，你想做什么都会轻而易举。就算你什么都不想做，都足以让你坐享其成，几辈子都锦衣玉食、享用不尽。想想我跟你说的一百万能做什么，一千万又能做什么……你还记得吗？"说着他的呼吸也开始不稳，脸上血色上涌。

　　傅杰怎么会不记得？"……知道一百万元是什么吗？那是一个月薪三千元的人一辈子所能挣到的所有的钱……一千万呢？那是能让你每夜都睡不同的女人……"后面好像还有什么来着，但傅杰再想不起其他了，梁东华死前的那个夜晚，他一个人悄悄地在黑暗中爬上了老楼的二层，他都做过了什么？他记得清清楚楚，他的心脏跳得像那天晚上一样地剧烈，一样地诡异……

　　他听见李劫又说了一句话："只要你把那三件东西给我，那笔钱就是你的。"

　　半个小时之后，傅杰重新回到"他"的公司的车里，再次往郊区的公司总部驶去。现在他的心情完全变了，他将要去的地方对他再没有了那种神秘新鲜、想得之而后快的欲望。他知道，那片庞大的，他从来没有梦想过要据为己有的产业，正是梁卫东想甩掉的"破烂"，他居然还当成稀世珍宝想方设法地保全呢，这是多么地可笑！

第三十一章　人生新感觉

傅杰变得心不在焉了，他被大群的下属和大批的文件报表包围着，看着一堆堆的数字，听着七嘴八舌的说明解释，心里想的完全与之不相干。

他为这些下属，这些报表悲哀。

这些人很专业，而且都很努力，就算他不懂这些东西，可也能感觉出这些人的水平和态度。但是这一切都有用吗？

这个问题才是最关键的吧，这些人熟悉自己的业务，努力做好自己分内的事，把自己在各方面都管理得井井有条甚至为人处事上更加圆滑地道。按说，这已经是一个员工，一个人，能够达到的很不错的境界了。而他们是不是也以为只要拥有了这些素质，就可以一切 OK 了？

会吗？傅杰以前不知道，可现在他摇头。根本就不会。因为无论底下的人怎样努力，事情都是由上层人物来决定的。就像现在，这些人在他面前忙来忙去的有什么用呢？梁卫东已经撒手不管，而他傅杰想管也管不了，梁东华活着的时候是甩手掌柜，这些人啊，就像是没有根的浮萍……傅杰想起来，当初他的理想就是上大学，学本事，然后在大城市里找个大公司努力干活儿，就像这些人一样？由此可见，当初想的有多么幼稚。这世上哪还有什么安全，上层的决策领导层都不知出路在哪里，下面干活儿的人还要怎么活？

这就像如果战略上错了，那么所有高超的战术，英勇的战士，高精尖的武器就都没有了意义。

在一片无休止的喋喋不休的汇报声中，傅杰有气无力地挥了挥手，"我累了，让我休息一会儿。"围绕着他的声音戛然而止，

脚步声杂踏着响出门外，傅杰就把头伏在了桌子上，这之前他把那些报表文件像扫垃圾一样从桌子上一把扫开，那样子肯定会让他的下属们比较寒心。

没到十分钟，他走出了办公室，对等在外面的下属们再次挥手，"今天就到这里吧，我有别的事情要做。"他坐车往市里的家里走，车子终于驶进了太原街，傅杰的眼睛开始往车窗外面看。突然他叫停，这时离着原来叫梁宅的老楼还有点儿距离，正是太原街的黄金地段。

他打发走了司机，走进了店铺林立的商业街。

傅杰徒步走回了老楼里，手上大包小裹提了不少东西。小孙赶过来帮他提了进去，发现都是些包装精美，光看外饰就非同小可的衣服。傅杰要她出去，他要换衣服。等他再出来时，小孙都不敢认他了。只见傅杰一身绝对笔挺的藏青色西服，是商务式的，没有半点儿的随意休闲感觉。名贵挺括的领带，光可鉴人的皮鞋，领带上还有闪闪发光的领带夹，那后面是三件套西装必备的马夹。

这身衣服让傅杰焕然一新，也让他神情扭捏，不好意思。可小孙的赞美让他自信了起来，他看得出那出自小孙的真心。这时天快晚了，他抓紧时间出了门。

他打车直奔小南，在罗兰家的楼下下了车。他深深地吸了口气，再次往自己身上看，再次的犹豫之后，他上了楼，按响了罗兰家的门铃。

门铃响了好久，他以为罗兰不在，而罗奶奶身子不方便，没法开门呢。可是门终于开了，是个陌生的中年女人，问他找谁。傅杰愣了，问她是谁。结果惹得对方不高兴，像是要马上关门。傅杰连忙解释，才知道这是新的房客。原来罗兰和她的奶奶是租的房子住，两天前刚好搬走。至于搬到了哪里，这位新房客当然不知道。

傅杰沮丧地下了楼，他想不到不到三天罗兰竟然搬家了。如果是两天前，那就是说那天他把她送出了老巷，她回来就搬了家。

这么匆忙，是为了什么？

　　暮色渐合，他站在楼下犹豫了半天，没办法，拨打罗兰的手机。他心里充满了思念，等待着罗兰的声音出现，可拨号音结束后出现是服务台提示这个号码已变为空号。

　　傅杰把提示的语音听了至少七八声，才放下了电话。罗兰这是怎么了？或者罗兰这是为什么？家搬了手机换了，傅杰心里的思念变得更加强烈，他想见到罗兰，说实话和李劫分开后他就一直心神不定，就想和什么人见见面，说说话。可是身在偌大的沈阳城里，这样的茫茫人海里，傅杰发现自己连个说话的人都没有。

　　他在罗兰原来住的楼下站了好久，他突然间小跑着离开，一直跑到了大街上，拦下了辆出租车，向城西罗兰的学校赶去。这时天还不算晚，罗兰应该还在学校里……

　　傅杰一身西装革履走进了大学的校园，他想在校园里跑起来，一直跑到罗兰的面前。可大学生们的目光，还有他脚上的皮鞋身上的西装都让他矜持，但也可能是拘谨。不管怎样，他对这里还挺熟的，他没费什么力气就找到了罗兰常去的教室，罗兰不在，他很幸运，在一片闲散的自习学生里，找到了罗兰的同学。当初和他一起排练话剧的一个女生。

　　可他又失望了，这个女生告诉他罗兰好长时间都没来学校了。她是研究生，马上就要读完了，正在外面实习呢，一个很不错的公司。她说到这儿时嘴撇了撇，似乎不屑。可傅杰根本没发现，他追问那是什么公司，他强调他找罗兰有要紧的事。

　　他终于在校园里奔跑了起来，新买的皮鞋把他的脚卡得很痛，身上西服太挺括了就会反过来要求穿它的身体也挺括，包括这副身体的步态坐姿。但是傅杰都管不了这些，他要见罗兰，现在已经下午四点多了，天快全黑，街上下班的人也会多起来，他得抓紧时间。

　　再次打车，再次等待。终于车停了，傅杰看到了那个女生告诉他的那个医药用品公司的招牌。说来也好笑，直到这时他才知

道罗兰在学校念的专业是什么，那是药品的研发专业。这家医药用品公司出产的医药器具在业内很有口碑，很有市场，现在正有意成立自己在药品方面的独立实验室，在药品行业内也分一杯羹，罗兰正有用武之地。

几分钟之后，傅杰走在这家公司的内部，他发现他现在所处的环境和他比较匹配了。这里干净清洁，主色调就是白色。纯正的白色，从地面到棚顶，从窗子的玻璃到不时走动的人的外衣，这里像是高档的医院，无论谁都穿着白大褂。他在公司的入口处很费了点儿口舌，才知道了罗兰所在的工作室，而且直到他在门卫那儿和罗兰通了电话，他才被准许进入公司内部。

他终于看见罗兰了，他拐过了个弯，罗兰就在弯后面的一扇门前站着，在专门等他。傅杰有些慌乱地站住了，他不安地看了看自己的身上，自己的脚，他太忙乱了，鞋上有了灰，衣服敞了怀，领带也松了，那个闪闪发光的领带夹歪歪扭扭，掉到了领带的最尾端，马上就要掉下来了。这让他发窘，让他觉得自己好笑，他抬起头时，发觉罗兰没有笑，她安静地看着他，脸上的表情很淡，他看不出那代表什么。

"罗兰，你，你还好吗？"他终于走了过去。罗兰没回答，她带他往他的来路走，在一个小门拐了进去，那里有一片很高很长的窗户，几只沙发，是个简单的吸烟室，平时在那里会见些不太正规的来访者。

"找我什么事？"罗兰在沙发上坐下，终于问他。她没看他，看外面变得全黑的夜色，傅杰顺着她的目光看去，他看到窗外星火点点，很多的人家里都回去了人，都开了灯。

"没，没有什么，"傅杰回答得不及时，又有点儿口吃，这让他生自己的气，一面对罗兰就是这样。这感觉很熟悉，很讨厌。

罗兰叹了口气，"你怎么找到这儿的？"

"我，我问了你的同学……罗兰，这里好大，环境也很好，以后你就在这里工作了？"他还想再说什么，发现罗兰站了起来，她看上去很无奈。

"傅杰，我才是实习……你懂我的意思吗?"

傅杰的头低了下去，他懂的，这是告诉他，不要来打扰她。"我……罗兰，我很想你。"傅杰心里一下子变得那么的乱，什么都想不出来。是的，他没有什么具体的事来找她，但是非常想见她!这是真的。但是他发现罗兰的脸转了过去，她不看他，也不回答。

好一会儿，傅杰意识到得说点儿什么:"罗兰，你怎么搬家了?你奶奶还好吗?"

罗兰只是点了点头，"她很好。"

"你……你电话也换了?"

罗兰沉默。

傅杰再也想不出还要说什么了，他明白地感觉出罗兰现在的沉默是种忍受，是种有限度地忍受。在告诉着他什么，傅杰不迟钝，他看着自己笔直的裤线，心里想着自己得走了，但是无论如何他都不愿意离开她。单单只是今天的下午，他用了多少时间，走了多少的路，费了多少周折才找到的她，她难道想不到吗?她怎么能这么对他?难道只是因为最后他送她时，对她语言上冒犯了吗?

他想，是不是他现在应该对她道歉……就在这时，傅杰听见有脚步声往他们这边走来，"罗兰，你在这儿?"来人从他身后走过来，直接到了罗兰的身边。罗兰应声站了起来，脸上泛上了笑容。很自然地，两个人的手拉在了一起。

傅杰的心像被刀子刺了一下，他说不出那是什么感觉。只是沉默压抑着的罗兰随着这个人的到来一下子复苏了，她为这个人绽放的笑容和之前的她的对比，让他永远都没法忘记。他一下子就清楚了为什么罗兰会对他这样。而这个男人转回身来时，傅杰惊讶地发现，他认识这个人。

夏炎，那出话剧，被他抢走男主角的人。怎么会是他?傅杰

记得这个比他大了五六岁，和罗兰差不多年纪的人多傲慢，多容易激动，为了一件军服显得多么可笑……罗兰怎么会跟他在一起？

夏炎也明显地一愣，显然也认出了他。他上下扫了傅杰一眼，傅杰的脸腾地红了。这时他也看清了夏炎的打扮，夏炎没穿制服一样的白大褂，他上身是米黄色的开领毛衣，很薄，很时尚的那种，下身是更浅一些的同色调的裤子，宽松肥大，连同他穿的皮鞋，都是休闲式的，显得随意而洒脱。相比之下，傅杰全身都紧绷绷硬邦邦的，显得拘谨可笑。他想起来了，他在富瑶酒店里时，听前堂的人说起过，现在连捡破烂的人都穿西服……的确，在他现在的公司总部里，哪个围着他转的高层主管，都穿得比他正规。

"嘿，这不是傅杰吗？你怎么在这儿？"他还在发愣，夏炎已经说了话，他也记得他，并且向他伸出了手，"你好。"

傅杰机械地伸出手去，和他握了握，他还是不由自主地看着罗兰，心里想着什么，脸上就带出了什么，就像罗兰第一次在那条老巷里，和他单独走向车站时他的样子，什么都掩饰不住。

夏炎的手马上就收了回去，他转向了罗兰，"罗兰，快下班了，我们这就走吧？"

面对傅杰僵直的目光，罗兰犹豫了，"你，你先走吧，放心，我不会迟到的。"说着她向夏炎笑了笑，很温柔。夏炎没再坚持，"那好，我在家等你吧。"他看了傅杰一眼，摇了摇头，没再说什么，他走了。

"你们要去哪儿？"傅杰问完了就后悔。可罗兰还是回答了，"去他家，傅杰，我们也下去吧，我不能让长辈等我。"说着她就往外走，傅杰身不由己地跟着她，他心里是这样的烦乱，这样的痛楚，他应该阻止她，可他没有办法，也想不出来得怎么做！

"等等我。"他眼看着罗兰走进了一扇门里，他只能在外面等着。

罗兰很快就出来了，她脱下了白大褂，换上了可以上街的衣服，她下班了。他跟着她下楼，一直走出了楼，走到了外面的大街上，他都没有想出来还要再说什么。他气自己怎么这么笨啊，一到这种时候，心里就乱成了一团麻，别说对罗兰说些什么，就连他自己想做什么都没有个头绪。

罗兰在街边站住了，她穿着风衣，她的长发围在了风衣的里面，在里面也没有束紧，一种随意但是很独特的风韵。她看着傅杰，又叹了口气，她明显地要走了，傅杰知道自己这个样子让她为难了，但她绝不会因为自己怎么样就会留下来。他明明白白地感知到了这一点。

他突然间问："罗兰，只不过才三天，我们才分开三天，你怎么就跟他……"他说不下去了，声音全都哽在了喉咙那儿。

罗兰的头低了下去，傅杰看得很清，她低下头同时也笑了，"傅杰，"她马上又抬起了头，很明朗地看着他，"这些事没法说，是没有办法的。你不要难过，你就是我的小弟弟，真的，我很喜欢你，见你第一面就是。但是我们……"她又笑了，"我们差得太多了……首先是年龄，"她怕他误会了似的，开始告诉他具体的问题所在，"我比你大了五六岁呢，都是个老太婆了。你看你，想了那么多……还有，反正我们不合适。真的，你把我当姐姐吧，还像以前那样对我好，那样不好吗？"

罗兰的话最后变得很温柔，但是那与她对夏炎说话时的温柔完全不同，她这时非常地"亲切"。她倒是很快地就进入了角色，成了他的"姐姐"。

傅杰呆愣愣地看着她，她始终在微笑着，似乎要带动着他也这样笑起来，然后她才能放心地离开。可是傅杰突然间说："罗兰，你告诉我，是不是你一直没有离开他？一直都和他在一起？是不是？"

罗兰的笑容暗淡了一下，随即就妥协了一样地又展开了，"对，你说得对，我一直都和他在一起的。我喜欢的是他，一直都是。"她看着傅杰的脸变得难看，变得扭曲，她又说，"我什么都告诉你，我是学医药的，现在这家我正实习的公司就是夏炎父亲开的，他们对我特别重要，对我都特别好。我搬了家，换了电话，就是想把以前的事情都忘了，那些事我再不愿意想起来。也包括你。好了，傅杰，我什么都对你说了，以后不要再来找我。就当我们没有见过面吧。就是这样，傅杰，对不起，我得走了。我不能迟到。"说着她拦下了辆出租车，拉开车门就坐了进去，坚决、果断地关上了车门，车子马上就融入了车流里，瞬间就离傅杰好远好远。

那天晚上，傅杰不知道自己在那家公司外面的街边上站了多久，好长时间以后，他感谢那天晚上罗兰离开的坚决，不然他还会没完了地问东问西，最后问得自己显得可笑可悲。那天晚上，傅杰不知道自己是怎么回到梁家老宅里的，他更加没想到，那里等待着他的会是什么。

那天晚上，傅杰垂头丧气地走进了梁家的大门，习惯性的回身关门，猛地听见身后的楼上一声巨响，清脆激越，瓷器落地碎成百片的声音，他下意识地一激灵，没等反应过来，马上听见了女人们的声音像厮打着的动物一样号叫起来。这就像是欢迎他的回来，专程在为他而号叫，其间仍不时夹杂着一两声摔砸物件的动静，像是某种节奏里的最强者，用来提高气氛。

傅杰记得自己在前院里停了一会儿，像是等着她们结束，但他今天耐性太差了些，没一会儿就走进了一楼，他自己的房间。他倒在了那张最大面积的床上，仰面朝天地躺着，突然间就什么都不想做，什么也不愿想，就是这么个状态就最好了，就这么随弯就弯，得过且过地休息一会儿，他实在是太累了……可他妈的楼上就是没完没了的，女人们的吵骂声他听着都耳熟，但分不清，感觉上是两个女人在单练，但是他总能听到有个男人的声音不时地哈哈笑着，像是给她们评分，也像是给她们助兴。因为只要他的笑声响起来，这两个女人的分贝立即就提高了，难道是这两个女人在给他助兴？为了让他高兴点儿才这么卖力气地互相叫骂……

傅杰不清楚，也想不通，索性也就不去想了，他自己的事还弄不明白，也丢不掉，还管别人的死活？但渐渐地他心烦意乱了，因为他的身体终于躺在了床上，可以休息了这么一会儿，就无可避免地恢复了些体力，由于这些该死的体力，才又有了些自动产生出来的思维，他越来越焦躁，越来越愤怒，他能想事了，可他想到的是罗兰现在在哪儿，她正在笑脸迎人地取悦着那个叫夏炎的公子哥的父母，那个有钱的、能开公司、能给罗兰施展才华的老东西！

他妈的！

傅杰的怒火像开水一样地翻滚冒泡了，只要他的怒火不熄，这水就只会越来越开。而楼上的声音就像是在火上浇油，终于，有了那么一瞬间，傅杰不知是怎么搞的，他突然向上面梗起了脖子，大喊了一声："操你妈的，楼上都他妈的叫唤什么?!"

春雷乍响，突如其来，一瞬间楼里面安静了，鸦雀无声，傅杰自己都没有料到，这种突然的寂静更让他难受，他一跃而起，扑出了门去，好像只是迈了几步，他就冲上了二楼，一脚把那扇最大最厚的门踢开，那是白小妍的卧室，声音就是从这里传出来的。

三个人目瞪口呆地看着他，像看着个突然出现的怪物。可在傅杰的眼睛里，他看见了两个披头散发的女人，勉强他还能认出来胖点儿的是白小妍，另外那个是白小妍的女儿，那个讨厌的臭小姐白灵。另外还有一个年轻的男人，半条腿搭在白小妍的床上，半条腿掉在地上，在那儿斜躺着，脸上红通通的，一屋子的酒气。傅杰看了一眼白小妍，发现这个女人也喝了酒，不仅披头散发，还敞衣露怀的，傅杰的手心立即变得发痒。他有点儿想起来了，在楼下那会儿，他似乎听见白灵在骂她，父亲才死了不到一个星期，你居然把这么个野男人带回家来了！白小妍呢？她好像在骂女儿什么都不懂，趁早滚出去……

这时那个年轻男人站起来了，摇摇晃晃地站不稳，离得挺远就向白小妍伸出手去，"这，这是谁啊……你，你的儿，儿子吗……"没等他说完，傅杰一拳砸在了他的脸上，这人像个麻袋一样咕咚一声倒在了地上。傅杰的怒火被彻底地撩拨了起来，他在这个男人的身上又踢又踹，在这个瘦瘦的男人的带有韧性的肋条上他觉得自己的皮鞋很有质感，在这个头发乱得很精致的男人的头上他觉得发泄得很畅快！有好几次，他甚至跳了起来，直接落到这个男人的身上，不去管落脚的部位是哪里！

他在踹着，继续踢着，这一天里他心里窝着的所有的火，受过的所有的气，所有想发泄出来可是又不敢，也不能的鸟气，他感谢这个人，他都在这个人的身上发泄出来了！他野性勃发，甚至兴致勃勃，他想起来了，有那么几次，他在他的老家那边，也曾经这么教训过几个敢欺负他的农村人的，人就是这么回事，谁没受过欺负？谁没欺负过人？他妈的，这个人注定了就是受他欺负的那个倒霉蛋！

突然间有人抱住了他，这碍了他的事，他一甩膀子那人就飞了出去，他听见旁边一阵稀里哗啦的动静，一个女人叫了起来，声音很低，像是趴在了地上。他不管，连看都没看。突然间他又被抱住了，这次这人的劲儿不小，死死地缠着他，还在他的耳朵边叫唤了起来，声音这么尖，让他一下子就受不了了。他反手一个耳光打了过去，那人还是没放手，只是他耳边的声音消停了。他转过脸去看，先看见右边的地上，一堆五颜六色造型精致的瓶瓶罐罐，各种化妆品里躺着白小妍，这女人的头发像团乱麻一样堆在她自己的头上肩上，甚至胸前和后背，她的头发怎么那么长啊……她躺在那儿喘气，他看见她全身同样散乱的衣服就像破布条子一样，没遮盖住什么……他费力地扭过来脖子看和他贴在一起的这个人是谁，见鬼，距离太近，他有点儿看不清，看清了也不敢认。他挣扎，但是抱着他的人可能以为他还要再干点儿什么吧，他越挣扎这人就抱得越紧。傅杰觉得好累啊，好累了，他在挣扎中终于支撑不住了，一头栽倒了下去，还好，他身边就是白小妍的床，他和那个人一起滚倒在了床上。

　　终于分开了，傅杰仰在床上，吸了口气，从旁边揪住了那个人的头发，把头发下面的脑袋提了起来，拉到了面前。他马上扫兴地把那个脑袋往旁边原路扔了回去——竟然是白灵，这座老楼里他最他妈烦的人……

　　他终于累了，他倒在了白小妍的床上，刚才这个男人斜靠着的地方。他的目光看向了刚才在他脚下不停滚动，来回滚动，不断呻吟的那个男人，那块出了血，滚得全是土的肉，这时才看出来，这个男人比他瘦，比他高，只比他大上三四岁的样子，长长的，光滑的脸还有手，不过这时都他妈的完蛋了。还有这男人身上穿的衣服，窄窄瘦瘦的，真是合体。这人脚上的皮鞋尖，尖得比那些小姑娘们穿的还要夸张。傅杰看着看着，在心里不禁犯了嘀咕——这他妈的到底是个什么玩意儿？他刚才打的是个什么东西？男的，还是个娘儿们？

　　后面的事就更有点儿荒诞了，屋子里所有的人都在不停地喘气，都累得不行。结果傅杰眼睁睁地看着地面上躺得奇形怪状的那个人竟然一阵抽搐一阵爬地自己站了起来，那人没再看什么人什么东西，在屋子里摇晃着转了半个圈儿，找到了门。傅杰目瞪口呆地看着，这个人竟然自己走了出去，他听着屋子外面走廊里，紧跟着是楼梯上一阵缓急轻重不均的脚步声，中间还咕咚扑咚地大响了几声，像是终于还是摔倒了，肯定是滚下了楼梯。但是声音一直没停，这人竟然就这么走了。

　　傅杰突然间笑了起来，他觉得舒畅了，他明白了，原来人啊，自己的快乐就是建立在别人的痛苦上的。什么这个那个的教育告诉他的那些利人利己，为善最乐的那一套都不对，那样的乐趣不彻底，和人与生俱来的东西不和谐，注定了产生不了最大最彻底的快感……这时他身边的白灵蠕动了起来，像是想起来，但是她笨手笨脚的，在他身上碰了好几次，让他特别烦，他把她一把掀到了地上，"砰！"女人落地的声音非常充实。

他听见白灵好像在骂他，但他不理会，她高一声低一声地没完没了，傅杰费力地抬起了头，向她说了一个字："滚!"就又倒了下去。奇迹一样，他没等到白灵意料之中的歇斯底里的叫骂，屋里反而安静了。好一会儿，他好奇地坐起来，他看到屋子里白灵不见了，只剩下他，不对，还有白小妍。那个女人还倒在那堆价值不菲、名目繁多的女士专用品里。一瞬间傅杰觉得兴味索然，没劲透了，他歪歪扭扭地下了地，也往门口走去。他也该下楼去了，这么折腾了一气，他想睡觉。

但他的腿突然被人抱住，他一趔趄差点儿倒下，低头看，是白小妍，这女人抱住了他的腿，死死地抱着。他挣了两下没挣到，女人一旦抱住了什么东西那实在是有力得很。他的手心又开始痒痒，那团乱糟糟的头发就在他的手边，他一把就抓住了，往上拉往旁边扯，可怎么都没有用，白小妍死都不松开，嘴里嘟嘟囔囔地说着什么。最后不知道是怎么搞的，傅杰发觉自己是抱住白小妍，最后竟然是他抱住了她……在极度的虚弱里傅杰感到了极度的快乐，在极度的快乐里傅杰突然间意识到了一件事，这让他在疯狂的动作中肝肠寸断痛不欲生。他想起来了，今天罗兰跟他见面，从始至终，她都没有问他这些天怎么样，是怎么活的，住在了哪里，好不好……她一点儿都没有关心他，一点儿都没有在意他，看起来，她真的是把他给忘了……

第三十二章　神秘图片

　　天色微明，李劫醒了。他从来没用过别人来叫，房间里也从来不准备闹钟。他厌恶那种像火警一样的铃声，而且那种急迫的闹铃声让他觉得耻辱。一个人需要那样的急迫声音才能起床，简直可以说是太没有自制力，太懒惰了。一想到他也需要这种铃声才能起床工作，他就连工作的信心和热情都减弱了。那在他来说，简直就不可思议。一直以来，他似乎与太阳有心灵上的感应，只要太阳露出地平线，他就会醒。

　　醒来后他轻手轻脚地下床，穿上厚厚的外衣，出门散步。他喜欢走在无人的早晨，这时天地间只有他一个人，越是平时人多的地方，一旦空旷了，就越显得异样。仿佛那只属于他一个人。这时他的头脑清晰，思路敏锐，很多工作上的问题，都会在这时迎刃而解，一天中其他的时间，就只是在执行着这时的决定。

　　他喜欢这时的天地，喜欢这时的空气，早起真好，一个人享受一切。他决定一生都要这样，他不需要别的锻炼了。有一句老话他深以为然——天生名将，不必多读兵书；世有大年，岂在常服补药。现在他的年纪，他的精力，都处在一生中最好的阶段，他一定要好好地珍惜。

　　而今天，他需要考虑的事情，就是傅杰。他要怎么样才能让傅杰就范，交出那三件古董。

　　首先，他确信那三件古董的确在傅杰的手里。因为傅杰对他描述那三样东西时的表情还有遣词造句，没有亲眼见过，亲手触摸过的人，绝不会有那样的感受。而且，最重要的一点，是他确信，在梁东华没死之前，只有傅杰曾经下去过那个地下室，而傅杰还亲手把那个小木箱子拿上地面来过。

　　他就是确信，他有他的理由。

　　那么怎么才能让傅杰听话呢？还像以前让傅杰签合同时那样吗？不容傅杰思考，不给傅杰任何犹豫的余地，一鼓作气就达到了目的。可是这次不行了，傅杰不再是那时的小孩子。只是几十天的时间，傅杰的变化太大了。现在李劫承认当初他看走眼了，这个刚从农村进城的小青年，有种很特别的地方，一种遇事之后，连傅杰本人也控制不了的"杰出"的素质。

　　谈不上好坏，但是非常利于在这个社会生存。

　　可是傅杰终究年纪还小，没经过什么事儿，所以，现在还做不出来什么……不是他李劫轻视那个孩子，这就是事实。你没经过那种事，就不会擅长那种事。所以在昨天，他才会在酒桌上，很轻松地就勾起傅杰对财富的向往，还更加轻描淡写地让傅杰对自己的处境绝望，只有这样动之以利，晓之以害，这个对城市生活以及财富有着巨大热情的孩子才会听他的。

　　他决定今天还要再见傅杰一次。这一次要给他以巨大的压力，傅杰一定会就范的。理由很简单，昨天傅杰离开他后，一定会被欲望和恐惧弄昏了头，时刻都处在巨大的希望的边缘，也处在巨大的绝望的边缘，任谁也支持不了多久的，何况只是一个孩子。而这个孩子在这一夜之间，别说解决，就连这些事情的真伪都分辨不清，怎能不手到擒来？

　　上午八点十分整，李劫走进了自己的办公室。刚刚放下公事包，他的手机响了。没到三声，李劫接听，这是一个人的素质。但来电话的人却没有什么素质，没理会他的礼貌问候，只说了一句话："记着我现在这个号码，现在去看你的传真电话。"电话断了，一个很年轻的男人的声音。

　　李劫不动声色，去查看自己设在办公室里边的传真电话。果然，里面有东西。他把它打印了出来，随着纸张从电话里输出，李劫平稳的心灵突然不可控制，他本以为这个电话不过是他接待过的各种奇怪客户中的一个，传过来的东西或许是求助或者是罪证，都与需要打的官司有关。但这张图片逐渐完整，越来越印证了他最初的判断。没有错，这是他和他的父亲梦寐以求的那三件古董！

这是怎么回事？这三件东西不是在傅杰的手里吗？这张图片是出自什么人之手？这个人为什么知道他正在搜寻这三样东西？

李劫捧着这张刚刚打印出来，墨迹还没有干的图片陷入了沉思。他想了好多种可能，但都被自己否定。不知来历，没有线索，注定无法自圆其说。

李劫拿起手机，翻到了刚才那个电话的来电显示，是个八位数的电话，显然是城内的一部座机。他拨了过去。

"喂，你是谁？"李劫问。

"我只问你想不想要。"对方说。

"我怎么知道它们在你的手里？图片说明不了问题。"

"你要怎么证明？"

"我得看到它们，我得鉴别，我需要的是真品。"

"你的要求合理，我是说在正常的古董市场里。但那种地方我不去，这三样东西也不可能去。要不然这么多年你早就弄到它们了，对不对？"

李劫沉默了，这个人到底知道些什么？听意思这人是在卖赃，偷来的锣鼓打不得，但是无论如何，他也得亲手触摸到那些东西，然后才能谈别的。古董文物的买卖有它必须的过程。

"你要考虑是吗？给你时间。"电话突然断了，李劫出其不意地听到了一阵忙音。他收起电话，又拿起了那张传真图片凝视上面那三样东西，青铜爵、古玉印、一轴半展的古画，画上的山水印上的纹理，在这样的一张图片上，就算看的人是中国故宫博物院里的文物鉴定高手来，也看不出什么。

这到底是怎么回事？李劫在冥思苦想中打通了傅杰的电话，按今天早晨的计划约他中午见面。

还是在昨天那个酒店的同一个包房里，他们见面了。李劫仔

细看了看傅杰，傅杰的脸色和精神状态和他预料的一样不好，委靡不振，精神恍惚。这很好，说明昨天他的话起作用了。但今天他的话就要有些不同。

"傅杰，你怎么了？"李劫不经意似的问。

"……有点儿感冒。"傅杰看都不看眼前桌子上丰盛的午餐，在几个月以前，这是他梦寐以求的东西。在他的老家那片，这么一桌饭，大部分的人一辈子都没有吃过。

可那又怎么样？傅杰现在烦透了，他更烦现在坐在他眼前的气定神闲的李劫。这个人是他的福星，带给了他梦想不到的好运？也是他的灾星，破坏了他的生活，把他带到了沟里，想爬都爬不上来？！他看着李劫的眼神不禁有些异样。

李劫马上就察觉到了，但他就当没看见。什么样的反应都好，就怕没反应。"跟我谈谈，你想得怎么样了？"

傅杰开始吃东西了，东西占着他的嘴，好一会儿他才咽了下去。"李大叔，你说得挺好。可眼前的工厂我保不住，那些私下里的资金什么的，我都签了合同，转让给你了。那还能是我的吗？我能落下点儿什么？"

"说得好，你想怎么办？"

"我能想出来什么办法？我什么见识都没有……"傅杰变得挺沮丧，对着满桌子的菜皱眉，"大叔，还是你说吧。我听着行，就听你的。"

"难，你这个样子我也没有办法。你是谁也不信哪。说吧，要是你想了一个晚上，还没有想出来一个办法，那可不像你了。"李劫笑了笑，他这可不是说假的。他了解农村人，农村人虽说没有什么学问，但是他们有的是办法，那些办法每每让城里人觉得土得掉渣，但就是管用。城里人不服不行。

果然傅杰犹豫着，像是要开口说话了。李劫开始慢慢地吃东西，没吃几口，就听傅杰说："大叔，要不这么办。其实什么钱不钱的，你说工厂里现在的钱，和那些梁卫东想藏起来的钱，拿出去花有什么两样吗？所以我也不要那些转到你名下的钱了，转来转去的我搞不懂。这么办，就像前几次那样，你往我的账号里打钱。只要是从你的账号里打过来的钱，我就放心了，我就敢收了。"

李劫听着听着，不禁微笑了。好，这个傅杰到底是没让他失望。果然是个土招，但是有他的道理，既能得到钱，还能不落下毛病。也就是说，如果出了事，就能把他李劫也拉下水。这样的办法多简单，不仅收的钱必须得是从他李劫的账号里转过去的，而且还顺势避开了梁卫东躲避破产而隐藏的钱财里的犯罪隐患……他又看了一眼脸色苍白，目光都有些呆滞的傅杰，心里暗想，这小子要是再在这种事里打上几年滚，能变成个什么东西呢？

"大叔，不行吗？"傅杰被他看得有些心虚，小心地问。

"没有，这不挺好的吗？傅杰，遇事多想想，你看你不是想出办法了吗？"李劫夸奖他，但是话风一转，"可是傅杰，生意呢，得两边都得利。你懂我的意思吗？"

傅杰点头，"我懂，大叔，用你的话说，那是梁家两代人赚到的钱，我不可能白白地得到。我知道你要什么。"

李劫微笑着等他往下再说。

"……可是大叔，我现在不能给你。"傅杰想了又想，最后直截了当地说出了这句话。

"那这样吧，你把那三样东西拍出来几张照片，先让我看看。"李劫说完，目光炯炯地盯着傅杰。

傅杰在摇头，"不行，"他顶着李劫沉下来的脸，变了样的眼神，口气坚定地说，"这绝对不行。一来我不会拍照，我也不能请人给东西拍照，或者把东西拿出来让人拍照。你想对不对？"他不让李劫接茬，又说，"二来，虽然我不懂文物古董是怎么个买卖法儿，但是听别人说的也有道理。大叔，照片里你能看出什么？"

他还是不让李劫接话茬，"还有，我实话实说，李大叔，这些东西我都收好了，在我给你之前，我绝不去碰它们。我怕丢了。"

　　这意思说得不能再明白了，李劫凝视着傅杰，把心里那句话压住了——"照片至少能证明你手里有那三样东西。"他还不能这么说，他可以肯定，只要他这么说了，傅杰立即就会走人，这个生意就算吹。有些时候，不管真的假的，如果你想得到什么，就要先做好失去的准备。只有这样，才有可能得到。

　　傅杰这小子……李劫在心里念叨着，不再往下深谈了。他还得再想想，再看看。他招呼傅杰开始大口吃饭，下午他还有案子需要处理。

　　傅杰走出酒店时，身上虚得喘气都难受。这感觉只有在一次秋天里，在他老家那儿下地收田才有。那时他才上初一，农村就那几天最累人最要命，傅杰家里人手少，他请了假回来干活儿，可是他正感冒……印象里只有那次拼死拼活的，弄得他不死不活才这么难受。

　　他奶奶的，和李劫这个坏种说事儿怎么这么难呢。傅杰好不容易坐到了车里，在心里哀叹。还好，他总算是挺过来了，至少是这一次……但他现在强迫自己先把李劫放下，他要想的事比面对李劫要难上千百倍，简直让他束手无策，看不到一点儿的亮。

　　车子又把他载回了公司，他的办公室里。他把所有人都屏退，他把锁在办公桌里面的一张纸拿了出来，这张纸是张传真图片，上面的图案与今天早晨李劫收到的那张一模一样！

　　李劫只想到他神气涣散，状态狼狈是因为昨天他给傅杰的压力。傅杰自己知道，他所有的关于昨天的压力都在昨天夜里得以释放，他今天早晨起来时和李劫一样的神清气爽。但就在这间办公室里，他接到了一个年轻男人的电话，只有一句话，告诉他去看他公司里的一台传真电话。而且像是知道他对这里不熟悉，还告诉了他那部电话的号码。

　　傅杰请秘书小姐给他操作，提取出了这张图片。老天爷知道，他那时的震惊是什么程度，那要比李劫接到同样的图片时强烈多少倍。他几乎一下子就瘫软在地上，要知道，这张图片上的三件古董对他意味着什么。那是现阶段可以决定他命运走向的东西，他正以这些东西为筹码与李劫博弈！

这是什么人？真的掌握着这三件东西？他为什么要发这样图片给自己？他怎么知道这时候自己需要这三件东西……等等等等的问题层出不穷地在傅杰的脑海里生成，没有答案，只有猜疑和恐惧，更要命的是傅杰只得到了这张图片。当他面对图片胡思乱想，给自己幻想各种麻烦的后果时，那个发传真的人再没有什么表示。

傅杰这时已经会使用那部手机了，他按照来电显示的号码打过去，始终没人接。他不死心，把电话打到了电话局，好话说了一箩筐，那边终于帮他查了一下，告诉他那部电话是街边的 IC 电话，没人接就是人早走了。

就是这样，他被李劫在中午叫到了酒店里吃饭。当李劫提到了要那三件文物的照片时，傅杰的心都快迸出嗓子眼了，他当时甚至都怀疑那张图片就是李劫指使人发的，目的就是要在这个酒桌上把事情的真相从他嘴里诈出来。他当时还能条理清晰地拒绝，现在想起来，他多么地后怕啊……

可是要不是李劫指使人发的图片，那么会是谁呢？这人到底是想干什么？怎么连个目的都不告诉他？

就在李劫为这张传真图片疑惑焦虑，傅杰为这张传真图片猜疑恐惧时，有一个人同样也收到了这样一张图片。这人面对这样图片时，从一开始完全不知怎么回事，到后来心里充满了渴望，他也同样下决定要占有它们。

他是梁卫东，像失了踪，潜了形，一直没有在人前露面的梁卫东。他可不知道就在他的家里，一直都存在着这样值钱的东西。既而他开始恨他的父亲。作为梁东华唯一的儿子（他一直认为白灵就应该去姓白，算她自己识相。而且他是儿子，只有儿子才有资格来继承些什么），这老头儿怎么能一直到死都不把这么重要的东西给他?!

愤怒和贪婪在第一时间生成，进而削弱了些后，问号同样也在梁卫东的心里生成了几个。首先就是这个打电话发传真的人怎么知道这些电话号码？这些天他一直深居简出，除了办事之外不和任何人打交道，以前常用的电话都改掉了，要么就闲置，不去理会。可这人是从什么渠道知道他现在的这个随身电话的？

其二，这人像是很了解他现在的处境。提起现在的处境，梁卫东死的心都有，悔恨交集，他感觉是自己挖了一个坑，本来是给别人预备的，挖得好深好深，进去了就爬不出来。可谁知道挖好后掉下去的是他自己。他的公司工厂商业店铺都破产在即了，这个他是不关心了，因为就算还能正常运作，在法律上，那也不是他的东西；而那些他费尽心机想转移保留的资金，却也不知去向。他现在做的事情，就好比是公商税务发现了他隐藏资金后，想方设法追查资金走向的活儿一样，在查着这些钱都到哪儿去了。

但是要命的是，公商税务可以明目张胆，随心所欲的查啊，他现在却得偷偷摸摸，像个地道的贼那样去查。而在实际上，他都没有去追查的权力了……而且他还不能请人帮忙，现在他谁也信不过了。连从小一起长大的朋友，最知根知底的李劫，他都要躲开着点。他的事见不得光，那些钱，也见不得光……该死的，他觉得他落到了这步田地，十有八九就是李劫捣的鬼，当初就是李劫帮他操作的这件事。可是他没有证据，就算有，也没有办法，他能上法院去告李劫吗？

这个来传真的人，直言不讳地告诉他，他马上就要一文不名了。比他的后妈和妹妹，甚至那个什么关系都没有农村小子傅杰都要穷。因为他父亲什么都没有给他留下。可是只要他能得到这三件东西，他就能东山再起。最初梁卫东不相信，这像个不太高明的骗局，利用他现在的窘境来钓他的胃口，来诱惑他。虽说目的他还不清楚。可是紧跟着这人就告诉他，这三样东西原先都在哪儿，跟他说起了他家老宅子里的地下室……这些他都是清楚的，而且不会被不相干的外人所知道的。梁卫东有些信了，为了钱，必要的钱，他看这张传真图片，真的动了心。何况电话的那个年轻的男人，说并不需要他拿钱来买，而是对方需要他帮点忙，并不太难……

第三十三章　罗兰我爱你

在这天的晚上，李劫很晚才回到家。他的工作太忙了，再好的身体，再旺的精力，也需要休息。但他还是先到了他父亲的房间里。他在悠扬飘渺的雅音昆曲里，轻声对父亲李厚诚说了今天发生的事，当然，只是有关梁家那三件古董的前前后后。

李厚诚眼睛盯着电视的屏幕，他的脸还有他的身体都绷得紧紧的，一言不发地听着儿子的汇报。听完了，又思考了好一会儿，他才问，"你怎么看？"

"不好说……"李劫在他父亲面前，完全不见了精明干练。

"傅杰……"李厚诚沉吟，"他手里不见得有货色，可也不能太逼着他。你也得留神给你图片的那边人。这样吧，"他下了决心一样地转过了头，对他儿子说，"让罗兰回到他身边吧。"

"父亲……"

"什么？"

"其实，不用这么急的……"

"你说什么?!"突然之间李老头子暴跳了起来，李劫措不及防被吓得也跳了起来，离他父亲远远的。就听见李厚诚的叫声在小别墅里回荡，"你知道我为什么这么急的！我能不急吗？这是为了我自己吗?！我一定得见到那些东西，马上就要见到……"李厚诚的声音突然间微弱了下去，他摇晃着倒回了原来的沙发里，剧烈的喊叫关系到一个人的神经和血压，这让李厚诚承受不了，他的年岁毕竟比梁东华也小不了多少。李劫连忙去照顾他，这老头儿仍然在念叨着，"……让罗兰去，让她去摸清楚傅杰的底细……"

李劫只有连声答应。

在这天傍晚，傅杰意外地接到了罗兰的电话。这让他惊诧，但随之就是惊喜，罗兰就在太原街上的一条食品街上等他。傅杰再没多问，他抓起衣服和钱夹就跑了出去，在急速的奔跑中，傅杰才回味出一丝怨恨。这怨恨紧随着他现在的喜悦，两者成正比升高。

人群中的罗兰非常醒目，傅杰一眼就看见了她，她仍然穿着上次她离开他的衣服，宽松随意的风衣，修长挺拔的身材，今天罗兰的长发在风衣外面，随意地用一条黑地白花的丝巾束着，丝巾和她的长发一起在晚风里轻轻起伏着，在人群里，她显得特别的宁静。

这时傅杰的脚步才停了下来，他有些后悔，他不想让她看见自己这样急迫地赶来。他想让她知道，她上次伤着他了，他本来应该再也不见她才是。他有自尊心，不管那是不是虚荣，他不想让任何人触犯它。但是他现在面对的是罗兰，没办法，他就是控制不了自己。

他放慢了脚步走到罗兰面前，罗兰纹丝未动，除了她的眼睛看了他之外，她是静止的。

"你…你找我有事？"还是傅杰先说了话。

罗兰宁静的目光很是明亮，看了他好半天，才问，"这两天你好吗？"她平淡的声音似乎只是句再普通不过的问候，可傅杰一下子想到了上次和她分开，回到梁家老楼那个疯狂疲惫的夜晚，他在极度的虚弱和快乐里突然想到的那句话，那天她从始至终都没有问过他过得好吗，一切都怎么样……那让他多么的痛苦，多么悲伤。但她现在竟然问了，他该怎么回答？

傅杰的心莫明其妙的平静了下来，最近他总是这样，就好像在经历着一个个极限，恐惧的极限、向往的极限、欲望的极限，每每都让他眩晕、让他失去自我。但是每当这种时候，快要支持不住时，总有种神奇的东西在他身体里产生，让他突然间就镇静了下来，随之而来的，就是他解决问题的办法。只有平静如水的心灵，才能生成滴水不漏的言词和阴谋，让他摆脱了一次次的危机。或许他生来就是另一种人，直到现在才被他自己发现吧。

这时他听见自己在说，"你找我有事吗？"比罗兰的表情声音还要平静，似乎还很友好。

罗兰静止如水的脸上似乎起了点皱褶，傅杰仔细看，那是她轻微地皱了皱眉头。傅杰关紧了自己的嘴，不再说话，他不信罗兰离家这么远来见他，没有什么事，甚至没有什么话。但是他承认自己忐忑不安，他是怕罗兰就此走开，她也有可能只是在太原街购物，随意叫他出来，如果是那样，她就会失望生气，走开吧。但他心里有种力量，在压制着他不让自己再作任何主动的表示。

好一会儿，他终于看见罗兰的嘴张开了，她的声音很低，在四周喧闹吵杂的人流里他几乎听不清，"我奶奶想见你。"她似乎是这样说的。

"我现在没空儿。"傅杰也小声地说。

"什么？"罗兰没听清，她向前走了一步，离他近了好多，她看着他等他重复。

傅杰重复了一遍。

罗兰明显地失望了，她犹豫着，终于又问，"那你哪天有空？"

"不知道。"傅杰说着目光离开了她的脸，向四周看看，他旁边有好几对情侣，有的年纪比他还小呢，两两靠得亲密，在最繁华的商业街上也没什么顾忌。

"你还有事吗？"谁都看得出来，他感觉没劲，要走了。

罗兰摇头。

"那好，再见。"傅杰说完转身就走，没有来的时候快，但每一步都很连贯，每一步都在走远。走出去有三个橱窗那么远，他听见后面有脚步声追了上来，"傅杰……"他的心跳突然变快，那是罗兰的声音。

"傅杰，你在生我的气吗？"罗兰绕到了他的面前问，那也像是挡住了他的回去的路。

傅杰笑笑，不言语。

　　罗兰固执地挡在他的前面，她的眼圈渐渐红了，她在强忍着什么，傅杰自己都奇怪，为什么自己面对罗兰这样，竟然能无动于衷似的，什么表示都没有。甚至他的目光又开始向四周移动，去看点别的。罗兰终于忍不住了，她的话随着她的眼泪流了下来，"谁让你那天又去看我的？我本来活得好好的，你干嘛要去……我和你分开，就没了好心情，到夏炎家去……把他妈妈都得罪了……你还要这样对我……"她越说越委屈，终于哭了起来。

　　傅杰的心从高处落了下来，他没有想到会是这样。那天罗兰与他分开后，那么急着去夏炎家里，那架式就像是去拜访她未来的公公婆婆，他想她不定会怎么幸福快乐呢。每当想到这些，他就不平衡，就痛苦难受得咬牙切齿，却想不到罗兰那天是这样的，不仅不幸福，而且砸了锅，而且是因为他傅杰。

　　傅杰的心里生了歉意，这歉意点燃了他的欢乐。他伸出手去拉罗兰，他想劝劝她。但他伸过去的手说出去的话都被罗兰无情地推开，她什么都拒绝。可傅杰变得坚决了，他用力地抓住了罗兰的手，不理会她的挣扎，把她往街边带。但是让他措不及防的是他的感觉还有他自己的行为，他怎么都没有料到握到了罗兰的手的一瞬间，天哪，竟然会有那么多的回忆还有回忆里的感觉在他的脑海里重生——他曾经无数次地触摸过罗兰，把她抱在怀里，把她旋舞在空中，在舞台的最光明的地方和她一起浮沉……可是在那之后，在戏终于圆满地演完了后，他就失去了她。他从来没有想过原来在自己的心里，已经积压了那么多的渴望和怀念。他没法控制自己，在下一个瞬间时，他把罗兰抱在了怀里，那一定是不由分说的强烈，或者是蛮横，反正他没有感到罗兰的拒绝。他在一片忙乱中寻找到了罗兰的嘴唇，就此吻了下去，他决心不再离开她，就这样一直下去！

　　不知过了多久，他感到罗兰在推他，从轻轻地到重重地用力，她努力挪开了他的亲热，只是一点点的空隙，她挣扎着说，"傅杰……有人在笑我们，放开……"这时他才清醒了些，他看了看四周，果然有不少的人停在四周，有的人笑嘻嘻的指指点点。傅杰扫兴，他还不习惯在街中央成为焦点。但他的心里充满了快慰，罗兰，真没想到她的心里竟然真的有他，她又回来了，又和他在一起。

　　他可真没想到，但这可真好。

第三十四章　分 而 制 之

这天晚上傅杰又失眠了，他目光炯炯地盯着黑暗里的某一个点，说什么也睡不着。可是精力不退，他的身体，尤其是他的心里充满了力量，他觉得他能征服一切。

罗兰回去了，她说什么都不跟他回"他"的家里来，连坐一会儿都不。他不怪她，知道她对这地方会有心障。但她早晚都会习惯的，只要他在这儿。

黑暗中，他又能听着二楼上有人走动的声音。同样在黑暗中的这种脚步声，曾经把他吓得魂不附体，但这时他知道上面同样睡不着的人是白小妍。事实上，二楼也只剩下白小妍一个人了。罗兰走了，小孙被她赶了下来，而她的独生女儿白灵，在那天晚上之后也不辞而别，不知道到哪儿去了。

她活该，她自找，傅杰在黑暗里追踪着头顶上的脚步声冷笑。现在这个女人对他来说，一点儿吸引力都没有了，他的心里重新找回了最有价值的东西。除了这个东西以外，什么都是可以不屑一顾的。为了罗兰，他也要在以后的日子里，把想要的东西都搞到手，让自己的生活强盛起来。至少是富足。

就这样，他在第二天早上起来时，精神勃发，眼露血丝。他全身心地充满着让他咬牙切齿，时刻都能爆炸的力量。他决定以这种力量去面对李劫。

好多年之后他明白了一件事，人生有时候就是这么的奇妙，让人不可捉摸。比如说你疲惫迟钝，心气不高，在这样的情况下去做什么事，本来没有把握，没抱什么希望，可是结果却让你惊喜；而很多的时候，你精力充沛，满怀激情，出去却被人生弄得灰头土脸，狼狈不堪。

　　当然这都是傅杰在以后生活了好多年了，才给自己总结出来的，不见得每个人都是这样。但今天，他就是这样。

　　他在吃着小孙做的早餐时，手机响了。

　　"喂?"他含糊不清地问，嘴里面全是东西。这时他已经非常的镇静，不会再像以前那样面对手机比面对国家元首还要紧张。

　　"那三样东西你喜欢吗?"

　　声音入耳，傅杰马上一激灵。他听出了这是谁，脑子里立即生成了他办公桌里那张突如其来的传真图片。"你是谁?"他用力把嘴里的东西都咽了下去，声音清晰地问。

　　"那三样东西你要吗?"对方不答，只提问。

　　傅杰沉默了，他心里紧张地盘算，对方能不能给，他敢不敢要，他得拿什么去换，"我不信你手里有。"最后他如是说。

　　"那就是说你不要，对吗?"

　　傅杰沉默，他在掂量分量。

　　"我数到三，你不要，我们再见。一，二……三，好，再见……"

　　"等等!"傅杰连忙叫停，说到底他不敢玩真的。这东西对他太重要了，而且他真的不知道它们现在在哪儿。"你到底想要干什么?"他不得已这么问出了口。

　　电话那边笑了，"我要你的钱，就这么简单。"多么的直率，傅杰听得心里一抖，但想想对方真的在说实话。"你给我钱，我给你这三样东西。"对方又说。

　　"说这个还太早。你得让我看到东西，它得是真的，还得是完好无损的。就凭着一张照片，你就要我出钱，你说说谁会同意?"傅杰尽量心平气和地说。说来好笑，这个话题他和李劫曾经对答过，现在他充当的却是李劫的角色。

　　果然电话那边的角色变成了他，"那不行，你要见东西，你得先有诚意，价钱也要谈妥，不然我是古董市场上摆摊卖货的吗?你看个一溜十三遭，拿到手里摆弄个够，然后说声不买，就拍屁股走人？你把我当什么？"

　　傅杰长出了口气，觉得胸口发闷。他盯着盘子里的一块红烧肉，脑子急速地想事。突然他说："那么这么办吧，你不用先让我看货色，你不方便我理解。这三样东西从哪儿来的，怎么到的你手里，你跟我说说，我听着像话，然后咱们再谈别的。"

　　"别做梦，"那人又笑了，"你这人真是鬼头鬼脑，怎么来的货，你到那些古董摊上去问，看看那些人能不能告诉你。你呀，只管说你想不想要东西，想出什么价钱，出得起什么价钱，其余的都跟你没关系。不过看在我这是上门的买卖，你也不太懂行这点上，我可以跟你说句最到家的话。这三件东西，我到手不过一个星期。我的话只能说到这儿了，你到底怎么想的，马上说。"这人临了急躁了起来，明显的没了耐心。

　　"你等等，让我想想。"傅杰赶紧说。对方有句话让他震动，"……这三件东西，我到手不过一个星期……"这句话在傅杰的心里起了决定性的作用。一个星期，这是可信的，梁东华之死还不到一个整星期，而他不信在梁东华死之后，那个小木箱子以及里面的那三样古董才出的梁家老楼。但也不会太早，因为梁东华死前的几天，他才在地下室里把它们拿了出来……问题是他现在要怎么办？

　　"你想要多少钱？"紧张思考中的傅杰脱口而出。

　　"你不怕我手里的是假货，是赝品？"

　　"少说废话，你想要多少钱？"傅杰的心情恶劣了起来。

　　"三件你都要的话，我要你六十五万，听好了，这是不二价，你别还。不然我们都别浪费时间。"

　　"六十五万……"傅杰不由自主地喃喃重复，在心里加减乘除着他的现在财产，觉得肉疼。"为什么是六十五万？你根据什么还有个零儿？"

　　"那不用你管，你也别想着找什么专家评估。卖东西就是这样，是咱们双方的事，反正咱们谁也不用上国家的税，自己觉得

合适就行了。我就这个价儿。"

傅杰郁闷，这人话多了后，嘴皮子开始变溜了，真好像是经常砍价那类人。"你容我想想。"最后他只能这么说了一句。

"你这是要了？我可没时间，这东西我急着出手。"

"对，"傅杰咬牙，"我要。给我留着。"

"六十五万。"

"六十五万。"傅杰重复，更加咬牙。他有这笔钱，看来得用这笔钱去找更大更多的钱了。突然间，就在他的心还在因为六十五万这个数额缩紧成了一团没有展开的时候，电话那边传来了一阵哈哈大笑。

这笑声突然爆发，极为放肆，像是已经忍耐了好久，终于什么事大功告成了。傅杰没来得及惊讶愤怒，马上意识到不对头，没等他开口询问，电话那边的笑声突如其来的又消失了。一个正常说话的声音出现，"喂?"声音含糊不清，紧接着是另一个声音，"那三样东西你喜欢吗?"

傅杰的脑袋里嗡的一声，天旋地转。这句话他可熟悉，是他刚刚在电话里听到过的！他突然间醒悟，之前的那声"喂"是他自己，今天他拿起手机来发出的第一个音。

电话里的声音不停传出，傅杰呆呆地听着，一句一句都是刚才他们双方对话的重复。他明白了，这是对方把通话同步录了音。

"够了！你这是什么意思，到底要干什么?"傅杰忍无可忍地叫了起来。

录音戛然而止，那人的声音又出现了，"听说咱们人类的耳朵构造有点特殊，自己听着自己的动静和别人听到的不一样。可这盘录音带效果还可以吧?"话风一转，没了轻松的调侃，"你说你拿着自己本来没有的东西，去和别人讨价还价，是不是有点卑劣啊?"

"什么?你是说你手里没有那三样东西?"傅杰一阵紧张。

对方又笑了，带着说不出的嘲讽意味，"我不是说我，我是说你，你想拿这三样东西去做什么，我一清二楚。"他笑出了声，"你以为李劫是那么好骗的吗?"电话突然间断了。

傅杰一瞬间掉进了万丈深渊，变成了泥雕木偶。

时间过去了半个小时，沈阳上空的太阳升高了好多，天地间很是光明灿烂。在风渐渐大起来的街头，沈阳市大东区，一个高大粗壮的中年汉子从一辆出租车里钻了出来。他四处张望，这地方他不太熟，不远处是一处不太多见的平房区，各种各样的屋顶，瓦片的，铁皮的，甚至还有水泥封顶的，他往那里走了过去。

这是梁卫东，他走进了那片平房区。

脏乱的街道，难闻的气味，随处可见的垃圾，梁卫东越往里走心里越烦，他早已经和大老板的身份感觉融为一体了，这种地方他一秒钟都呆不习惯。但他拧着眉咬着牙硬着头皮，加快了脚步往里走，时不时地还拦住个住户行人问点什么。好不容易，他在一间特别低矮的平房前停住了。他打量了好久，犹豫了好久，终于去敲门。这时门里没动静，梁卫东举起手，继续敲。声音越来越大，他手指头越来越痛。他都怀疑里面是不是有人了，里边终于有人发了话，"谁啊?"一个女人的声音，不是本地的口音。梁卫东松了口气，"开门哪，买东西。"

"买东西? 买什么东西?"屋里的女人不耐烦地问，她的声音原地没动，还在原来的深处说着话。

"就是你这儿，没错儿。快开门，"梁卫东的嗓子高了起来，那东西他是志在必得，对他太重要了，"我钱都带来了。"他说。

"钱? 什么钱?"这下子屋里的人反应敏捷，门外边梁卫东听着里边的人小声地说着什么，好像屋里还有别人。不一会儿，有脚步声往门口来了。梁卫东往后退了一步，离门板远点。他深深地吸了口气，压抑住紧张和兴奋。他环顾四周，没错，这里是乱是差而且特别的土，但就是这种地方，才会有他要找的那种人，那些东西在这种地方才是安全的。

门终于打开了，梁卫东不由自主地又退了一步，抬起手就要

捂住鼻子。屋子里的味道像厕所里的百年老墙一样撞着了他，他忍不住真的要作呕。但是他的手刚抬起来一半，就又强行地落了下去——他不想得罪这间平房里的人。

"你找谁啊?"一个女人当门而立，很胖，眯缝着眼睛侧着脑袋躲闪着门外的阳光，正在扣着一件破毛皮的扣子。梁卫东下意识地要笑，真是好大的胸口啊……

"我，我来买东西……"梁卫东迟疑地说，四周不知从哪儿钻出了几个人来，远远近近地看着他。他有点后悔，他现在的装束的确与这里差别太大，太显眼。

"啥东西?"眯缝着的眼睛变大了，不知是习惯了阳光还是想起来刚才梁卫东提到的钱。这女人往前凑合。

"是……"梁卫东却又迟疑了，光天化日的，他怎么能在大门外边当着这么多的人，像买黄瓜似的说要买的东西?"你知道的……就是那个，你明白没?"梁卫东努力地和这女人沟通，暗示他要的东西。

但是这女人的脸色变了，变得恶狠狠的，"你说什么? 你再说一遍!"她那双小眼睛变得炯炯有神，凶光四射。梁卫东莫明其妙，摸不着头脑，不知道自己是怎么得罪了她。更让他不知所措的是，他身周围的那些人突然间哄笑了起来，还渐渐地围了上来。

那女人的火气急剧上升，只是一瞬间就达到了爆发的边缘，"滚! 给老娘滚! 看你这个王八蛋操的熊样，还想进老娘的门，快滚!"这女人突然间就破口大骂了起来，甚至回身从门后边拿出根棍子，看样子马上就要向梁卫东抡过来。

梁卫东吓傻了，他完全不知道出了什么事，一下子局面就变成了这样。他怀着好大的诚意而来，并且带着钱。怎么会突然遇到了这么个突发神经的"卖主"? 他极其丰富的与人打交道的经验办法都失效了，要知道，这么多年和他打交道的，都是些有实力有身份，没品味也要装点气氛的人，哪里见过这种草根一样的民间"野物"?

他身后边的哄笑声更大了，他觉得不能再呆着了，得走。就在这时，这间平房的屋里更深处传突然来了一声巨大的嚎叫，"死娘儿们，你这个不要脸的东西，你又背着我去招野男人！还都招到家门口来了！"紧跟着咚地一声巨响，那个正往前冲的胖女人一个趔趄差点扑倒，一个大铁锅一样的东西砸在她后背，又落在了地上。

这下子之后梁卫东就解脱了，只见这个女人极其敏捷麻利地翻身站直了，然后抄起地上的家伙就往屋里冲了回去。顿时里边鸡飞狗跳。或许里面只是两个人在打骂交战，却搞出了天下大乱的声势。外面的人们都一拥而上，抢占了好的位置伸长了脖子往屋里看，嬉笑怪叫闹成了一片，仿佛这真是人生奇景，世间大乐。

在这种鲜活纯朴的快乐中，梁卫东忙忙似漏网之鱼，慌慌似丧家之犬，任由自己高档笔挺的服装还有近千元的皮鞋和在破旧肮脏的人堆里亲密磨擦，以最快的速度逃了出去。

他永远都忘不了，那个女人翻身杀回屋里时扭曲变形的面部表情，他跑出平房区，钻进出租车，逃出好远之后，突然间破口大骂，把那个司机吓了一跳，但他紧接着又不由自主地笑出声来，刚才的事啊，让他哭笑不得。

"操他妈的，那个王八蛋！"梁卫东这么骂着时，车已经开出去了好一段路，他的手机又响了。他气呼呼地接听。"喂，好玩吗？"一个年青男人的声音，透着掩饰不住的戏谑。梁卫东一听就火大了，"放屁，你到底是什么意思？你给我放明白点……"

没等他的老板脾气发起来，就被对方打断，"你别急，你刚才走错路了，不是那一家。听着，我再说一次那个地点。这次你要记准了。在……"他说出了一个地址。

"这不和刚才一个地方吗？"梁卫东皱着眉头仔细听完，强压着火问，"我刚才到的就是这个地方，我根本没见着你说的那个人。对了！"梁卫东突然恍然大悟，"刚才你是不是也在那儿，在那儿看我的笑话？说，你到底想干什么？"他想起来了，这个人刚

才第一句话就问他好玩吗？明显是在把他耍着玩呢！

电话那边沉默了，像是觉得遗憾，"唉，"一声叹息，"你也不像我想象中那么笨哪，梁卫东，你觉得我给你找的那个女的怎么样？我觉得和你挺合适的。我问你，你到底是不是你爸爸亲生的？怎么这么差劲呢？也应名算是个老板，难怪你把什么都弄得一塌糊涂，你破产了吧？你什么都没有了吧？你爸爸什么都没有留给你吧？这就对了，你就是私生子，是个野种……你知不知道那三件东西本来就是你们家的？你还打算用钱买回来，我跟你要的价钱你还觉得挺便宜吧？贪小便宜出洋相的蠢猪……"电话里传过来的话越来越粗野，根本就不是谈事，纯粹的贬低和谩骂。

这时梁卫东反而沉住气了，他没有回骂，他把手机关了，结束了这次通话。他有好多年没有听到有人这么对他说话了，好多年以来，他在自己的公司凌驾于万人之上，说一不二，所有人都奉迎他、服从他。的确，这在某些程度上让他退化，丧失了一些基本的能力。这一次，他承认是因为自己急于找钱，上了别人的当。

但是这个当对他有什么损失，对那个人有什么好处呢？梁卫东想了又想，百思不得其解。难道只是要让他出乖露丑？会吗？另一个问题跳了出来——他家里面真的有过那三样东西吗？他可从来没有听他的父亲提起来过。

而现在，他的老父亲已经去世了，他再也没有什么人可以核实求证了。突然之间，梁卫东的心里升起了一种难以遏制的悲伤屈辱的情绪，突然之间他觉得无依无靠，就像他在他很小的时候，在外面受了欺负，可找不到他的爸爸。他是这么强壮魁梧的汉子，一直都有权有势，是公认的强者，早就习惯了独立，喜欢绝对的自我掌握一切。可是在这一瞬间，他是那么的怀念他的老父亲……

时间又过去了三个小时，午休时间到了。整个中国，在这个时段都在恢复精神体力，都在吃东西。在这个时段，李劫的手机也响了起来。他接听，习惯地对身边的人说对不起，当手机里传出第一句通话后，他再次向同伴们点头示意，然后从饭桌边走开，独自接听。

"考虑好了吗？要不要我再给你些时间？"年青男人的声音，这次似乎多了些戏谑的轻佻。

李劫的神经再次振作，一个上午的劳累紧张之后，他现在的状态实在不好，可他强迫自己一定要打起更大的精神来。他快速地在脑海里把上次跟这个人通话的内容一一重复。他想起来了，上次他要求看货，可对方说什么都不同意。

李劫稳定了一下情绪，"你考虑好了吗？想给我看东西了？"

"或许，但是那得有代价。你上趟公园还得买票，是不是？"

"可我这不是去公园，这是买东西。"李劫带出了些情绪，不耐烦，生气，像是没有耐心。"你到底卖过古董没有？哪儿有你这么办事的？"

"一个人一个样，我就这样。"对方毫不示弱，"你要是不买趁早说话。你该知道我之所以上赶着找你，是因为你很早就要它们，在你这儿能出个好价钱。我说的够实惠了吧？说错你没有？"

这时李劫已经走出了饭店的大门，来到了大街上。他盯着一辆从他面前开过的公路赛摩托，盯着它一直开过街角，心里变得焦躁。的确，这三样东西他和他的父亲找了好久，以前一直以为它们在中国各地的古董市场里，收藏者的手里潜藏着。至于梁东华，他们抱着希望，可也没有只在这一根绳子上吊着。所以如果说有人知道他对这三样玩意儿有兴趣，他并不奇怪。但对方这个架势，明显地是在吃他，而且这么的咄咄逼人。

"喂，说话呀，抓紧点时间。"对方紧着催他。

李劫有些窝火，他的律师职业已经养成了他决不在人前被动的习性。他问，"要我说什么？你这么说一不二，是在做生意吗？你也明说了是打算卖给我，可不让我看货，我这是在干什么？在网上汇款买东西吗？你实际点吧，小伙子，我就算再感兴趣，这样的买卖也不敢做。"

"放心，卖要卖得满意，买要买得公平。"年青男人的声音也正规了起来，"我有个办法，我会让你亲眼看到东西，甚至让你带个专家来鉴定。当然时间地点由我来安排。可是这有前提。"

"你说。"

"你先汇给我两万块钱。"

"为什么?"

"不为什么，第一这证明你的确有诚意；第二这证明你有这个实力；第三，我可以在以后的实际卖价里把这点加进去；第四，我喜欢别人寄钱给我。"

"可要是你的货我不满意呢? 这钱怎么算?"

"那就不退给你了，就这么简单。"

"你在开玩笑。两万块钱，那是一个普通人一年的工资。我凭什么白给你?"

"也不是白给呀，你有收获。最起码你看到我手里的这三样东西。退一万步讲，这三样东西你和你的专家看着是假货，你们不买。可是你们的诚意就会传遍业界，千金市骨，而后才能有千里马。那个时候千里马就会自己找上门来了，你多挑几匹，终究会有你中意的。你说呢?"

"放屁。"李劫在心里狠狠地骂了一句，可他早在三十年前，还在十多岁时就能喜怒不形于色了。他平稳地说，"我看你今天不正常，你好好醒醒神儿，回去睡一觉，等明白点了，把事儿想周全了再给我打电话。现在正好是饭口时间，你看见谁吃的馅饼是从天上掉下来的?"

"你听好了，李大律师，我还不困，也很正常。你待会儿会收到一个短信，是一个银行账号。如果你在一个小时之内不把两万块钱打进来，那么我另找买家。就这么简单，再见。"电话立即就断了。

李劫在正午的大太阳底下举着电话，许久没有放下。好大一会儿，他隔着饭店的大玻璃窗看见里边的朋友向他大力地招手，要他进去吃饭。他怔怔地看着那几个油头胖脑的人热情洋溢笑容满面地冲着他不停地招手，招手，再招手，还在招手！他有种冲动，想冲进去把他们的桌子掀了。

第三十五章　白灵你何苦

一个男孩儿，一个女孩儿，青春年少，他们在沈阳城里一个相对僻静的街角站着。他们的旁边就有个自动提款机，他们不时地看表。他们离得很近，可都各自抱着胳膊，脸绷得紧紧的，不知道的人都以为这是对正怄气的小对象。

唉，年轻的孩子，怄什么气啊，看你们虽然生气，但是还都没有离开对方，就肯定没有什么大不了的事，那就都退一步吧。很多人都会这么替他们着想。

可他们并不想退，一个小时就要过去了。这么的漫长，那个女孩儿的手里一直都握着张银行卡，一会儿他们就要去那台取款机上去试试。但愿那里面会多出来属于他们的两万块钱。

可他们没有把握。那个男孩儿尤其忐忑，他除了担心钱的得失，更担心他身边女孩儿是否会失望，尤其是否会对他失望。他刚才是不是太草率了？太生硬了？把事情给弄砸了？但让他好受点的是，他身边的女孩儿时不时的会扭过头来向他笑笑，这时他就会回以一笑，虽然他的心很乱，体会不出女孩儿的笑容里有些什么。

终于，女孩儿再次看了看表后，走向了自动提款机。一个小时到了。由这个女孩儿操作，划卡，输入密码，突然间他们两人脸色剧变，提款机小小的屏幕前两个人把手紧紧地握在了一起。男孩儿压抑着巨大的冲动，小声在女孩儿耳边说，"取不取，快点。"他们四周总有人走动，要知道自动取款机没有安置在真正僻静的角落里的！

女孩儿的手开始颤抖起来，她不是没见过这么多的钱。老实说，以前她到商场里一次，花销之大会让其他女孩子们嫉恨，而不只是嫉妒。两万块钱对她来说算什么？可是这两万块钱非比寻常，不是说来历，而是说它来自她自己的"劳动"。

终于，她取钱，但是只能取两千块钱，这是规矩。她不甘心，不理会那男孩儿的劝阻，她走进了银行，把剩下的都取了出来，全都塞进了事先准备好的包里，然后才和自己的男朋友快步离开。走出两条街后，他们确定了没有人跟踪，慢慢地停了下来。女孩儿突然间笑了起来，脸庞完全绽开，那是从心底里往外的高兴，她抓住了他，把他左右来回的摇晃，"你真棒，你怎么想出来那么多的鬼点子的？把他们个个耍得团团转！"她在他的脸上一连亲了好多下。

男孩儿受她的感染，也快乐了起来。但他脸上总像是放不开一样。这男孩儿长得很高，很壮，年岁看上去不大，可很成熟，很有个性。他陪着女孩儿乐了一会儿，渐渐地他平静了下来，"白灵，"他说，"下一步你还想再做什么？"

"下一步？"白灵的嘴撇了撇，娇蛮小姐的样子微微外露，可马上收敛，"再说吧，等我再想想。"

"你是说，你还想再玩下去？"

"为什么不？你怕了？"

"我倒不是怕……可是白灵，这样下去，好像……"他看着白灵，犹豫。

"好像什么？"白灵的脸没有习惯性的拉下来，反而有些楚楚可怜。

"没什么。"男孩儿掩饰了自己的真实想法，连表情都不愿让她难受。"只不过你不要自己乱来，有事先和我商量一下，好吗？"

"嗯。"白灵乖乖地点头。她看看左右没人，快速地从包里抓出一大把钱来，看样足有刚才取出来的那笔钱的一半还多，她不由分说往男孩儿背的包里塞，"张悦，这些你拿着。"男孩儿推辞躲闪着不要，但她不容他分说，一个劲地塞了进去，然后给他把包扣好背到他的背上。

"张悦，我要你拿着，你别怕，出了事我不连累你，真的。"白灵看着这个男孩儿，她的样子与在梁家时判若两人。这时的她简单、乖巧，甚至柔顺。叫张悦的男孩儿无可奈何了，他抱了抱她，在她额头上亲了亲，"现在你要去哪儿?"他问。这时他们在无人的小巷子里紧紧地依偎着，是幸福无邪的小情侣。白灵小声地说："我得回去看看我妈，我不放心她。放心，我晚上去你家找你。"他们又抱了好一会儿，初尝爱意的小孩子啊，总是恋恋不舍。

　　他们终于分开了，张悦一直送她到巷外，看着她登上了一辆公交车。白灵在公交车里挤到了窗前，在徐徐起动的车里向张悦摇着手，只是晚上就会再见面，可她一刻钟见不到他都会难受。

　　车子终于加速了，张悦闪到了后面，终于看不见了。白灵收回了目光，她在车厢里站直，把背包抱在胸前，样子像个小巧细心的学生妹妹。的确，她现在的衣着简单朴素，上身是浅色的牛仔短夹克，下身是深色的牛仔长裤，全身都是牛仔装，脚上穿的鞋是男孩儿女孩儿都通用的休闲板鞋。在谁的眼睛里，她都是个干净利落，苗条温和的女孩儿，招人爱。

　　现在她的心里浮现出了她母亲白小妍的影子。自从那天晚上，因为那个吃软饭的小白脸和她妈妈闹翻了之后，白灵就离家出走了。但她并不像人们以为的那样娇纵蛮横不知自爱，她没有出什么事，她在张悦家过了几夜。她和张悦的妈妈睡，她的张阿姨很喜欢她。而平时她都和张悦一起做功课，练专业。张悦已经是音乐学院二年级的学生了，在学校里小有名气，一个有才气，有前途的好学生。

　　想着张悦，白灵又不想回家了。回去干什么？她的妈妈不用她担心，她担心也是白操心。可她从来没有想过，她的爸爸，老的不能再老的梁东华才死了不到一个星期，她的妈妈怎么就能做出来那样的事？她虽然不拘小节，在某些人眼里也是个不正经的女孩子，但她的心里从来就没有想过和那样的小白脸鬼混。那真让她恶心……但她还是想着她，谁让她是她的妈妈。

还是在张悦家好，张悦家不富裕，甚至可以说穷，但是家庭气氛非常好，父母慈祥张悦孝顺，有工资有劳保的父母，再加上有前途肯学习的儿子，这样的家还差什么？比她自己的家强得太多了。她真喜欢一直住在那里，吃普通的饭菜都觉得香。

她只要想起来那家人家，心里立即就会非常的温和，沉甸甸的非常踏实。和她现在往自己的家里赶去的感觉完全不同，张悦，她现在和他越来越远了，但是很快，不到傍晚，他们又会在一起。她微微地笑了，把胸前的背包抱得更紧了些，这是张悦帮她做到的事，让她进一步知道了张悦的能力，他比她只大了两岁，可是办起事来有胆量，更有办法，她真佩服他。而且他为她做什么都不计报酬，不要回报，对她总是那么温和，多么完美的人，她可真幸运……为了他和自己能继续的幸运，她决定关于背包里的钱的事谁也不告诉，她的母亲也不例外。就这样，她离自己的家，越来越近了。

阴气森森，白灵走进了家门就觉得浑身不自在，这或许也是她在家里时乖张暴戾的一个原因，她对这座老楼一点好感都没有，虽说她是在这里出生并且长大的。她往二楼上走，上楼前下意识地往一楼大卧室那边瞥了一眼，快二十年的习惯了，总觉得那里对她有种特别的压抑，特别的限制，毕竟那里住过她的父亲。她一直随着母亲的姓，叫白灵，可是她知道自己原本叫梁灵的。谁也没有要求她改，完全是她自己强逼着妈妈去改的。原因是什么？或许是她的父亲太老了，总是让人笑话她；或许是她的父母是二婚，她总是被人怀疑她的骨血纯度；更或许是因为她的哥哥梁卫东，这个一直看不起她，不把她当亲妹妹的"哥哥"。今天能把他耍得团团转，让他在外来人口面前出乖露丑，可真是出了她多年积压的一口恶气！

但是那间屋子里的那个老人已经死了，他爱过她吗？不知道，但是她知道自己没有孝敬过他，他病着她都没有尽过女儿的义务

责任。这让她难受，她绝对不是没心没肺的！可他从来不让她接近，这样的父亲，还有这样的母亲，让她无可奈何。或许在他们的眼里，她更加让他们束手无策，只好听之任之吧。

白灵这样想着，登上了二楼的楼梯，猜测着她的妈妈能不能在楼上，会不会还像几天前那样出去鬼混了，直到半夜才醉醺醺地挎着个男女都难分的小白脸回来。她想起了傅杰那天晚上的样子，她承认她被吓着了，他骂了她还打了她，可是她不恨他，甚至有些感激他。真是出了气，真是解恨。

白小妍的门虚掩着，一股酒气离得好远就能闻到。白灵推开了门，可没法进去。门里面乱成一片，简直没有个下脚的地方，似乎一切和几天前她出走时一模一样。碰倒的扯乱的什么都没有收拾，最显眼的是地上好多的玻璃碎片，房间里梳妆台上那面雪亮的镜子已经碎了，还留下了些残缺尖锐的碎片在原来的镜框里。这哪里还有一点家的样子。白灵站在门边上灰心丧气，她的妈妈倒在床上，和一大堆的被褥混在一起，如果没有那头黑色的头发，基本上就和那些浅色的针织布料没有分别，看不出来那是个人。

白灵在门口站了有十分钟，她最后摇了摇头，没有进去，她去了洗手间。宽敞阔大的洗手间里有巨大的自建澡盆，大得市场上根本就没有这样的规格。白灵脱掉了外衣，拿了个脸盆，在热水器下面接了半盆的热水，试了试不行，还得再加些冷水。说实话，这样的活儿她从来没做过，但今天，她想做。她又选了两条毛巾，一条直接浸到了水里，一条搭在自己的肩膀上，然后端起水盆，往她妈妈的房间走。

她穿着鞋进了屋，不然很可能脚就会被扎破。她越走近她的妈妈，酒气就越浓，她有种错觉，要是闭上眼睛，或许这就像是在走近一个酗酒未醒的男人。她皱着眉头开始摇晃白小妍，软塌塌的身子像堆死肉，又重又腻人，好不容易白小妍睁开了眼睛，无神地看了她一眼，就像不认得她一样，把她往旁边一推，又倒过头去继续睡。

白灵没有办法了，她只好在她妈妈仍旧昏沉的情况下给她清洗一下。温热的水起了作用，白小妍把自己翻了过来，舒服地伸展开，由着别人伺候。她透出来第一口长气的时候正赶着白灵擦洗她的胸口，正好都喷在了白灵的脸上。白灵差点吐了出来，她这才知道为什么女人中流传着这样的话——女人比男人还要脏，这是天生的，只要几天不洗，就没法活。果然是这样！

　　白小妍终于清醒了，"……小灵？是你吗？"她不敢相信地看着白灵，白灵正拿着干毛巾给她擦干。这是最后一道工序了，或许这还远远不够，可白灵只能想到这个程度，也只能做到这个程度。她好累，一把把毛巾甩到了一边，在白小妍旁边坐下。

　　"你最好自己去洗个澡。"白灵缓过了口气，对她妈妈说。白小妍的样子实在让她失望，刚刚才清醒了一点，马上又颓唐了下去。她看着白小妍往旁边一委身子，又在那团乱糟糟的被子上倒了下去，那副样子不死不活的实在让她讨厌。可她的话白小妍跟没听见一样，她睁着眼睛往窗外边看，外边什么也没有，不知道她在看什么。

　　白灵叹了口气，强撑着下床去，把洗过的水弄回洗手间去，把澡盆稍微清洗了一下，放满了水。她回屋去，发现她妈妈又睡着了，她只好再把她摇醒，"水放好了，你过去洗吧。我给你收拾屋子。"白小妍一动不动，除了眼皮翻了几下。

　　"去呀！"白灵的火气不由得窜了起来，凭着这些天来发生的事，还有一直以来这么多年以来白小妍的所作所为，她根本就不配享受她这样的伺候，可还竟然这样拿大！

　　"你听着没有？你到底是怎么了？"白灵面对没有反应的白小妍连声追问，往日的白灵又出现了。

　　"你不会懂的，"白小妍终于懒洋洋地说了句话，"你让我消停一会儿，别再闹我了。"

　　白灵泄了气，一屁股坐到了床上，觉得自己真是发贱。

　　"这些天，你都去哪儿了？"好半天，白小妍终于主动说了

句话。

"你管不着。"白灵冷冷地回答。这样的对话她们都非常适应，从来都是这样。白小妍笑了笑，"好，你去快活吧，别来烦我……"她喃喃自语着又说了些什么，又不看窗子了，那样子百无聊赖，半梦半醒的，可很自得其乐。白灵厌恶地看着她，心想这怎么会是她的妈妈？像个犯了大烟瘾的人！可这千真万确就是她的妈妈。她动了动，有什么东西硌着了她，她翻起了被子，从底下拿出了几个方的扁的圆的铁皮盒子，是罐头，有开的，也有没开的。白灵忍无可忍了，把这些顺手都扔到了地上去，虽然地上铺着地毯，那仍然发出了巨大的响声。

白小妍被惊醒了，"你发什么疯?"声音也清晰了些。

"这几天你就吃这些?"白灵本想对她更大声些，但想了想，没叫喊出来。

白小妍笑了，"小孙被我赶走了，我养不起她，"她的笑容更多了些，"也养不起你，你可真是成全了我。"

"养不起? 你的钱呢? 钱都哪儿去了? 老头子不是给你留下了不少吗?"白灵咬牙切齿地说，"有存款，还有丧葬费，还有好几间楼房的租金，都哪儿去了?"

白小妍冷笑着不回答，那样子像是不屑于回答她的女儿。

"都给那个小白脸了? 那个吃软饭的? 你又去找他了?"白灵一连串地问着，越问火气越大。她不信只在那一个晚上，她妈妈的钱就会被那个缠到了她家里来的人妖骗走。她想着要是这几天她妈妈还在那么不要脸的鬼混，那她现在是在干什么? 这个女人鬼混累了后，她还来伺候她，慰劳她?!

"说呀!"白灵尖着嗓子叫了一声，完全恢复了以往的声音语态。

白小妍对她更加不屑一顾，她在床上开始慢腾腾地翻找着什么，好半天她摸出了盒烟，又费劲地找到了火，一根烟终于点着了，她深深地吸了一口，然后才变得满足了些。这期间她女儿在一边对她怒目而视，她完全视而不见，甚至自得其乐。

"你不懂，"等她的女儿快爆炸了，她才苦笑着说，"那点钱够干什么的？够你上学？还是够我养老的？老头子死得太早了，你还没嫁人呢……"她还是笑，似乎这事儿真的挺有趣。

"我不用你管。"白灵冷冷地说，"那些钱还什么都不够？你得怎么活儿啊？养老，你知道现在外边人一家子整个月才能挣多少钱？你信不信一千多块钱三口人也能活得挺好？"她想起了张悦，他的家一个月的总收入真的就在一千多块钱，人家也没饿死。

白小妍撇了撇嘴，这个动作她们娘俩挺像的，她像是不想说，但还是说了，"你什么都不懂，我过不了那样的日子。我要是能过那样的日子，"她突然大声地笑了起来，让白灵有点害怕，"我就不会嫁到这家里来了，你爸爸也就不会是这个老头子。你信不信？"她继续大笑，仿佛说出了真话，而真话好笑极了。

白灵看着她的妈妈不断地笑着，好像明白了。她妈妈是不甘心啊，一个年轻的女人嫁给了那样一个老男人，还是二婚的，除了享受还会有什么？听说二婚的人就算处得再好，也没有用，不保靠的。她的妈妈也是这样的吗？

难怪她和爸爸从她记事以来就分居，简直互不理睬，看来他们之间早就对这事心知肚明了吧。

白灵不想再待下去了，她要走。要离开这个家，找张悦去。这个家她再也不想回来了，这个妈妈也就随她去吧。她下了床，在满地的杂物中间走向了门口，都到了门边了，她又回过身来。"妈，你吃饭了吗？"她问。

"没有。"白小妍不看她，爱搭不理地回答。

白灵默默地从背包里往外拿着东西，她一直背朝着屋里，白小妍什么都没有看到。白灵把一些东西放在了梳妆台上，她走了出去。比她回来时更加的难受，这就是她的家，她再也不想回来了，而她的妈妈，各自保重吧。

只能是这样，白灵在老楼里转了一大圈，尤其是二楼，她仔

细地看了看，在自己的房间里又带走了些小东西。她走出了楼门，向大门走去。她越走越快，再不留恋，也没有什么好留恋的。就在这时，她听见一个声音在高处叫她，声音微弱可声嘶力竭，她不得不回头去看。

她的妈妈伏在二楼的窗台上向她叫着，招着手要她回去。

白灵狠狠地在楼下的院子看着她的妈妈，脚下像生了根一样一动不动。她不想回去，连多看这个人一眼都不愿意，可她的妈妈就像总有办法对付她一样，就像拿准了她不会一走了之一样，一直在喊她，叫她，向她招手要她回去。终于，白灵愤愤地在心里骂了一句，往老楼里走了回去。

"什么事?"白灵站在门口问，保持着随时离开的态势。

"进来，"白小妍明显地精神了，她半靠在床边，有些喘。白灵不得已走了进来。"这是什么?"白小妍点着她手边的一叠钱，问白灵。白灵觉得特没劲，她还以为是什么事呢，原来是她妈发现了她留下来的钱。

"你爱要不要，不要就扔了。"白灵悻悻地扔下这种话，就要再走。

"你给我回来!"没曾想她妈妈的反应大为激烈，几步抢上来把她拉住了，还把她往后扯，"你给我说清楚，这些钱你是从哪儿来的?"

白灵甩了几下没甩开，她没好气地打量起自己的妈。她发现她妈简直都已经气急败坏了，脸上变颜变色不说，抓着她的手都在抖。她奇怪这是怎么了?

"妈，你发什么神经? 给你钱给出罪来了? 放手啊。"

白小妍重重地放开了手，白灵被她扯得倒在了床上。白小妍背对着门，把女儿挡在屋子里，"你给我老实说，这几天你到哪儿去了? 你住在哪里?"她顿了一下，像是非常的痛苦，她问，"你和谁住在一起?"

白灵愣了，她渐渐明白了她妈为什么这么紧张。她的脸也沉了下去，"你想什么呢？你…你想什么乱七八糟的……"她说不下去，站起来要走。可她妈妈硬拦着她，把她使劲地往回推，就是不让她离开。

"我乱七八糟……你别乱七八糟就好！白灵，你说，你不说清楚我绝对不会放你走。"白小妍真急了，说话都有些岔声。这时白灵却感觉好受些了，在记忆中她的妈妈从来没有管过她，无论是她在学校里惹了乱子，还是她在家里无法无天，白小妍都不管。可那与其说是溺爱娇纵，不如说是放任自流。总是让白灵觉得她是没人疼的，连她自己的亲妈都不在乎她。可是现在的白小妍有些母亲的样子了，就算是气急败坏，也是在为女儿着急。怕她做了错事，在外面吃亏……

"好吧，我都告诉你，"白灵坐了下来，声调好听了些，"我这几天在一个同学家住着，人家是正经人家。我不带坏了人家就不错了，你还怕我吃亏。你省省吧。"

"等等，你说明白，你的同学是男的还是女的？"白小妍并没有放松，她咄咄逼人地追问。

白灵翻了她一眼，"男的，怎么了？"

"怎么了？"这正踩中了白小妍的痛脚，简直是她怕什么就真来了什么！"男的！你，你……你这个不争气的东西。"啪！房间里一声脆快的响声。白灵怎么也没想到，她妈妈竟然突然间扇了她个狠狠的耳光。

白灵捂着脸傻了，她长这么大从来没有人动过她一根手指头。包括她五大三粗，野人一样的父亲和哥哥。好长时间她才缓过劲来，她腾地站了起来，抓起背包就往外冲，她发誓再不会回来，再也不要见到她的妈妈！

可白小妍并不想就此放过她，妈妈比女儿的动作快多了，房门被她抢先一步"砰"地一声关死，她靠在门板上，瞪着满眼泪水的女儿。

"我得管教管教你了，你这个不争气的东西，你小小的年纪，

就什么都做。我问你，你那个男同学住在哪儿？"

白灵紧紧地闭着嘴。

"好，你不说……我让你不说。"白小妍喃喃自语，白灵以为她又要挥巴掌了呢，可她没有。相反她压了压火气，变得"和气"了些。"白灵，我真后悔有些话没有早对你说，你是我的女儿，我不能看着你办傻事！"她指着那叠钱，"那是不是那个男的给你的？还什么正经人家，谁会平白无故地给一个女孩儿这么多钱?！你说，你……你都跟他干了什么？"她忍不住又激动了起来。

白灵的脸上火辣辣的，她下了决心今天再不说一个字。就气死她，急死她，她终于关心她了，可是竟然这样打她！

白小妍继续喋喋不休，在白灵的耳边没完没了地说着，她女儿马上就二十岁了，她从来没有跟她说过作为一个女人应该怎样活着。这回好，机会到了，她要尽一个母亲的职责。她越说越来气，仿佛她的女儿没有一处对她的心思，突然之间话题转到了白灵的学业，同时也是白灵以后的职业上来。"……瞧瞧你选的什么课目，艺术，艺术是什么？吹拉弹唱给达官贵人们取乐，卖力卖笑讨赏钱的东西！别以为我不知道，我以前也是文工团的，那一套从古到今都一个样……你可倒好，也搞上艺术了。你能搞出什么名堂来？"

她说什么白灵都能当成耳边风，唯独这个不行，这是她最敏感的东西。艺术，音乐，这是她现阶段全力追逐的东西，是她可望而不可即，神圣崇高不可侵犯的东西。她忍不住反唇相讥，"别以为别人都跟你一样，你进文工团又怎么了？你在那里面是什么角儿？是台柱子还是挑大梁的？你干不下去是因为你没那个能耐吧？你以为谁都和你一样，都去嫁给达官贵人？可惜，你嫁的是个退了休的，还是个老头子……"

她还要再讲下去，白小妍怒不可遏了，她的手举了起来，又一个耳光迫在眉睫，但终究还是忍住了。白小妍知道自己的女儿，再打就会打跑，以后别想她会再回来。

"你听着，嫁给你爸爸也没什么不好。至少我是明媒正娶，嫁的也是有身份的人。可你现在是在干什么？你是在胡闹！一个女人糊涂些不要紧，没能耐也可以，甚至丑些穷些也没什么大不了的。可要是不干净那就彻底完蛋，别老说什么时代进步了，你没看现在满大街的整容的都宣传些什么？你非得让我都说出口吗……"

"够了，够了！亏你怎么说的出来。"白灵打断了她，难堪的怒火在她心里东闯西荡，刚开始时意识到她的妈妈终于在关心她了那会的异样感觉消失殆尽，再也没有了。取而代之的是愤怒，亲生的妈妈这样瞧不起自己的女儿，女儿有了点钱竟然能怀疑到那上面去！

"说，你的钱到底是怎么来的？那个男人凭什么一下子给了你这么多钱?！快说！"白小妍声嘶力竭地叫着，好在她们独门独院，连个邻居都没有。白灵再也忍不住了，她猛地打开了背包，拿出张纸来扔过去，"这就是我的钱，你好好看看！"

"这是什么？"白小妍疑惑了，她捡起来飘到地上的纸，莫明其妙。她看见那张纸上有三个独立存在的图像，怎么看也看不懂。

白灵冷笑了，"为这些东西你不是把警察都招来了吗？还那么大吵大闹的不怕人前出丑。难道你事先连东西是什么样都不知道吗？"

"你说什么？"白小妍惊呆了，"你是说……这东西是你爸爸地下室里的?"

白灵再次冷笑，不理她。

"你这是从哪儿来的？这些东西现在在哪儿？"白小妍急切地问了起来。她的急切马上就热得烫手，白灵不由得开始后悔。

"那都和你无关。"白灵轻描淡写地说，伸手去拿回那张纸。就是这张纸，在传真机里变成了傅杰、李劫还有梁卫东的梦魇。可这张纸也变成了白小妍的命根子，白灵注定了再要不回去。

"小灵，跟妈说说，这东西你是怎么得来的?"白小妍的神态语气都变了，问得急切中透出来无限的惊喜。她误会了她的女儿，她女儿真是出乎她意料的办了件她朝思暮想的事出来。这真是太好了。

白灵一点都不想再和她妈妈废话，可白小妍的这种情绪，这种转变让她的心灵再次异样。她的妈妈这是在承认她吗？要知道在这个家里从来都没有人注意过她，更何况是承认她的能力，承认了她的表现。如果说以前还有的话，那就只有在最近她报考音乐学院初审通过的时候，她的妈妈才容光焕发了一次，在饭桌上喜笑颜开。可是啊，那还是在罗兰全天候的帮助指导下勉强取得的（上帝知道，那次白小妍容光焕发是因为什么）。

"告诉你有什么用？我不用你帮忙，你也别给我添乱。"白灵带理不理地说。

"跟妈说说，好女儿。"白小妍把那张纸揣进了兜里，坐在了白灵身旁，和女儿亲亲热热的。之前的吵闹似乎从来没有发生过。白灵一时却转不过弯来，扭过脸去不理她。白小妍想了想，给谈话找了个话题，"小灵，你怎么知道你爸爸的地下室里有这些东西的？我都不知道。"

"你知道什么？一天就知道享受。"白小妍的话里带着自嘲，白灵马上接了一句。

"那你是怎么知道的？"

白灵的嘴又闭紧了，这件事里有许多她不愿讲出来的，她跟张悦都没有说。

她越不说白小妍的热情就越高，好奇心加上近在眼前但还没抓到手心的财富，是每个女人都无法抵御的。白小妍说，"我就知道你爸这老头子手里有货，可一直不知道是什么，说实话我也不知道他放在哪儿了。一个小木头箱子，还有那身旧军衣，我跟你爸爸好的时候，家里只有这两件东西他不让我贴边。只有那个地下室他不让我进。说啊，小灵，你是怎么知道的？你从哪儿得来的？"她说着把女儿连连摇晃着，不像是妈妈对女儿，倒像是同龄的女伴之间。

白灵冷笑了，"你会知道？亏得这还是你的家，你应名是这家的女主人。"她心里真是痛快，没有什么比让那些一直瞧不起她的人摔碎眼镜更好玩的事了，就像今天早些时候她捉弄梁卫东时那样。现在换成了她的妈妈，感觉照样很棒。

"你知道这几个月里家里都出过什么事？自从那个乡下小子来了，自从罗兰来了，家里都出了什么事？你都知道吗？"

白小妍摇头，她真的不知道。

"哼，你什么都不知道，你就知道半夜起来在楼里走来走去，发神经。"白灵撇嘴，鄙夷的神态空前强烈。

"我，我怎么了？我半夜里发神经？"白小妍莫明其妙，"在楼里走来走去？你在说什么呀？我怎么一点都不懂？"

"你用不着懂，你只需要去做就行了。还好这个家里还有我，我什么都看见了，可我不说。跟我有什么关系？你们从来不把我当回事，我也乐得看笑话。哼，"白灵冷冷地哼了一声，"可是千万别坏我的事，别想打我的主意。还有，那是我家里的东西，不能便宜了外人。"

"对，你说得对，说得太对了。"这些话白小妍从心眼里往外地爱听。"你都看见什么了？"她又问。

"罗兰，傅杰，还有李劫，他们都不是好东西。"白灵沉默了好一会儿，说了这么句话。白小妍听了再次摸不着头脑，她在想，因此也就没有再紧跟着追问。这反而帮了她，要知道她的追问起的都是反作用，她越追得紧，白灵的嘴越是闭得严。

"我跟你说，那个乡下小子什么都不知道，也不知道是什么运气，老头子喜欢他。后来你也看到了吧？从地下室里拿上来的那张老照片，你看那上面的男人，穿着那身旧军装，像不像傅杰？"白灵主动地说了。

白小妍眼神迷茫，这些天她喝酒喝得太多了，生活太没有规律，脑子不好使。她在床上乱翻，又找到了一听啤酒，起来就灌

了一大口。她点头，"对，我想起来了，是像，那个警察还特意问过他。"

"你再看那个女的呢?"

白小妍努力回忆，可记不清了。

"你看她和罗兰像不像?"白灵提示她。

白小妍还是摇头，她拍着自己的脑袋，像是痛恨自己的迟钝。

"我告诉你，自从罗兰来了之后，咱们家里就出了事。老头子疯疯傻傻的，你也差不多。都是她弄出来的。可惜我知道的时候太晚了，而且我也没想到老头子说死就死了……"说着白灵也有些黯然，但仅此而已，没有太多的难过和愤怒。白小妍呆呆地看着她，这是最能激发白灵说下去的欲望的表情。

"有天晚上，我睡到半夜突然醒了，我觉得饿，特别的饿，我想起来那天晚上，我心情不好什么都没吃。就想下楼去找东西。我跟你说，自从罗兰来了之后，我睡得特别的好，我还以为是她帮我复习，我心里有底了不像以前那样着急，所以才能睡得着了。可是我悄悄地下了楼，就听见老头子那屋子里大呼小叫的，你猜我看到什么了?"

"你看到什么了?"白小妍被她说得毛骨悚然，晚上，这样的阴暗的老楼，她不由自主地跟着白灵的话回到了深更半夜，说实话她晚上从来不敢出自己的房间的。

"我在门缝里看见老头子躺在床上，不知道是吓的还是病的，一点活人的样子都没有。他床前边站着傅杰和罗兰!"

"他们把他怎么了? 你怎么不来告诉我?!"

"告诉你? 你那时候不定做什么梦呢，"白灵再次嘲笑了她的妈妈，"我当时倒是想要报警来着，可是我听到了他们的对话。我才知道罗兰是什么人。"

"她是什么人?"白小妍紧张地追问。

"她的爷爷和老头子是国民党军队里的战友，可老头子害死了他。"白灵耸了耸肩膀，"她们一家子这么多年来一直想方设法来报复。可罗兰太天真了，以为我也像你和老头子那么好对付。哼，都自觉着了不起。"

"她们……她们怎么报复？"白小妍期期艾艾地问。

"都过去了，都和你没有关系。"白灵相当洒脱地对她一笑，她感觉空前的好，都和你没有关系，这话真带劲，你虽然是我妈，但我就是看不起你，事发时你不知道，事过去你还是不知道，与你有什么关系？你这个没用的废物。可她不满意白小妍只顾着想事，忘了生气的表现，为此她又说，"就是那天晚上，我知道了老头子房里有个地下室，钥匙在老头子身上。罗兰始终惦记着，可傅杰拦着她。这就成全了我。"

"你怎么做的？"白小妍的精神头又来了，说到底这才是她最关心的。

白灵得意地笑了，这件事她做得非常漂亮，她没法不得意，她没法不说出来，"老头子死那天，你还记得你干什么去了吗？"

"我？我出去了……"白小妍努力回忆，她是出去了，赶早走的，回来时她就成了寡妇。

"那天早晨，你，还有罗兰，还有傅杰，都早早就走了。家里就剩下小孙一个人。老头子在打点滴，我知道你一出去，不到晚上不着家；我又问了小孙，小孙说傅杰是被罗兰拉走的。那个乡下小子赖蛤蟆想吃天鹅肉，一被罗兰缠上还想早脱身？所以我知道机会来了，我把小孙打发出去买东西，要她一定给我买回来个特殊牌子的东西。别看这儿是太原街，大超市里找东西够她走的……"白灵看了一眼目瞪口呆的白小妍，得意地继续讲，"我就下到一楼老头子房里边了，我身子小，挪不动那张床，可我能钻进去。老头子那张床虽然不高，但是里边都是空的，铁板不用全揭开，我就能下去了。那天晚上我听到的不少，我知道在地下室的东北角。我找到了那个小木头箱子。等我上来了，把铁板什么的都恢复了原样，小孙还是没回来。我就没再等她，带着东西出去了。"

"你去哪儿了?"白小妍马上追问，她像个真正的笨蛋那样又问了一句，"你把东西拿到哪儿去了?"

　　果然这一句把白灵从兴奋的状态里抓了出来，她翻了翻眼睛，"那跟你没有关系，你管不着。"

第三十六章　白小妍你这只猪

傅杰从银行里冲出来，不管街上人怎么看，他提着一个皮包飞跑。那样子就像他刚刚抢了这家银行一票，后面有保安正在追他。

他管不了这么多了，就在刚才，他帮着罗兰把她的奶奶送进了医院。老太太突发急症，看样子必须得急救。这意味着马上需要大笔的钱，傅杰在半路上就下了车，他有钱，但都在银行里。这时他提出了款，要尽最快的速度赶到罗兰的身边。

他在车上和罗兰通了电话，问明了她所在医院的确切位置，在哪个诊室门前。罗兰的声音里压抑着极大的恐慌，她奶奶的年岁和刚才的症状让人无法乐观，而这是她在这世上的唯一亲人了。傅杰理解她，她并没有要求他做什么，事实上她根本就不知道他会有什么钱，但是傅杰不由分说地就离开了她，现在又往她身边赶。

他气喘吁吁地赶到诊室门前时，发现罗兰的身边已经有了人。一个很高的男人，和她挨得很近，像是正在安慰她。他的脚步声惊动了走廊上所有的人，他们也转回头来，傅杰的心沉了下去，这人的背影就让他不安，没错，那是夏炎。这人怎么来的？他怎么会这么快就得到了消息？

"罗兰，你奶奶呢？"傅杰不理会夏炎，直接问罗兰。

"送进去了。"罗兰脸色苍白，可还保持着些镇静。

"送进去了？"傅杰不解，他问，"在哪儿？急救了吗？"他看见罗兰点了头，她什么都不愿多说，心烦意乱。但是傅杰不得不再问，"那……钱呢？"他瞥了夏炎一眼，他注意到夏炎的手上也有个皮包，比他手里的精致名贵多了。果然，夏炎说了话，"钱我带来了，你不用操心。"他说着把手轻轻搭在罗兰的肩上，那样子还像是在他父亲的公司里那么自然。

傅杰怒火中烧，这个混蛋公子哥，总是仗着那几个臭钱，这是在当面向他示威。可罗兰呢？难道是她把夏炎召来的？他看见罗兰往旁边闪了一下，躲开了夏炎的手。这个动作很轻巧，一点都不生硬，但对两个男人来说，效果和意义非凡。夏炎的脸色马上就变了，比那次排练话剧，被罗兰当众撤了男主角身份时还要难看。傅杰心里冷笑，他知道罗兰的动作之所以不生硬，还在迁就顾全着夏炎，完全是因为夏炎的钱，她得救她的奶奶。而她无论如何也想不到傅杰给她带来了什么吧？

"罗兰，刚才用了多少钱？"他把皮包塞到了罗兰的手里，"你看看够不够？"

罗兰满脸疑惑地接过了沉甸甸的皮包，她把它打开时，一下子就惊呆了。夏炎还在她的身边，也往里面看了一眼，马上他的脸色也起了变化。在傅杰和皮包之间这两个人的眼色不断地移动，似乎怎么也不能相信这个皮包来自傅杰之手。

罗兰一把抓住傅杰，把他带到了旁边。"你这是哪儿来的？你……你做了什么？"她没法想象只是刚才这么一会儿，傅杰能从哪儿用什么办法弄到这么多的钱。她没有惊喜，她惊慌害怕。

"这是首长留给我的，我刚从银行取出来的。"傅杰掏出了他的存折，那上面有着刚刚取款的印迹，绝对不是谎话。

罗兰平静了，取而代之的是犹豫。傅杰知道她在想什么，这时他前所未有的觉得和罗兰心灵相通。他说，"罗兰，你用吧。你尽管用，不要想其他的。"他没有说什么我不要你还之类的话，他相信罗兰一定也都清楚。他看了不远处的夏炎一眼，"你把夏炎的钱还给他，不够我还有。"

他看见罗兰仍然犹豫着，她终于转身走向了夏炎，傅杰看着她从他的皮包里拿出了两三摞钱，还给夏炎。夏炎不要，他强压着冲动，勉强平和地说要罗兰别客气，这钱就算他的一点心意吧……可罗兰从他手里把皮包接过来，把钱放了进去，再把皮包塞回他的手里。这一系列的动作中，罗兰非常平静，脸上毫无表情，可是夏炎的全身都有些抖了，他强压着愤怒和嫉恨，他是个冲动的人，傅杰早就知道，他冷眼旁观，体会到一种不好明说的快意。

那应该就像那天晚上在夏炎父亲的公司里，夏炎的感受吧。男人的优越。

夏炎终于走了，傅杰陪着罗兰一直坐在急救室外面。在接近两个小时的时间里，两个人几乎都一言未发。直到罗兰的奶奶被推了出来。医生说，罗兰的奶奶抢救过来了，但是身体非常虚弱，现在还不好说是不是脱离了危险期。傅杰要医生说得清楚些，医生进一步说，如果病人的年纪稍微年轻些，那么现在就可以乐观了，但是像这种年纪的老人，情况就不好确定。傅杰还想再问，罗兰阻止了他，作为医生，这样的话已经说得很明白了。

日子很快过去了三天，三天里罗兰没有去上班，她在奶奶的病床前搭了个小板，日夜守护。但是奶奶始终昏迷不醒，她所能做的，就是看护点滴，时常召唤护士。傅杰也没有再去"他的"公司，他不是在医院里陪着罗兰，就是呆在老楼里，把自己关在大卧室里，谁也不知道他在里边干什么。

他什么都没有干，他在不停地计算，在不安地等待。他计算他到底能在梁东华死后留给他的机遇里得到些什么，至于他的等待，有时他会紧张得一个人在屋子里暴跳如雷。因为他怕，那个发给他传真的人，一定会把他为那三件古董出价儿的事告诉李劫。那样他就再也没有和李劫讨价还价的资本余地了，那也就代表着，梁东华父子的东西他再也没有资格，再也没有办法得到。

他像个等待死刑的囚犯，像个等待股市开盘的股民，像个走投无路的赌徒，反正就是再也不像以前的傅杰了。

　　在第三天的傍晚，他吃过了晚饭，又去医院。他发现罗兰憔悴得不成样子了，她像他一样没日没夜地熬着。他开始时不想劝她，更不想勉强她，但他这时再不能由着她了，他付钱请了个专业的陪护人守着老太太，反正是昏迷不醒，罗兰就是在，也起不了什么别人替代不了的作用。

　　罗兰昏昏沉沉的，傅杰半拖半抱着她下了住院处的大楼，往医院外边走。这时罗兰的样子本身就像个病人，她在医院门口站住了，说什么都不跟傅杰走。傅杰叹了口气，对她说，"罗兰，咱们不回老楼去，不去我那儿，要么我送你回你自己的家去睡觉，要么就近我找家酒店，你自己进去睡。怎么样？"

　　罗兰还是摇头，她身子摇摇晃晃，可脚就是不动地方。傅杰真有点儿来气了，女人，真是麻烦，顺着她不行，拧着她还是不行，到底让他怎么办才行呢？突然罗兰说话了，"傅杰，我还有点事要去办，你先回家吧，晚上我去你那儿。"

　　最后这句话让傅杰离开了她，她看着傅杰钻进了出租车，开远了，才坐进了另一辆，她在车里给一个人打了个电话，约了见面的地点。

　　这个人不是夏炎，是李劫。李劫面带微笑地等着她，而罗兰，除了没法掩饰的憔悴困顿外，她面无表情，把三天以来发生的事一一向李劫汇报。那真是在汇报，事无巨细。李劫认真地听着，不时地还问她些更细的细节，全都是关于傅杰的。罗兰强调她在看护她的奶奶，没法和傅杰形影不离。李劫皱了眉，但是表示理解。只是希望她不要耽误了正事。他说到耽误了正事时，罗兰的愤怒一闪即逝。她在困倦得快要神志不清时，仍然没法掩饰住她的愤怒，但她还是忍住了。

　　李劫还想再问什么，这时他的手机响了。他在接听中脸上的微笑一直不减。通话结束后，他对罗兰说，希望她注意些休息，顺祝她的奶奶早日康复，她可以走了。他自己也出门上了车，他的车里坐满了人，连同他自己，一共是六个。在他的车后面，还跟着另外一辆车。两辆车从起步就很快，这时天全黑下来了。

这三天白小妍是忙碌的。奇迹一般，她恢复了她最佳的状态，她衣饰高贵，精神抖擞地穿梭在沈阳的街市上。她没有去她往日里经常出没的歌厅舞池，相反，她频繁地在沈阳的古玩集散地走动。首先她来到了沈阳故宫一条街上。在这里，依托着中国仅存的两处古代皇宫建筑群之一的沈阳故宫，有一条仿古大街，街市上的古玩店堪称豪华，至少在店面的装潢上是这样。每一处都像是拍古装戏时的道具楼那样，红木栏杆，雕窗画屏。当然沈阳还有更加专业，也稍微冷僻点的古玩街市，但一来白小妍不知道；二来那种地方她也信不过。

她走进店面，以自己的贵妇品位要求与店主单独面谈，她每每如愿。但她总是让店主失望，因为她不是来买货的，也不是来卖货的，只是来打听行情，还没有准确的目标。总是在店主失去耐心要请她出去时，她才会拿出她珍藏的一张图片，让店主"鉴赏"，请其为她估价。

有几次白小妍是冲冲大怒从店里疾步而出，后面是古玩店老板店员们隐隐约约的哂笑声。她简直就是莫明其妙到了是个稀罕物的地步，平白无故的人家凭什么给你一张纸来"鉴赏评估"啊？白小妍就觉得自己愤慨难当，就凭她，就凭着她已经死去的老头子的身份，这些卖货的竟然敢这样对待她，真是岂有此理！这还不算是最难受的，最让她难受的是她心里不停滋长的不安情绪。她被屡次拒绝甚至哂笑后，信心大为动摇，对手里纸片上图案的美妙幻想程度都在直线下降，这是她最后的也是最大的一个梦了，可千万不要再出意外。

还好，她终于还是遇到了一个比较耐心且很有"眼光"的店主，这位店主和气，不仅长相斯文，连同他的气质谈吐都让白小妍舒服起来。尤其是对她的图片仔细端详好久之后，对她说的一番话，极大地舒缓了她的不安情绪。

"……当然实际东西还没有看到，不太好说。可是夫人，您这三件东西如果是真的，我是说不是赝品的话，就非同小可。您看，首先这是一尊青铜器，而且造型不是酒具等日常器具，我感觉它有祭伺礼器的特征。而只要是青铜器的真品，通常其价值就会难以估量；这块玉，还有这轴画，在图片上就实在难以说些什么了，因为玉的质地、颜色还有完整的程度，都受着图片上的光影等条件影响，最重要的是看不到玉的另一面，所以不能说价值如何；这轴画也是同样道理，它没有完全展开，是什么朝代什么人作的画，画是真品是赝品更是无从说起……我只能说这么多了，但我是感兴趣的。这些货都在您的手里吗?"

白小妍含糊其辞，但这暗合了良贾深藏若虚的至理。店主更是殷勤，最后走时，白小妍情面不却，终于留下了自己的联系电话。

她的信心迅速提升，她的干劲加倍的增加。她要马上进行下一步，她找了一些风月场所结识的人，这些人一专多能，是社会上的复杂因素。她请他们帮她跟踪一个女孩儿，看看这个女孩儿一天的行踪都到哪儿，跟什么人接触。尤其是到了晚上，她在哪里过夜。

这实在是小事一桩，这些人因为白小妍的郑重拜托和丰厚许诺而如临大敌，可惜基本上什么都用不着。这个女孩儿实在是太普通了点，白开水一样，不是在音乐学院里出没，就是跟着一个跟她般般大的男孩儿在街上乱走，跟普通的小对象没什么区别，就是花钱的手脚大了点有些反常而已。到了晚上，他们就回到男孩儿的家里，这个女孩儿就在那里过夜。

这些人干得很没劲，可白小妍的报酬按天计算，这些人也就勉为其难了。他们又查出来这个男孩儿叫张悦，音乐学院的学生，那个女孩儿叫白灵，他的同学。这些人还问白小妍来着，白灵？跟你一个姓啊，是你的什么人吗？白小妍告诉他们少放屁，跟老娘有什么狗屁关系。这些人就不问了，雇主的事少管，而且从来没听说过白小妍有什么女儿。

在第三天，白小妍觉得时机成熟了。她在那个叫张悦的男孩儿一个人的时候，带人把他抓着了。直接问他，白灵交给他的小木箱子在哪儿？那里面的三件古玩都在哪儿？张悦一脸的惊慌，更多的是不解，他说他什么都不知道，紧跟着就说他家特别的穷，什么钱也没有，绑他没用的……一个粗壮的男人一个耳光让张悦闭了嘴，白小妍早有准备，她已经了解得清清楚楚，她的女儿只跟这个小子有关联，除了他这里，白灵什么藏东西落脚的地方都没有。她把张悦拉上了车，直接开到了张悦家楼下。就见张悦的脸色变了，他真正的害怕了。这个男孩儿聪明、有前途、有理想，越是因为这样，他的胆子也越小，他不能在这些社会渣子的手里吃亏，尤其是不能给家里惹祸。

白小妍带着人押着张悦不由分说地上了楼，准确地停在了这个孩子的家门前。张悦在自己的家门前就犯了，他本来心里就有鬼，这些天来一直提心吊胆，这些人刚跟他提起来古玩的事，他自己的联想就起了作用。他把这些人当成了傅杰、梁卫东或者李劫派来的，虽然他不知道对方是用什么办法找到了他。他百般乞求着让这些人留在外面别进去，他一个人进去把那个小木箱子给他们拿出来。千万别进去吓着他的家人。好不容易白小妍终于开恩，告诉他只给他两分钟的时间，这也不少了，从一数到一百二十个数呢。张悦答应了，那个小木箱子就藏在他由走廊过道隔断出来的小屋子里，他的床下。

没到两分钟，白小妍箱子到手，她心花怒放，紧抱着箱子就往楼下跑，钻进了车里才想起来看看箱子里的东西。还好，箱子里的东西就是图片上那三个玩意儿。她叫着开车，马上离开这儿！她仿佛看到了比梁东华在世时还要好的生活在不远处向她招手，那一切享受和梦想都离她很近，她渴望了大半辈子的理想日子就要到了！她叫着让身边开车的人加速，再开快点。

而这时天色已经快全黑了，沈阳的冬天就要到来，天黑得特别的早，路灯却开得很晚。白小妍坐的车是辆雪白的轿车，在黑夜里特别的扎眼，他们不愿在大道上和正在下班的车流人海挤道塞车，选了些小马路，不管实际离开的有多快，车子一直在动，没有停。就在一个路面很窄的小马路上，突然之间，他们车里的人被突如其来的巨大震荡撞了起来！在他们刚刚感受到在车里腾空而起，撞到车顶时，他们的车已经不受控制地撞上了旁边的一道围墙。

　　昏昏沉沉头晕脑涨，白小妍仍旧死死地抱着她的幸福希望所在，那个刚刚到手的小木头箱子她说什么都不会放手。但是她旁边已经变形的车门被人从外强力撬开了，她觉得有人粗暴地把她的手从箱子上拧了下来。她不想放的，就算在半清醒的状态下她都微弱地叫了起来，向四周求救呼喊，但是什么用都没有。只是一瞬间她就失去了她刚刚的东西，她的胳膊疼得没法忍受，怀里一下子就空了。

　　不知过了多久，白小妍身边的人逐渐清醒过来了。这些人报了警，把白小妍送进了医院。白小妍在医院里神志不清的时候不停地哭喊着，要人保护她，更要保住她的钱……但什么用都没有，警察是来找过她，但那是要她录笔供，讲述当天晚上发生车祸时的过程。白小妍这时清醒些了，她只能回忆那么一小段的经过。她也想讲出来她的真正的损失啊，但是那个小木箱子的来历，当天小木箱子是怎么落入她的手里的，她又怎么能宣之于口告知警察？这时她想的不是别的，她在想一旦说出去了，得怎么面对白灵。

　　她这是做的什么事啊，把财富从自己的亲生女儿手里抢走，别说卖掉发财，就在半路上还没等抱热了就丢了。她在病床上发呆，想着心事，觉得又痛又悔，她怎么这么的倒霉啊！而撞了她车的到底会是什么人呢？撞了她后不跑，还来抢走了她的小木箱子……难道这是有预谋的吗？白小妍百思不得其解，什么都混乱了。但她无论如何也没有想到，她才清醒过来不到半天，就接到了一个让她发疯的消息——她的女儿白灵，现在也和她在同一所医院里，抢救无效，已经死亡。

白小妍的第一反应是不相信，她一点都没有紧张或者悲伤，她心里很轻松一样地问告诉她的人，那是医院里的医生。你知道我是谁吗？对方回答得清晰明白——你叫白小妍。她又问我女儿是谁？你怎么知道我是她的妈妈？医生回答说因为那个女孩儿叫白灵，她出了车祸。她从男朋友家跑出来，男朋友追她，结果两个人都被车撞了。你女儿伤得重，当场就不行了，她男朋友说了她是谁，家在哪儿，我们联系了你家里，才知道你在我们这儿住院。这很巧合，但其实也合情合理，因为你出事的地点和你女儿出事的地点离得不远，都在我们医院的抢救范围。也真是巧，你们娘俩相隔不到半个小时就都出了车祸……

医生后面的话白小妍都没有听见，她呆了，彻底地呆了。她的脑海里清晰地重现着她带人得到小木箱子时的每一个场景片断，她本来是挑着她女儿不在那儿的时候才动的手，就是不愿白灵知道是她干的，也是不愿出事。但像另一个奇迹出现了似的，她"清晰"地看到了白灵出事被撞时的场景——白灵回到了张悦的家，张悦告诉她他被人要挟不得以把东西交了出去，白灵又惊又怒，她像是要追出去把东西抢回来，又像是对张悦彻底失望要离开他，她冲出楼去，在街上乱跑，张悦在后面追着。两个孩子的眼里都只有对方，只是这时白灵无论如何都要远远地离开张悦，张悦追得越急她跑得越快，而那是在下班时的大街上……

白小妍突然间大笑了起来，她没有痛苦的样子，相反笑得欢畅，好像她的美梦终于成真了，她终于得到了她想要的东西了，谁也没法再夺走了！她不就是要钱吗？她就是嫌钱少，梁东华留给她的房子，每月的租金，还有存款还有丧葬费等等，她都嫌少，现在好了，她什么都有了，再也不用发愁了。她觉得她真是聪明，真是幸运。她女儿从小到大的各年龄段的形象在她眼前不断闪现，最鲜明的却是三天前女儿回家给她洗脸擦身的情景，还给她留下了好些钱。她为什么一定要在楼上把女儿再喊回来？

　　她疯了……

第三十七章　罗兰之劫

从车窗接过了那个小木箱子，李劫的心就剧烈地跳动起来，他无法控制，甚至连同他的双手，整个身躯还有两条腿都在抖着，无论他怎样控制自己，提醒自己都无济于事。几乎就在几秒钟的时间里，他的车里又坐满了人，可是他耽误事了，他紧紧地抱着小木箱子，往别人的座位上挤。他不能开车了，不然一定会出事。

就这样，这两辆车稍微耽搁了一下，又一前一后的迅速起动了。他们冲出了这条黑暗的小巷，重新汇入了外面大街上的车流人海，一直开出去好远。李劫的车引导着另一辆，停在另一个相对僻静的地方。车刚一停稳，李劫车里的人除了他以外，都开门跳下了车。李劫这时总算是缓和一些了，他把小木箱子放在副驾驶位置上，就在他的手边。他一个人开车离去。他离去时的车速终于流露出他的喜悦，以及另一种急迫。他急着把这些东西这个消息带给他的父亲。

这三天三夜以来累坏他了，但是所有的付出都有了丰厚的回报。这件事就像天促其成，一切都太顺利了。刚才那辆白色的轿车里坐着的白小妍，简直就是他的天赐福星，一切都是她为他做到的。他感谢她，他承认这次她办的事真的很漂亮，可惜，她做事的漂亮完全是为了让他李劫的结果更加圆满。

两天前，一个李劫熟识的古玩商人给了他一个信息。一个女人拿着一张图片来找他，神秘兮兮地问这是什么东西，什么价钱。这个古玩商人本来不想理会她，要知道一件古玩，就算拿在手上，通过精密的鉴定都有可能是赝品假货，一张图片能说明什么？但是图片上的东西让他留了意，那三件玩意儿正是李劫常年打听搜

寻的。

如在以往，李劫或许付之一笑，但这次他马上去见了那个古玩商人，他带去了他收到的那张传真图片。不出所料，古玩商人一眼就认出来，图片上的东西是一致的，甚至图片本身都是一致的。根据那个女人留下的联系电话，不用把电话打通，李劫就知道了那是谁——白小妍。梁家所有人的电话他都知道。

他出高价请人跟踪了白小妍，他要知道她的图片来自哪里，图片上的东西又在哪里。事情马上就变得有趣，他请的人向他报告，白小妍正在请人跟踪她的女儿白灵。而白灵怎么也没有想到她的妈妈会这样对她，结果她每天的行踪都大白于天下，她每天早晚出没的地方，张悦的家首当其冲。一连两天，白小妍那边没有动作，李劫更是沉得住气。在第三天，就在刚才，白小妍终于行动了，也终于成全了他。

李劫满意，这样的结果不论从哪个角度来说，都是完全可以满意的。不仅他自己，在他想来白小妍和白灵也应该满意了，她们只是失去了本来就不属于她们的东西，而在失去的过程中她们也没什么大损失。不是吗？她们的身体没受伤，这就很不错了。至于说这次撞车，他相信没有谁会去报案。而就算是要报案，也于事无补。

他一路飞车，直接回家，他终于能把这个年代久远的小木箱连同里面的那三件古玩摆到了他父亲的面前。他父亲把电视关了，房间里整日绕梁不散的雅音昆曲停了，李厚诚点亮了房间里所有的灯，小心翼翼地打开了箱子，把里面的东西一一拿出来，摆放在面前。然后他们父子俩都坐了下来，面对着它们，久久地沉默。

过了好久，李劫说，"父亲，是不是我应该找罗兰了？"

"不，"李厚诚摇头，"还有另外一件事，办完之后再找她。"

李劫点头，他心领神会。

罗兰终于睡了。傅杰躺在黑暗里，习惯性地面向着大床的方向。他知道现在罗兰就躺在那上面，好长的时间了，什么声音也没有，她应该是睡着了。她实在是太累了。

　　罗兰在天全黑下来之后，才来到了老楼里。她是强撑着走进来的，疲惫不堪，睡意朦胧，进来什么都没说，就倒在了梁东华以前睡的大床上。傅杰给她准备好的晚饭、热水都没派上用场。傅杰想了想，还是帮她脱了鞋，用热毛巾给她擦了脸和脚。他这样做时，罗兰什么反应都没有，一动不动。傅杰都收拾完了，守在她旁边看了好一会儿，才关灯上了他以前的那张小床。罗兰回来了，这是多么的不容易，他绝不会在她不愿意的时候对她怎么样的。他这人懂得珍惜。

　　就这样，他们在一个房间里睡着了，但是什么也没有发生。在第二天快中午时，罗兰才醒了过来。这时从医院里传来了一个好消息，她的奶奶醒过来了。

　　这是个真正的好消息，罗兰的脸上浮现出了久违的惊喜笑容，她没有耽搁，再次浪费了傅杰给她准备的早饭，他们赶到了医院。果然，罗兰的奶奶苏醒了，而且神智清醒，罗兰，还有傅杰，她都能认出来。在傅杰的问候和罗兰的惊喜都宣泄完之后，罗兰的奶奶冲他们艰难地笑了笑，她更老了，和现在相比，她以前的样子还算是好的，因为那时的脸上虽然满是皱纹，而现在的皱纹却彻底地失去了光泽，在傅杰看来，连一丁点儿的弹性感觉都没有了。

　　老人说，"小兰，你别难过，奶奶这是要好了。"

　　"对，你一定会好的。"罗兰积极地附和着，其实她也不是附和，她真的是这样想。

　　"我要去见你爷爷和你爸爸了……"老人喃喃地自顾自地继续说，"他们都等着我，都等急了……"她这样说着，一点都不顾及她孙女的感受，罗兰的心里像刀搅一样的难受。

　　她的奶奶又看了她一眼，"我都跟你说过了，不要难过，谁没有这一天呢？我活得够久的了，一直不死，就是想等着这几天……很好，我等到了。我现在去见你爷爷你爸爸，我问心无愧

了。我现在死，不是件难受的事……你还不明白吗?"

罗兰的眼泪不由自主地流了下来，她奶奶的一生是怎样的一生啊，她有过什么快乐吗? 她是靠着什么样的意念和愿望在活着?

"可他……" 罗兰的奶奶突然有些惶恐了似的，她说，"可要是他还活着? 那我死了……也见不着他啊。"

傅杰摇了摇头，把头转了开去。他实在是看不下去，也听不下去了。这个老人的事情他这时都了解了，她是这样的老，在傅杰的眼里，她就是个老人，她不是个女人。可是他突然间想起了那出话剧，那个在大街上闲坐，想起了青春时代与一个中国军官相爱的日本女孩儿的故事。他这时千真万确地体会到了罗兰在台上的感觉。当时台下虽然有着那么多的人，可她只是演给自己的奶奶一个人来看。这是她献给奶奶的礼物，要把当年她奶奶所有的遗憾，都在这出话剧里得以补偿，在话剧里，那个日本女孩儿终生都和她所爱的人生活在一起，从来都没有分开过……

他们被医生劝出来了，医生说病人才清醒，不能过于劳神，而且不能让病人激动伤神。罗兰忍住了眼泪，很冷静地问医生她奶奶的情况到底怎么样，医生沉吟犹豫了好一会儿，询问了她是唯一的家属后，对她说不乐观。因为年岁的关系，病人的内脏器官都不行了，逐渐在失去功能，而且病人的心情，求生的欲望不强烈。种种这些原因，都不是好现象。

医生走了，罗兰变得沉默，她呆呆地站在原地，好久一动不动。傅杰在她身后站着，不敢打扰她，到最后他自己的脚都站累了，才试着去扶她。她也不挣扎，和傅杰并肩坐在旁边的休息椅上。傅杰想不出什么话来劝她，他暗骂自己没用，在这样的时刻竟然想不出可以劝说的话，或者想个办法来分散罗兰的注意力。他真是太笨了。

这时突然有人站在了他们面前，傅杰自然而然地就升起了敌意，每个男人都不喜欢有人突然接近。等他看清了这人是谁，心里就更加恶劣。这是夏炎，他们就坐在罗兰奶奶病房的外边，真不是地方。

罗兰很吃惊，夏炎的样子太让她意外了。他衣冠不整，面容憔悴，如果说她这副样子还情有可愿，那夏炎是怎么了？她不由自主地站了起来，"你怎么来了？"

"我来看你。"夏炎直盯盯地看着她，真的是来看她的，对旁边的傅杰他半眼都没瞧。可罗兰不行，她马上瞥了一眼傅杰，傅杰的脸早就阴沉下来了。

"我来问你，我到底做错了什么，你为什么要这样对我？"夏炎眼睛里布满了血丝，声带里哑哑地响，像是里面已经破了。可他都不在乎，他就是想知道是为了什么，他得见到她，当面来问。

罗兰沉默了，这些天她已经习惯了沉默。什么也没法说，什么也说不了，说了也没用。而且，这根本就不是个谈话的地方，傅杰就在眼前。

"夏炎，你先回去吧。好好休息一下，我……我没有什么好说的。"罗兰只能说这些。

可是这对夏炎半点用处都没有，他要答案，他也知道这种事情根本就没有什么答案，结婚了还有离婚的呢！他这算是什么？但他就是转不出这个弯来。他突然抓住罗兰的手，往旁边带她，"你来，我们到这边来，我有话要问你……"

傅杰腾地跳了起来，这是哪个男人都不能容忍的，女朋友的前任男友当面这样，简直就是在打他的脸！但是罗兰百忙中回头向他示意别生气，"我跟他说说，你等我一会儿。"她的语气神态阻止了他，傅杰觉得她是不得以，而且在当着他的面把以前的事了断。这样想他就好受多了。但他坐不下去，就那么站着看着不远处的他们。离开了不到十米，罗兰就说什么都不再走了。

声音变小了，傅杰听不见他们在谈什么，只是那边的肢体语言变得丰富。夏炎在音量上控制着自己，可管不住自己的手脚，他时不时地挥舞着它们，在傅杰来看，那有点像是以前的话剧排练，那时候夏炎就这么夸张过。罗兰随着谈话的进程，身子不再

正对着夏炎，她给了他个侧面，而且双臂抱在胸前，脸绷得紧紧的。夏炎越是急迫越是难过，她越是不动声色。后来她好长时间一言不发，只有夏炎一个人在比画。

这样的情景持续了大约十多分钟，可在傅杰的感觉里已经被煎熬了好几个小时，他再也没法忍耐了，这个无聊的蠢货，真是烦透了！就是女孩儿不喜欢你了，多简单，还问个什么劲儿，你怎么还不滚蛋呢？他快步走了过去，罗兰正巧背对着他，而夏炎彻底地忘我了。傅杰没有太粗暴，他只是用了一多半的劲很突然地推了一把夏炎，帮他一把让他走开。可没想到效果惊人，夏炎像一根只埋进土里三寸的十米大树，他稍微使了点劲这人就摔了出去，把傅杰尤其是罗兰吓了一大跳，罗兰还惊叫了一声。的确，夏炎倒在地上挣扎，连挺了好几次都没有爬起来。他一点体力都没有了，或许他所有的精力都用在日夜思念罗兰，时刻考虑分析罗兰遗弃他的理由上了。他倒在地上的样子很怪，两条长长的腿像是拧在了一起，或许就是它们互相纠缠绊倒了它们的主人。而夏炎的上肢在努力地支撑着，可惜，同样瘦长的胳膊不管用，他摔在那儿，在大理石地面上咬紧了牙忍着疼痛，可是怎么样都无能为力，就是爬不起来。

傅杰觉得抱歉，甚至不好意思，但他没有表示，而是拉起了罗兰，快步离开。他觉得这时候走，对他们三个都是个解脱，尤其对夏炎更是如此。他可怜夏炎的尊严，感同身受。

从医院到老楼，罗兰面无表情，一言未发。在路上傅杰试着向她解释，虽然没有直接正式的道歉，可他都表露出来了。他挺后悔刚才推了夏炎一把，过后他觉得自己很蠢，本来一切对他都是有利的，罗兰本人正在越来越不耐烦，对夏炎越来越讨厌，只要让这个过程再保持一会儿，夏炎就会把罗兰的忍耐极限突破，那时对他不是更好吗？

可现在在罗兰的心目里，他或许已经变得粗鲁野蛮，变回一个没有教养的农民了。他真的后悔。

可他更加奇怪罗兰这时的沉默，她与之前他所认识的罗兰不一样了，明快爽朗的罗兰，总是微笑胸有成竹的罗兰，把人情世故还有生活的情趣和谐地统一的罗兰。现在他面前的这个罗兰与那些都搭不上边儿。他不知道她现在想着什么，甚至不知道她现在的喜怒哀乐。

就这样他们回到了老楼，老楼里前所未有的寂静，他们进了楼，就直觉地知道了楼里肯定一个人都没有。白家母女不在，小孙呢？但他们没有心思去理会。进了一楼的大卧室，罗兰坐在了大床上，傅杰在她身边站了一会儿，自己走到了墙角的小床去，坐了下来。罗兰的沉默把他也弄消极了，这些天来困扰他的难题全仗着罗兰的到来才得以缓解，罗兰的异样把她带来的外力抵消了，傅杰呆呆地坐在那里也开始想着自己的心事。

不知过了多久，傅杰从自己的烦心事里跳了出来，他挺不住了，想喘口气。没办法，在这间大卧室里他从来就没过好的心情，而这些天来还一直一个人呆在这里，这里的空间都有了他的烦躁基因了。可他不想这样，这时他才又看见罗兰，罗兰就在窗前的大床上坐着，她的全身都在阳光里，尤其是她的脸庞，映衬着阳光，他从来没有看得她这么清晰过。罗兰一个人坐在那里，她的脸上都是泪水。

傅杰不知所措了，他跳起来走了过去，"罗兰，你怎么了？我，我不是有意的……"他直觉地开始道歉，可为了什么道歉却一时想不起来了。只是他不能任由着罗兰在他面前伤心哭泣吧。

但是罗兰的沉默仍然在继续，他说的他做的，都是隔靴搔痒，罗兰无动于衷。渐渐地傅杰难以为继了，总是在说着劝慰的话，谁都会很累的，尤其是本来心情就恶劣的人。傅杰忍了又忍，小心翼翼地说着话，可同时又在恶狠狠地咬着牙，他觉得头昏脑胀。终于，他说罗兰我出去一会儿。也许是他离开得太突然太坚决了，他刚刚转身，就突然间被罗兰拦腰抱住。他自己都不知道自己转身的速度和往外迈步的力量被烦躁激发得有多大，反正他一下子就把罗兰带了起来，拖到了床下，她的腿没有力量，但手臂始终环绕着他没有放开，把他也带得倒了下去。她的声音在他的衣服里含糊地发了出来，她说你别走。

地板，明亮得像镜子一样的红色地板，小孙一定还在常常擦拭它们。傅杰倒在了地板上，他多么的熟悉它们啊，而躺在它们上面看世界的角度他也熟悉。他来到这座老楼的第一个晚上，就是躺在地板上过夜的。傅杰突然间觉得恍惚，像是周围的一切都不真实，他想起来好久以前的事。或许那没有好久，他在沈阳城里太原街上拐了个弯，在东三省数得着的繁华里，他的家乡人当成天堂的地方里拐了个弯，面对盛夏里的老巷时，也曾经这样的恍惚过。这座老楼，就像个时空错乱的地方，他临近了这里，都会受到感应。它一直都在等着他吗？给他这个机缘，和这些人，发生这些事……一时间傅杰浮想联翩，心神飞越，但更让他觉得不可思议的是他突然感觉到罗兰来到了他的面前，她的脸她的呼吸她的体温她的一切都与他没有了距离，这种急迫这种热度他曾经体验过的，但是从来都没有奢望过会是由罗兰赐给他。

傅杰慌乱，傅杰傻了，他不知所措不理解，在这件事进行的每一秒钟里，傅杰都不知道自己是如愿以偿的快乐，还是特别的不明所以的迷茫。他没法拒绝，理智告诉他一定要把握这机会啊，这是他生命里不知何时才会再有的幸运，不管这是不是能称之为幸福。可是更深一层的感觉却告诉他，罗兰的心里，就在这时，也不是全心全意地想着他，这到底是因为什么？

他们终于平静了下来，还是在地板上，他们都望着古老的带着花边图案的天花板，那上面阳光饱满，后院里窗前的蒿草的影子在那里飘舞凌乱，看着这些仍然很高可是已经稀疏的草，他们都感到了外面秋天的风在怎样的刮着，心里一阵阵的冷。罗兰伏在傅杰的胸前，好久了突然小声问，"傅杰，这下面是什么？"

"啊？什么？"傅杰不知道她指什么？但他马上明白了，罗兰是指地板的下面，他们与"下面"只隔着一层地板一层地面而已。傅杰不愿回答，他更冷了。但罗兰又问，"下面有什么？你告诉我……"没等她说完，房间里突然响起了手机的铃声，罗兰下意识地跳了起来，她胡乱扯起了大床上的床单把自己包起来，抓起了手机。她的动作让傅杰反感，他不理解罗兰怎么会为接一个电话就离开了他。他在地板上没动，但他看见罗兰脸色剧变，这个电话极短，只是一两句话的时间通话就结束了。罗兰披着床单僵直地站在地板上，她的样子傅杰一辈子都不会忘记，他马上从地板爬了起来，"罗兰，你怎么了？"他觉得她今天是这么的反常。

罗兰终于把头转向了他，她的头颈她的目光僵直呆滞。傅杰害怕了，想离开她，这时她说，"我的奶奶……她死了。"

第三十八章　真实前因

又是一天临近黄昏时，他们终于离开了医院。罗兰和傅杰一前一后地走着，他们疲惫不堪、意识模糊，从中午时赶到医院后，他们就像提线木偶一样，被医生们指挥着签各种字付各种款结各种账，还有到住地派出所注销户口等事，每一样都是他们从来没有做过的。直到最后把罗兰的奶奶送进了太平间里，由于罗兰家没有别的亲属了，只要她本人的身体能够支撑，明天就给这位老人出殡送葬。

傅杰在罗兰背后默默地走着，相隔两三步那么远，他好累，有时会抬头看一眼罗兰的背影，总是提不起精神或兴致走上去。他拿不准罗兰这时是不是需要他走上去跟她说点什么，或者只是简单地轻扶着她，他想应该是这样，毕竟他们就在今天，几个小时以前还如此的亲密。但他拿不准。他心里有个大疙瘩，罗兰的奶奶死相太糟糕了，简直可以说是丑陋，恐怖，如果没有罗兰的关系的话，他要说恶心。

这位老人生前虽然就鸡皮鹤发苍老变形了，但死的时候竟然五官扭曲口眼不闭，严格地说真是一副凶相。傅杰听说处理尸体的殡仪馆人员得用热毛巾之类的热敷来缓解这类临死前的肌肉神经变形，而且还得加上他们业内相传秘不示人的各种祷告才能奏效。但他想，凭着罗兰奶奶的状况，这些都难说会管用。他搞不懂，一个上午时还那么达观，能以生死离别劝慰唯一的孙女的老人，临走怎么会变成了这样？

他在后面胡思乱想，前面罗兰默默地走着，突然间她的手机又响了起来。本能地，不仅罗兰，连傅杰都对她的手机铃声紧张起来。响了四五声，罗兰才接，"喂？"她的声音微弱。手机里也传出了声音，罗兰听了第一句就往边上走了几步，离傅杰远了些。

手机里一个男人说，"罗兰，你能来一下吗？我想把那些东西还给你，从此再不打扰你了。"

罗兰有些不相信自己的耳朵，她没有想到这人会对她说这样的话，她不知怎样回答。而手机的男人说了一个地址，一个公共场合，说在那里等她，然后结束了通话。罗兰站在大街上发呆，从今天早上开始，各种事情没有一会儿放过她，她在不停地接受着刺激，她都有些麻木了。

半个小时之后，罗兰在一个高级私人会所外面见到了李劫，打电话的男人就是他。罗兰不跟他进去，这种地方非常高档，非常私密，但非常的不圣洁，她明白在这种地方她没有地位，不受保护，所以她不进去。李劫想了想没有勉强她，带她上了他的汽车。汽车在一个住宅小区的外面停了下来，罗兰神色有些不安，这是她现在自己住的地方，李劫居然早就知道了。李劫没有下车，他拿出一张光盘，塞进了他车内的 VCD 里，罗兰在副驾驶位上就近看得清楚。

画面上出现的是梁家老楼里一楼大卧室的场景，灯光昏暗，镜头是高处俯览的，梁东华躺在大床上，罗兰从房门悄悄地走了进来，来到了梁东华的床前，墙角小床上的傅杰睡得平静，对屋里进来人一点没有反应……

"够了。"罗兰阻止画面继续播下去。李劫马上就关掉了它，把光盘拿了出来，放在罗兰的面前，"很抱歉我做了这样的事，可是我也没有办法。我希望你原谅我，还好，我没有因为这件事给你造成什么损失。就这一张原版的，绝对没有其他。我保证。"

罗兰看着眼前的这张光盘，面无表情，这些天以来，这是她最常有的表情。她拿起了它，塞进了自己的包里，"你还有事吗？"她问，明显要离开。

李劫一笑，"我还真有点事要告诉你，不过，由我来说不如你再看点东西。"他不去看罗兰，自顾着又拿出一张光盘，塞进了机器里，画面又出现了。他可真希望这是个高清晰的大屏幕的显示器啊，这样罗兰就能看得更仔细些，听得更逼真些。而他，就会更加的满足些。

这次的画面还是在梁东华的大卧室里，还是在昏暗的灯光下，梁东华突然在床上动了，他支起了身子在叫傅杰，这是梁东华死之前意识突然清醒的那天晚上，他醒了过来，把关于骆灵中结局的事情告诉给傅杰听……李劫如愿地看到罗兰像着了魔一样注视着画面，汽车里的音效传出的声音质量虽然差了些，但千真万确那是梁东华和傅杰的声音，他们在说着骆灵中和那个在今天才死去的日本女孩儿的爱情故事，骆灵中回到沈阳后发生了什么，梁东华在建国回到沈阳后怎样照顾骆灵中的妻儿，后来这对母子又是怎样的失踪不见……听得罗兰目瞪口呆，这是她和她的奶奶从来都不知道的事情！

如果这是真的，那么她都做了些什么啊！

李劫微笑着对她说，"罗兰，你应该知道这样的录像的真实性，在梁东华的大卧室里早就有这样的录像设备，他身边的每一件事我都知道，就像我知道你在那间房子里都干过什么。罗兰，你觉得梁东华会是在说谎吗？"

罗兰无法回答，她知道梁东华不会在将死之前对无关此事的傅杰说谎，可她不愿相信这是真的。

李劫很满意她的现状，他继续说，"罗兰，你和你奶奶不知道的事还有很多，今天，我决定把什么都告诉你。我保证，你没有遗憾了，而你的奶奶是先于你知道这些的。"他的声音轻柔，可罗兰霍地转过了头，瞪大了眼睛看着他，不明白他话里的意思。

李劫微笑着看着她，不再解释，等着她自己领悟。他相信这个女孩儿不笨，她是非常聪明的，虽然现在状态差了些，但她能自己明白过来。他决定仔细欣赏她明白过来时的表情。他又达到愿望了，果然逐渐地罗兰的惊愕变得松动，取而代之的是愤怒，她怒视着李劫，一字字地说，"是不是你把这些也给我奶奶看了？

是不是？"

她心里有个声音在大声说一定是的，她奶奶以为终于达成了报复的心愿，可一旦知道了梁东华不但不是害她和骆灵中的人，相反是无私地帮助他们的朋友，这个风烛残年的老太太会怎么样？

难怪她死时是那么的难看可怕！

"你都猜对了，就是这么回事。但是还有你不知道的。"李劫说着，从怀里珍而重之地掏出了一封信，递给了罗兰，"千万小心，不要撕了它，这是你爷爷的亲笔信。"他这样提醒罗兰。

罗兰哆嗦着手接过了它，随着这封信的阅读，她的全身都抖了起来。在这封信里，骆灵中说他在那次冲突中救走了他的日本岳父，要把他送上回日本的遣返船。就在登船时，文物争夺现场没有死的警察追了上来，指证他们。骆灵中把责任都揽了下来，他的岳父终于登船脱身，而他被关进监狱。

他本以为他是军官，只要事后证明就不会有太大问题——毕竟文物古玩都保住了。可谁知道战争激烈，政府所有部门都自顾无暇，他竟然在牢里一直被困到全国解放。他入狱时身上就有伤，那是为了保护他的岳父留下的。牢狱生活彻底毁了他的身体。出狱后他找不到他的妻子了，甚至梁东华他也不知道如何联系。他只好写下这封信，寄存在他和他的妻子存有一点钱的银行里，他想只要他的日本妻子还活着，能想起来取钱，就会得到这封信的。她就会知道他一直都爱着她，为她做了什么。而他本人，身体伤残，生活无着，不知道还能再活多久。

罗兰猛然间怒视李劫，"这封信是怎么落到你的手里的？"

"简单，"李劫马上回答了她，"你忘了你奶奶带着你爸爸在梁东华家里，不对，是在梁东华的帮助下生活了好几年吗？那个时候梁东华照顾他们真是没得说，连普通的家务活儿都尽量少让他们干，像到银行取钱的事都是我父亲去跑腿，这下你懂了吗？"

罗兰懂了，她彻底地懂了，"这封信，"她的声音都哆嗦起来，"是不是这封信你也给我的奶奶看了？"她看着李劫在点头，她感觉头晕目眩，但她的脑海里灵光一闪，她又问，"是不是梁东华也看到了这封信？"

"聪明，真是聪明。"李劫欣赏地看着她，就差为她鼓掌了，"不愧是优秀的研究生。你想啊，我能给你奶奶看，怎么会不给梁东华看？我今天什么都告诉你。梁东华死那天，你带着傅杰走了，白灵又把小孙给支出去，可是小孙去干什么了？真的是去买东西吗？梁家所有的日用品都是由她来买的，她怎么会浪费那么多的时间？对，你又想到了，不错，她通知了我，我才有的这个机会。不然，梁东华就这么糊里湖涂地死了，不是太可惜了吗？当然，我的机会不多，来得也没有你甩开傅杰后再来梁家快。我是在你下手出事后出去找救护车的时候到的，说实话，要是没有我的话，梁东华或许还会再挺上几天的。"他说得很是客观公正。

"小孙，小孙……"罗兰喃喃地说着，她没有想到在那一天里会有那么多的人进出那间大卧室，几乎每一个人都有自己的小算盘，都有自己的打算。

"你怎么不问我，我和我的父亲为什么要做这些？"李劫提醒着罗兰，像是不满意她溜号走神了。很好，他看见罗兰的神经再次绷紧。

"不要急，我说我都会告诉你。还记得是谁告诉你奶奶是梁东华害的你爷爷吗？"李劫提调出重点，帮助罗兰整理思路。

"是你父亲。"罗兰怒视他。

"对，是我的父亲。我想这么多年以来，你们家里都在感谢他，对不对？你这次到梁家来，还特意让他生了点小病，躲开这个是非圈。这些我们都知道，也很承你的情。可是你想过没有，我们为什么要做这些？"

罗兰无法回答，她把前因后果都细想了一遍，真的不理解李家这对父子为什么要做这些事。他们陷害了梁东华，要挟了她，而且还直接导致了梁东华和她奶奶的死亡。这些都是为了什么？

"这就是你们都不知道的了，也许我应该让你们永远都糊涂下去，可是我要说。"李劼望着他送给罗兰的光盘，"你奶奶娘家的事现在你应该知道得很详细了，那些古玩……"他笑了笑，像是冷笑但是笑容也很苦涩，"都是中国的，可日本人都想带走。既看不起中国人，可又把中国人的东西当宝贝……哼，这是何苦。你不理解我在说什么吗？不，这没什么复杂的，只是你们没想到而已，甚至从来没往那上面想。"李劼对在愤怒中更加诧异的罗兰说，"很简单，当年不是有一批也想得到这些古玩的人吗？你们把他们说成是地痞流氓，我的父亲当年虽然年轻，却是他们的首领。哼，好像你奶奶家得来这些古玩就是正道来的。你明白了吧？这就是为什么他那么恨你的爷爷还有梁东华的原因。"

罗兰再一次被惊呆了，这会是真的吗？

"如果没有他们，这些东西早就是我父亲的了，这有什么不对吗？我父亲是地痞流氓，所以这些东西天经地义就不应该是他的，而日本人凭着日本的军队在中国搜刮来这些中国的古董文物，就是合情合理的了？你奶奶家因为这件事着了火死了人，所以你们就恨透了我父亲，那么我问你，这些文物古玩之所以会落在你奶奶家里，中间又会有多少中国人家破人亡？你说不出话来了吧？再也不理直气壮了吧？你的外曾祖父要为他的老婆报仇，所以设了圈套，把我父亲和他的手下还有那时中国的警察一大堆人弄到了一起，让这些人自相残杀，他居中得利。想想吧，如果他不是你的外曾祖父，你会认为他是应该的吗？为了中国的东西，死的都是中国人，而且还有另外一个中国人拼了命的把他救了出去，还送上了回日本的遣返船，你说好玩不好玩，可乐不可乐？要换做是你，你是我的父亲，要是还没死的话，你会怎么做？"

罗兰无言以答。

"我的父亲那次也受了伤，他单身逃了出来，那一次他是什么都赔了进去，不仅东西丢了，连人都死光了。兵荒马乱的时候他千辛万苦地活了下来，别说想报仇了，连报仇的对象都找不着。想想啊，你外曾祖父上船回日本了，你奶奶失踪了，其实她的线索我父亲从来都没有。还有梁东华和骆灵中，一个随着大部队南征北战，一个进了监狱，哪个他也找不着。就这样，混吃等死地他盼到了全国解放，他在城里活不了，只好到了农村。可老天爷有眼，给了他机会。谁会知道梁东华会在解放以后调回东北沈阳？谁会知道他骑马打猎去会让我父亲遇到？梁东华当然不知道那是谁，可我父亲认得他！是他带兵抢走了那些古玩，我父亲在地上装死看得一清二楚。梁东华事后说是他的马惊了，把他摔成重伤差点死了，一个农民救了他。可惜他到死也不知道，是那个农民暗算了他的马。而那个农民本来可以当场就弄死他的，但是这个农民突发奇想，与其那时候出了一口恶气，为什么不趁此机会变成进身之阶，救活这个仇人，不仅会有相当的回报，还能有机会查出来那批古玩的下落，当年他失去的，很可能都会再得回来！你说他想的对不对？"

罗兰无法回答，她知道自己是聪明的，但这样的人，这样的事她能想到，能做出来吗？

"梁东华倒真是知恩图报，"李劫说着笑了起来，"他把我父亲接进了城里，看我父亲没文化没产业，就直接收留了他，说是管家，可从来没轻看他。还有，把我接了进去，和他儿子梁卫东一起上学念书。按说这样的报恩也算够瞧的了，就算有点仇也应该抹过去了。但我父亲不行，这些和以前他没被梁东华坏事能得到的相比，算是什么？小恩小惠都算不上。但他只能先等着，等着梁东华出错，等着我长大。我们那时候都知道，每过一天，梁东华就老了一分，我又长大了一分，我们的把握就大了一点儿。可好运气还在后面，你的奶奶带着你的父亲自己送上了门来。下面的你就都知道了吧？"

罗兰知道了，他的父亲利用她的奶奶试出来梁东华果然有那些古玩，梁东华都自己收着，没分给部下也没上交给国家。同时还让她奶奶恨上了梁东华，简直就是一石双鸟。

"不，"李劫却在摇头，"最重要的你仍然不知道，谁也不知道。我非得说出来不可，因为只有这个原因才是最重要的，就是因为这个，我们才绝对不会放过你们！"李劫突然激动了起来，"还记得我父亲从乡下请来了一个大姐帮着你奶奶逃出了梁家吧？可是后来她死了，死在梁东华招来的军队和警察手里，因为你的奶奶和你的父亲！你知道她是谁？"

罗兰的心剧烈地跳了起来，她隐约地感到了那会是谁，但她实在不敢那么想，那太可怕了。

李劫怒视着她，一字字地说，"那是我的母亲，是生我的亲娘！"

罗兰的眼前发黑，果然是这样。这种事只能交给最亲信的人去办，而且以李家父子这样的人的排外，也只能是他们的妻子和母亲才可信。

"你明白了吧？为什么我们一定要做这些事。"李劫最后再次问。

罗兰觉得头更晕了，身子又酸又软。她知道她绝不能在李劫的面前示弱，这是她的仇人，不折不扣的仇人，对李劫来说她也同样是。他们之间绝对没有除了仇恨之外的东西。但是李劫最后的这些话让她的心灵颤抖起来，或许她也是女人吗？一个在年龄上已经可以做母亲的人了，从一个儿子的嘴里，不管这个儿子是好人还是坏人，说出了他是为了母亲去做的这些事，都让她难以在心底里愤恨。她觉得她的心好乱，找不到力量。

"对了，差点忘了告诉你这件事，这是你们家里一直等了好几十年的消息了。你真让我失望，怎么到现在还没想起来问我？"

罗兰只是看着他，不知道他指什么。

"唉，看来你也变傻了。我问你，你不想知道你爷爷的下落吗？骆灵中，嗯？"李劫提醒她。

罗兰想起来了，这的确是她们家三代人几十年的一个疑问。

"好好再看看这封信，信尾，落款那儿。"李劫不太满意她的迟钝，点了点那几张发黄变脆的老式信纸，那上面的字迹很大，

有一些是繁体字。

罗兰看了，果然落款那儿留有一个地址。"你……你们去找过他?"罗兰抬起头，目光异样地看着李劫。

李劫点头，"当然，可惜他现在是不在那儿了。"他开了个不合时宜的小玩笑，可脸上表情平静，纹丝未动，"那时候是我才十二岁的时候，我父亲带我去见的他。按说你爷爷那时候年岁并不大，他年岁比梁东华还有我父亲都小。可他不成了，身上有了残疾还生着重病，那时候是冬天，他住的小破屋子和炕都是冰凉的。就这么说吧，他眼看着就不行了。我父亲给他带去了他妻子儿子还活着的消息，可就是不告诉他他们在哪儿。"李劫恶毒地笑了，"你爷爷苦苦哀求，可我们就是不说……"他突然猛地一闪，躲过了罗兰的一个耳光。罗兰忍无可忍了，她全身一点力气都没有，但她身上流动着来自骆灵中的血液，那让她的灵魂都在沸腾着!但是李劫只用一只手就按住了她。

"好了，现在都好了，"李劫缓和了他的神经，他能做到这些。他懂事很早，在进城入学起他就什么都知道了，可还是能和梁东华的梁卫东亲密无间地生活，一直保持了近三十年，还有什么是他做不到的? 他说:"现在我的母亲可以安息了，古玩也到了我父亲的手里。我再没什么遗憾的了，而且这些我都告诉你，就像告诉你的奶奶和梁东华一样。对了，还有梁卫东，不过他现在应该比死强不了多少，他的公司厂子商场都完蛋了，投资失败，隐藏资金失败，人财两空，这也是我喜欢的结果。"他不禁笑了起来，在笑声中他继续说，"还有白灵，她钻了我的空子，多巧啊，她进地下室里拿东西的时候，刚巧在前一晚上梁东华临死发神经，让傅杰把整个卧室四面墙都遮上了绿布，结果挡住了摄像头，我这边什么也看不到。不过老天有眼，报应不爽，这些东西注定了就是我家的。罗兰，现在你可以下车了，带好这些光盘。不过很快就会有警察来找你，警察那里也有了这样的一份。"

李劫的车子开远了，罗兰眼睁睁地看着，没有任何办法。好一会儿，她慢慢地走进了小区里。又好一会儿，她发现站在了自己的家门前，她掏出钥匙开门进去，冷冷清清的房间，好冷。罗兰把怀里的东西缓缓地放在了地上，在床上躺了下去。她觉得一定得歇一会儿了。

太多的东西都积压在她的身体里，在寂静中，这些东西一件件浮了上来。在这些天里发生的每一件事，非常的清晰。梁东华死了，她以为一切都结束了，那时她的情绪就非常的复杂，但是她庆幸自己终于可以结束那一切，回到她向往的正常生活里。她有了强烈地爱着她的男人，夏炎，还有了对口的好工作，幸福就在眼前触手可及。可是傅杰又来找她，她干脆利落地拒绝了他，这样对傅杰是有好处的，不过是一时之痛。但是李劫的光盘到了，她在梁家做的事竟然被人以这种方式记录着，她无可奈何只能听从李劫，回头去找傅杰，把夏炎暂时放下。可是一切突然间全都乱了，她的奶奶，还有突然间李劫告诉她的这些。这是一场噩梦吗？就在今天的中午，几个小时以前，她以为她已经到了崩溃的边缘，一切都不能再坏了，夏炎是那个样子，她的奶奶跟她说了生离死别的话，她虽然没有想过和傅杰怎样，可还是发生了那样的事。然而命运不容她有一丝一毫的喘息，又让她面对了她奶奶的死亡，整个事情几十年前的真相。罗兰站了起来，她来到窗前，把窗子尽可能地打开，她住在七楼，这个小区里的最高层，疾风鼓荡，它们早就等在外面了，一下子就涌了进来，把她全身都打透。她迎着风，拿出了手机，拨通了傅杰的电话。

这个电话打了好长，罗兰不让傅杰说话，她一直在说，她顶着风，觉得有那么多的话要说给一个人听，而现在只有傅杰能做她的听众。终于，她看见楼下小区里开进来一辆蓝白相间的警车，就停在她的楼口前，几个穿着制服的人和不穿制服的人下了车，走进了楼里。罗兰把手机从耳边移开了，手机里傅杰的声音很急很大，离开了耳朵一样听得见，但不清楚了。罗兰松手，她的手机立即到了空中，直线下坠。她似乎听见有人，有很多的脚步声来到了她家的门前，她再没有犹豫，她对自己说她不是怕他们，不是怕法庭或者监狱，在整个的事情中，在这几十年里，她的家人以及她自己都犯了错误，大错铸成，无可挽回，她不用别人来惩罚或者评判。她跨上了窗台，高挑苗条的身子整个面临着虚空，这是她留给这个世界的最后一次的影像吗？

　　风很大，她跃进了风里……

第三十九章　算人者，人恒算之

无论在这一瞬间发生过什么，下一瞬间都还会到来。生老病死或者生离死别，只要是在下一瞬间，就什么都不是。

第二天，傅杰起得很早，他穿戴整齐，走出老楼。应李劫父子之邀，他去李家郊外的别墅做客。他没有通知公司来车，那是个著名的别墅区，沈阳哪个出租车都能带他去。傅杰坐在飞驰的车里，脸上似笑非笑，他知道每一秒钟他都在快速地接近着李家父子，他们见了面，一定意义非凡。那不知道会是谁的灾难。

"你来了，坐吧。"李劫一身休闲装，"今天我给自己放了一整天的假，得放松一下了。你还好吗？"

傅杰坐了下来，游目四顾，李劫的书房不太大，书架是满壁卧顶式的，上面的书几乎全是法律专业类的大部头。"怎么不见李大爷？他还好吗？"傅杰问。

"他还好，病都好了。谢谢你关心他。"李劫的兴致看上去非常好，他面前的茶几上烟酒俱全，几只高脚杯造型独特，一只杯子里有些残酒，显然刚才他还在自酌其乐。傅杰看着那几只杯子有些出神。

"你知道吗？好像罗兰出事了。"李劫不等傅杰再开口，又来了一句。不等傅杰回答，他的手摸向了那只酒杯，把杯中酒一饮而尽。他看着傅杰，等他回答，手却摸向了酒瓶。

"啊，是吗？"傅杰像是不知道，他问，"怎么了？她出什么事了？"

酒倒得太满了，李劫的手好像有点抖。他放下了酒瓶，另一只手已经举起了酒杯，他的动作特别连贯，一直都没有停顿。"你真的不知道？"李劫问，"我不信，她是你的女朋友嘛，她出事了你会不知道？"

"我的女朋友？"傅杰自嘲地一笑，"人家是什么人，我是个什么东西。李叔，今天特意把我叫来，就是为了拿我开心啊？"

"说对了，"李劫皱了皱眉，酒杯已经在唇边，他又放下了。"找你来就是为了开心，难得休息。来，跟我说说你的公司怎么样了？"他往后仰过去，舒服地靠在仿明清的太师椅上。

傅杰摇头，"我不去想它，那不是我的，我也留不住它。想有什么用？"他的神情动态让李劫笑了起来，"世事无常，小伙子，是你的不是你的，每时每刻都在变化。怎么能灰心丧气呢？"

"我还能怎么样？注定了破产的东西，像是我捡了个金元宝，其实是替别人背黑锅啊。"傅杰苦恼，仿佛不堪重负，"李叔，你说帮我，可一直也不见你有动作，你再不拉我，我可就真完了。"

"怎么了？"

"公司那边人说……说管破产的那些部门，什么公商审计的一大堆我都记不住，就快下来查账了……"傅杰的脸埋在了双手里，他的样子可真累。

李劫喜欢他这样，他笑了，"你的东西打算卖了吗？价钱也该想好了吧？"他的目光突然向旁边闪了一下，傅杰跟着他的眼光看过去，那是个大书案。桌面非常大，上面摆设不少，但都蒙着深色的丝缎，是什么看不出来。

傅杰收回了目光，摇头。

"怎么？还没想好？"

傅杰还是摇头。李劫哈哈大笑起来，傅杰吃惊地看着他，李劫站了起来，他脚步生风，动作瞬间性非常大，两步就到了大书案前，他一把掀起了一块丝缎，"你看看这是什么？"他脸色通红，目光炯炯地瞪着傅杰。傅杰看到了，露出来的东西正是他见过的那个青铜质地的物件。

李劫得意地看着他，"我再给你看样东西。"说着他拿起了遥控器，向着电视的方位一点，画面就出现了。电视和 DVD 一起工作，显然里面的光盘早已准备好。屏幕上出现的正是李劫在昨天的汽车里给罗兰放映的东西。李劫乐不可支，他的目光在傅杰和画面间不停地移动，不放过每一个精彩瞬间。不过他有些失望，因为傅杰并不太吃惊的样子。他不满意，面前的酒杯被再次举起，一饮而尽。他决定再来点有力度的，"傅杰，你很奇怪是不是？别奇怪，我给你讲些事情……"他开始喋喋不休地重复起昨天他给罗兰讲过的那些话，但这让他变得更加的愤怒，因为傅杰竟然听得无动于衷。

在书房的隔壁，李厚诚安静地坐着，书房里的每一句对话他都听得清清楚楚。这些天每一个晚上，他的儿子都带给他盼望以久的东西。先是那三件古玩，老实说，这三件古玩的价值虽然不菲，但是以它们在文物界的定义及售价，并不是空前绝后的珍品。那么他为什么对它们如此的痴迷执著呢？理由是简单的，但是不足为外人所道——因为那是当年让他九死一生，一败涂地的东西，因为这是让他的妻子的命都赔了进去的东西。还有，最重要的一点是这三件玩意儿让他盼了几十年，在他心里早已超出了古玩文物的意义。多么不容易，他儿子终于把它们给他带回来了。

紧跟着就是罗兰一家的下场，他承认听到罗兰跳了楼，而之前李劫在罗兰的奶奶短暂的苏醒里告诉了她几十年前的真相和她一生的错误，导致了她的死亡更加让他心花怒放，这真是太妙了。还有之前的梁东华的死，一切如意。

现在，他坐在这里，静静地听着隔壁的动静，正是在享受着整个事情最后的快乐。他们本来可以一个电话就让傅杰从云端跌落，失去他现在所有的一切，而且还面临着牢狱之灾。但是他们还是决定把傅杰叫来，当面告诉他。他们想亲眼见到傅杰绝望的表情，想看看那张脸会变成什么样子。

因为那是与骆灵中一模一样的脸。

可是事情有些不对头，不知为什么，他听着他儿子李劫的声音那么急躁，沉不住气，一直都是他在不停地讲，而傅杰始终沉默。这是怎么了？是傅杰被惊呆了？但也不会像个死人似的一声都不出吧。更让李厚诚不安的是，隔壁的书房里突然间传来了一声摔碎酒瓶的声音。李厚诚一下子站了起来，不好，是傅杰这个农村小子绝望里动粗，在伤害他的儿子了！这样可得不偿失，但是他马上又听到李劫的叫声，李劫简直是在吼叫一样，问傅杰知道吗？他真的很烦，四十多年里一直拼命在学功课长能耐，还得装出笑脸来当好人，还得出人头地当律师，还得时刻受着他父亲的管制，去找这些个什么狗屁的古玩！这玩意儿有什么用？可他父亲就是像个疯子似的，逼着他去做一件又一件的事，也不知道这是他自己的人生，还是他父亲的另一个生命！

李厚诚听呆了，他儿子这是怎么了？怎么会突然间说这些？他再也忍不住，推门出去，来到隔壁的书房。就看见李劫在书房里大步流星，不停地走来走去，双臂挥舞，不时地把书架上的书，桌案上的摆设扫到地上。他什么都不管，就连李厚诚，他的父亲出现在门口，他都依然故我。他的喊声响彻了整个小别墅，"……我烦透了！你们谁都不理解我……"

傅杰突然出现在李厚诚的面前，把他吓了一跳，这之前傅杰不知道是躲在了哪里。他非常平静地小声对李厚诚说，"李大爷，你看，你儿子疯了。"

"啊？"李厚诚呆愣愣地看着自己的儿子，不知所措地又看傅杰一眼，傅杰向他摇晃了一下手里的手机，"等他一会儿老实了，警察也就快到了，那边儿都听着呢……"说完傅杰从他身边轻巧地绕了过去，走出了房间。

在他身后，书房里李劫原有的疯狂叫嚷声里，开始夹杂着一个苍老嘶哑，底气不足的老头儿的声音。独立的别墅，真的挺像个与外界严密隔绝的疯人院呢。

十天之后，骨科医院的病房里。傅杰坐在罗兰的旁边，她没死，现在整个下半身缠满了纱布打遍了石膏。她跳楼十天之后现在终于可以自由地说话了，她能简单地回应一下傅杰的询问和关切。但主要还是傅杰一个人在说。

"罗兰，你可真够幸运的。你太傻了，你跳下去干什么？你看，老天爷都不让你死，不过你把电话线的电缆都砸断了，还把人家一楼自己接的小仓库也给毁了，这是何苦？"说着他还笑了，罗兰也笑了一下。单人病房里的阳光很充足，两个人都有种死里逃生之后的侥幸式的幸福感，七楼跳下来自杀未死的事都可以拿来取乐了。

"要说李劫这小子和他老爹可真不是一般人，比咱们是强太多了。人家借鸡生蛋把儿子养成了大律师，还能一忍几十年把谁都算计了，咱们哪儿比得了？其实想一下这世界优胜劣汰，咱们俩连同你家里的长辈还有首长……"傅杰提到这个词时不自然，罗兰的神色也黯淡下来，傅杰马上跳了过去，"这些人就算都栽在他们手里也没什么冤的，你说是不是？"

罗兰横了他一眼，嘴形动了动，像是在骂他。傅杰哈哈笑了，"骂得好，该骂。不过他们也犯了错，这就像是天网恢恢了，谁能总赢呢？从根本上讲他们就不应该让我隔夜再死。他们是想别把好东西一口都吃净了，昨天夜里把你害了，第二天早晨再拿我开心。你说他们有多贪？可惜，他们忘了你跳楼前会给我来电话。其实现在要想，他们也可能是根本就不在乎，就算我都知道了又能怎么样？还不是想把我怎么捏就怎么捏？或许让我知道了，然后再一点点把我弄死他们才更开心。你说是不是？什么，你的意思是你也想这么弄死我？算了吧，我承认这事你比我功劳大，你要不在电话里告诉我，你把你配好的药放在了哪儿，我怎么能拿到手？没有这种让人五迷三道的药，李劫怎么会自己出那么个洋相？"说着他笑了，非常开心，比他十天前离开李厚诚时更多了份事后的轻松，大难不死的人都拒绝沉重。

"但是无论是李劫还是你，你们都猜不到我是怎么让他吃的药吧？嘿嘿，我可没有你那么长的时间能准备，给梁家人挨个地按剂量吃。我给李劫用的肯定超量了，至于超多少我可不知道。喂，你说警察们能不能查出来他身上的药，他要是处于不正常的状态，那他当时说的话警察那边还会当事办吗？"他紧张了起来。

罗兰向他摇头。

"什么意思？是说警察查不出来，还是说警察不当事办？"

罗兰瞪他。傅杰仔细辨别她的意思，松了口气，笑脸又出现了，"我这也是怕出病来了，这个李劫总让我心神不定的。再说了人家本身就是大律师玩法律的，万一要是出来了……算了，不去想那些了，得乐且乐，能活先活着。我跟你说，当时你在电话里随口说的一句话把咱们俩都救了。想知道是哪句吗?"

罗兰点头。

"来，吃口苹果，不然不告诉你。"傅杰强迫罗兰张嘴，把一块苹果吃了下去。"好了，就是那句小孙在那天给白灵上街买东西，通知了李劫……就是这句话。我才知道这个不哼不哈的孙姐是什么货色，你想我能放过她吗? 你别问我是怎么做的，反正当天晚上，她就答应了帮我。当时我都想这就是好心有好报吧，要是白小妍往外赶她时我没留她，你说这时候我上哪儿去找她? 我让她给李劫打电话，把李劫约了出来见面，说我异常，像是要跑，离开沈阳。李劫还真出来了，这人有个习惯，总是在他的汽车里和别人谈事。就在车里那么点的地方，小孙把事办成了。这也是报应，李劫栽在他自己的内奸手下。第二天我去见他，只是按你说的方法来激化暗示他一下，还真管用。所以说还是你的功劳大些，你也别太伤心窝火了，恶有恶报，李劫和他老爹现在都在公安局的大号里蹲着，他们好不了……"他消沉了下去，兴致说没就没了。

"我呢?"罗兰挣扎着说了两个字。

"你? 你……"傅杰难以措词一样，他说，"你的事当然也有，那些光盘还有李劫，都是事。不过你没有亲手害死谁，梁东华不是死在你手里的，光盘里也只是记录了你在夜里控制梁东华，而你给这些人用药的时候都没在那间卧室里，你不会有什么事的。就算有，也不会重。"

"你呢?"罗兰说话时非常难受，但她还是又说出这两个字。

"我?"傅杰苦笑，"我也不知道，等着警察，看他们怎么办吧。是福不是祸，是祸躲不过。不过我想也安不到什么罪名在我头上。谁死谁伤都与我无关，要是说梁家的钱……"他声音小了下去，闭上嘴不再说了。之前的好心情，欢快的语气统统地不见了。他知道，一旦李劫知道自己在劫难逃的话，他会尽自己最大的能力把能拖下水的人都扯下去。他尤其不会容许自己这个直接害他的人有好日子过，这个精通法律的大律师这时不定怎么挖空心思想法整治他，至少也得把他重新洗得一清二白。那些钱，来自梁家产业的钱，甚至梁东华所立的遗嘱所得，都不会很稳当。傅杰深深地知道，他在这个城市里，在这个世界里，仍然没有稳定的立足之地，安身之本。

但是他不怕，他已绝对不是几个月前刚刚进城的那个农村孩子了，那时他背负的除了简单的行李外，只有家乡他母亲希望破灭的苦难目光，他自己从里往外的自卑沮丧。那时他都不知道自己要怎么活下去，一丁点儿的出人头地的念头都没有。而现在呢？或许他什么都保不住，但是他有了经历，他知道了什么是生活。千姿百态的，一人一个样的生活，已经把他变成了另外一个人，因为他有了另外一颗心。就凭着这个，他就有信心有把握在城市里活下去，不管是不是在眼下所在的沈阳。

他看着罗兰笑了笑，罗兰一直凝视着他，仿佛也感受到了他与以前的不一样，但她猜不出那是什么，他再不像那个在梁家大门开启时，突然出现在她面前，穿着笔挺的国民党少校军服的人了。她看着他悠闲地坐在她旁边和她聊天说话，总觉得他心里还在想着别的。

"罗兰，"傅杰目光闪烁，有些心不在焉，"告诉你个事。那座老楼要拆了，我才知道，原来那一片儿以前都是那种老楼，还记得老巷子里那些破砖碎瓦吗？都是拆剩下的。只有梁家不答应拆迁。不过现在我同意了，很快，那边儿就什么都没有了。"

一时间，两个人的心里都有了好些感触，就在他们没到那里之前，那里的每个人都活得挺好。自从他们去了，梁家破败、李家凋零，梁东华、白灵已经死了，李劫、李厚诚父子难逃牢狱之灾，还有罗兰的奶奶……连保姆小孙都变成了另外一个人。这些都是因为什么？

他们自己呢？虽然还能彼此面对强颜欢笑，但他们自己知道，他们再不是以前的那个人了。在对方的眼睛里，也是一样。